플로베르의 **앵무새**

플로베르의 앵무새
Flaubert's Parrot

줄리언 반스 장편소설 신재실 옮김

FLAUBERT'S PARROT
by JULIAN BARNES (1984)

Copyright (C) 1984 by Julian Barnes
All rights reserved.
Korean Translation Copyright (C) 2005 by The Open Books Co.
Korean translation rights arranged with Intercontinental Literary Agency,
London, UK through Eric Yang Agency, Seoul, Korea.

이 책은 실로 꿰매어 제본하는 정통적인 사철 방식으로 만들어졌습니다.
사철 방식으로 제본된 책은 오랫동안 보관해도 손상되지 않습니다.

팻에게

친구의 전기를 쓰고자 하는 사람은 그에게
앙갚음하듯 써야 한다.

── 플로베르가 에르네스트 페도에게 보낸 편지, 1872

작가 노트

나는 이 책(173페이지)에 「독일 진혼곡」의 한 구절을 인용하는 것을 허락해 준 제임스 펜턴과 살라만더 출판사에 감사드린다. 본문 중에 인용된 프랑스 문장의 번역은 이 책의 화자이며 주인공인 제프리 브레이스웨이트가 했지만, 프랜시스 스티그멀러의 훌륭한 모범이 없었더라면 헤맸을 것이다.

줄리언 반스

1. 플로베르의 앵무새	13
2. 연보	32
3. 발견한 사람이 임자다	54
4. 플로베르의 동물 열전	71
5. 닮았잖아!	97
6. 에마 보바리의 눈	109
7. 영국 해협을 건너며	121
8. 열차 파수꾼의 가이드	161
9. 플로베르 외전(外傳)	173
10. 기소	190
11. 루이즈 콜레의 이야기	209
12. 브레이스웨이트의 통념 사전	235
13. 순수한 이야기	243
14. 시험지	260
15. 그리고 앵무새……	274
역자 해설 픽션의 장르를 새로이 열며	291
줄리언 반스 연보	309

1
플로베르의 앵무새

 여섯 명의 북아프리카인이 플로베르 동상 밑에서 불[1] 게임을 하고 있었다. 혼잡한 교통 소음 속에서도 공 튀는 소리가 선명하게 들렸다. 한 남자가 마지막으로 한 번 더 갈색 손가락 끝으로 멋지게 어루만지고 나서 은빛 공을 던졌다. 땅에 떨어진 공은 육중하게 튀면서 서서히 곡선을 그리며 굴러갔다. 여기저기서 심한 먼지가 일었다. 던진 남자가 무릎을 가볍게 구부리고, 바른손을 멋지게 펼친 상태로 잠시 그대로 있는 모습이 마치 멋진 동상 같았다. 소매를 감아 올린 흰 셔츠, 드러난 팔뚝, 그리고 손등 위의 얼룩이 눈에 띄었다. 나는 처음에 시계를 찼거나 문신을 그린 것이려니 생각했는데 알고 보니 사막에서 크게 존경받는 정치 지도자의 얼굴을 찍은 컬러 사진 스티커를 붙인 것이었다.
 먼저 동상에 대한 이야기부터 시작하자. 위에 언급된 동상은 멋없이 붙박이로 서 있다. 구릿빛 눈물을 흘리고 있는 것처럼 낡고 오래되어 보이는 그 동상은 헐렁한 넥타이에, 구식 조끼와 자루 같은 바지를 입고 있으며, 헝클어진 콧수염을 한 채 조심스럽고, 초연한 전형적인 남성의 모습을 하고 있

---

1 *boules*. 큰 공을 작은 공 가까이 던지거나 굴리는 놀이.

다. 플로베르는 사람들의 시선을 피하고 있다. 그는 카르멜 광장에서 대성당 쪽으로, 그가 경멸했던 도시, 그리고 그 앙갚음으로 그를 크게 무시해 온 그 도시를 넘어 멀리 남쪽을 응시하고 있다. 방어 자세를 취하듯 높이 세운 머리 부분은 사람의 눈이 미치지 못하고, 비둘기들만이 플로베르의 벗어진 머리를 제대로 볼 수 있다.

이 동상은 원래의 작품이 아니다. 1941년, 독일군이 플로베르의 첫 동상을 쇠울타리와 문고리까지 함께 어디론가 가져갔다. 아마 그것은 군대 계급장 따위로 바뀌었을 것이다. 그 후 10년이 넘도록 동상 없이 빈 좌대만이 놓여 있었다. 그러다가 동상에 대해 관심이 많았던 루앙[2]의 시장이 원래의 석고 원형 — 레오폴드 베른스탐이란 러시아인의 작품 — 을 찾아냈다. 시의회는 새로운 동상을 만드는 것을 승인했다. 루앙 시는 93퍼센트의 구리와 7퍼센트의 주석으로 만든 진짜 청동상을 사들였다. 동상의 주조를 맡았던 샤티용-수-바뇌의 뤼디에 회사가 이 비율의 합금은 부식될 염려가 없다고 주장했기 때문이다. 트루빌과 바랑탱이라는 다른 두 마을도 이 사업에 동참해서 석상을 사들였다. 그러나 석상의 내구성은 훨씬 약했다. 트루빌에 있는 석상은 위쪽 넓적다리 부분이 손상되어 수선했고, 수염 몇 조각은 이미 떨어져 나갔기 때문에, 윗입술에 부착된 콘크리트에서는 철사가 나뭇가지처럼 튀어나와 있다.

주조한 회사는 신뢰할 수 있을 것이다. 두 번째 주조된 이 동상은 오래 견딜 것이다. 그러나 나는 믿어도 될 만한 근거를 찾을 수 없었다. 플로베르에 관한 한 지금까지 오랫동안 변하지 않고 남아 있는 것이 거의 없기 때문이다. 그는 백 년

---

2 Rouen. 귀스타브 플로베르가 태어난 도시.

전쯤 죽었고, 이제까지 그의 것으로 남아 있는 것은 그가 쓴 것뿐이다. 기록, 관념, 구절, 은유, 음악적 구조를 가진 그의 산문뿐이다. 이런 현상은, 우연히도, 플로베르 자신의 소망대로 된 것이지만 이것을 감상적으로 아쉬워하는 사람은 플로베르 팬들뿐이다. 크루아세[3]에 있는 작가의 집은 그가 죽은 뒤 얼마 안 있어 헐렸고, 그 자리에는 상한 밀에서 알코올을 추출하는 공장이 들어섰다. 그의 동상이 제거되는 데도 오랜 시간이 걸리지 않을 것이다. 동상을 좋아하는 시장이 동상을 세울 수 있다면, 다른 시장 — 플로베르에 관한 사르트르의 글을 어렴풋이 읽은 학자연하는 공산당 추종자 — 은 동상을 열심히 헐어 버릴 수 있을 것이다.

내가 그 동상 이야기부터 시작한 이유는 이 책의 전체 구상을 그곳에서 세웠기 때문이다. 왜 우리는 그 책을 쓴 작가에 대해 무엇인가 알고 싶어 하는가? 왜 우리는 작가를 내버려 두지 않는가? 왜 우리는 이미 쓰인 소설을 읽는 것만으로 만족하지 않는가? 플로베르는 그렇게 되기를 바랐다. 쓰인 텍스트의 객관성과 작가 개성의 무의미성을 플로베르만큼 신봉한 작가도 드물다. 그런데도 우리는 여전히 그의 뜻을 어기고 그를 뒤쫓고 있다. 초상, 얼굴, 서명, 93퍼센트의 구리로 만든 동상과 나다르[4]가 찍은 사진, 그리고 옷자락과 머리카락 등. 무엇이 우리를 유품에 열광하게 하는가? 우리는 언어만으로는 부족하다고 생각하는 것이 아닐까? 우리는 한

---

3 Croisset. 루앙 근교의 도시. 플로베르는 25세 때 어머니와 조카딸 카롤린과 함께 크루아세로 이사했으며, 59세로 사망할 때까지 이곳에서 대부분의 저작 활동을 했다.

4 Nadar(1820~1910). 펠릭스 투르나숑의 필명. 프랑스의 사진작가이자 소설가. 우리가 볼 수 있는 플로베르의 사진은 나다르가 찍은 사진이다.

사람의 인생이 뒤에 남긴 것은, 무엇인가 부족한 것을 보충하는 진실을 갖고 있다고 생각하는 것일까? 로버트 루이스 스티븐슨이 죽었을 때, 장사꾼 기질이 농후한 스코틀랜드 출신인 그의 유모는 40년 전에 작가의 머리에서 자른 것이라며 머리카락을 팔기 시작했다. 그런 것을 찾아다니는 사람들이 그 말을 믿고 소파 속을 채울 만큼 많은 머리카락을 샀다.

나는 크루아세를 뒤로 미루기로 결정하고 루앙에 5일간 머물렀다. 어린 시절의 버릇 때문에 나는 아직도 제일 좋은 것은 맨 마지막까지 건드리지 않는다. 작가들도 때때로 이와 비슷한 충동에 사로잡히는가? 기다리고, 기다려라. 가장 좋은 것은 아직 남아 있다. 만일 그렇다면, 미완성 작품들은 얼마나 매력적인가? 그런 작품 중에 두 작품이 당장 생각난다. 『부바르와 페퀴셰』는 플로베르가 세계 전체를 그리고 인간의 노력과 인간의 고통 전부를 담아 놓고 그것들을 정복하려 한 작품이다. 그리고 사르트르의 『집안의 백치』는 플로베르의 모든 것을 담으려 했다. 즉 위대한 작가이자 부르주아의 대표적 존재, 그리고 외경을 느끼게 하는 존재이면서 적이자 현인인 한 사람을 완벽하게 담아서 정복하려 한 것이다. 뇌졸중이 앞의 계획을 무산시켰고, 실명(失明)이 나중의 계획을 가로막았다.

한때, 나는 책을 쓰겠다는 생각을 했다. 나에겐 아이디어가 많았고, 준비 노트까지 만들었다. 그렇지만 나는 결혼해서 자식이 있는 의사였다. 사람이 정말로 잘할 수 있는 일은 단 한 가지뿐이다. 플로베르는 그것을 알고 있었다. 내가 잘할 수 있던 것은 의사라는 직업이었다. 나의 아내는······ 죽었다. 아이들은 이제 따로 살고 있고, 그들은 죄의식이 들 때만 편지를 쓴다. 당연히 그들에게는 그들의 삶이 있다. 〈삶! 삶!

생식기가 발기하고!〉 플로베르가 이렇게 외쳤다는 부분을 나는 일전에 읽고 있었다. 읽다 보니 나 자신이 넓적다리를 보수한 석상이 된 듯한 느낌이 들었다.

　쓰이지 않은 책? 그 때문에 분개할 이유는 없다. 그런 책은 이미 너무나 많이 있다. 나는 『감정 교육』의 마지막 부분을 상기했다. 프레데리크와 그의 동료 델로리에가 그들의 삶을 뒤돌아보는 장면이었다. 그들이 가장 좋았다고 회상하는 추억은 오래전 아직 그들이 학생이었던 시절에 매음굴을 찾아갔던 일이다. 그들은 세밀하게 방문 계획을 세웠고, 만일을 대비하여 특별히 머리를 볶았으며, 창녀들에게 줄 꽃을 훔치기까지 했다. 그러나 매음굴에 들어갔을 때, 프레데리크는 당황했고 둘 다 줄행랑을 놓았다. 그런 날이 그들의 생애에서 최고의 날이었다. 가장 확실한 쾌락은 기대의 쾌락임을 플로베르는 암시하고 있는 것이 아닐까? 삭막한 성취의 다락방에 뛰어들 필요가 누구에게인들 있겠는가?

　첫날, 나는 루앙의 여기저기를 배회하며 하루를 보냈다. 1944년에 방문했을 때 보았던 곳이 남아 있는지 찾아보려고 했다. 물론 광범위한 지역이 포탄에 맞아 폭파되었다. 40년이 지난 지금까지도 사람들은 대성당을 수리하고 있었다. 흑백 사진 같은 나의 기억을 채색할 만한 것이 별로 없었다. 이튿날 나는 캉을 향해 서쪽으로 차를 달리다가, 바닷가를 향해 북쪽으로 갔다. 관광 교통부가 세운, 비바람으로 다 낡은 양철 표지판들을 따라갔다. 이것을 따라가면 〈상륙 해안 순환 도로〉가 나오는데, 이 길은 노르망디 상륙 작전을 기념하는 관광 도로이다. 아로망슈 동쪽에 영국군과 캐나다군이 상륙한 황금 해안, 주노 해안, 대검 해안이 있다. 상륙한 해안에 이런 이름을 붙인 것은 상상력이 풍부한 단어의 선택이라고 볼 수는 없다. 오마하와 유타 같은 이름보다도 훨씬 덜 인상적인 이름들이다. 물론 그 단어들이 인상적인 것은 다른 이유 때문이 아니라 그곳에서 있었던 전투 때문이니 왈가왈부할 필요는 없다.

그레예-쉬르-메르, 쿠르쇨-쉬르-메르, 베르-쉬르-메르, 아스넬, 아로망슈라고 부르는 거리들. 좁은 갓길을 내려가다 보면 영국군 공병대 광장이나 윈스턴 처칠 광장이 갑자기 나타난다. 녹슨 탱크들이 해변 초소 위쪽에 보초를 서듯 늘어서 있다. 선박의 굴뚝 같은 석판 기념비에는 영어와 프랑스어로 이렇게 쓰여 있다. 〈유럽은 1944년 6월 6일 이곳에서 용감무쌍한 연합군에 의해 해방되었다.〉 불길한 느낌이 전혀 들지 않는 매우 조용한 거리이다. 아로망슈에서, 나는 〈파노라마 망원경(고성능 15경치/60초 지속)〉에 1프랑 동전을 두 개 넣고, 해마처럼 굽은 멀베리 항구[5]를 거쳐 멀리 바다까지 바라보았다. 콘크리트 탄약고들이 점, 대시, 대시, 대시 모양으로 눈에 들어왔고, 사이사이로 바닷물이 한가롭게 넘실대고 있었다. 네모난 돌멩이처럼 버려진 이들 전시 탄약고들은 이미 가마우지 새들이 점령하고 있었다.

나는 해안이 바라보이는 마린 호텔에서 점심을 먹었다. 전우들 — 전쟁이란 인연으로 뜻밖에 친구가 된 사람들 — 이 전사한 장소에 가까이 있었지만 아무런 감동도 없었다. 영국 육군 제2군, 제50 기갑 사단. 잠자고 있던 기억들이 되살아났으나 아무런 감정도, 감정의 추억마저도 느낄 수 없었다. 점심 식사 후, 나는 기념박물관에 가서 상륙 작전을 다룬 영화를 보았다. 그리고 9세기 전의 또 다른 영국 해협 횡단 침공을 조사하기 위해 10킬로미터 떨어진 바이외까지 차를 몰고

---

5 Mulberry Harbour. 노르망디 상륙 작전 당시 급조된 항구.

갔다. 마틸다 여왕이 색실로 수놓은 자수는 각 장면과 장면을 수평으로 연결한 영화 같았다. 두 차례의 침공이 모두 똑같이 낯설게 느껴졌다. 사실로 믿기에 하나는 너무 먼 것이고, 다른 하나는 너무나 친밀하게 느껴지는 것이었다. 우리는 과거를 어떻게 포착하는가? 도대체 우리는 그렇게 할 수 있기는 한 것인가? 내가 의과 대학생이었을 때, 장난꾸러기들이 학기말 댄스파티에 기름으로 범벅이 된 돼지새끼 한 마리를 파티 장소에 풀어놓았다. 돼지는 사람들의 다리 사이를 허우적대며, 붙잡히지 않으려고 도망치면서 연방 비명을 질렀다. 사람들은 돼지를 잡으려다 넘어지고, 그러는 사이에 꼴이 우스꽝스러워졌다. 과거란 흔히 그 돼지새끼처럼 행동하는 듯하다.

루앙에서의 셋째 날, 나는 걸어서 시립 병원에 갔다. 작가 귀스타브의 아버지가 외과 과장으로 근무했고, 그가 어린 시절을 보냈던 곳이다. 귀스타브 플로베르 로를 따라서 플로베르 인쇄소와 플로베르라는 간판을 단 스낵바를 지나갔다. 올바른 방향으로 가고 있다는 생각이 들었다. 해치백 스타일의 커다란 흰색 푸조 한 대가 병원 근처에 주차하고 있었다. 차체에는 푸른색 별들과 전화번호, 그리고 〈플로베르 앰뷸런스〉란 글자가 써 있었다. 플로베르가 의사라는 말인가? 그럴 법하지 않다. 나는 조르주 상드가 나이 어린 동료 작가를 어머니처럼 꾸짖었던 말이 생각났다. 〈당신의 작품은 사람을 우울하게 하지만, 나의 작품은 사람을 위로한다.〉 그 푸조 차는 〈조르주 상드 앰뷸런스〉라고 불려야 할 것이다.

시립 병원에서는 야위고 침착하지 못한 안내원이 나를 맞이했다. 나는 그가 입고 있는 흰색 코트 때문에 당황했다. 그는 의사도, 약사도, 크리켓 심판도 아니었다. 흰옷이란 소독이나 공정한 판정을 뜻한다. 박물관 안내원이 왜 흰옷을 입어야 하는가? 귀스타브의 어린 시절을 세균으로부터 보호하기 위한 것인가? 이 박물관은 일부는 플로베르와 관련된 것이고 나머지는 의학 역사에 관한 것이라는 설명을 하고, 안내원은 서둘러 나를 이 방 저 방 데리고 다녔는데 문을 나서기가 무섭게 요란한 소리를 내며 잠갔다. 귀스타브가 태어난 방, 그가 쓰던 오드콜로뉴 병, 담배통, 첫 잡지 기고문을 보여 주었다. 플로베르의 사진이나 그림들은 멋쟁이 젊은 시절부터 시작하여 배가 불룩 나온 대머리 부르주아에 이르기까지 그가 얼마나 빨리, 지독하게 많이 변했는지를 보여 주었다. 매독 때문에 그렇게 변했다고 단정 짓는 사람도 있었고, 19세기에는 그렇게 늙는 것이 보통이었다고 말하는 사람도 있다. 어쩌면 단순히 그의 육체에 예절 감각이 있기 때문에, 때 이르게 늙어 버린 정신에 순응하기 위해서 육체도 최선을 다했는지 모른다. 나는 그가 금발이었다는 사실을 계속 떠올렸다. 자칫하면 잊어버리기 쉽다. 사진이란 모든 사람을 검은 머리로 보이게 하기 때문이다.

다른 방들에는 18~19세기의 의료 기구들이 있었다. 끝이 뾰족하고 묵직한 금속 기구류와 의사인 나도 놀랄 만큼 구경(口徑)이 큰 관장기도 있었다. 당시의 의학은 손에 땀을 쥐게 하는 매우 난폭한 직업이었음에 틀림없다. 오늘날의 의학은 알약과 관료 행정으로 끝난다. 아니면 과거가 현재보다 향토색이 더 짙어 보이는 것뿐인가? 나는 귀스타브의 형, 아실의 박사 학위 논문을 검토했다. 제목은 〈폐색된 탈장의 수술 시기에 관한 제 고찰〉이었다. 형제란 서로 닮는 것인지, 아실의 논문은 뒷날 귀스타브의 은유에 사용되었다. 〈나는 이 시대의 어리석음에 대하여 숨이 막힐 정도의 증오심이 치밀어 오르는 것을 느낀다. 꽉 막힌 탈장의 경우처럼 똥물이 나의 입에 고인다. 그러나 나는 그것을 입 안에 간직하고, 응고시켜 굳어지게 하고 싶다. 인도인들이 탑에 소똥을 칠하듯이, 나는 19세기를 칠할 반죽을 만들어 내고 싶다.〉

처음에는 두 박물관이 같이 있는 것이 이상하게 여겨졌다. 그러나 에마 보바리를 해부하고 있는 플로베르의 모습을 묘사한 르모의 유명한 만화를 기억하고는 이해가 되었다. 그 만화에서 플로베르는 여주인공의 심장을 빼내, 커다란 집게 끝에 그것을 들고 환호하고 있었다. 그는 뛰어난 외과 수술 성과를 자랑스럽게 드러내는 것처럼 심장을 높이 들어 흔들고 있었고, 그림의 왼편에는 피해를 당하고 누워 있는 에마의 발이 겨우 보인다. 작가를 도살자, 감각이 예민한 야수로 묘사하고 있다.

그다음에 나는 앵무새를 보았다. 밝은 초록빛에, 생기가 도는 눈을 가진 그 새는 작은 벽감(壁龕)에 앉아 있었다. 머리는 무엇인가를 탐색하는 듯 삐딱했다. 횃대 끝에는 앵무새 *Psittacus*라는 딱지가 붙어 있었다. 〈귀스타브 플로베르가 루앙 박물관에서 빌려 왔던 새. 『순박한 마음』을 쓰는 동안 책상 위에 놓았던 룰루란 이름의 새. 펠리시테[6]의 앵무새로 이야기의 주인공.〉 플로베르 편지의 복사본이 그 사실을 확인하고 있다. 그 앵무새는 3주 동안 그의 책상 위에 있었으며, 그 새의 모습이 그를 짜증나게 했다고 쓰여 있다.

룰루의 보존 상태는 좋았다. 깃털은 윤곽이 뚜렷했고, 눈은 백 년 전에도 그러했을 것처럼 매서웠다. 플로베르는 후세 사람들이 자기에 대해 개인적인 관심을 갖는 것을 경멸스럽게 금한 작가였지만, 나는 이 새를 쳐다보는 동안 갑자기

---

6 Félicité. 『순박한 마음』의 여주인공.

그와 강렬한 유대감을 느꼈다. 그의 동상은 다시 제작된 것이었고, 그의 집은 이미 허물어져 없어졌다. 그의 작품들은 당연히 생명을 유지하고 있다. 작품에 대한 반응이 곧 작가에 대한 반응과 일치하는 것은 아니다. 그러나 여기에서 나는 흔한 초록색 앵무새, 평범한 방법으로 처리되었는데도 불가사의할 정도로 보존 상태가 좋은 이 앵무새를 보고 이 작가를 옛날부터 알고 지냈다는 그런 느낌이 들었다. 나는 감동을 느꼈을 뿐 아니라 기운이 나기까지 했다.

호텔로 돌아오는 길에 나는 학생판 『순박한 마음』을 샀다. 아마 당신은 그 소설의 내용을 알고 있을 것이다. 펠리시테라는 불쌍하고 교육받지 못한 하녀에 관한 이야기이다. 그녀는 50년을 같은 여주인에게 봉사하며, 아무런 원망도 없이 다른 사람들의 삶을 위해 자신의 삶을 희생한다. 그녀는 흉포한 약혼자, 주인의 아이들, 조카, 그리고 팔에 암이 걸린 노인을 차례로 섬겼다. 그러나 그들은 무슨 연유인지 그녀에게서 모두 떠난다. 죽거나, 어디론가 떠나서는 무심히 그녀를 잊는다. 이런 삶의 방식에서 종교의 위안이 삶의 외로움을 메우게 되는 것은 놀라운 일이 아니다.

줄어들기만 하는 펠리시테의 사랑의 대상들 가운데서 마지막으로 남는 것이 앵무새 룰루이다. 시간이 흘러 그 새도 죽고 펠리시테는 그것을 박제로 만든다. 그녀는 자신의 곁에 그 사랑스러운 유물을 간직한다. 마침내는 그 앞에 무릎을 꿇고 기도를 하게 된다. 그녀의 순박한 마음에 교리상의 혼란이 생기기 시작한다. 전통적으로 비둘기로 대표되는 성령이 앵무새로 된다면 더 좋지 않을까 생각한다. 논리는 분명하게 그녀 편에 있다. 앵무새와 성령은 말을 하지만, 비둘기는 그렇지 않기 때문이다. 소설의 끝 부분에 펠리시테 자신도 죽는다. 〈그녀의 입술에는 미소가 떠올랐다. 그녀의 심장 박동은 조금씩 조금씩 느려지고 점점 약해졌다. 물이 말라 가는 샘이나 사라져 가는 메아리 같았다. 그녀는 마지막 숨을 거두는 순간, 하늘이 열리고 머리 위에서 커다란 앵무새가 맴도는 것을 보았다고 생각했다.〉

이야기의 어조를 조절하는 것은 매우 중요하다. 조잡하게 박제된 우스꽝스러운 이름의 새가 삼위일체 중 3분의 1을 차지하는 성령을 상징하는 것으로 끝나는 소설, 그것도 그 의도가 풍자적이거나 감상적이지도 않고 또 신성 모독도 아닌 그런 소설을 쓴다는 것이 기법상 얼마나 어려울지 상상해 보라. 더욱이 무식한 노파의 관점에서 그런 이야기를 하면서도 결코 품위 없거나 유치하게 들리지 않게 한다는 것을 상상해 보라. 그러나 『순박한 마음』의 의도는 전혀 다른 곳에 있다. 앵무새는 플로베르식 기괴함이 완벽하게 다듬어진 전형이다.

(플로베르의 의도에 반하겠지만) 우리가 하려고 든다면 그 새에 또 다른 해석을 붙일 수도 있다. 예를 들어 나이보다 빨리 늙어 버린 소설가와 나이에 맞게 늙어 간 펠리시테 사이에는 잠재된 유사성들이 있다. 평론가들은 여러 가지 유사성을 들추어냈다. 두 사람 모두 고독했다. 그들 둘 다 상실로 얼룩진 삶을 살았다. 많은 괴로움을 그들은 인내로 견디었다. 더욱 멀리까지 유사성을 비약시키려는 사람들은 펠리시테가 옹플뢰르로 가는 길에 우편 마차에 치인 사건은 부르-아샤르의 외곽 도로에서 갑자기 덮친 귀스타브의 첫 번째 간질 발작을 은근히 시사하는 사건이라고 했다. 나는 모른다. 어떤 유사성이 어디까지 잠수하면 유효하고, 그 이상 내려가면 유효하지 않은 것인가?

물론, 기본적인 면에서 펠리시테는 플로베르와 완전히 대조적이다. 그녀는 전혀 말이 없는 사람이다. 그러나 룰루가 등장할 곳이 바로 여기라고 여러분은 말할 것이다. 앵무새는 인간의 소리를 내어 말을 할 수 있는 희귀한 짐승이다. 펠리시테가 룰루를 성령과 혼동하는 것도 이유가 없지는 않다.

펠리시테+룰루=플로베르? 반드시 그렇지는 않지만, 우리는 플로베르가 그 둘에 내재해 있다고 말할 수 있다. 펠리시테는 그의 성격을, 룰루는 그의 목소리를 담고 있다. 지능은 별로 없지만 영리하게 목소리를 흉내 내는 점에서 앵무새는 〈순수 언어〉를 상징한다고 말할 수 있다. 프랑스 학자라면, 앵무새는 로고스의 상징이라고 말할 것이다. 그러나 영국인인 나는 서둘러 유형적인 존재, 즉 내가 시립 병원에서 보았던 그 날씬하고 기운찬 앵무새를 다시 생각했다. 플로베르의 책상 한쪽 끝에 앉아 그를 노려보면서 마치 유원지 거울에 비친 어떤 영상처럼 그를 조롱하고 있는 룰루를 상상해 보았다. 그렇게 3주 동안 조롱하며 앉아 있었으니 플로베르가 화가 난 것은 당연했다. 그럼 작가 자신은 불손한 앵무새보다 나은 게 있는가?

우리는 이 시점에서 플로베르가 앵무새와 만난 네 번의 경우를 주목해야 한다. 1830년대 트루빌에서 연례 휴가를 보내는 동안, 플로베르의 가족은 피에르 바르베라는 퇴역 선장의 집을 정기적으로 방문했다. 우리가 듣기에 그의 집에는 멋진 앵무새가 한 마리 있었다. 1845년 귀스타브가 이탈리아로 가던 도중 앙티브를 지날 때, 그는 일기에 쓸 정도로 인상 깊었던 병든 잉꼬 한 마리를 보았다. 그 새는 주인의 달구지 흙받이 위에서 조심스럽게 홰를 치고 있었다. 저녁 식사 때에는 주인이 방으로 들여와서 벽난로 위에 놓이고는 했다. 플로베르는 주인과 새 사이에 분명히 〈이상한 사랑〉이 있다고 일기에 적었다. 1851년 베네치아를 경유하여 동방 여행에서 돌아올 때 플로베르는 금박을 입힌 새장 속의 앵무새가 베네치아의 대운하에 울릴 정도의 큰 소리로 〈어이, 대장. 자, 가자〉라고 곤돌라 사공을 흉내 내는 소리를 들었다. 1853년, 그는 또 트루빌에 가 있었다. 약사의 집에 머무르고 있던 그는 〈자코, 너 점심 먹었니?〉, 〈바람둥이 나의 귀여운 꼬마야〉라고 외치는 앵무새 소리에 시달렸다. 그 새는 또한 「좋은 담배를 갖고 있지」라는 노래를 휘파람으로 불기도 했다. 네 마리의 새 중에 어느 놈이, 전반적이든 부분적이든, 룰루에 대한 영감을 플로베르에게 제공했을까? 1853년과 1876년 사이에 플로베르가 루앙 박물관에서 박제된 앵무새를 빌려서 갖고 있던 동안에 그는 살아 있는 다른 앵무새를 본 적이 있을까? 그런 문제는 전문가에게 미루자.

나는 호텔 침대 위에 앉아 있었다. 옆방의 전화가 다른 방 전화들의 소리를 흉내 냈다. 나는 불과 반 마일도 떨어지지 않은 플로베르의 방 벽감에 놓인 앵무새를 생각했다. 애정과 존경심을 일으키는 건방진 새. 『순박한 마음』을 끝낸 후 플로베르는 그 새를 어떻게 했을까? 그는 그 새를 벽장 속에 처박아 두고, 또 다른 담요를 찾을 일이 생길 때까지 그 성가신 존재를 잊고 있었을까? 4년 뒤, 뇌졸중으로 쓰러져 소파 위에서 죽어 갈 때는 어떤 일이 일어났을까? 혹시 그는 자신의 머리 위에서 맴도는 거대한 앵무새의 모습을 상상했을까? 그렇다면 그때의 앵무새는 성령의 환영 인사가 아니라, 하나님 말씀과의 작별 인사를 뜻하는 것인가?

〈나는 너무나 과도하게 은유를 사용하고자 하는 나의 습성 때문에 시달리고 있다. 이가 꾀어들듯이 비유하는 습성이 나를 잠식하고 있다. 나는 대부분의 시간을 비유하려는 성향을 억누르는 데 다 썼다.〉 언어는 쉽게 플로베르에게 다가왔다. 그러나 그는 언어의 본질적 불완전성도 알게 되었다. 『보바리 부인』에서 언어에 대한 그의 슬픈 정의를 상기해 보자. 〈언어란 갈라진 주전자와 같아서 우리가 그것으로 연주하면 겨우 곰들이나 장단 맞춰 춤을 춘다. 그런데도 우리는 항상 별들의 공감을 불러일으키기를 갈망한다.〉 그러니 이 작가에 대해 두 가지 견해가 있을 수 있다. 집요하게 완벽한 문체를 추구했던 작가, 아니면 언어를 불충분한 것이라고 비극적으로 생각했던 작가로 볼 수 있을 것이다. 사르트르 부류의 사람들은 플로베르를 후자로 보려고 한다. 그들은 룰루가 들은 것을 다시 반복하는 것 이외에 아무것도 할 수 없다는 사실은 소설가가 자신의 실패를 간접적으로 자백하는 것이라고 해석한다. 앵무새 같은 작가는 언어를 주어진 어떤 것, 모방적이고 무기력한 어떤 것으로 이해한다. 사르트르 자신은 플로베르가 수동적이고, 우리는 앵무새 같다라는 신념(또는 그런 신념에 대한 동조)을 가지고 있음을 비난했다고 알려졌다.

이런 해석으로 앵무새의 상징성이 기포처럼 파열해 버리고, 잠수하고 있던 또 다른 의미도 꼴까닥 죽어 버렸는가? 하나의 이야기에서 너무 많은 것을 읽어 내고 있다고 생각되는 때가 바로 당신이 가장 취약하고, 고립되어 있고 어쩌면 어리석게 느껴지는 때이다. 그러나 룰루를 하느님 말씀의 상징으로 해석하는 비평가를 틀렸다 하겠는가? 어떤 독자가 시립 병원에 있는 그 앵무새를 그 작가의 목소리를 상징하는 것으로 해석한다면 그것은 잘못된 — 더 나쁘게 말하면 감상적인 — 발상이라 하겠는가? 내가 바로 그렇게 해석했다. 어쩌면 이러한 생각이 나를 펠리시테처럼 천진난만하게 만들었는지 모른다.

『순박한 마음』을 하나의 이야기로 보든 하나의 텍스트로 보든, 그 책은 나의 머릿속에서 계속 메아리치고 있다. 데이비드 호크니[7]가 그의 자서전에서 쓴 막연하지만 호의적인 말을 인용해 보기로 한다. 〈그 이야기는 진정으로 나에게 감동을 주었다. 그리고 그것은 내가 몰입하여 실제로 사용할 수 있는 주제라는 것을 느꼈다.〉 1974년, 호크니는 두 개의 에칭을 만들었다. 하나는 펠리시테의 외국에 대한 개념(어깨에 여인을 들쳐 메고 몰래 도망하는 원숭이로)을 희화화한 그림이고, 또 하나는 펠리시테가 룰루와 함께 잠을 자고 있는 조용한 장면이다. 그는 적당한 때에 그림을 몇 점 더 제작할 것이다.

루앙 시에서의 마지막 날, 나는 크루아세로 차를 몰았다. 노르망디의 부드러운 비가 짙은 안개처럼 내리고 있었다. 푸르른 언덕들을 배경으로 센 강변에 있던 벽촌 마을이 이제는 거대한 부두로 변했다. 말뚝 박는 기계 소리가 메아리치고, 기중기들이 높이 고개를 들고 있고, 강은 완전히 상업 지역이 되었다. 화물차가 약방의 감초 격인 〈플로베르 바〉의 창문을 흔들며 지나간다.

귀스타브는 죽은 자들의 집을 부수는 동양의 습관을 기록하고 동감을 표시했다. 그렇기 때문에 자신의 집이 파괴된 것에 대해 그의 독자나 추종자들보다 상처를 덜 받을 것이다. 손상된 밀에서 알코올을 뽑아내던 공장 역시 헐렸고, 이제는 그 자리에 어울리는 제지 공장이 서 있다. 플로베르의 저택 중 남아 있는 것이라고는 도로에서 몇백 미터 떨어져 있는 1층짜리 작은 별채 한 채뿐이다. 이 여름용 별채는 플로베

---

7 David Hockney(1937~). 영국의 팝아트 예술가. 「방탕아의 일생」, 「정신 병원 장면」 등의 작품이 있다.

르가 평소보다 더 고독을 필요로 할 때 머물렀던 곳이다. 지금은 초라하고 볼품없지만, 어쨌든 그곳은 귀중한 장소이다. 바깥쪽 테라스에는 카르타고에서 발굴해 온 세로로 홈이 새겨진 돌기둥이 세워져 있는데, 그것은 『살랑보』의 작가를 기념하기 위한 것이다. 내가 문을 열고 들어서자 독일산 셰퍼드가 짖기 시작했고, 백발의 여자 안내원이 나왔다. 이 안내원은 흰 가운이 아니라 멋진 청색 유니폼을 입고 있었다. 나는 서투른 프랑스어를 지껄이면서 『살랑보』에 나오는 카르타고의 통역자들이 붙이고 있는 표식을 기억했다. 그들은 모두 그 직업의 상징으로 가슴에 앵무새 문신을 해 넣었다. 오늘 불 게임을 하던 아프리카인들의 갈색 손목에는 마오쩌둥의 스티커 초상이 붙어 있었다.

그 별채에는 지붕이 천막으로 된 정방형의 방이 하나 있을 뿐이었다. 나는 펠리시테의 방을 떠올렸다. 〈그 방은 교회와 시장 골목의 분위기를 동시에 갖고 있었다.〉 이 방 역시 — 엄숙한 유품 곁에 자질구레한 장신구가 뒤섞인 — 플로베르식 괴벽이 묘하게 결합되어 있다. 전시 품목들은 제대로 정돈되어 있지 않아서 나는 번번이 무릎을 꿇고서 진열장 속을 들여다보아야만 했다. 나의 모습은 경건한 신자의 모습이면서 동시에 고물상에서 진귀한 물건을 찾는 수집가의 모습이기도 했다.

펠리시테는 자신의 주인들의 애정이 배어 있는, 흩어진 물건들을 모으는 것으로 위안을 삼았다. 플로베르도 같은 행동을 했다. 그는 추억의 향기가 스며 있는 하찮은 것들을 보관했다. 어머니가 돌아가시고 여러 해가 지난 뒤에도 그는 때때로 그녀의 낡은 숄과 모자를 갖다 달라고 해서, 그것들을 놓고 앉아서 잠시 꿈속에 잠기고는 했다. 크루아세의 별채를 방문한 사람들은 거의 똑같은 일을 경험한다. 아무렇게나 놓여 있는 전시품들이 뜻밖에도 당신의 마음을 사로잡기 때문이다. 초상화, 사진, 석고 흉상, 파이프, 담배 단지, 편지 뜯는 기구, 입을 벌리고 있는 두꺼비 모양의 잉크병, 작가의 책상 위에 놓여 있으면서도 결코 그를 화나게 하지 않았던 금색 부처 상, 사진에서보다 더 색이 진한 금발 머리카락 등이 그것들이다.

옆에 놓인 진열장 속에 있는 두 개의 전시품은 지나치기 쉬운 것이다. 하나는 플로베르가 죽기 직전에 마지막으로 물을 마신 작은 컵이고 다른 하나는 구겨진 하얀 손수건인데 그것으로 이마의 땀을 닦은 것이 어쩌면 그의 생애의 마지막 동작이었을 것이다. 그런 사소한 물건들은 비탄과 감상을 자아낼 수 없는 것들이었지만 그것들을 보는 사이에 나는 마치 친구의 임종에 참석한 듯한 기분이 들었다. 나는 무척 당황스러웠다. 3일 전에는 가까운 동료들이 전사한 해변에 서 있으면서도 아무런 감정도 없었는데 오늘은 이상하다. 이런 점이 이미 죽은 사람들과 친하게 사귈 때의 장점이 될 것이다. 살았을 때 사귄 친구와는 달리 이미 죽은 자를 친구로 사귀면 새삼스레 그에 대한 감정이 식는 일 따위는 없기 때문이다.

그때, 나는 위쪽 벽장 위에 또 다른 앵무새가 웅크리고 앉아 있는 것을 보았다. 역시 밝은 초록빛을 띠고 있었다. 여자 안내원이 이야기하는 것을 들어도, 횃대 위에 쓰여 있는 글을 읽어도 이것 역시 플로베르가 『순박한 마음』을 쓰기 위해 루앙 박물관에서 빌려 온 그 앵무새였다. 나는 두 번째 룰루를 내려 달라는 부탁을 하고, 진열장 귀퉁이에 그 새를 조심스럽게 올려놓고는 유리 덮개를 벗겼다.

여러분은 이 두 앵무새를 어떻게 비교하겠는가? 하나는

이미 기억과 은유로 이상화된 것이고, 다른 하나는 끼룩끼룩 울어 대는 침입자란 말인가? 두 번째 앵무새가 첫 번째 것보다 신빙성이 덜하다는 것이 나의 첫 반응이었는데, 그 주된 이유는 두 번째 것이 더 온화한 모습이었기 때문이다. 머리가 더 똑바로 몸체에 붙어 있었고, 표정은 시립 병원의 새보다 덜 짜증스러웠다. 그러나 뒤이어 이 판단이 잘못이라는 것을 깨달았다. 결국 플로베르가 앵무새 선택권을 가졌던 것이 아니었으니까. 좀 더 온화한 것으로 보이는 이 두 번째 앵무새도 몇 주일 후에는 당연히 신경에 거슬렸을 것이다.

나는 여자 안내원에게 어느 쪽이 진짜냐고 물었다. 그녀는 당연히 자신의 앵무새 편이었다. 그리고 자신 있게 시립 병원 쪽의 주장을 깎아 내렸다. 나는 누군가 그 해답을 아는 사람이 있는지 궁금했다. 첫 번째 앵무새한테 성급한 의미를 부여했던 나 말고, 이런 것에 흥미를 가질 사람이 또 있을지 궁금했다. 플로베르는 〈그렇게 쉽게 의미를 부여할 수 있다고 생각한 것은 무슨 이유에서인가〉라고 물으리라. 두 번째 앵무새가 나에게 한 질책의 말이 바로 이런 것이었다. 진짜가 아니라고 생각한 룰루를 쳐다보고 서 있는 동안, 태양이 그 방의 귀퉁이를 비추어 새의 깃털을 더욱 분명한 노란색으로 바꾸었다. 나는 그 새를 제자리에 놓고 생각했다. 내 나이는 플로베르가 죽을 당시의 나이보다 더 많다. 이렇게 살아 있다는 것이 염치없는 짓 같았다. 슬프기도 하고 살아 있을 가치가 없는 것 같기도 했다.

죽기에 알맞은 때가 따로 있는가? 플로베르는 너무 일찍 죽었고, 조르주 상드도 『순박한 마음』을 읽지 못하고 죽었다. 〈나는 오로지 그녀를 기쁘게 하기 위해, 다만 그녀의 마음에 들기 위해 그 글을 시작했다. 내가 이 작품을 한참 쓰고 있을 때 그녀는 죽었다. 우리의 모든 꿈도 마찬가지이다.〉 꿈도 없고, 쓸 작품도 없고 따라서 작품을 끝내지 못하고 죽는 서글픔도 없는 것이 더 좋지 않은가? 아마도 우리는 프레데리크나 델로리에처럼 성취하지 못한 것에서 위안을 얻는 것을 더 좋아하는가 보다. 매음굴 방문을 계획하고 기대하는 즐거움, 그 후 여러 해가 지난 뒤에 행위의 추억이 아니라 못 이룬 일에 대한 추억이 더 좋은 것인가? 그런 추억이 더욱 뚜렷하고 덜 고통스럽기 때문일까?

집에 돌아온 뒤에도 두 마리의 앵무새가 나의 마음속에서 계속 푸드덕거렸다. 그중 하나는 사랑스럽고 솔직한 모습을 하고 있었으나 다른 하나는 건방지고 의심에 찬 모습이었다. 어느 쪽이 더 신빙성이 있는지를 알고 있을 만한 학자들에게 편지를 보냈다. 나는 프랑스 대사관과 미슐랭 관광 책자 편집자에게 편지를 썼다. 또한 호크니 씨에게도 편지를 썼다. 나는 그에게 나의 여행에 관해 이야기했고, 그가 루앙에 간 적이 있는지를 물었다. 호크니 씨가 잠자고 있는 펠리시테의 초상화 에칭 작업을 할 때 두 앵무새 중 어느 쪽을 염두에 두었는지 궁금했다. 만일 둘 다 아니라면, 이번에는 그가 어떤 박물관에서 아무 앵무새나 빌려다가 모델로 썼을지도 모른다고 생각했다. 나는 이 종(種)에게는 죽은 뒤에도 처녀 생식을 하는 위험한 성향이 있음을 그에게 경고했다.

나는 곧 답장을 받기 원했다.

2
연보

1

1821년

루앙 시립 병원 외과 과장인 아실-클레오파 플로베르와 플뢰리오 가문 출신 안-쥐스틴-카롤린의 둘째 아들로 귀스타브 플로베르 탄생하다. 루앙 근교 여러 곳에 부동산을 소유한 성공한 전문직 중류층 가정. 안정되고, 견문이 풍부하고, 장래가 촉망되는 야심적이면서도 평범한 배경의 가정이었다.

1825년

귀스타브의 유모, 쥘리가 플로베르 집안에 합류. 55년 뒤, 작가가 사망할 때까지 그녀는 가족과 함께 산다. 덕분에 플로베르는 평생 하인 문제로 골머리를 썩은 일이 거의 없었다.

1830년경

절친한 친구 에르네스트 슈발리에를 만나다. 그와의 일생 동안의 우정은 강건하고, 성실하며, 활기가 넘치는 것이었다.

특별히 주목할 만한 친구들로 알프레드 르 푸아트뱅, 막심 뒤 캉, 루이 부예[8]와 조르주 상드가 있다. 귀스타브는 쉽게 우정을 나누었고, 성가실 정도로 깊은 우정을 키워 나갔다.

1831~1832년
루앙 중학교에 입학하여 역사와 문학에서 특출한 재능을 보였다. 현존하는 그의 가장 초기의 글 「코르네유에 관한 에세이」는 1831년에 쓴 것이다. 청년기를 통해 희곡과 소설 등 많은 작품을 쓰다.

1836년
독일의 음악 서적 출판업자의 아내인 엘리사 슐레징거를 트루빌에서 만나 〈터무니없는〉 애정을 품는다. 이 애정은 이후 그의 청년기를 밝게 한다. 그녀는 대단한 친절과 애정으로 그를 대한다. 그들은 그 후 40년 동안 교제한다. 그는 나중에 회상하길, 그녀가 그의 애정에 냉담한 것이 다행이었다고 했다. 〈행복은 천연두와 같다. 너무 빨리 걸리면 그것은 너의 몸을 망쳐 놓는다.〉

1836년경
귀스타브는 어머니의 하녀와 처음으로 성 관계를 가진다. 이것을 기점으로 그의 활동적이고 화려한 성 편력이 시작된다. 매음굴에서 사교계로, 그리고 카이로 목욕탕 소년에서 파리의 여류 시인으로 상대를 바꾼다. 청년 시절, 그는 여인들에게 매우 매력적으로 보였으며, 자신의 말로는 정력 회복 속

---

8 Louis Bouilhet(1822~1869). 프랑스의 시인, 극작가. 어렸을 때부터 플로베르의 친구이며 동창생이기도 하다.

도가 매우 빨랐다고 한다. 그러나 말년에는 그의 예의 바른 태도와 지성과 명성으로 여인들이 그의 곁을 떠나지 않는다.

1837년

그의 첫 작품이 루앙의 문예지 『르 콜리브리』에 게재된다.

1840년

대학 입학 자격 시험에 합격하다. 가족의 친구인 의사 쥘 클로케와 피레네 산맥을 여행하다. 플로베르는 철저하게 은둔 생활을 했다는 이야기가 있으나, 실제로는 많은 여행을 했다. 이탈리아와 스위스(1845), 브르타뉴(1847), 이집트와 팔레스타인, 시리아, 터키, 그리스, 이탈리아(1849~1851), 영국(1851, 1865, 1866, 1871), 알제리와 튀니지(1858), 독일(1865), 벨기에(1871)와 스위스(1874). 그의 분신이라고 할 루이 부예의 경우와 비교해 보면 알 수 있다. 루이는 중국 여행을 꿈꾸었지만 실제로는 영국에도 가보지 못했다.

1843년

파리에서 법학 공부를 하던 플로베르는 빅토르 위고를 만난다.

1844년

귀스타브는 첫 번째 간질 발작을 일으켜 파리에서의 법학 공부를 포기하고, 크루아세의 새 저택에 은둔하게 된다. 그러나 법학을 포기한 것이 조금도 고통이 되지 않는다. 그의 은둔 생활은 작가 생활에 필요한 고독과 안정된 기반을 마련해 주었다. 결국 간질 발작은 유익한 것이었다.

1846년

〈시(詩)의 여신〉 루이즈 콜레를 만나다. 플로베르의 여성 편력 가운데 가장 유명한 연애가 시작된다. 오래 지속되었고, 정열적으로 아웅다웅했던 사랑의 기간은 두 시기(1846~1848, 1851~1854)로 나눌 수 있다. 기질상 서로 맞지 않고 미적 감각도 일치하지 않았지만, 귀스타브와 루이즈는 대부분의 사람들이 예상한 것보다 훨씬 오랫동안 함께 지낸다. 우리는 그들의 만남이 끝난 것을 애석하게 여겨야 하나? 귀스타브가 그녀에게 쓰던 찬란한 편지들이 끝났다는 의미에서는 그렇다.

1851~1857년

『보바리 부인』을 쓰고, 출간하고, 기소당했으나 재판에서 승리를 거둔다. 스캔들을 일으킨 걸작이라고 라마르틴, 생트뵈브, 보들레르 같은 다양한 경향의 작가들에게 칭찬을 받는다. 1846년, 과연 자신에게 발표할 만한 가치가 있는 작품을 쓸 수 있는 능력이 있는지 의심하고 있던 귀스타브는 다음과 같이 말한 적이 있다. 〈어느 날 내가 다시 나타난다면, 그때는 중무장을 하고 있을 것이다.〉 지금도 도처에 그의 갑옷 가슴받이가 눈부시게 빛나고, 그의 창이 전시되어 있다. 크루아세에 이웃한 캉틀뢰 마을의 주임 사제는 그의 교구민들이 그 소설을 읽는 것을 금지한다. 1857년 이후, 문학계에서의 성공은 자연스럽게 사회적인 성공을 가져온다. 플로베르는 파리에서 더 자주 눈에 띈다. 그는 공쿠르 형제, 르낭, 고티에, 보들레르와 생트뵈브를 만난다. 1862년, 레스토랑 〈마니〉에서 문학가들의 정기 만찬 모임이 결성된다. 플로베르는 그해 12월부터 정규 회원이 된다.

1862년

『살랑보』 출간. 대단한 성공. 생트-뵈브는 매슈 아널드에게 이렇게 편지를 썼다. 〈『살랑보』는 우리에게 대단한 사건이라 할 만한 걸작이다!〉 이 소설은 파리의 가장무도회에 이야깃거리를 제공한다. 이 소설은 프티 푸르[9]의 새로운 상표 이름이 되기도 한다.

1863년

플로베르는 나폴레옹 1세의 질녀, 마틸드 공주[10]의 살롱에 드나들기 시작한다. 크루아세의 곰이 사교계의 사자 가죽 속으로 자연스럽게 들어간 셈이다. 그는 일요일 오후 직접 손님들을 맞이하기도 한다. 그해에 조르주 상드와 처음으로 편지 교환을 시작하고 투르게네프도 만난다. 러시아 소설가와의 우정은 그의 명성이 유럽 전역에 알려지기 시작했다는 것을 의미한다.

1864년

콩피에뉴에서 황제 나폴레옹 3세를 알현하다. 귀스타브의 사교계 생활이 절정을 맞는다. 그는 황후에게 동백나무를 바친다.

1866년

레지옹 도뇌르 훈장을 받다.

9 *petit four*. 한입에 넣을 수 있는 소형 과자.
10 Princesse Mathilde(1820~1904). 제롬 보나파르트의 딸. 미래의 나폴레옹 3세와 약혼했으나 그의 계속되는 투옥으로 파혼하고 파리에 정착. 그녀의 살롱에서 텐, 르낭, 공쿠르 형제, 플로베르 등 당대의 유명한 예술가, 작가들이 교제를 가졌다.

1869년

『감정 교육』 출간. 플로베르는 항상 이 작품을 걸작이라고 단언한다. 영웅적인 노력이라는 전설을 만들어 냈지만(자신이 선도한 전설), 글을 쓴다는 일은 그에게 쉬운 일이 된다. 그는 많은 불평을 했지만, 그러한 불평들은 놀랄 만큼 유려한 솜씨로 편지에 쓰여 있다. 25년 동안 그는 5년에서 7년마다 한 권씩 상당한 준비를 요하는 두툼하고 충실한 내용의 책들을 낸다. 그는 단어, 구절, 운율 모두에 대하여 크게 고민했지만, 그것이 자신의 창작에 방해가 되지는 않았다.

1874년

『성 앙투안의 유혹』 출간. 이상한 작품이었음에도 불구하고 상업적으로 만족할 만한 성공을 거둔다.

1877년

『세 개의 이야기』 출간. 비평가와 일반 대중으로부터 호평을 받다. 플로베르의 작품 중 처음으로 「르 피가로」지에 호의적인 평이 게재되다. 이 책은 3년 동안 5쇄를 찍었다. 『부바르와 페퀴셰』를 쓰기 시작하다. 말년의 몇 해 동안, 새로운 세대의 사람들은 그가 프랑스 소설가 가운데 가장 탁월한 존재라는 것을 인정한다. 그는 환대받고 존경받는다. 그가 초대하는 일요일 오후 모임은 문학계의 유명한 행사가 된다. 헨리 제임스도 이 거장을 방문한다. 1879년, 귀스타브의 친구들은 그에게 경의를 표하기 위해 매년 성 폴리카르포스[11] 축일에 정례 만찬을 개최하기로 한다. 1880년, 졸라와 모파상을 포

---

11 Saint Polycarpos. 소아시아 스미르나의 주교로 마르키온의 구약 거부, 영지주의(靈知主義) 등의 이단에 대항하다가 155년(또는 177년) 순교했다.

함한 다섯 작가는 함께 쓴 단편집 『메단의 야회들 Les Soirées de Medan』을 헌사와 함께 그에게 증정한다. 이 증정은 사실주의에 대한 자연주의의 경의라는 상징으로 볼 수 있다.

1880년
명예를 누리고, 많은 사람들에게 널리 사랑을 받으며, 죽는 날까지 열심히 작품을 쓰다가, 귀스타브 플로베르는 크루아세에서 죽는다.

2

1817년
아실-클레오파 플로베르와 안-쥐스틴-카롤린 플로베르의 둘째 아이인 카롤린 플로베르가 생후 20개월 만에 죽다.

1819년
셋째 아이, 에밀-클레오파 플로베르가 생후 8개월 만에 죽다.

1821년
다섯째 아이, 귀스타브 플로베르가 탄생한다.

1822년
넷째 아이, 쥘 알프레드 플로베르가 생후 3년 5개월 만에 죽다. 두 명이 죽은 후에 태어난 귀스타브는 연약하여 오래 살지 못할 것 같았다. 의사 플로베르는 공원묘지에 가족 묏자리를 구입하고, 귀스타브를 위한 작은 무덤 하나를 팠다. 놀랍게도 그는 살아남았다. 그러나 그는 발육이 늦은 아이였다. 때로는 손가락을 입에 물고 〈거의 바보 같은〉 표정을 지으며 몇 시간씩이나 싫증 내지 않고 앉아 있었다. 사르트르에게 그는 〈집안의 백치〉였다.

1836년
엘리사 슐레징거와의 이루어질 수 없는 집요한 사랑이 시작되다. 이 사랑은 그의 마음을 마비시켜 그 후로 그는 다른 여인을 깊이 사랑할 수 없게 된다. 플로베르는 다음과 같이 회상하고 있다. 〈우리는 모두 자신의 마음속에 고귀함의 방을 하나씩 갖고 있다. 나는 그곳에 담을 쌓고 아무도 들어올 수 없게 했다.〉

1839년
난폭한 행동과 반항적인 태도 때문에 루앙 중학교에서 쫓겨난다.

1843년
파리 대학 법학부는 1년차의 시험 결과를 발표한다. 시험관들은 붉은색과 검정색 동그라미로 점수를 매겼다. 귀스타브는 검정색 두 개와 붉은색 두 개를 받아 낙제하게 된다.

1844년
최초의 간질 발작으로 충격을 받다. 그 후 여러 번 발작을 일으켰다. 〈발작할 때마다 마치 신경 조직에 출혈이 있는 것 같았다. ……몸속에서 영혼을 빼내는 것처럼 고통스러웠다〉라고 귀스타브는 후에 썼다. 그는 피를 빼내고, 알약과 탕약을 먹었다. 특별한 식이요법을 받고, 술과 담배가 금지되었다. 무덤 속에 자리를 차지하고 싶지 않다면, 엄격한 감금과 어머니의 간호가 필요하다고 했다. 세상에 발을 내딛지 못하고, 귀스타브는 세상에서 물러난다. 〈그래서 당신은 소녀처럼 보호받았겠군요〉라고 루이즈 콜레는 훗날 그에게 정곡을 찌르는 조롱을 한다. 플로베르 생애의 마지막 8년을 제외하고 플로베르의 어머니는 평생 동안 그의 건강을 처음부터 끝까지 지켜보았고, 그의 여행 계획까지 검열한다. 수십 년의 세월이 흐름에 따라 점차 그녀는 아들보다 허약해진다. 이제 더 이상 그를 염려할 필요가 없게 될 즈음, 그녀는 오히려 그에게 무거운 짐이 된다.

1846년
귀스타브의 아버지가 죽고, 이어서 사랑하는 누이동생 카롤린이 21세의 나이로 죽게 되자 귀스타브는 조카딸의 대부 역할을 맡게 된다. 일생을 통하여 그는 자신과 가까운 사람들의 죽음으로 계속 상처를 받는다. 다른 방식으로 친구를 잃은 경우가 있었는데, 6월에 있었던 알프레드 르 푸아트뱅의 결혼이 그것이다. 귀스타브는 그것을 그해에 맞은 세 번째 사별이라고 생각한다. 〈너는 이상한 일을 하고 있다〉라고 그는 친구에게 불평한다. 그해에 막심 뒤 캉에게 보낸 편지에서 그는 이렇게 쓴다. 〈물고기가 물속을 헤엄치듯 내 마음은 언제나 눈물 속을 헤엄치고 있다.〉 같은 해에 그가 루이즈 콜레를 만난 것은 위안이 되었을까? 한쪽은 학자인 체하며 고집이 세고, 다른 쪽은 무절제하며 독점욕이 강하기 때문에 두 사람은 서로에게 맞지 않는다. 그녀가 그의 애인이 된 지 6일 만에, 그들 관계는 이런 식으로 틀을 잡는다. 「소리 좀 지르지 마!」 그가 그녀에게 불만을 터뜨린다. 「그런 것들이 나를 괴롭히잖아. 도대체 내가 뭘 해주기를 원하는 거야. 모든 것을 버리고 파리에 가서 살란 말이야? 그건 안 돼.」 이런 믿기 어려운 관계는 무려 8년간이나 지속된다. 루이즈는 귀스타브가 자신을 보고 싶어 하지도 않으면서, 자신을 사랑할 수 있다는 것을 도저히 이해하지 못한다. 〈내가 여자라면 연인으로 나 같은 사람을 원하지는 않겠다. 하룻밤용으로는 괜찮지만 깊은 관계라면 안 되지〉라고 그는 6년 후에 썼다.

1848년

알프레드 르 푸아트뱅이 32세로 죽다. 〈여자건 남자건 간에 그 친구만큼 사랑했던 사람은 없다.〉 25년 후, 플로베르는 〈하루라도 그를 생각하지 않은 날이 없다〉고 고백한다.

1849년

귀스타브가 성인이 되고 나서 처음으로 쓴 작품 『성 앙투안의 유혹』을 그의 두 친한 친구, 부예와 뒤 캉에게 읽어 준다. 하루에 여덟 시간씩 4일이 걸렸다. 두 친구는 그 내용에 당황하여 서로 이야기를 나눈 후, 그 작품을 불 속에 던져 버리라고 그에게 말한다.

1850년

이집트에서 귀스타브는 매독에 걸린다. 머리카락이 많이 빠지고 살이 찐다. 이듬해, 로마에서 그를 만난 플로베르의 어머니는 변해 버린 아들을 좀처럼 알아보지 못했고, 그의 성격이 매우 거칠어졌음을 발견한다. 중년에 접어든 것이다. 〈사람은 태어나자마자, 썩어 가기 시작한다.〉 몇 년이 지나면 그의 이는 하나만 남고 모두 빠질 것이다. 수은 치료를 받았기 때문에 그의 침은 언제나 새까맸다.

1851~1857년

『보바리 부인』. 그 작품을 쓰는 건 고통스러운 일이었다. 〈그 책을 쓰는 동안 나는 관절에 납 구슬을 붙이고 피아노를 연주하는 것 같았다.〉 그리고 그 책으로 기소당한 것에 그는 경악한다. 뒷날 플로베르는 그의 걸작이 지속적으로 명성을 누리는 것에 분개한다. 사람들이 그를 단지 그 한 작품의 작가로 취급했기 때문이다. 그는 뒤 캉에게 말하기를, 만일 증권 시장에서 나에게 행운이 따른다면, 〈어떤 가격을 치르고〉라도 배본된 『보바리 부인』을 모두 사들이고 싶다고 한다. 〈나는 그것들을 불 속에 던져 다시는 그 책에 대한 이야기를 듣고 싶지 않다.〉

1862년

엘리사 슐레징거가 정신 병원에 격리 수용되다. 의사들은 그녀가 급성 우울증을 앓고 있다고 진단했다. 『살랑보』가 출간된 후 플로베르는 부유한 친구들과 사귀기 시작한다. 그러나 그는 재정 문제에는 문외한이었다. 그의 어머니는 그의 빚을 갚기 위해 재산을 처분한다. 1867년, 그는 자신의 재정 문제를 비밀리에 조카사위인 에르네스트 코망빌에게 맡겼다. 그러고 나서 13년 동안 사치와 무능력한 관리, 불운으로 플로베르는 전 재산을 모두 잃는다.

1869년

그가 언젠가 〈나의 삶을 소화하는 데 도움을 준 탄산수〉

라고 말했던 루이 부예가 죽다. 〈부예를 잃은 것은 나의 창작의 산파를 잃은 것과 같다. 그는 나 자신보다 내 생각을 더 정확히 꿰뚫어 보았던 사람이었다.〉 생트-뵈브 역시 사망하다. 〈또 한 사람이 죽었다! 몇 안 되는 친구들이 사라져 가는구나! 이제 문학에 관하여 누구와 이야기를 나눌 것인가?〉 『감정 교육』 출간. 비평가들에게서는 혹평을 받고 상업적으로도 실패한다. 그는 친구와 친지들에게 증정본 150부를 보내지만, 답례 편지는 겨우 30통에 지나지 않았다.

1870년
쥘 드 공쿠르가 죽다. 1862년 레스토랑 마니에서 정기 만찬 모임을 시작했던 일곱 명의 친구 중에 세 명만이 남았다. 보불 전쟁 중에 적군이 크루아세를 점령하다. 플로베르는 프랑스인이라는 것이 부끄러워 레지옹 도뇌르 훈장을 착용하기를 중단하고, 러시아 시민권을 얻기 위해 무엇을 해야 하는지 투르게네프에게 묻기로 결심하다.

1872년
플로베르의 어머니가 죽다. 〈내가 가장 사랑했던 사람은 불쌍하고 자애로우신 나의 늙은 어머니였다는 것을 지난 2주 동안 깨닫게 되었다. 오장 육부가 찢겨 나가는 것 같았다.〉 고티에 역시 사망하다. 〈친한 친구 가운데 유일한 생존자였던 그가 죽었다. 친구는 이제 하나도 없다.〉

1874년
플로베르는 『후보자』로 연극계에 발을 들여놓는다. 그것은 완전한 실패로 끝난다. 배우들은 눈물을 흘리며 무대를 떠났다. 이 연극은 4회만 공연하고 막을 내렸다.『성 앙투안의 유혹』출간. 〈르 피가로〉지에서『르뷔 데 되 몽드』지에 이르기까지 모두 다 형편없는 혹평뿐이었다……. 놀라운 것은 이 비난 뒤에 숨은 증오 — 나에 대한, 나 개인에 대한 증오 — 이다. 계획적인 명예 훼손……. 이 비난의 홍수가 나를 침울하게 한다〉라고 플로베르는 적고 있다.

1875년
에르네스트 코망빌의 재정적인 파산으로 플로베르 또한 몰락한다. 그는 도빌 농장을 매각한다. 자신을 크루아세에서 몰아내지 말 것을 조카딸에게 애원해야 될 정도였다. 그녀와 코망빌은 그에게 〈소비자〉라는 별명을 붙여 준다. 1879년, 그는 친구들이 주선해 준 국가 연금을 받는 신세가 되고 만다.

1876년
루이즈 콜레가 죽다. 조르주 상드도 죽다. 〈나의 마음은 커다란 묘지처럼 되어 갈 뿐이다.〉 귀스타브의 말년은 무미 건조하고 고독했다. 그는 조카딸에게 자신이 결혼하지 않은 것을 후회한다고 말한다.

1880년
가난하고, 외롭고, 지친 귀스타브 플로베르 사망하다. 그의 서거를 추모하는 글에서, 졸라는 루앙 시민의 5분의 4가 그를 모르고 지냈으며 나머지 5분의 1은 그를 미워했다고 썼다. 그는『부바르와 페퀴셰』를 미완성으로 남겼다. 이 소설을 쓰는 노고 때문에 그가 죽었다고 말하는 사람들도 있다. 투르게네프는 그가 이 작품을 집필하기 전에 이것은 단편 소설로 구성하는 게 좋겠다고 이야기했다. 장례식 후, 시인 프랑수아 코페[12]와 테오도르 드 방빌[13]을 포함한 애도하는 무리는 죽은 작가를 기리며 루앙에서 만찬 모임을 갖는다. 그들은 식탁에 앉고 나서 열세 명이 모였다는 것을 알게 된다. 미신을 믿는 방빌은 누군가 한 사람을 더 초대해야 한다고 고집을 부린다. 그는 한 사람을 더 찾아오도록 고티에의 사위, 에밀 베르제라를 거리로 내보낸다. 여러 번 실패한 후, 에밀은 휴가 중인 졸병 한 사람을 데리고 들어온다. 그 병사는 플로베르에 관해서는 들어 본 적이 없지만, 코페는 꼭 만나 보고 싶었다고 했다.

3

1842년
나와 나의 책들은 식초에 절인 오이처럼 같은 방에 있다.

1846년
내가 아주 어렸을 때, 나는 인생에 대한 완벽한 예감을 갖고 있었다. 인생은 환기창을 빠져나가는 구역질 나는 요리 냄새 같았다. 그 냄새 때문에 구토를 하게 되리라는 것은 먹어 보지 않아도 알 수 있다.

---

12 François Coppée(1842~1908). 프랑스의 시인, 극작가. 파리 변두리의 서민 생활을 노래했다. 시 「가난한 사람들」, 운문극 『행인』 등이 있다.
13 Théodore de Banville(1823~1891). 프랑스의 시인. 낙천적이고 밝은 시풍이었으며 운율의 마술사라 불렸다. 시집 『여상주』, 『기묘한 송시』 등이 있다.

1846년

내가 전에 가장 사랑했던 사람들에게 했던 것과 똑같이, 지금 나는 당신에게도 똑같이 하고 있는 것이다. 나는 가장 사랑했던 사람들에게 가방의 밑바닥을 보여 주고, 밑바닥에서 일어나는 쓰디쓴 먼지로 그들의 목을 막히게 했는데 당신에게도 마찬가지다.

1846년

나의 삶은 나 이외의 다른 사람(플로베르의 어머니)의 삶에 얽매여 벗어날 수가 없다. 그녀의 삶이 끝나지 않는 한 이러한 상태는 변함없을 것이다. 나는 바람에 날리는 해초처럼 단단한 하나의 끈으로 바위에 묶여 있다. 그 끈이 끊어지는 날 이 불쌍하고 쓸모없는 해초는 어디로 날아갈 것인가?

1846년

당신은 나뭇가지를 쳐줄 필요가 있다. 무성한 나뭇잎이 제멋대로 자란 나뭇가지가 공기와 햇빛을 쬐려고 사방으로 뻗어 있기 때문이다. 그러나 당신은 내가 멋진 나무 시렁이 되어, 벽을 따라 과일나무를 받치게 하고, 어린애도 사다리 없이 따먹을 수 있는 탐스러운 과일이 달리길 바란다.

1846년

만족을 느낀 후에는 싫증을 내고, 사랑이란 단지 정욕뿐이라고 말하는 그런 천박한 인간들과 나를 같다고 생각하지 마라. 아니다. 나의 마음속에 생긴 것은 그렇게 빨리 사라지지 않는다. 내 마음의 성들은 세워지자마자 이끼가 자라기 시작한다. 그러나 그 성들이 완전히 무너지더라도 폐허가 될 때까지는 꽤 오랜 시간이 걸린다.

1846년
나는 담배와 같다. 나를 가동시키려면 당신은 그 끝을 빨아야 한다.

1846년
바다를 향해 나아간 사람들 중에는 새로운 세계를 발견해 지도 위에 땅덩이를 보태고, 새로운 별들을 발견해 하늘에 별자리를 더하는 항해사들도 있다. 그들이야말로 영원히 빛나는 위대한 거장들이다. 그런가 하면 총을 사용하여 사람들을 공포로 몰아넣고 물건을 약탈하여 부자가 되고 살이 찌는 사람들도 있다. 금과 비단을 찾아 외국으로 떠난 사람들도 있다. 또 어떤 사람들은 미식가를 위해 연어를 잡고, 가난한 사람들을 위해 대구를 잡는다. 나는 깊은 바다 속으로 잠수했다가 파랗게 질린 얼굴에 빈손으로 떠오르는 인내심 많은, 이름 없는 진주잡이다. 숙명적인 어떤 매력이 나를 사고의 심연으로 끌고 내려간다. 항상 강한 자를 매혹시키는 깊숙한 심연 말이다. 나는 다른 사람들이 항해를 하거나 싸움질을 하는 예술의 대해를 지켜보며 나의 삶을 보낼 것이다. 때로는 아무도 갖기 원하지 않는 초록색과 노란색 조개들을 찾아 잠수하는 일을 즐길 것이다. 그것들을 오직 나 자신을 위해서만 간직하고 내 오두막의 벽들을 장식할 것이다.

1846년
나는 아름다움이라는 위대한 태양 아래에서 햇볕을 쬐며 하루를 보내는 문학 도마뱀에 불과하다. 그것이 전부이다.

1846년

나의 깊숙한 곳에는 과격하고, 친숙하며, 쓰디쓰고, 집요한 권태란 괴물이 있다. 그것은 나를 아무것도 즐길 수 없게 하고 나의 영혼을 질식시킨다. 개의 목에 돌을 매달아 물속 깊이 던지면 죽은 개들이 잔뜩 부푼 시체가 되어 물 위로 떠오르듯, 그 권태란 놈은 무슨 핑계로든 거듭거듭 나타난다.

1847년

사람들은 음식과 같다. 대부분의 부르주아들은 내게는 삶은 소고기처럼 보인다. 그 고기는 퍽퍽해서 육즙이라고는 하나도 없고, 맛도 없다(그런 음식이란 조금만 먹어도 금방 배부르게 하는 시골뜨기를 위한 음식이다). 다른 사람들은 흰 고기, 민물고기, 강바닥 진흙에서 잡은 날씬한 뱀장어, (각각 다른 짠맛이 나는) 굴들, 송아지 머리 고기, 단맛이 나는 죽과 같다. 나? 나란 음식은 여러분이 맛을 들이기 위해서는 여러 번 먹어야 하는 끈적끈적하고 역겨운 냄새가 나는 마카로니 치즈와 같다. 여러분은 마침내 나를 좋아하게는 되겠지만, 그것은 토할 것 같은 기분을 몇 번쯤 겪고 난 후일 것이다.

1847년

어떤 사람들은 부드러운 감성에 강한 지성을 지녔다. 나는 그 반대이다. 나는 부드러운 지성에 강한 감성을 가졌다. 나는 여러 겹의 껍질 밑에 우유를 숨기고 있는 코코넛과 같다. 그것을 열려면 당신은 도끼가 있어야 한다. 도끼로 깨보면 종종 무엇이 발견되는가? 일종의 시큼한 크림 같은 것이다.

1847년
당신들은 내 안에서 모든 것을 태우고, 빛나게 하고, 밝혀 주는 불을 발견하고 싶어 했다. 밝은 빛을 내고, 젖은 널빤지를 말리고, 공기를 정화시키며, 삶을 되살아나게 하는 불 말이다. 아, 슬프다! 나는 물이나 불순물이 잔뜩 섞인 질 나쁜 기름의 호수 속에서 붉은 심지를 푸드덕거리는 초라한 등불에 불과하다.

1851년
나에게 우정이란 낙타와 같다. 일단 출발하면 그것을 멈출 수가 없다.

1852년
나이가 들어 감에 따라 사람의 마음은 나무처럼 잎을 떨군다. 바람에 견딜 재간이 없다. 매일 나뭇잎 몇 장을 떨어뜨리기도 하고, 한 번에 많은 가지들을 부러뜨리는 폭풍도 있다. 봄이 되면 자연의 푸르름은 다시 돌아오지만 마음의 푸르름은 결코 돌아오지 않는다.

1852년
삶은 왜 이렇게 끔찍하단 말인가? 삶이란 머리카락이 둥둥 떠다니는 수프와 같다. 그렇지만 여러분은 그 수프를 마셔야 한다.

1852년
나는 모든 것을 비웃는다. 내가 가장 사랑하고 있는 것까지도 비웃는다. 다리미로 옷에 광채를 더하는 것처럼 나는 사실, 사물, 감정 또는 사람 그 무엇에든 기꺼이 비웃음을 퍼붓는다.

1852년

나는 나의 작품을 미칠 듯이, 변태적일 정도로 사랑한다. 고행자가 자신의 배를 긁어 대는 거친 셔츠를 사랑하듯이.

1852년

우리 노르망디 사람들 모두의 피 속에는 사과술이 조금씩 섞여 있는 것 같다. 그것은 때때로 병마개를 터뜨리기도 하는 쓰디쓴 발효주이다.

1853년

당장 파리로 이사하는 문제라면 연기하거나, 지금 당장 결행해야만 한다. 나로서는 결행이 불가능하다……. 나는 나 자신을 너무나 잘 안다. 이사를 하게 되면 이번 겨울을 전부 허송하게 되고, 어쩌면 작품을 쓰는 것을 완전히 포기하게 될지도 모른다. 부예라면 어느 곳에서나 행복하게 쓸 수 있을 거라고 말할 수 있다. 끊임없는 방해 속에서도 그는 10여 년이 넘도록 작품을 쓰고 있다……. 그러나 나는 늘어서 있는 우유 접시와 같다. 크림이 형성되기를 바라면 당신은 그것을 건드리지 말고 놓여 있는 곳에 그대로 놔둬야 한다.

1853년

나는 당신의 솜씨에 놀란다. 열흘 만에 여섯 편의 단편을 써내다니! 나는 그것을 이해할 수 없다……. 나는 낡아 빠진 수로와 같다. 나의 생각의 물길을 쓰레기들이 가로막고 있는 까닭에, 나의 생각은 천천히 흘러 펜 끝에서 방울방울 떨어질 뿐이다.

1854년

나는 나의 삶을 분류, 정리하여 모든 것을 제자리에 보관한다. 세 개의 가죽끈으로 단단히 묶어 놓은 오래된 여행 가방처럼, 나의 삶은 서랍과 칸막이로 가득 차 있다.

1854년

당신은 사랑을 청한다. 내가 당신에게 꽃을 보내지 않는다고 당신은 불만인가? 꽃이라, 좋지! 그것이 당신이 원하는 것이라면, 예의를 멋들어지게 갖추고 올바른 생각들만 하는 풋내기 소년이나 찾아보아라. 나는 귀두에 뻣뻣한 털을 세우고, 그것으로 암놈을 찢어 버리는 호랑이와 같다.

1857년

책이란 아이가 만들어지듯 생겨나는 것이 아니다. 그것들은 피라미드처럼 만들어진다. 오랫동안 심사숙고하여 계획을 세우고, 그런 다음에 커다란 돌덩이들을 차곡차곡 쌓는 일이다. 그것은 대단히 힘든 일이며, 땀이 나고, 시간을 잡아먹는 일이다. 그리고 전혀 헛된 일이다! 그저 피라미드처럼 사막 가운데 서 있을 뿐이다. 그렇지만 그것은 사막에 우뚝 솟아 있다. 자칼들이 그 밑에 와서 오줌을 깔기고, 부르주아 등산가는 그 꼭대기로 기어오르고, 기타 등등. 이런 식의 비유를 계속해 보라.

1857년

라틴어에 〈똥 속에 묻혀 있는 동전을 이빨로 꺼내는 격〉이라는 의미의 글귀가 있다. 그것은 욕심 많은 삶을 지칭하는 수사적인 비유이다. 나도 그렇다. 나는 금을 찾는 일이라면 닥치는 대로 덤빈다.

1867년

많은 것들이 나를 화나게 하는 것은 사실이다. 내가 무엇에도 화내지 않는 그날, 나는 버팀목을 뽑아낸 인형처럼 고꾸라지고 말 것이다.

1872년

나의 마음은 옛날 그대로이지만, 내 감정의 한쪽 면은 날카로워지고 다른 면은 무디어졌다. 너무나 자주 날을 갈아 금이 가고, 쉽게 부러지는 낡은 칼과 같다.

1872년

일찍이 정신적인 것이 이렇게 가볍게 여겨졌던 시대는 없었다. 모든 위대한 것에 대한 증오 — 미에 대한 멸시, 문학에 대한 저주가 이처럼 노골적인 시대는 없었다. 나는 항상 상아탑 속에서 살려고 노력했지만, 주기적으로 밀려오는 똥이 상아탑의 벽을 치며 무너뜨리려고 했다.

1873년

부르주아가 그의 다락방 선반에서 냅킨 고리를 만들어 내듯, 나는 나의 글을 계속 만들어 낸다. 그것이 나에게 일거리를 주고, 나에게 개인적인 즐거움을 제공한다.

1875년

당신의 충고에도 불구하고 나는 〈자신의 감정을 바위처럼 억제〉할 수 없다……. 나의 감각들이 모두 떨고 있다. 나의 신경과 두뇌는 심각하게 병들었다. 나는 그렇게 되었다고 느낀다. 그러나 나는 내키는 대로 행동해서, 다시 불평을 한다. 그러나 당신을 괴롭히고 싶지는 않다. 당신이 말한 〈바위처럼 진득하라〉는 말을 나는 따를 것이다. 그런데 매우 오래된 화강암도 때로는 점토로 변한다는 사실을 기억하라.

1875년

파도에 밀려 이곳저곳 떠다니는 죽은 해초처럼 나는 뿌리가 뽑힌 듯한 느낌이다.

1880년

이 책을 언제쯤 완성할 수 있을까? 그것이 문제다. 이번 겨울에 발표한다고 하면 단 1분도 더 이상 허비할 시간이 없다. 매우 피곤할 때면 오래된 카망베르처럼 나 자신이 녹아내리는 것을 느낀다.

3
발견한 사람이 임자다

그물을 정의할 때, 관점에 따라 두 가지 방법이 있을 수 있다. 일반적으로는 물고기를 잡기 위하여 실 따위를 엮어 만든 기구라고 말할 것이다. 그러나 논리를 크게 손상시키지 않고 이미지를 뒤집어, 어떤 익살맞은 사전 편집자가 그랬듯이 그물을 끈으로 엮은 구멍들의 집합체라고 정의할 수도 있다.

한 사람의 전기를 쓰는 일도 그와 같다. 저인망 그물에 자료들이 가득 차면, 전기 작가는 그물을 끌어올려 포획물을 분류하여 도로 놓아주기도 하고, 저장했다가 살을 발라내서 팔기도 한다. 그러나 그물 속에 걸리지 않은 자료들을 생각해 보라. 항상 그물에 걸려들지 않아 놓쳐 버린 자료들이 더 많다. 전기는 덕망 있는 살찐 시민처럼 조용히 서가 위에 자리한다. 1실링짜리 전기도 모든 사실을 이야기해 줄 것이며, 10파운드짜리 전기는 틀림없이 가설까지도 제공할 것이다. 그러나 어떤 전기의 주인공이 임종의 자리에서 숨을 거둠과 동시에 사라져 버리거나 도망친 모든 자료를 생각해 보라. 아무리 능숙한 전기 작가라도, 접근하고 있는 전기 작가를 보고 그를 속여 먹을 결심을 한 전기 주인공에 대항하여 이길 승산이 있겠는가?

내가 에드 윈터턴을 처음 만난 것은 유로파 호텔에서 그가 내 손 위에 자신의 손을 올려놓았을 때였다. 그저 농담처럼 들리겠지만 그것은 사실이었다. 지방에서 열린 도서 박람회에서 나는 그보다 조금 빨리 투르게네프의 『문학적 회상』에 손을 댔다. 거의 동시에 손을 내민 그도 나처럼 당황했지만 즉시 서로 사과했다. 책에 대한 광적인 사랑 때문에 손이 포개졌다는 것을 알고 난 뒤, 에드는 이렇게 중얼거렸다.

「저쪽으로 가서 이야기를 좀 하시죠.」

차를 마시는 것에는 개의치 않고, 우리는 각자 똑같은 책에 손을 얹게 된 경위를 이야기했다. 나는 플로베르에 대해 이야기했고, 그는 지난 세기말의 영국 문학계와 고스[14]에 대해 관심이 있다는 이야기를 했다. 나는 미국의 학자와 만날 기회가 거의 없었지만, 이 사람이 블룸즈베리 그룹에 싫증을 느꼈고, 그래서 더 젊고 야심만만한 그의 동료들에게 기꺼이 블룸즈베리 운동 연구를 맡겨 버렸다는 말을 듣고 놀라움과 동시에 기쁜 마음이 들었다. 그러나 그때 에드 윈터턴은 자신을 실패한 비평가로 소개하고자 했다. 그는 40대 초반에, 머리가 벗어지고, 혈색 좋은 얼굴에 테 없는 사각 안경을 낀 신중하고 품행이 방정한 은행가 타입의 학자였다. 그는 영국 옷을 사 입었지만 도무지 영국인처럼 보이지 않았다. 그는 설령 하늘이 맑더라도 이 도시는 언제 비가 올지 모른다는 생각으로 런던에서는 반드시 방수 외투를 입어야 한다고 생각하는 그런 미국인이었다. 그는 유로파 호텔 라운지에서조차 방수 외투를 입고 있었다.

---

14 Edmund William Gosse(1849~1928). 영국의 시인, 비평가. 스칸디나비아 문학을 영국에 소개했으며 입센의 극을 번역하기도 했다. 작품으로는 자전적 회상기인 『아버지와 아들』이 있다.

실패자 같은 모습이라고 해도 그것에 관해 그리 절망하는 것 같지는 않았다. 그런 태도는, 자신이 성공할 재목이 아니라는 것과 올바르고 타당한 방법에 의해 자신이 실패했다는 것을 인정하는 것이 자기의 의무라고 담담하게 받아들이는 데서 기인한 듯했다. 그는 고스의 전기를 출판하기는커녕 끝내기조차 어렵다는 이야기를 하던 중에 잠시 말을 멈추고 목소리를 낮추었다.

「그러나 어쨌든 내가 하고 있는 일을 고스 씨가 인정해 줄까 하는 의문이 들 때가 있습니다.」

「당신은 그러면……」 나는 고스에 관하여 아는 것이 없었다. 내 눈이 휘둥그레졌기 때문에 내가 발가벗은 가정부, 혼혈 사생아 그리고 절단된 육체 같은 것을 떠올린 것처럼 보였던 것이 분명했다.

「오, 아닙니다. 그런 게 아닙니다. 단지 그에 관한 걸 〈써 볼까〉 하는 생각을 했습니다. 그는 아마 그것을 뭐랄까…… 국부 타격 같은 치명타로 생각했을 겁니다.」

나는 투르게네프의 책을 그에게 양보했다. 물론 그 책의 소유에 대한 도덕성 문제를 따지고 싶지 않아서였다. 헌책의 주인이 된다는 것과 윤리가 어떤 관계가 있는지 나로서는 알 수 없었다. 그러나 에드는 소유권에 윤리적인 측면을 고려하고 있었다. 그래서 그는 만약 똑같은 책을 발견한다면 연락하겠다고 약속했다. 다음으로, 우리는 내가 그의 찻값을 지불하는 게 옳은지 아닌지에 관해 짧게 이야기를 나누었다.

1년 뒤, 그가 내게 편지를 쓴 동기가 된 문제는 말할 것도 없고, 도대체 그에게서 다시 소식을 듣게 되리라고는 생각지도 않았다. 〈줄리엣 허버트에 관해 관심이 있습니까? 자료로 판단하건대, 그것은 매우 매혹적인 것이라고 생각됩니다. 만

일 당신이 그 자료를 보기 원하신다면, 8월에 당신은 나를 런던에서 볼 수 있을 겁니다. 에드(윈터턴).〉

약혼녀가 주홍색 벨벳 상자를 딸깍하고 열었을 때 그 속에 반지 한 세트가 들어 있는 것을 보면 그녀는 도대체 어떤 느낌을 가질까? 나는 아내에게 그런 것을 물어본 적이 없다. 묻기에는 이제 너무나 늦었다. 플로베르는 피라미드 꼭대기에서 일출을 기다리며 주홍색 벨벳 같은 밤의 장막으로부터 황금 햇살이 부서지는 것을 보고 무엇을 느꼈을까? 놀라움과 경외와 격렬한 기쁨이 나의 마음속에 용솟음쳐 올라온 것은 내가 에드의 편지에서 두 단어를 읽은 순간이었다. 〈줄리엣 허버트〉란 두 단어가 아니고, 다른 두 단어 즉 〈매혹적인〉이란 단어와 〈자료〉라는 단어였다. 그 두 단어 이외에 더할 수 없이 기쁘고 또한 더할 수 없이 소중한 것이 있겠는가? 어디선가 명예 학위를 받을 수 있겠다는 부끄러운 생각을 했던 것인가?

줄리엣 허버트는 앞에서 정의한 끈으로 엮은 구멍 중에서 커다란 구멍이다. 그녀는 1850년대 중반에 플로베르의 조카 딸 카롤린의 가정교사로, 정확히는 알 수 없지만 몇 년간 크루아세에 머물렀다. 그리고 런던으로 돌아갔다. 플로베르는 그녀에게 편지를 썼고 그녀도 그에게 편지를 보냈다. 그들은 서로 자주 방문했다. 우리는 그 이상은 아무것도 모른다. 그녀가 보낸 편지도 그녀가 받은 편지도 남아 있는 것은 한 통도 없다. 우리는 그녀의 가족에 대해서도 아무것도 모른다. 우리는 그녀가 어떻게 생겼는지도 모른다. 그녀를 묘사한 글은 남아 있는 것이 없다. 플로베르가 죽은 후, 그의 삶에서 중요한 역할을 했던 여인들 대부분을 그의 친구들은 회고하고 있었지만 아무도 이 여자를 언급할 생각은 하지 않았다.

줄리엣 허버트에 관한 전기 작가들의 견해는 여러 가지이다. 남아 있는 자료가 거의 없다는 것은 그녀가 플로베르의 삶에서 별로 중요하지 않았음을 뜻한다고 생각하는 사람도 있고, 또 다른 사람들은 입증 자료의 부재를 들어 그 반대를 추론하고 있다. 플로베르의 애를 태웠던 그 가정교사는 그의 애인 중의 한 사람이고, 〈알려지지 않은 그의 위대한 사랑〉일지도 모르며 어쩌면 그의 약혼자였을지도 모른다고 주장한다. 가설을 세우는 것은 전기 작가의 공통적인 기질이다. 귀스타브가 그의 애견 그레이하운드를 줄리오라고 부른 사실에서 우리는 줄리엣 허버트에 대한 사랑을 유추할 수 있을까? 그렇게 하는 사람도 있겠지만 내가 보기엔 너무 속이 들여다보이는 생각이다. 그렇다면 귀스타브가 여러 통의 편지에서 조카딸을 〈룰루〉라 부르고, 뒤에 펠리시테의 앵무새에 그 이름을 붙인 사실에서 우리는 무엇을 추론할 수 있을까? 조르주 상드가 숫양을 귀스타브라 부른 사실에 대해서는 우리가 어떻게 이해해야 하나?

줄리엣 허버트에 대한 플로베르의 유일한 언급은 부예가 크루아세를 방문한 후 그에게 쓴 편지 속에 나타난다.

자네가 여자 가정교사에게 몸이 후끈 단 것을 보고 난 뒤, 나 역시 그런 기분이 들었네. 식탁에 앉았을 때, 내 시선은 저절로 그녀의 드러난 가슴의 부드러운 곡선을 따라 움직였네. 그녀는 내 시선을 눈치 채고 있었다고 생각하네. 그 증거로 식사 때마다 대여섯 번이나 얼굴이 빨개졌거든. 가슴의 곡선을 성루의 경사에 비교한다면 얼마나 멋진 비유인가? 성을 공격할 때, 큐피드들은 경사면 위에서 뒹굴지. (우리 호색한의 목소리로 말하자면) 〈그래, 그쪽

을 향하여 어떤 종류의 대포를 조준해야 할지 나는 분명히 알고 있네.〉

우리는 이 글을 읽고 성급한 결론을 내려야 하나? 솔직히 이것은 플로베르가 자신의 친구들에게 편지할 때 은근히 으스대며 쓰는 그런 말이다. 나 자신도 그것에 수긍이 가지 않는다. 진실한 욕망은 그런 식으로 쉽게 하나의 은유로 전환되는 것이 아니다. 그러나 모든 전기 작가들은 무의식중에 그들의 주인공의 성생활을 입수해서 알리고 싶어 한다. 플로베르뿐만 아니라 나에 대해서도 판결을 내려야 되지 않겠는가?

에드는 줄리엣 허버트에 관한 자료를 정말로 찾아낸 것일까? 나는 이미 무엇인가 손에 넣은 기분이 들었다. 중요한 문학 잡지에 그 사실을 발표하는 것을 상상했다. 아마도 나는 『TLS』[15]에 발표할 것이다. 〈줄리엣 허버트의 신비: 제프리 브레이스웨이트에 의해 벗겨지다.〉 필적을 알아볼 수 없는 편지 원고가 사진과 함께 실릴 것이다. 그리고 나는 에드가 캠퍼스에서 이번 발견은 자신이 우연히 발견한 것이라고 떠벌리면서, 우주 비행사처럼 머리를 짧게 자른 어떤 야심만만한 프랑스어 전문가에게 그 자료를 넘겨준 것이라고 말할지도 모른다는 걱정이 들기 시작했다.

그러나 이런 나의 상상이 전혀 무가치하고 있을 법하지 않은 망상이기를 바랐다. 나는 귀스타브와 줄리엣의 관계에 대한 비밀을 발견하게 되리라는 생각에 가슴이 떨렸다(에드의 편지에서 〈매혹적인〉이라는 단어가 그 밖에 무엇을 의미하겠는가). 나는 그 자료가 플로베르가 어떠한 인물이었는지를 더욱 정확히 추측할 수 있게 하리라는 점 때문에 흥분했다.

15 *Times Literary Supplement*. 영국에서 가장 권위 있는 서평지.

그물은 점점 확실히 당겨지고 있었다. 예를 들어 플로베르가 런던 체류 중에 어떻게 처신했는지도 밝혀지게 될까?

이것은 대단히 흥미 있는 것이다. 19세기, 영국과 프랑스의 문화적 교류는 기껏해야 실용적인 차원에 머물렀다. 프랑스 작가들이 해협을 건너 영국 작가들과 미학에 관해 토론을 한 적은 없었다. 그들은 기소를 피해 도망쳤든가, 아니면 직업을 찾기 위해 영국에 왔다. 위고와 졸라는 망명자로 왔었고, 베를렌과 말라르메는 교사로서 건너왔다. 만성적인 가난에 시달리던 빌리에 드 릴-아당은 돈 많은 과부를 찾으려는 매우 현실적인 목적을 갖고 건너왔다. 파리의 중매쟁이는 그에게 털외투와 회중시계와 새로 산 의치 한 벌을 가지고 가도록 했다. 품목들은 그 작가가 돈 많은 과부로부터 지참금을 손에 넣었을 때 대금을 치르도록 된 것들이었다. 그러나 지칠 줄 모르고 사고를 잘 내는 빌리에는 그 구애 사업을 망쳐 버렸다. 과부에게는 퇴짜를 맞았고, 중매쟁이에게는 외투와 시계를 돌려 달라는 닦달을 받았다. 버림받은 구혼자는 슬프게도 의치만 남아 무일푼이 된 채 런던의 떠돌이 신세가 되었다.

그렇다면 플로베르는 어떠했는가? 우리는 그가 런던을 네 번 방문했다는 사실 외에는 아는 바가 없다. 그는 1851년의 대박람회에 대하여 뜻밖에도 〈모든 사람들이 칭송해 마지않았는데 어쨌든 대단히 훌륭하다〉고 만족스러워했다. 그러나 이 최초의 영국 방문에 대한 기록은 겨우 7페이지에 불과하다. 2페이지는 영국 박물관에 대하여, 5페이지는 크리스털 궁전의 중국관과 인도관에 관한 것이다. 영국인에 대한 그의 첫인상은 어떠했는가? 그는 줄리엣에게 말했을 것이다. 영국인은 그의 『통념 사전』에 적혀 있는 것에 어울리는 생활을 했는가(영국 남자: 모두 부유하다. 영국 여자: 그렇게 예쁜 아이들을 낳는 것이 놀랍다)?

그리고 그 악명 높은 『보바리 부인』의 작가가 된 뒤에 그의 방문은 어떠했을까? 그는 영국의 작가들을 방문했을까? 그는 영국의 매춘부들을 찾았을까? 그는 줄리엣의 집에 편안히 머무르며, 식탁 너머로 그녀를 노려보다가 (내가 반쯤 그랬기를 바라듯이) 그녀의 성채를 공격했을까? 그들은 그냥 단순한 친구로 끝났을까? 플로베르의 영어는 그의 편지에서 알 수 있듯이 되는대로였을까? 그는 겨우 셰익스피어식 영어를 구사했을까? 그는 안개에 대하여 많은 불평을 했을까?

내가 식당에서 에드를 만났을 때, 그는 전보다도 신색이 좋지 않았다. 그는 예산 삭감과 야박한 세상인심, 그리고 자신이 쓴 것을 출판하지 못한 일 등에 대해 이야기를 했다. 그에게서 들었다기보다 그의 이야기에서 추측한 것이지만 그는 해고당한 것 같았다. 그의 설명에 따르면 그의 해고는 얄궂은 것이었다. 그는 일에 헌신적이어서 세상 사람들에게 고스를 소개할 때 정말로 올바르게 하려 했으나, 그러한 그의 의지 때문에 해고당했다는 것이었다. 대학의 선배 학자들이 적당히 하라는 제안을 했지만 그는 그렇게 하고 싶지 않았다. 그렇게 하기에는 작품과 작가들을 너무 존경하고 있었다. 〈제 말은, 이런 분들에게 우리가 무엇인가 보답을 해야 하지 않겠느냐는 겁니다〉라고 그는 결론지었다.

내가 그에게 보낸 동감은 그의 기대보다는 약간 떨어졌을 것이다. 그러나 어쨌든 오는 행운을 막을 수 있겠는가? 이번만은 행운이 나를 찾아오고 있었다. 나는 무엇을 먹을 것인지는 개의치 않고 재빨리 저녁 식사 주문을 끝냈다. 에드가 메뉴를 앞에 놓고 무엇을 먹을 것인가 골똘히 생각하는 모습은 마치 몇 달 만에 처음으로 정식을 먹게 된 베를렌처럼 보였다. 에드가 자신에 대한 넋두리를 지루하게 늘어놓는 것을 들으며, 동시에 새끼 청어를 천천히 먹는 것을 지켜보고 있다가 나의 참을성은 한계에 다다랐다. 하지만 흥분은 여전했다.

「맞는 말씀입니다.」 정찬이 시작될 때 내가 말했다. 「이제 줄리엣 허버트 이야기를 합시다.」

「아!」 그가 말했다. 「그럽시다.」 나는 이 작자를 한번 다그칠 필요가 있음을 알 수 있었다. 「그것은 이상한 이야기입니다.」

「그런 것 같습니다.」

「그렇습니다.」 에드는 조금 곤혹스러워하는 듯했다. 아니 당황하고 있었다. 「실은 여섯 달쯤 전에 이곳에 와서 고스의 먼 후손 한 사람을 찾아 나섰습니다. 특별한 것을 찾으리라고는 기대하지 않았습니다. 내가 알기로는 어느 누구도 문제의 부인에게 말을 건 적이 없었습니다. 그녀를 만나 보는 것이…… 나의 의무라고 생각했습니다. 내가 미처 몰랐던 그 가문에 대대로 전해 오는 이야기가 그녀에게 있을 법했습니다.」

「그래서요?」

「그래서? 오, 없었습니다. 아니, 그녀는 하등 도움이 되지 못했습니다. 그렇지만 켄트에서는 좋은 하루였습니다.」 그는 다시 곤혹스러운 빛을 띠었다. 웨이터가 거칠게 벗겨 버린 방수 외투 때문인지 불안해 보였다. 「나는 당신이 무엇을 듣고 싶어 하는지 잘 압니다. 그녀에게 전해 내려온 것은 몇 통의 편지였습니다. 이쯤에서 이 점을 분명히 해야겠는데 틀렸으면 당신이 정정해 주리라 생각합니다. 줄리엣 허버트는 1909년경에 죽은 게 맞지요? 그녀에게는 사촌이 한 명 있었는데 여자였습니다. 그것도 맞고요. 그런데 이 여성이 줄리엣의 편지 다발을 발견하고, 고스에게 가져가 어느 정도의 가치가 있는지 물었습니다. 고스는 자신에게 돈을 바라고 찾아왔다고 생각했습니다. 그래서 그는 이 편지 다발이 흥미가 있는 것은 틀림없지만 돈의 가치는 전혀 없다고 대답했습니다. 그래서 이 사촌은 그것을 그에게 넘겨주며 〈이것들이 가치가 없는 것이라면 당신이 가지세요〉라고 말했고, 그래서 고스가 그것을 가졌습니다.」

「당신은 그 모든 걸 어떻게 알았습니까?」

「고스 씨가 쓴 편지 한 통이 같이 있었기 때문입니다.」

「그래서요?」

「그렇게 편지 다발이 전해 내려와 켄트에 사는 이 부인의 손에 있게 된 것입니다. 그녀가 같은 질문, 즉 〈그것들이 어떤 가치가 있습니까?〉 하고 나에게 물었습니다. 나는 비도덕적으로 처신하지 않았나 후회하고 있습니다. 나는 그녀에게 고스가 그것을 검토했을 당시에는 가치가 있었지만 이제는 그렇지 않다고 말했습니다. 그리고 아직도 흥미는 있지만 그것의 절반이 프랑스어로 쓰여 있기 때문에 많은 가치는 없다고 그녀에게 말했습니다. 그리고 나서 나는 그녀에게서 그 편지들을 50파운드에 샀습니다.」

「잘하셨습니다.」 이 친구가 교활한 얼굴을 하고 있는 것도 당연했다.

「그래요. 내가 나빴습니다. 그렇지 않습니까? 나 자신을 결코 용서할 수 없습니다. 고스가 그것들을 손에 넣었을 당시 그 자신이 거짓말을 한 사실이 그 문제를 흐리게 했지만 말입니다. 그것은 윤리적으로 흥미 있는 문제를 일으키고 있다고 생각하지 않습니까? 사실 나는 나의 직업을 잃게 될 형편이어서 꽤 우울했습니다. 그래서 나는 편지 다발을 집으로 가져가서 그것을 팔면 나의 책을 계속 쓸 수 있으리라 생각했습니다.」

「편지는 몇 통이나 있었습니까?」

「75통쯤 됩니다. 양쪽에서 각각 36통 정도였습니다. 그것을 기준으로 가격을 정했습니다 — 영어로 쓴 것은 한 통에 1파운드, 프랑스어로 쓴 것은 한 통에 50펜스.」

「잘하셨습니다.」 나는 그것의 가치가 얼마나 되는지 생각했다. 아마 그가 지불한 것의 천 배 가치는 될 것이다. 어쩌면 그 이상일지도 모른다.

「그래요.」

「편지에 대한 이야기를 좀 더 해주십시오.」

「아.」 그는 말을 멈추고, 나를 흘끗 쳐다보았다. 그가 비실비실하고 학자인 체하는 친구가 아니었더라면 불한당이라 불러도 좋을 정도의 눈초리였다. 아마 그는 흥분한 나의 모습을 즐겼을 것이다. 「다 쏟아 놓으라고요? 당신은 무엇을 알고 싶습니까?」

「그 편지들을 읽었습니까?」

「네, 물론이지요.」

「그…… 그렇다면…….」 나는 무엇을 물어야 좋을지 몰랐다. 에드는 이런 나의 태도를 즐기는 게 분명했다. 「그렇다면…… 그들은 연애를 했습니까? 그랬습니까, 그렇지 않았습니까?」

「물론, 했습니다.」

「그러면 언제 시작되었습니까? 그녀가 크루아세에 도착하자마자 바로였습니까?」

「예, 그렇습니다. 바로 시작되었습니다.」

그렇다면, 부예에게 보낸 편지는 사실이 분명했다. 플로베르는 그 여자 가정교사와 놀아날 가능성이 자기 친구보다 나을 것도 없고 못할 것도 없는 체하며 친구를 놀려 댔지만, 실제로는…….

「그녀가 그곳에 있는 동안 그들의 관계는 계속되었습니까?」

「네, 그렇습니다.」

「그러면 그가 영국에 왔을 때는 어땠습니까?」

「그때에도 역시 그랬습니다.」

「그녀는 그의 약혼자였습니까?」

「그것은 말하기 어렵습니다. 내 추측이지만 거의 그렇습니다. 대부분의 내용이 농담처럼 보이지만 두 사람의 편지를 보면 그것을 언급하는 문구가 몇 번인가 나옵니다. 한낱 영국인 가정교사가 유명한 프랑스 작가에게 올가미를 씌우는 말들을 하고 있습니다. 만약 그가 또다시 공중도덕을 모독하여 투옥된다면 그녀는 어떻게 해야 하는가? 그런 종류의 말들입니다.」

「아, 그렇군요. 그런데 그녀는 어떤 여성이었습니까?」

「어떤 여성이었냐고요? 아, 당신은 그녀의 모습을 말하는 겁니까?」

「네, 그렇습니다. 뭔가 없었습니까, 말하자면……」 그는 내가 무엇을 바라는지 알아챘다. 「……사진이라든지?」

「사진 말입니까? 네, 실은 몇 장 있었습니다. 첼시아 사진관인지 어딘지에서 찍은 두꺼운 종이에 현상된 사진들입니다. 그는 그녀에게 사진을 몇 장 보내라고 했을 겁니다. 그것이 흥미롭습니까?」

「믿을 수 없는 일이군요. 그녀는 어떻게 생겼습니까?」

「특징은 없었지만 꽤 예뻤습니다. 검은 머리에 야무진 턱, 예쁘장한 코. 내가 좋아하는 타입은 아니어서 자세히 보지는 않았습니다.」

「그래 두 사람은 잘 지냈습니까?」 나는 더 이상 무엇을 물어야 할지 몰랐다. 『플로베르의 영국인 약혼녀.』 제프리 브레이스웨이트 씀. 나는 마음속으로 그런 제목을 생각해 보았다.

「네, 그렇습니다. 그런 것 같습니다. 그들은 매우 행복하게 지냈던 것 같습니다. 나중에 그는 영국식 애정 표현을 상당히 많이 알게 되었습니다.」

「그는 영어를 능숙하게 구사했습니까?」

「네, 그렇습니다. 그의 편지에는 영어로 쓴 긴 문장이 여럿 있습니다.」

「그는 런던을 좋아했습니까?」

「네, 좋아했습니다. 왜 아니었겠습니까? 자신의 약혼녀가 사는 도시 아닙니까.」

친애하는 귀스타브여, 나는 마음속으로 중얼거렸다. 그에 대한 강한 친밀감이 솟았다. 바로 이 도시에서, 1세기 하고도 몇 년 전, 우리 영국 사람이 그의 마음을 사로잡았다. 「그는 안개에 대해 불평을 했습니까?」

「물론입니다. 〈당신은 그런 안개 속에서 어떻게 살 수 있습니까? 신사가 안개 속을 걸어오는 숙녀가 누구인지를 알았을 때는 모자에 손을 올려 인사하기에는 이미 늦습니다. 자연스러운 남녀 간의 예의도 뜻대로 되지 않는 조건에서 이 민족의 대가 끊기지 않았다는 것이 놀랍습니다〉라는 글을 편지에 썼습니다.」

틀림없이 플로베르 특유의 투였다. 우아하고, 빈정거리는 듯하면서 다소 외설스러운 데가 있다. 「대박람회에 관한 이야기는요? 상당히 좋아했다고는 생각하지만, 그것에 대해 자세히 이야기했습니까?」

「물론, 이야기했습니다. 그들이 처음 만나기 몇 년 전 일이었지만, 그는 그것을 감상적인 태도로 언급하고 있습니다.

군중들의 틈바구니에서 그녀가 옆에 있어도 모르고 지나쳐 버릴 수도 있겠다고 말했습니다. 또 다소 터무니없는 박람회였지만 꽤 멋지다고 생각하기도 했습니다. 그는 전시품들이 그에게 상당한 자료를 제공해 주는 듯이 그 전시관들을 쳐다보았던 것 같습니다.」

「그리고, 으음.」 그래, 괜찮겠지. 「그가 매춘부에게는 가지 않았다고 생각합니다만?」

에드는 꽤 불쾌한 표정으로 나를 쳐다보았다. 「하지만 그의 여자 친구에게 쓴 편지입니다, 그렇지 않습니까? 그런 것을 자랑하고 싶지는 않았을 겁니다.」

「물론, 그렇겠지요.」 나는 꾸지람을 들은 느낌이었다. 또한 기쁘기도 했다. 나의 편지들. 〈나〉의 편지들. 윈터턴은 나를 통해 그것을 출판할 계획이 아닐까?

「언제 편지를 볼 수 있습니까? 지금 그것을 갖고 왔습니까?」

「갖고 오지 않았습니다.」

「안 갖고 왔다고요?」 그것들을 안전한 장소에 간직하는 일은 잘한 일이다. 여행에는 많은 위험이 도사리고 있다. 혹시…… 내가 이해하지 못하는 어떤 이유가 있는 것일까? 어쩌면…… 그는 돈을 원하는 건 아닌가? 나는 갑자기 내가 에드 윈터턴에 대해 아무것도 모른다는 것을 깨달았다. 그에 대해서는 원래 내 것이 되었어야 할 투르게네프의 『문학적 회상』의 소유주라는 것을 제외하고는 아무것도 몰랐다. 「당신은 한 통의 편지도 갖고 오지 않았습니까?」

「네, 나는 그것들을 불태워 버렸습니다.」

「당신, 어떻게 했다고?」

「그렇습니다. 그래서 내가 처음에 이상한 이야기라고 말한 것입니다.」

「지금 느낌으로는 마치 범죄 이야기처럼 들리는군요.」

「당신이라면 틀림없이 이해하리라고 생각했습니다.」 아주 놀랍게도, 그는 이렇게 말했다. 그러고는 만면에 미소를 띠었다. 「다른 사람은 몰라도 당신만은. 사실 처음엔 아무에게도 이야기하지 않으려 했습니다. 그러나 나는 당신을 기억해 냈습니다. 그 일에 관심이 있는 사람은 들어야 한다고 생각했습니다. 이런 사실이 있었다는 것을 남겨 두기 위해서라도.」

「계속하세요.」 이 작자는 미쳤다. 그것은 분명했다. 그래서 그들이 그를 대학에서 쫓아냈다. 그들이 몇 년 전에 그렇게 했더라면 더 좋았을 것이다.

「그 편지에는 흥미 있는 내용이 그득했습니다. 장문의 편지가 대부분이었고, 다른 작가에 대해, 공적인 생활 등에 대해 여러 가지 회상이 가득했습니다. 다른 보통 편지들보다 더욱 솔직했습니다. 아마 외국으로 보낸 편지이기 때문에 그런 식으로 자유롭게 썼을 것입니다.」 범죄자, 사기꾼, 실패자, 살인자인 이 대머리 방화범은 지금 나에게 무슨 짓을 하고 있는지 알기나 하는가? 그는 너무나 잘 알고 있을 거다. 「그녀의 편지들도 상당히 잘 쓴 것이었습니다. 그녀의 삶을 전부 이야기했고, 플로베르에 관한 것도 잘 드러냈습니다. 크루아세에서의 생활을 그리워하는 내용이 가득했습니다. 분명히 그녀는 좋은 관찰안을 가졌습니다. 어느 누구도 그렇게 할 수 없을 만큼 자세하게 보았습니다.」

「계속하시오.」 나는 험상궂은 표정을 지으며 웨이터에게 손짓을 했다. 나는 더 이상 이 자리에 있고 싶지 않았다. 나는 옛날에 영국군이 백악관의 기둥뿌리까지 불태워 버렸던 것을 얼마나 기쁘게 생각하는지 윈터턴에게 말해 주고 싶었다.

「당신은 내가 왜 그 편지 다발을 불태웠는지 의아해할 것입니다. 나는 당신의 신경이 날카로워졌다는 걸 알 수 있습니다. 그들 두 사람이 주고받은 편지의 마지막에서 플로베르는 이렇게 말합니다. 자신이 죽으면 그녀의 편지들을 모두 그녀에게 되돌려 보낼 테니까, 그녀가 두 사람의 편지를 모두 불태워 버리라는 것이었습니다.」

「그는 그렇게 해야 할 특별한 이유를 말했습니까?」

「아니요.」

이 미치광이가 말하는 게 진실이라면 아무래도 이상하다. 귀스타브는 뒤 캉과 주고받은 편지 중에 많은 것을 불태웠다. 어쩌면 그의 가문에 대한 일시적인 자만심이 발동되어서 그가 영국인 가정교사와 결혼할 뻔했다는 것을 세상에 알리고 싶지 않았을 것이다. 또는 고독과 예술을 향한 그의 유명한 헌신이 무너질 뻔했다는 사실을 알리고 싶지 않았을지도 모른다. 그러나 세상은 진실을 알게 될 것이다. 나는 이러저러한 방법으로 그것을 알릴 것이다.

「이해하시겠지요. 나에게는 선택의 여지가 없었습니다. 작가들에 관한 일을 하는 게 직업이라면, 작가들에 대해서 끝까지 성실하게 행동해야 하지 않겠습니까? 비록 다른 사람들은 그렇게 하지 않더라도, 당신은 작가들이 말한 대로 해야 합니다.」 이 녀석은 얼마나 멀쩡하게 도덕적인 체하는지. 매춘부들이 두껍게 화장을 하듯 윤리를 뒤집어쓰고 있었다. 게다가 그는 같은 표정 속에서 처음에 보였던 음험함과 나중에 나타난 독선적인 태도의 멀쩡함을 뒤섞으려 하고 있었다. 「그의 마지막 편지에는 그 밖에 다른 것이 있었습니다. 허버트 양에게 편지를 불태워 달라는 부탁 이외에 이상한 지시가 하나 있었습니다. 그는 어떤 사람이 나의 편지에 어떤 것이 쓰여 있는지, 나의 생활이 어땠는지 물으면 그런 사람들에게 거짓말을 하기 바란다. 아니, 누구에게나 거짓을 말할 수는 없으니, 그들이 듣고 싶어 하는 대로 그들에게 말해 주기를 바란다고 적어 놓았습니다.」

나는 빌리에 드 릴-아당과 같은 심정이었다. 어떤 사람이 나에게 털외투와 시계를 며칠 동안 빌려주고, 다음에는 잔인하게 그것들을 빼앗아 간 그런 느낌이었다. 바로 그때 웨이터가 돌아온 것은 다행이었다. 윈터턴은 그렇게 멍청이는 아니어서 의자를 식탁에서 상당히 뒤로 물리고 앉아서 손가락을 가지고 장난하고 있었다. 내가 신용 카드를 집어넣을 때 그는 말했다. 「내가 고스에 관한 연구를 재정적 문제로 더 이상 할 수 없는 것은 슬픈 일입니다. 그러나 내가 도덕적인 결정을 내린 것에 당신도 동의하리라 믿습니다.」

그때 한 사람의 작가이며, 한 사람의 성적(性的) 존재인 내가 한 말은 고스에게는 심히 부당한 것이었다고 생각한다. 그러나 어떻게 하면 그런 말을 하지 않고 그 상황을 견딜 수 있었을지 나로서는 지금까지도 알 수 없다.

4
플로베르의 동물 열전

나는 미친 사람들과 동물들을 매혹시키는 힘이 있다.
푸아트뱅에게 보낸 편지, 1845년 5월 26일

곰

귀스타브는 곰이었고, 그의 여동생 카롤린은 쥐였다 —
〈오빠의 귀여운 쥐〉, 〈오빠의 충실한 쥐〉라는 서명으로 그녀는
편지를 끝맺었다. 그도 여동생을 편지에서 〈귀여운 쥐〉, 〈아,
쥐, 착한 쥐, 그리운 쥐〉, 〈보고 싶은 쥐, 짓궂고 보고 싶은 쥐,
착한 쥐, 가엾고 보고 싶은 쥐〉라고 불렀다. 그러나 귀스타브
는 곰이었다. 그가 20세가 되었을 때, 모든 사람은 그를 〈이
상한 친구, 곰, 비범한 젊은이〉로 여겼다. 그가 간질 발작으
로 크루아세에 칩거하기 전에 이미 그 이미지는 자리를 잡았
다. 〈나는 곰이다. 나는 곰으로서 굴속에, 나의 집 안에, 나의
피부 속에, 나의 늙은 곰 가죽 속에 머물고 싶다. 나는 남녀를
불문하고 모든 부르주아 집단에서 멀리 떨어져 조용히 살고
싶다.〉 간질 발작 후, 이 동물의 이미지는 더욱 굳어진다. 〈나

는 곰처럼 홀로 살고 있다.〉(여기서 말하는 〈홀로〉라는 단어는 다음과 같이 정의해도 좋을 것이다. 〈나의 부모, 나의 누이, 하인들, 개, 카롤린의 염소, 알프레드 르 푸아트뱅의 규칙적인 방문들을 제외하고는 홀로이다.〉)

그가 건강을 회복하자, 어머니는 여행을 허락한다. 1850년 12월, 콘스탄티노플에서 어머니에게 보낸 편지에서 그는 곰의 이미지를 더욱 확장시킨다. 이 이미지는 이제 그의 인물됨뿐만 아니라, 그의 문학적 전략까지 설명하는 것이기도 하다.

삶 속으로 뛰어들면, 당신은 삶을 명확히 보지 못한다. 당신은 삶 속에서 지나치게 고통을 받든가, 아니면 지나치게 즐기게 된다. 예술가란, 내 생각에 자연을 벗어난 어떤 것, 괴물과 같은 존재이다. 하느님이 예술가에게 가하는 불행은 예술가가 고집스럽게 자신이 괴물이라는 사실을 부정하는 데서 온다……. 그래서(이것이 나의 결론이지만) 나는 지금처럼 이후에도 혼자서 살아가겠다는 각오를 했다. 즉, 나의 유일한 동료들인 여러 위대한 인물들과 함께 ─ 다시 말해 곰 가죽 깔개를 벗삼아 곰처럼 살기로 했다.

〈위대한 인물들〉이란 말할 것도 없이, 방문객을 지칭하는 것이 아니라 그의 서가에서 꺼내 온 책을 말하는 것이다. 그는 항상 곰 가죽 깔개에 관심을 가졌다. 그는 동방 여행 중에도 두 번씩이나(1850년 4월 콘스탄티노플에서, 1850년 6월 베니수에프에서) 편지로 어머니에게 그 깔개를 잘 간수하라고 부탁했다. 그의 조카딸 카롤린 역시 그의 서재에 있는 이 중요한 물건을 기억하고 있었다. 그녀는 레슨을 받기 위해서 한시에 그곳으로 불려 가고는 했다. 더위를 막기 위해 늘 덧문을 닫고 있어서 어두운 방 안은 선향(線香)과 담배 냄새로 가득했다. 〈나는 내가 아주 좋아하는 그 커다란 하얀 곰의 넓은 가죽에 몸을 던져 곰의 커다란 머리에 입맞춤을 하고는 했다.〉

〈일단 곰이 잡히면, 그 곰은 너를 위해 춤출 것이다〉라는 마케도니아 속담이 있다. 귀스타브는 춤을 추지는 않았다. 플로베어[16]는 누구의 곰도 아니다(이 시시한 익살을 프랑스어로 표현한다면 어떻게 될까? 아마도 〈구르스타브〉[17]가 되지 않을까).

> 곰: 보통 마르탱*Martin*이라 부른다. 곰의 굴속에 시계가 떨어져 있는 것을 발견한 늙은 병사가 굴속에 들어갔다가 곰에게 잡아먹힌 이야기를 인용하라.
>
> 『통념 사전』

귀스타브는 또 다른 동물이기도 하다. 젊은 시절, 그는 온갖 동물이었다. 에르네스트 슈발리에를 보고 싶어 할 때의 그는 〈사자, 호랑이 — 인도 호랑이, 보아 뱀〉이었다(1841). 대단한 힘이 넘치는 것을 느낄 때, 그는 〈황소, 스핑크스, 해오라기, 코끼리, 고래〉가 된다(1841). 이후로는 그때그때에 따라 한 번에 하나의 동물이 된다. 그는 껍질 속의 굴이 되거나(1845), 껍질 속의 달팽이(1851), 자신을 보호하기 위해 몸을 동그랗게 움츠린 고슴도치(1853, 1857)가 되기도 한다. 그는 아름다운 태양빛을 쬐고 있는 문학적인 도마뱀이 되거나(1846), 날카로운 소리로 지저귀는 새가 되어 숲 속

---

16 Flaubear: 플로베르Flaubert + 곰*bear*.
17 Gourstave: 귀스타브Gustav + 곰*ours*.

깊숙이 숨어 혼자서 자신의 소리를 듣기도 한다(1846). 그는 암소처럼 순하기도 하고 신경질적이 되기도 한다(1867). 그는 당나귀처럼 피곤해지기도 한다(1867). 그렇지만 그는 돌고래처럼 센 강에서 물장구를 치며 논 적도 있다(1870). 그는 노새처럼 일한다(1852). 그는 세 마리의 코뿔소를 죽일 만큼 정력적인 삶을 산다(1872). 그는 〈황소 15마리〉처럼 일을 하지만(1878), 루이즈 콜레에게는 두더지처럼 일을 하라고 충고한다(1853). 루이즈는 그가 〈미국 평원의 야생 들소〉를 닮았다고 한다(1846). 그렇지만 조르주 상드에게는 〈양처럼 온순하게〉 보였다(1866) — 그는 그것을 부인한다(1869) — 그들 두 사람은 까치처럼 재잘거린다(1866). 10년 뒤, 그는 상드의 장례식에서 송아지처럼 운다(1876). 그는 자신의 서재에서 홀로 특별히 상드를 위한 이야기, 앵무새에 관한 이야기를 완성하고, 〈고릴라〉처럼 큰 소리로 그 이야기를 낭독한다(1876).

때때로 그는 장난삼아 자신의 이미지를 코뿔소나 낙타로 생각해 본 적도 있다. 그러나 대체로 마음속 깊이 있는 기본적인 생각은 곰이다. 고집 센 곰(1852), 그가 살았던 시대의 어리석음으로 인하여 더욱 곰같이 되어 버린 곰(1853), 옴 걸린 곰(1854), 심지어는 박제된 곰(1869)이다. 그리고 계속 그는 곰으로 남아서 생의 마지막 해에도 여전히 〈굴속에 있는 어떤 곰보다 크게 포효한다〉(1880). 플로베르 최후의 완성작인 『에로디아스』에서 감금된 선지자 이아오카난은 부패한 세계에 대하여 울부짖듯 퍼붓는 그의 비난을 금하라는 명령을 받지만, 그가 〈곰처럼〉 울기를 계속할 것이라고 대답하는 것에 주의해야 한다.

언어란 갈라진 주전자와 같아서 우리가 그것으로 연주를 하면 겨우 곰들이나 장단 맞춰 춤을 춘다. 그런데도 우리는 항상 그 언어로 별들의 공감을 불러일으키기를 갈망한다.

『보바리 부인』

구르스타브 *Gourstave* 시대에는 근처에 아직 곰들이 살고 있었다. 알프스에는 갈색 곰이 있었고, 사보이에는 붉은 곰이 있었다. 염장(鹽藏) 식료품을 취급하는 고급 상점에서는 곰고기 햄을 구입할 수 있었다. 알렉상드르 뒤마는 1832년 마리니에 있는 포스트 호텔에서 곰 스테이크를 먹었다. 그는 나중에 그의 저서 『요리 대사전』(1870)에 〈곰 고기는 이제 모든 유럽인들이 먹는다〉라고 적었다. 뒤마는 프로이센 황제와 황후의 전속 요리장에게서 모스크바식 곰 발 요리법을 배웠다. 우선 껍질을 벗겨 낸 곰 발을 구한다. 씻고, 소금을 뿌린 후에 3일 동안 마리네이드[18]에 넣고 절인다. 베이컨과 야채를 넣고 7~8시간 냄비에 넣고 삶는다. 국물을 따라 내고, 물기를 없애고, 후추를 뿌린 뒤에 녹인 돼지기름 속에 집어넣는다. 빵가루를 묻혀 30분 동안 석쇠로 굽는다. 매운맛 소스와 두 숟가락의 붉은 건포도 젤리를 곁들여 내놓는다.

플로베어 *Flaubear*가 곰 요리를 먹은 적이 있는지는 알 수 없다. 1850년, 그는 다마스커스에서 낙타 요리를 먹었다. 그가 곰 고기를 먹었다면 동족을 먹었다는 사실에 대해 어떤 말을 했을 것이라고 추측하는 것은 타당한 것 같다.

플로베어란 곰은 정확하게 어떤 종류의 곰이었는가? 우리

---

18 *marinade*. 식초, 포도주, 향신료를 넣은 액체.

는 편지를 통하여 그 자취를 추적할 수 있다. 처음에는 명백하게 종이 구분되지 않는 곰*ours*, 단순한 곰이었다(1841). 어엿하게 거처하는 동굴이 있었지만, 1843년, 1845년 1월 그리고 1845년 5월(이때에는 세 겹 털을 뽐냈다)에도 여전히 특별한 곰은 아니었다. 1845년 6월, 그는 방에 걸어 놓을 곰 초상화를 사서 그것을 〈나의 도덕적인 성향과 사교적인 기질을 나타내기 위하여 《귀스타브 플로베르의 초상화》라 이름 붙이고 싶다〉고 말한다. 이제까지 우리는(그 역시 아마 그랬을 것이다) 짙은 색 곰들, 즉 미국의 누런 곰, 러시아의 검은 곰, 사보이의 붉은 곰을 상상해 왔다. 그러나 1845년 9월, 귀스타브는 단호하게 자신은 〈흰곰〉이라고 선언한다.

왜? 그 자신도 곰이긴 하지만 또한 백색 유럽인이기 때문인가? 어쩌면 자신의 서재 마루에 있는 깔개가 흰곰 가죽이었기 때문일까(1846년 8월, 루이즈 콜레에게 보내는 편지에서 그는 낮 동안 그 위에 몸을 뻗고 누워 있는 것을 좋아한다고 처음으로 언급한다. 어쩌면 그는 곰 가죽 깔개 위에 누워서, 말장난하고 위장할 수 있도록 곰이라는 종을 선택했는지도 모른다)? 흰곰이 된다는 것은 앞으로 더욱 인간과 떨어져, 자신이 극단적으로 곰을 닮아 가고 싶다는 기분을 표현한 것일까? 누런 곰이나 검은 곰, 그리고 붉은 곰은 인간과 인간의 도시에서 그리 멀지 않은 곳에 살고, 인간과 사이좋게 될 수도 있다. 유색 곰은 대부분 길들여질 수가 있다. 그러나 흰 북극곰은 어떨까? 이 곰은 인간을 즐겁게 하기 위해 춤추지 않는다. 딸기도 먹지 않고 꿀에 끌려서 덫에 잡히지도 않는다.

흰곰 이외의 다른 곰은 인간들에게 이용되었다. 로마인은 격투기를 위하여 영국에서 곰을 수입했다. 동시베리아 캄차카 반도에 사는 사람들은 눈부시게 빛나는 태양 광선을 막기 위해 얼굴 가리개로 곰의 내장을 사용했다. 그들은 풀을 베는 데에 곰의 날카로운 어깨뼈를 사용했다. 그러나 흰곰, 탈라르크토스 마리티무스 *Thalarctos maritimus*는 곰 중에서도 귀족에 속한다. 인간들로부터 멀리 떨어져 살면서 물고기를 잡기 위해 멋지게 잠수하며, 숨을 쉬기 위해 물 밖에 나온 물개들을 거칠게 공격한다. 바다의 곰이다. 그들은 떠가는 얼음을 타고 아주 멀리까지도 여행한다. 지난 세기의 어느 겨울, 커다란 흰곰 12마리가 이런 방식으로 아이슬란드 남쪽까지 내려왔다. 마치 인간들이 두려워하는 신이 지상에 내려오듯, 녹기 시작하는 왕좌(王座) 같은 얼음을 타고 남쪽으로 내려오는 그들을 상상해 보라. 북극 탐험가 윌리엄 스코어스비는 곰의 간에는 독성이 있다고 기록하고 있다 ― 네발 달린 짐승에서 독성이 있는 부분으로 알려진 유일한 곳이 바로 곰의 간이다. 북극곰의 수태 여부를 알아볼 수 있는 진단법을 동물원의 사육사들은 알지 못한다. 플로베르는 이상하다고 생각하지 않았겠지만 이상한 사실들이다.

시베리아에 사는 야쿠트인들은 곰과 마주치면 모자를 벗고 곰에게 인사하고 곰에게 어른, 영감님, 할아버지라 부르며 곰을 공격하거나 비방하지 않겠다고 약속한다. 그러나 곰이 그들에게 덤벼들려고 하면 그들은 곰에게 총을 쏜다. 곰을 죽이고 나면 조각조각 잘라 구워 먹으며 다음과 같은 말을 계속 반복한다. 〈당신을 먹는 것은 러시아인이지 우리가 아닙니다.〉

A. F. 오라뉘에, 『음식과 음료 사전』

그가 자신을 곰이라고 결정한 또 다른 이유가 있었는가? 프랑스어에서 곰ours이라는 단어가 갖는 비유적 의미는 영어에서의 의미와 아주 유사하다. 거칠고, 광포한 사나이가 그것이다. 곰은 경찰서 유치장을 의미하는 속어이기도 하다. 프랑스어에서 곰을 품고 있다avoir ses ours라는 표현은 〈생리를 하고 있다〉라는 의미이다(생리하는 여자는 신경이 날카로운 곰처럼 처신한다고 사람들은 생각하기 때문에 그런 표현을 쓰는 듯하다). 어원학자들은 이 구어 표현이 금세기 초엽에 생긴 것이라고 한다(플로베르는 그런 구어적 표현을 사용하지 않았다. 생리에 대해서는 〈붉은 제복의 근위병이 상륙했다〉라든지 그 밖의 다른 우스꽝스러운 표현들을 더 좋아했다. 루이즈 콜레의 생리가 불규칙한 것을 몹시 걱정하면서 그는 〈파머스턴 경[19]이 겨우 도착했다〉라는 말로 자신의 마음을 달랬다). 제대로 손질이 안 된 곰un ours mal léché이란 버릇없고 사람을 혐오하는 자를 뜻한다. 플로베르에게 더욱 알맞은 뜻으로 곰un ours이란 단어는 19세기의 연극계 속어로서 여러 번 공연을 신청하지만 거절당하다가 마지막에 겨우 공연을 허락받는 희곡을 뜻했다.

플로베르는 〈곰과 원예가〉에 대한 라퐁텐의 우화를 알고 있었음이 분명했다. 옛날에 못생기고 불구인 곰 한 마리가 세상으로부터 숨어 숲 속에 홀로 살고 있었다. 시간이 지나면서 그 곰은 우울해하다가 성질이 사나워졌다 ― 〈실로 이성이란 은자(隱者)에게 오래 머무는 법이 없다〉. 그래서 그 곰은 집을 나섰고 한 원예가를 만났다. 이 원예가도 역시 은

[19] Palmerstone(1784~1865). 영국의 정치가. 1809년부터 20년간 육군 장관을 지냈고 이후 자유당으로 옮겨 외무 장관, 총리 등을 역임하여 죽기까지 약 30년 동안 영국의 대외 정책을 영도했다.

둔 생활을 계속한 끝에 그와 마찬가지로 친구를 찾고 있었다. 곰은 원예가의 오두막에 살게 되었다. 그 원예가는 바보들과 함께 살 수가 없어 은둔자가 되었다. 곰은 하루 종일 거의 세 마디 말도 하지 않았기 때문에 원예가는 아무런 방해도 받지 않고 자신의 일을 계속할 수 있었다. 곰은 사냥을 나가서 둘이 먹을 사냥거리를 잡아 가지고 집으로 돌아왔다. 원예가가 잠자리에 들 때, 곰은 원예가 곁에 앉아 얼굴에 앉으려는 파리들을 쫓아 주었다. 어느 날, 파리 한 마리가 원예가의 코끝에 앉아 쫓아도 날아가지 않았다. 곰은 파리 때문에 화가 몹시 났고, 마침내는 커다란 돌을 들어서 파리를 죽이는 데 성공했다. 불행하게도 그 과정에서 곰은 원예가의 머리를 박살 내고 말았다.

아마 루이즈 콜레도 이 이야기를 잘 알고 있었을 것이다.

낙타

귀스타브가 곰이 아니었다면, 그는 낙타가 되었을 것이다. 1852년 1월, 그는 루이즈에게 쓴 편지에서 자신의 옹고집에 대해 거듭 해명한다. 자신은 바로 자기 자신이고, 변할 수 없는 사람이며, 그 문제에 대해서 자신은 말할 권리가 없으며, 그 역시 사물들의 질서에 종속되어 있고, 그 질서란 〈북극곰은 빙산 지역에 살고, 낙타한테는 모래 위를 걷게 한다〉는 것이다. 왜 낙타인가? 아마 낙타는 플로베르식 괴상함의 좋은 본보기이기 때문일 것이다. 즉, 낙타는 진지하면서 동시에 희극적일 수밖에 없기 때문이다. 그는 카이로 여행 도중 쓴 편지에서 다음과 같이 적었다. 〈낙타는 가장 멋진 동물 중의 하나다. 칠면조처럼 비틀거리며 걷고, 백조같이 목을 흔드는 이 이상한 동물은 아무리 보아도 결코 싫증나지 않았다. 나는 그 울음소리를 흉내 내려다 지치고 말았다 — 나는 그 소리를 흉내 내며 집으로 돌아가고 싶다 — 그러나 그건 어려운 일이다 — 가글가글 요란한 소리가 수반되는 가래 끓는 소리이기 때문이다.〉

또한 낙타는 귀스타브와 유사한 성격적 특성이 있다. 〈나는 육체적, 정신적 양면의 움직임이 낙타와 비슷하다. 시작하기도 어렵거니와 시작하면 멈추기도 어렵다. 가만히 있든 움직이든 간에 내게 필요한 것은 지속성이다.〉 1853년의 이런 유사 비교, 즉 그가 일단 시작하면 멈추기 어렵다는 유사성 지적은 1868년 조르주 상드의 편지에도 여전히 등장하고 있다.

낙타chameau는 나이든 고급 매춘부를 의미하는 속어였다. 나는 플로베르가 이러한 연상 때문에 이 단어에 싫증을 내지 않았으리라고는 생각하지 않는다.

양

플로베르는 장날에 볼 수 있는 것들 — 곡예사들, 몸집이 큰 여자들, 진기한 구경거리들, 춤추는 곰들 — 을 좋아했다. 마르세유에서 그는 〈양이 된 여인들〉이라는 광고가 나붙은 부두 근처의 노점을 구경하러 간 적이 있다. 선원들은 뛰어 돌아다니는 그 여자들이 진짜인지 아닌지 확인하기 위해 양털 옷을 세게 당기고 있었다. 아무래도 고급스러운 구경거리는 아니었다. 〈어느 것도 그보다 더 어리석고 추잡하지는 않았다〉라고 그는 전한다. 이것보다 훨씬 깊은 인상을 받은 것은 게랑드의 장날에 갔을 때였다.

게랑드는 생나제르의 북서쪽에 위치한 요새로 둘러싸인 유서 깊은 마을이다. 1847년, 그는 뒤 캉과 함께 브르타뉴를 도보로 여행하는 중에 그곳을 방문했다. 피카르디 사투리를 쓰는 약아빠진 농부가 경영하는 노점은 〈기형 동물 새끼〉라는 것을 선전했는데, 그것은 트럼펫 모양의 꼬리가 달려 있고 발이 다섯 개 있는 양이었다. 플로베르는 그 양의 진기한 모습과 그 양의 소유자 모두를 좋아했다. 그는 그 짐승을 열광적으로 좋아했다. 그는 그 짐승의 주인을 식사에 초대하고, 그에게 그 짐승 때문에 돈을 많이 벌 것이라고 장담하면서 그 문제에 관하여 루이 필리프 왕에게 편지를 쓰라고 충고했다. 저녁이 끝날 무렵, 뒤 캉이 극구 말렸지만, 두 사람은 서로를 너라고 불렀다.

〈기형 동물 새끼〉는 플로베르를 매혹시켰고, 남을 조롱하는 그의 어휘가 되고 말았다. 뒤 캉과 도보 여행을 계속하던 중 그는 짐짓 근엄한 어조로 나무들과 잡목 숲을 향해 친구를 소개하는 시늉을 하면서, 〈기형 동물 새끼를 소개해 드릴까요?〉라고 말하고는 했다. 브레스트에서, 귀스타브는 다시 한 번 그 약아빠진 피카르디 농부와 그의 진기한 동물을 만나 함께 식사를 하고 술을 마셨다. 게다가 그의 동물이 멋지다고 칭찬했다. 그는 이처럼 자주 쓸데없는 것에 미치고는 했다. 뒤 캉은 이런 기행(奇行)의 열기가 식기만을 기다렸다.

이듬해, 파리에 있던 뒤 캉은 병에 걸려 자신의 아파트 침대에서 꼼짝할 수 없게 되었다. 어느 날 오후 네 시쯤 바깥 층계 통로에서 시끌시끌한 소리가 들려왔고, 그의 문이 세차게 열렸다. 귀스타브가 다섯 개의 발이 달린 양과 푸른 저고리를 입은 그 광대를 데리고 들어왔다. 그들은 앵발리드[20]나 샹젤리제 거리의 장날에 맞춰 흘러들었는데, 플로베르는 그들을 다시 찾은 기쁨을 그의 친구와 나누려 한 것이었다. 뒤 캉은 담담하게 〈그 양은 품행이 방정하지 못했다〉라고 기록하고 있다. 귀스타브 또한 마찬가지로 점잖지 못하게 술을 달라고 외치며, 양을 끌고 방 안을 빙빙 돌고, 멋진 동물이라고 소리를 질렀다. 〈기형 동물 새끼는 세 살이고, 의학 협회의 검사를 통과했으며, 고귀한 몇몇 어르신네들의 명예스러운 방문을 받았다〉고 했다. 15분이 지나자, 환자 뒤 캉은 더 이상 참을 수 없었다. 〈나는 그 양과 그 주인을 내쫓고 내 방을 청소하게 했다〉라고 후에 뒤 캉은 말했다.

그러나 플로베르의 기억 속에도 그 양은 똥을 싸놓았다. 그가 죽기 1년 전에도 그는 뒤 캉에게 기형 동물 새끼의 갑작스러운 방문을 상기시키며 그 일이 있었던 날만큼이나 크게 웃었다.

원숭이, 당나귀, 타조
두 번째 당나귀, 그리고 막심 뒤 캉

1주일 전, 나는 거리에서 원숭이 한 마리가 당나귀 위로 뛰어올라 강제로 범하려는 것을 보았다. 당나귀는 비명을 지르며 뒷발질을 하고, 원숭이 주인은 고함을 치고, 원숭이는 꽥꽥 소리를 질렀다. 낄낄 웃는 두세 명의 아이와 매우 재미있어 했던 나 이외에 주의를 기울인 사람은 아무도 없었다. 이

20 Invalides. 여러 박물관과 기념물이 모여 있는 파리 최대의 종합 전시장. 나폴레옹 1세가 안장된 곳이기도 하다.

이야기를 영사관 직원인 벨랭 씨에게 하자, 그도 타조가 당나귀를 겁탈하려 하는 것을 본 적이 있다고 말했다. 일전에 막심 뒤 캉은 외딴 지역의 폐허 더미 틈에서 자위행위를 했는데 그것이 아주 재미있었다고 말했다.

루이 부예에게 보낸 편지, 카이로, 1850년 1월 15일

앵무새

앵무새라는 단어는 어원학적으로 그 기원을 인간에 두고 있다. 프랑스어 페로케*perroquet*는 사람의 이름 피에로Pierrot의 애칭이다. 영어 패럿*parrot*은 사람의 이름 피에르Pierre에서 유래했다. 스페인어 페리코*perico*는 사람의 이름 페드로Pedro에서 나온 말이다. 고대 그리스인들은 인간과 동물과의 차이점에 대한 철학적 논쟁에서 인간의 말하는 능력이 한 가지 구분 요소라고 주장했다. 〈브라만은 앵무새를 모든 새의 위에다 놓고 있다. 그렇게 하는 데는 이유가 있다. 앵무새만이 인간의 목소리를 흉내 낼 수 있기 때문이다〉라고 아일리아누스[21]는 기록했다. 아리스토텔레스와 플리니우스는 앵무새가 술에 취하면 지극히 음란하다고 기록했다. 뷔퐁[22]은 앵무새가 간질을 일으키기 쉬운 체질이라고 이야기한다. 플로베르도 앵무새가 이처럼 자기와 비슷한 약점을 지니고 있다는 것을 알고 있었다. 『순박한 마음』을 쓰기 위해 앵무새

---

21 Aelianus(170~235). 로마의 문학사가, 수사학 교사. 그의 저서로 『동물들의 본성』, 『문집』이 있다.
22 Georges-Louis Leclerc de Buffon(1707~1788). 프랑스의 박물학자, 계몽 사상가. 그의 저서 『박물지』는 진화 사상의 선구라 불린다.

에 대해 조사한 자료에는 앵무새의 질병 목록 — 통풍, 간질, 아구창과 후두암 — 이 포함되어 있다.

요점을 정리하면, 우선 첫째로 펠리시테의 앵무새, 룰루가 있다. 다음에는 서로 진짜라고 하는 박제 앵무새 두 마리, 즉 하나는 루앙 시립 병원에, 다른 하나는 크루아세에 있다. 그 다음에 세 마리의 살아 있는 앵무새, 즉 두 마리는 트루빌에 그리고 한 마리는 베네치아에 있다. 앙티브에 있는 병든 잉꼬도 여기에 추가된다. 룰루의 가능한 모델 중 알렉산드리아에서 카이로로 가는 배에서 귀스타브가 만난 〈추악한〉 영국인 일가의 부인은 제외시켜도 좋다고 생각된다. 그 부인의 모자에는 녹색 보안용 챙이 붙어 있었기 때문에 〈늙고 병든 앵무새처럼〉 보였지만 말이다.

카롤린은 그녀의 『친지 회상록』에서 〈펠리시테도 그녀의 앵무새도 실제로 있었던 존재이며〉 그리고 바르베 선장의 앵무새, 즉 트루빌의 첫 번째 앵무새가 룰루의 진정한 모델이라고 기록하고 있다. 그러나 이것은 중요한 문제, 즉 1830년대에 살았던(멋지다 하더라도) 단순한 앵무새가 언제, 어떻게 1870년대의 복잡하고 이해하기 어려운 앵무새로 변하게 되었는가라는 질문에 대한 답이 되지는 못한다. 아마 우리는 그 해답을 영원히 발견하지 못할 것이다. 그러나 우리는 그렇게 둔감하기 시작한 시기는 추측할 수 있다.

『부바르와 페퀴셰』의 2부는 미완성인 채로 끝났지만, 이 부분은 주로 〈전재(轉載)〉, 즉 이상한 사건, 멍청한 행위 그리고 자기 비판적 인용문들의 거대한 자료집으로 구성될 예정이었다. 이것들은 두 서기가 자기 계발을 위해 필사해 둘 예정이었고, 플로베르는 더욱더 풍자적인 의도로 재생할 예정이었다. 그가 이 자료집에 포함시킬 수 있다고 생각해서 신문에서 오려 모아 놓았던 수많은 기사 중에 1863년 6월 20일자 「국민의 의견L'Opinion nationale」에서 오려 낸 다음과 같은 이야기가 있다.

〈아를롱 근처, 제루빌에 멋진 앵무새를 한 마리 기르고 있는 사람이 있다. 그 새는 그의 유일한 사랑의 대상이었다. 비록 나이는 젊지만, 그는 불행하게 끝난 사랑을 경험했다. 그 경험 때문에 그는 사람들을 미워하게 되었고, 이제 앵무새와 외롭게 살았다. 그는 새에게 옛 애인의 이름을 말하도록 가르쳤다. 새는 하루에도 수천 번씩 그 이름을 되풀이했다. 이것이 그 새의 유일한 재능이었다. 그러나 가련한 앙리 K의 눈에는 이 재능이 다른 어떤 재능보다 가치 있는 것이었다. 이상한 목소리로 불러 대는 그 신성한 이름을 들을 때마다, 앙리는 즐거움에 전율했다. 그 소리는 무덤 너머에서 들려 오는 것처럼 신비하고 초인적인 어떤 것 같았다.〉

〈고독함이 앙리 K의 상상력에 불을 질렀다. 점차 앵무새는 그의 마음에서 중요한 위치를 차지하기 시작했다. 이 앵무새는 그에게 신성한 새가 되었다. 그는 경건한 마음으로 그 새를 다루고, 그 새를 생각하며 몇 시간이나 황홀한 명상에 빠지기까지 했다. 앵무새가 단호한 눈으로 주인의 눈길을 받아넘기며 신비한 그 단어를 중얼거리면, 앙리의 마음은 옛 애인과 지냈던 행복한 기억들로 가득하게 되었다. 이런 이상한 생활이 여러 해 지속되었다. 그러나 어느 날, 사람들은 앙리 K가 여느 때보다 침울해하는 모습이고, 그의 눈에 심상치 않은 광포함이 빛나는 것을 보았다. 앵무새가 죽었던 것이다.〉

〈앙리 K는 계속해서 혼자 살았고, 이제는 완전히 혼자였다. 그는 외부 세계와 접촉을 끊었다. 그는 자신의 내부로 더욱 깊숙이 틀어박혔다. 때로는 여러 날 동안 계속해서 자신의 방에서 나오지 않았다. 음식을 갖다 주면 무엇이건 먹어 치웠지만 사람에게는 전혀 관심을 보이지 않았다. 점차 그는 자신이 앵무새로 변했다고 믿기 시작했다. 죽은 앵무새를 모방하듯 그는 그가 듣고 싶어 하는 애인의 이름을 꽥꽥 불러 댔다. 앵무새처럼 걷고, 물건들 위에 홰를 치듯 앉기도 하고, 마치 푸드덕거리는 날개를 가지고 있기나 한 듯 두 팔을 펼쳤다.〉

〈때때로, 그는 울화통을 터뜨리고 가구를 부수기 시작했다. 그의 가족은 그를 젤에 있는 정신 병원에 보내기로 결정했다. 그런데 병원으로 향하는 도중에 그는 어두운 밤을 틈타 도망쳤다. 다음 날 아침, 가족들은 그가 나무에 홰를 틀고 앉아 있는 것을 발견했다. 아무리 나무에서 내려오도록 설득해도 소용없다는 것을 알고, 가족 중의 한 사람이 그 나무 밑에 커다란 앵무새 새장을 놓아두자는 제안을 했다. 앵무새 새장을 본 그 불행한 편집증 환자는 내려와서 다시 잡히는 몸이 되었다. 그는 현재 젤에 있는 정신 병원에 있다.〉

우리는 플로베르가 이 기사에 충격을 받았다는 것을 알 수 있다. 위의 이야기에 있는 〈점차 앵무새는 그의 마음에 중요한 위치를 차지하기 시작했다〉라는 행 뒤에 플로베르는 다음과 같은 주석을 붙였다. 〈동물을 바꾸자. 앵무새 대신에 개를 등장시키자.〉 이것은 장래의 작품에 대한 간단한 계획을 적은 것이 틀림없다. 그러나 룰루와 펠리시테의 이야기를 쓰기 시작하면서 앵무새는 그대로 두고 주인 이름만 바꿨다.

『순박한 마음』을 쓰기 전에도 앵무새는 플로베르의 작품이나 편지 곳곳에 잠깐씩 등장한다. 플로베르는 외국에 대한 매력을 루이즈에게 설명하는 글(1846년 12월 11일)에서, 〈어린 시절, 우리 모두는 앵무새와 대추야자 설탕 절임이 있는 나라에 가서 살고 싶어 한다〉라고 썼다. 슬퍼 낙심하고 있는 루이즈를 위로하는 글(1853년 3월 27일)에서, 우리 모두 새장 속에 갇힌 새 같은 존재이기 때문에 가장 큰 날개를 가진 자들에게 삶은 가장 무겁게 느껴진다는 사실을 환기시키면서, 〈우리 모두는 대체로 독수리이거나 카나리아, 앵무새이거나 대머리 독수리 같은 존재이다〉라고 쓰고 있다. 루이즈에게 자신의 허영심이 강하다는 것을 부인하는 글(1852년 12월 9일)에서, 그는 자존심과 허영심을 구분하고 있다. 〈자존심은 동굴 속에 살면서 사막을 배회하는 야생 짐승이고, 반면 허영심은 이 가지에서 저 가지로 날아다니며 훤히 보이는 곳에서 재잘대는 앵무새이다.〉 또 플로베르는 『보바리 부인』이 대표하는 문체 추구에 대한 그의 영웅적 과정을 루이즈에게 설명하면서(1852년 4월 19일), 〈그 문체가 나의 손아귀 속에 들어왔다고 생각한 순간, 나는 여러 번 고꾸라져 그것을 놓쳐 버리고 말았다. 지금도 내 머릿속에 들려오는 그 문체가 포효하며 나와서 앵무새와 매미의 울음소리를 안 들리게 하는 것을 확인하지 않고 죽어서는 안 된다고 느끼고 있다〉고 썼다.

이미 내가 앞에서 언급했던 것처럼, 『살랑보』에 등장하는 카르타고의 통역관들은 가슴에 앵무새 문신을 하고 있다(이 묘사는 어쩌면 사실에 근거했다기보다는 그럴듯한 창작이 아닐까). 같은 소설에 나오는 몇 명의 미개인들은 〈손에는 햇빛 가리개, 어깨 위에는 앵무새〉를 얹고 있다. 한편 살랑보의 테라스를 장식하는 가구 중에는 작은 상아 침대가 있고, 침대의 쿠션은 앵무새 깃털로 꽉 차 있다 — 〈앵무새는 운명을 예언하는 힘을 갖고 있고, 신에게 바쳐진 새라고 여겼기 때문이다〉.

『보바리 부인』이나 『부바르와 페퀴셰』에는 앵무새가 등장하지 않는다. 『통념 사전』에도 앵무새 항목은 없다. 『성 앙투안의 유혹』에는 앵무새에 관한 극히 간단한 언급이 두세 번 있을 뿐이다. 『성 쥘리앵 전(傳)』에서 쥘리앵이 첫 번째 사냥을 할 때에는 살해되지 않은 종(種)이 거의 없을 정도로 모든 동물이 피해를 입는다 ― 홰에 앉아 있던 뇌조(雷鳥)는 다리가 잘리고, 낮게 날던 학은 사냥꾼의 채찍에 맞아 하늘에서 떨어진다 ― 그러나 앵무새에 관한 언급은 없으며 아무런 피해도 입지 않는다. 그렇지만 두 번째 사냥에서, 쥘리앵이 사냥할 능력이 없어지고, 동물들이 교묘하게 그를 피하며, 비틀거리며 쫓아오는 추적자를 위협적으로 바라보게 되었을 때 앵무새가 모습을 드러낸다. 숲에서 별처럼 반짝이는 불빛을 보고 쥘리앵은 별들이 하늘에 낮게 깔려 있다고 생각했지만, 그것은 이쪽을 노려보는 짐승들 ― 들고양이, 다람쥐, 올빼미, 앵무새와 원숭이 ― 의 눈빛이었다.

그곳에 있지 않고 다른 곳에 있었던 앵무새를 잊지 말자. 『감정 교육』에서 프레데리크는 1848년의 폭동으로 파괴된 파리 지역을 돌아다닌다. 그는 망가진 바리케이드를 지나간다. 피가 고인 검은 물웅덩이를 본다. 집들은 못 한 개로 박아 놓은 누더기 같은 창문 가리개를 치고 있었다. 그 난장판 속에서도 깨지기 쉬운 것들이 부서지지 않고 곳곳에 그대로 있었다. 프레데리크는 창문을 통해서 집 안을 들여다본다. 시계와 몇 장의 판화 ― 그리고 앵무새의 횃대가 보였다.

우리가 과거를 돌아다니는 것도 이와 크게 다르지 않다. 방향 감각을 잃고, 혼란스럽고, 불안에 사로잡혀 있는 우리는 남아 있는 표지판을 따라간다. 거리의 이름을 읽기는 해도 자신이 어디에 있는지는 모른다. 주위는 온통 폐허뿐이다. 사람들은 결코 싸움을 멈추지 않는다. 그때, 우리의 눈에 집 한 채가 보인다. 아마도 작가의 집일 것이다. 앞쪽 벽에 문패가 걸려 있다. 〈귀스타브 플로베르, 프랑스 작가, 1821~1880년, 이곳에 잠시 살았다.〉 그러나 그다음에는 글자들이 안경점의 시력 측정표처럼 믿기 어려울 정도로 작아진다. 우리는 더욱 가까이 다가가 창문을 통해 안을 들여다본다. 정말, 그렇다. 대소란 뒤에도 부서지기 쉬운 것들이 일부 남아 있다. 시계는 아직 째깍거리고 있다. 벽에 걸린 판화들은 이곳에서도 한때 예술을 감상했다는 것을 상기시킨다. 앵무새의 횃대가 눈길을 끈다. 우리는 앵무새를 찾는다. 앵무새는 어디에 있는가? 아직도 앵무새의 소리가 들린다. 그러나 눈에 보이는 것은 바싹 마른 횃대뿐이다. 그 새는 이미 날아가 버렸다.

개

1) 〈낭만적인 개.〉 이 개는 엘리사 슐레징거의 소유로 뉴펀들랜드[23]이다. 뒤 캉은 그 개를 네로라고 불렀고, 공쿠르는 타보르라고 했다. 귀스타브는 트루빌에서 슐레징거 부인을 만났다. 그는 14.5세였고, 그녀는 26세였다. 그녀는 아름다웠고, 그녀의 남편은 부자였다. 그녀는 커다란 밀짚모자를 썼고, 그녀의 아리따운 어깨가 모슬린 드레스를 통해 언뜻언뜻 보였다. 네로이든 타보르이든 그녀는 그 개를 어디든지 데리고 다녔다. 귀스타브는 어느 정도 간격을 유지하고 그

---

23 뉴펀들랜드 섬이 원산인 털이 길고 몸 색깔이 검정색인 개. 건장하고 활동적이며 수난(水難) 구조견 등으로 쓰인다.

뒤를 따라간 적이 여러 번 있다. 한번은 그녀가 모래 언덕 위에서 옷자락을 열고 아기에게 젖을 먹였다. 그는 당황했고, 어찌할 바를 몰랐고, 괴로웠고, 정신이 없었다. 뒤에 그는 1836년의 짧았던 여름이 자신의 마음에 계속해서 각인되어 있다고 말했다(물론 우리가 그를 믿지 않는 것은 자유이다. 공쿠르 형제는 뭐라고 말했는가? 〈그는 원래 매우 솔직한 성격이지만, 그가 느끼고 고민하고 사랑하는 것에 대해 이야기할 때는 전혀 솔직하지 못하다〉). 그는 이 열정을 누구에게 처음으로 말했는가? 그의 학교 친구에게? 그의 어머니에게? 슐레징거 부인 본인에게? 아니다. 그는 네로(또는 타보르)에게 말했다. 그는 뉴펀들랜드를 데리고 트루빌 바닷가로 산책을 가서 비밀스러운 모래 언덕에서 무릎을 꿇고 팔로 그 개를 껴안고는 했다. 그리고 여주인이 조금 전 입술을 댄 곳에 입맞춤을 하고는 했다(입을 맞춘 장소는 논의의 대상으로 남는다. 콧등이라고 하는 자도 있고, 머리였다고 하는 자도 있다). 그는 모슬린 드레스와 밀짚모자 사이에 있는 귀에다 속삭이고 싶은 비밀들을 네로(또는 타보르)의 털북숭이 귀에다 속삭이고는 했다. 그리고 그는 울음을 터뜨렸다.

슐레징거 부인에 대한 기억과 그녀의 존재는 평생 동안 플로베르를 따라다녔다. 그 후, 그 개에 대해서는 기록된 것이 없다.

2) 〈실용적인 개.〉 내 생각에는 크루아세에 있던 애완동물에 대한 연구가 충분히 이루어지지 않은 것 같다. 애완동물들은 잠깐 나타났다가는 사라지는 식이어서, 이름을 붙인 것도 있지만 이름이 없는 것도 있다. 우리는 애완동물들이 언제 어떤 경위로 입수되었는지, 언제 어떤 식으로 죽었는지 거

의 알지 못한다. 자, 그것들을 모아 보도록 하자.

1840년 귀스타브의 여동생 카롤린은 수비라는 이름의 염소를 기른다.

1840년 네오라는 검은 뉴펀들랜드 암캐를 집에서 기른다(아마도 이 개의 이름이 슐레징거 부인의 뉴펀들랜드의 이름에 대한 뒤 캉의 기억에 영향을 미친 것 같다).

1853년 귀스타브 혼자서 이름을 모르는 개와 크루아세에서 식사를 한다.

1854년 귀스타브는 다크노란 이름의 개와 식사를 한다. 아마, 위에 기록된 것과 같은 개일 것이다.

1856~1857년 그의 조카딸 카롤린은 애완용 토끼를 기른다.

1856년 그는 동방에서 가져온 박제 악어를 잔디 위에 전시한다. 3천 년 만에 처음 시켜 주는 일광욕이다.

1858년 야생 토끼 한 마리가 정원에 보금자리를 튼다. 귀스타브는 그것을 죽이지 말라고 지시한다.

1866년 귀스타브는 금붕어 어항을 놓고 혼자서 식사를 한다.

1867년 애완견(이름도 종도 모른다)이 쥐를 잡기 위해 놓은 독을 먹고 죽는다.

1872년 귀스타브는 줄리오라는 이름의 그레이하운드를 얻는다.

주: 귀스타브가 길렀던 신변의 동물류를 알고 있는 대로 모두 열거한다면, 1842년 10월 그가 이의 일종인 사면발니[24]로 인해 고통받았다는 것을 기록해야 한다.

24 *crab-lice*. 사람의 거웃에 붙어살며 피를 빨아먹는다.

위에 열거된 애완동물 중에 우리가 정확한 정보를 갖고 있는 것은 줄리오뿐이다. 1872년 4월, 플로베르의 어머니가 죽었다. 귀스타브는 큰 집에 홀로 남아 〈자기 자신을 마주 대하고〉 휑뎅그렁한 식탁에서 식사를 했다. 9월에 그의 친구 에드몽 라포르트가 그에게 그레이하운드 한 마리를 주었다. 플로베르는 광견병이 두려워 망설였으나 결국은 그것을 받았다. 이름을 줄리오라고 짓고(줄리엣 허버트를 기린 것인가? — 좋을 대로 생각하시오), 금방 그 개를 좋아하게 되었다. 그달 말쯤에 조카딸에게 보낸 편지에서 자신의 유일한 즐거움은(슐레징거 부인의 뉴펀들랜드를 두 팔로 껴안은 지 36년 뒤에) 〈불쌍한 강아지〉를 포옹하는 것뿐이라고 썼다. 〈이 개의 침착하고 아름다운 모습이 부럽다.〉

이 그레이하운드는 크루아세에서 그의 마지막 친구가 되었다. 어울리지 않는 한 쌍이다. 언제나 앉아 있기만 하는 뚱뚱한 소설가와 날렵하게 달리는 개. 플로베르의 편지에 줄리오가 지내는 모습이 나타난다. 그는 편지에서 그 개가 이웃의 〈젊은 친구〉와 〈신분이 다른데도 결합한〉 것을 알리고 있다. 주인과 개가 함께 병이 났다. 1879년 봄, 플로베르는 신경통으로 발이 부었고, 줄리오도 병명을 알 수 없는 개 특유의 병에 걸렸다. 〈그 개는 정말로 사람과 똑같습니다. 자질구레한 몸짓까지도 실로 인간 그대로입니다〉라고 귀스타브는 쓰고 있다. 플로베르와 개는 모두 병에서 회복되었지만 그해 내내 둘 다 비실비실했다. 1879년에서 1980년의 겨울은 예년과 달리 대단히 추웠다. 플로베르의 가정부는 낡은 바지로 줄리오에게 외투를 만들어 주었다. 그들은 겨울을 함께 보냈고, 봄이 되자 플로베르는 죽었다.

그 후, 그 개에 대해서는 기록된 것이 없다.

3) 〈비유적인 개.〉 보바리 부인은 개를 한 마리 기르고 있었다. 폐렴에 걸린 사냥터지기가 그녀의 남편에게 치료를 받아 회복되자 그녀에게 선물로 준 것이다. 그 개는 이탈리아산(産) 그레이하운드 종 작은 암캐이다. 플로베르를 번역한 모든 사람들이 그러하듯, 매우 거만한 나보코프는 이 개를 위피트[25]라고 번역하고 있다. 그것이 동물학적으로 옳건 그르건, 그는 동물의 성별을 잊고 있다. 그러나 나는 이 개의 성이 중요한 의미를 갖는다고 생각한다. 이 개는 간과하기 쉬운 의미를 갖고 있는데…… 상징까지는 미치지 않고 그렇다고 은유도 아니다. 그러니 그것을 비유라고 불러 보자. 에마와 샤를이 토스트에 살고 있을 무렵, 에마는 그레이하운드를 얻는다. 그녀의 마음속에 불만이 도사리기 시작한 최초의 시기에 해당한다. 권태와 불만의 시기였지만 아직 그녀는 도덕적으로 타락하지는 않았다. 그녀는 이 그레이하운드를 데리고 산책을 다녔다. 그 동물에 대한 플로베르의 언급은 반 단락 정도로 짧기는 하나 문장 솜씨를 부려, 단순히 개를 서술하고 있는 것 이상의 의미를 보여 주고 있다. 〈처음에 그녀의 생각은 자신의 사냥개처럼 목적 없이 떠돌았는데, 그 개는 뱅뱅 원을 그리며 돌면서 노랑나비를 보고 짖거나, 들쥐를 쫓거나, 옥수수 밭 가장자리에 핀 양귀비를 질근질근 씹었다. 점차 그녀의 생각은 한곳으로 모아졌다. 그녀는 풀밭에 앉아 자신의 양산 끝으로 풀밭을 찌르며 자신에게 되풀이해서 말한다. 《오, 신이여, 왜 내가 결혼을 했습니까?》〉

이것이 그 개가 처음 등장하는 장면이다. 참으로 교묘하게 삽입된 단락이다. 그다음에 에마는 개의 머리를 잡고 그곳에 입을 맞춘다(귀스타브가 네로/타보르에게 했던 것처럼). 개

[25] 그레이하운드와 테리어를 교배해 만든 영국산 경주용 개.

는 우울한 표정을 짓고, 그녀는 위로를 필요로 하는 사람에게 하듯 그 개에게 말한다. 달리 말해서(그리고 두 가지 모두의 의미에서) 그녀는 자기 자신에게 말하고 있는 것이다. 그 개가 두 번째로 등장한 장면은 마지막 부분이다. 샤를과 에마는 토스트에서 용빌로 이사한다 — 그 이사는 에마가 꿈과 환상의 세계에서 현실과 타락의 길로 나아가는 것을 의미한다. 그들과 함께 마차를 타고 있는 여행자를 눈여겨보도록 하자. 방물장수이며, 부업으로 고리대금업도 하는 뢰뢰[26]라는 아이러니한 이름을 가진 이 인물은 끝에 가서 에마를 덫에 가두는 사람이다(성적인 타락과 더불어 재정적인 파탄이 그녀를 파멸시키기 때문에). 여행 중에 에마의 그레이하운드가 도망친다. 그들은 15분가량 휘파람을 불며 개를 찾다가 결국 포기한다. 뢰뢰 씨는 위안을 가장한 말로 끈질기게 에마를 달랜다. 콘스탄티노플에서 파리까지 돌아온 개의 예를 들면서 길 잃은 개들이란 아무리 먼 거리에서도 주인을 찾아온다고 에마를 위로한다. 이런 이야기에 대한 에마의 반응은 기록되어 있지 않다.

그 개가 어찌 되었는지도 기록되어 있지 않다.

4) 〈물에 빠져 죽은 개와 환상적인 개.〉 1851년 1월, 플로베르와 뒤 캉은 그리스에 있었다. 그들은 마라톤과 엘레우시스와 살라미스를 방문했다. 그들은 모랑디 장군을 만났다. 그는 미솔롱기 전투에 참가했던 외인부대 출신의 직업 군인으로 바이런이 그리스에 있는 동안 도덕적으로 방탕한 생활을 했다는 영국 귀족의 비방은 당치도 않은 것이라고 부정했다. 〈바이런은 훌륭한 인물이었다. 그는 아킬레우스와 비슷

---

26 Lheureux. 프랑스어로 *l'heureux*는 행복을 의미함.

할 정도였다〉라고 그 장군은 말했다. 뒤 캉은 그들이 테르모필레를 방문했을 때, 이 전쟁터에서 『플루타르크 영웅전』을 두 사람이 다시 읽었다고 기록하고 있다. 1월 12일, 일행 — 그들 두 사람, 통역관, 경호원으로 고용한 무장 경관 — 이 엘레우테라를 향해 가는 도중에 날씨가 나빠졌다. 비가 몹시 내렸다. 그들이 건너던 벌판은 금방 물에 잠겼다. 경관의 스코치테리어가 갑자기 물에 휩쓸려 떠내려가 폭우로 불어난 탁류에 빠져 죽었다. 비는 눈으로 변했고, 어둠이 내려앉았다. 구름이 별빛을 가렸다. 일행은 완전히 고립되었다.

한 시간 그리고 또 한 시간이 흘렀다. 눈은 그들의 옷에 두텁게 쌓였다. 그들은 길을 잃고 말았다. 경관은 공중을 향해 총을 몇 방 쏘았지만 아무런 대답도 없었다. 물에 젖어, 매우 추웠다. 그들은 비바람을 피할 데도 없이 말을 탄 채 하룻밤을 지내야만 하는 처지가 된 것이다. 경관은 스코치테리어의 죽음을 슬퍼했고, 통역관 — 바닷가재처럼 커다랗게 튀어나온 눈을 가진 친구 — 은 이곳에 오기까지 전혀 쓸모없는 사람이었다. 요리 하나도 제대로 만들지 못했다. 그들은 멀리 불빛이 보이지는 않나 하고 주의하며 조심스럽게 말을 몰았다. 그때, 경관이 소리쳤다. 「멈추시오!」 어딘가 멀리에서 개가 짖고 있었다. 통역관이 그의 유일한 특기를 보인 때가 바로 이때였다. 그는 개처럼 짖을 수 있는 능력을 갖고 있었다. 그는 온 힘을 다하여 필사적으로 개 짖는 소리를 내기 시작했다. 그가 소리 내기를 멈추고 귀를 기울이자, 그 소리에 답하여 개 짖는 소리가 들려왔다. 통역관은 다시 개 짖는 소리를 냈다. 그들은 천천히 나아갔고, 통역관은 짖기 위해 멈추고, 다시 듣기 위해 멈추며 길을 찾아갔다. 마을 개가 더욱 크게 짖는 쪽을 향하여 가기를 30분, 일행은 마침내 하룻밤을 지낼 곳을 찾아냈다.

그 후 통역관이 어찌 되었는지는 기록된 것이 없다.

주: 귀스타브가 일기에서 위와 다른 이야기를 하고 있다는 점을 덧붙이는 것이 좋지 않을까? 그는 그 날씨와 날짜는 인정한다. 그 통역관이 요리를 잘하지 못했다는 것도 인정한다(계속해서 양고기와 완숙한 계란만 주어서 그는 어쩔 수 없이 건빵으로 점심 식사를 했다). 이상하게도 그는 그 전쟁터에서 플루타르크를 읽은 것을 언급하지 않고 있다. 무장 경관의 개(플로베르는 개의 종을 밝히지 않았다)는 폭우에 휩쓸려 가지 않았다. 단지 깊은 물속에 빠져 죽었을 뿐이다. 개 짖는 소리를 낸 통역관에 대해서도 귀스타브는 단지 다음과 같이 기록했다. 그들이 멀리서 마을의 개가 짖는 소리를 들었고, 그는 경관에게 공중에 총을 쏘라고 명령했다. 개가 답을 했다. 경관은 다시 발포했다. 이와 같은 평범한 방법으로 그들은 쉴 곳을 찾아 나아갔다.

진상이 무엇이었는지는 기록된 바 없다.

5
닮았잖아!

영국의 중류 계급으로 독서를 좋아하는 사람들 사이에는 우연의 일치로 무엇인가 일어나면 곧바로 누군가가 〈그것은 앤서니 파월[27]을 닮았군〉하고 말하는 버릇이 있다. 그러나 조금만 생각해 보면 그 일치란 대단하지 않은 것으로 판명된다. 전형적인 경우가 중·고등학교나 대학을 같이 다녔던 두 친구가 몇 년 만에 우연히 만나는 것이다. 이때에도 파월의 이름을 끄집어내어 우연한 만남이 어떤 질서의 작용이라고 생각하지만 그것은 마치 목사에게 자동차를 축복하도록 하는 일처럼 엉뚱하다.

나는 우연의 일치에 대해 관심이 없다. 우연의 일치라는 생각에는 좀 으스스한 면이 있다. 왜냐하면 사실 우리는 신이 운행하는 질서 정연한 세계에 살고 있지만 신이 직접 우리의 어깨 너머를 넘겨다보면서 우주의 계획에 대한 대강의 힌트를 떨어뜨려 우리에게 도움을 주려 한다는 생각을 잠시라도 하기 때문이다. 나는 이 세상이 혼돈스럽고 제멋대로 돌아가고 순간적으로는 물론 영원히 미쳐 있으며, 인간은 확실히

---

[27] Anthony Powell(1905~2000). 영국 작가. 『오후의 사람들』, 『시간이라는 음악에 맞춘 춤 *A Dance to the Music of Time*』 등의 작품이 있다.

무지하고 야비하며 어리석은 존재라고 느끼는 편이다. 프랑스와 프로이센 사이에 전쟁이 벌어지자 플로베르는 다음과 같이 이야기한다. 〈그 밖에 무슨 일이 일어나든 우리는 여전히 어리석을 것이다.〉 단순히 과장된 염세주의인가? 아니면 어떤 일을 올바르게 생각하고, 바르게 행하고, 적절하게 쓰려면 우선 기대를 버려야 한다는 말인가?

아무런 해도 끼치지 않는 익살맞은 우연의 일치조차 나는 관심이 없다. 언젠가 바깥에서 저녁 식사를 했을 때, 마침 그 자리에 있는 일곱 명이 모두 파월의 『시간이라는 음악에 맞춘 춤』을 방금 다 읽었다는 것을 알았다. 나는 이 사실을 그다지 대단하지 않게 생각했다. 치즈가 나올 때까지도 나는 아무 말도 하지 않았으니 이런 우연에 전혀 관심이 없었다고나 할까.

우리는 책에서 우연의 일치들을 발견한다 — 그러한 기교는 천박하고 감상적인 면이 있다. 미학상 그런 기교는 겉만 번지르르하다는 느낌에서 벗어날 수 없다. 마침 우연히 숲 속을 지나던 음유 시인이 곤경에 처한 소녀를 구해 낸다든지, 디킨스풍의 은혜를 베푸는 사람이 갑작스럽지만 너무나 알맞게 나타난다든지, 외국의 해안에서 배가 난파하여 헤어졌던 형제자매와 애인들이 재회한다든지 따위의 우연의 일치가 그것이다. 우연히도 운율을 딱딱 맞추는 데 남달리 뛰어난 시인을 만난 적이 있는데, 그에게 나는 이런 헛된 책략을 비난했다. 그는 고상한 척하며 우아한 투로 〈아마 당신은 지나치게 산문적인 기질을 가진 것이 아닐까요?〉라고 대답했다.

나는 오히려 즐거워하며 〈그러나 산문적인 사람이 산문에 대하여 가장 정확히 판단하지 않겠습니까?〉라고 되받아쳤다.

내가 소설이란 이렇게 써야 한다고 규정할 수 있는 위치에 있는 독재자라면, 나는 우연의 일치들을 소설 속에서 내쫓고 싶다. 그러나 우연의 일치가 완전히 없어져야 한다는 것은 아니다. 우연의 일치란 피카레스크 소설에서나 허용된다. 우연이 설 자리는 바로 피카레스크 소설이다. 어서, 그런 기법을 써라. 낙하산이 펴지지 않은 비행사를 건초 더미에 착륙하게 하고, 다리가 썩어 가는 고결하고 가난한 사람에게, 묻혀 있는 보물을 발견하게 하라 ― 좋다, 그것은 사실 중요한 것이 아니다……

우연의 일치를 정당화하는 한 가지 방법은 말할 것도 없이 아이러니로 미화시키는 것이다. 그것이 바로 영민한 사람들이 하는 짓이다. 아이러니는 결국 현대적 방식으로 시인과 재사들에게는 술친구 같은 존재가 아닌가. 누가 그것에 반대하겠는가? 그러나 아무리 재치 있고 의미심장한 아이러니라 하더라도 결국은 잘 다듬어진 교양 있는 우연의 일치가 아닐까, 나는 때때로 생각한다.

우연의 일치에 대해 플로베르가 어떻게 생각하고 있었는지 나는 모른다. 끊임없이 아이러니한 그의 『통념 사전』에 어떤 특색 있는 표제어가 있지 않을까 나는 기대했었다. 그러나 표제어는 *cognac*(코냑)에서 *coitus*(교합)로 뛰어 넘어갔다. 그가 아이러니를 사랑하고 있었음은 분명하다. 아이러니는 그에게 있어 가장 현대적인 기교 중 하나이다. 이집트에서, 그는 〈여류 문학자*bluestocking*〉를 뜻하는 *almeh*라는 단어가 점차 본래의 의미를 잃고 〈매춘부〉를 의미하게 된 것을 알고서 대단히 기뻐했다.

아이러니는 아이러니 작가들과 공생하는가? 플로베르는 그렇게 생각했던 것이 분명하다. 1878년, 볼테르 서거 100주년 기념식은 메니에 초콜릿 회사가 주관했다. 〈그 불쌍한 늙은 천재, 아이러니가 그에게서 떠난 적이 없다〉라고 귀스타브는 논평했다. 아이러니는 귀스타브 역시 따라 다녔다. 〈나는 미친 사람들과 동물들을 매혹시키는 힘이 있다〉라고 그가 자신에 대하여 썼을 때, 그는 〈그리고 아이러니〉라는 말을 첨가했어야 했다.

『보바리 부인』을 보자. 이 작품은 에르네스트 피나르에 의해 음란하다는 이유로 기소당했다. 그 사람은 『악의 꽃』을 기소하여 비열한 명성을 누린 그 검사이기도 하다. 『보바리 부인』의 기소가 무죄로 끝나고, 몇 년 후에 피나르는 외설적인 시집을 발표한 익명의 작가였다는 것이 드러났다. 플로베르는 매우 즐거워했다.

이제, 소설 자체를 예를 들자. 소설 중에 특히 강렬한 인상으로 남는 두 대목은 에마가 커튼이 내려진 마차 안에서 간통의 충동을 느끼는 부분(보수파 사상가들이 특히 문제로 삼는 부분)과 소설의 마지막 구절 — 〈그는 방금 레지옹 도뇌르 훈장을 받았다〉— 인데, 이 구절은 오메[28]를 부르주아의 우상으로 신격화했음을 확인해 주고 있다. 커튼이 내려진 마차에 대한 착상은, 루이즈 콜레와 마주칠까 봐 걱정을 하며 파리에서 플로베르 자신이 행한 기괴한 행동의 결과로 떠오른 것이다. 그는 누가 보는 것을 피하기 위해 어디든지 덮개 달린 마차를 타고 다녔다. 그리고 그는 자신의 순결을 가장하기 위해 쓴 방법을 나중에 자신의 여주인공의 성적 방종을 용이하게 하는 방법으로 쓰고 있다.

오메의 레지옹 도뇌르 훈장의 경우는 사뭇 다르다. 여기서

---

28 『보바리 부인』에 등장하는 약제사. 돈을 벌어 레지옹 도뇌르 훈장까지 받은 부르주아의 화신.

는 삶이 예술을 모방하고 빈정댄다. 『보바리 부인』의 마지막 줄을 쓰고 10년이 채 지나지 않아, 반부르주아의 기수이며 정부를 단호히 미워했던 플로베르는 레지옹 도뇌르 훈장을 받고 기사가 되었다. 결국 그의 삶의 마지막 줄은 자신이 쓴 걸작의 마지막 줄을 모방한 셈이다. 그의 장례식에 근위병들은 관을 앞에 두고 예포를 쏘고, 가장 냉소적인 기사 중 한 사람인 플로베르에게 국가의 전통적인 고별 예식을 행했다.

당신들이 이런 아이러니를 싫어한다면, 나는 다른 종류의 아이러니들을 이야기하겠다.

1. 피라미드에서의 새벽

1849년 12월, 플로베르와 뒤 캉은 쿠푸 왕이 세운 대(大) 피라미드에 올랐다. 지난밤, 그들은 피라미드 옆에서 잠을 자고, 태양이 뜨기 전까지 피라미드 꼭대기에 오르려고 5시에 일어났다. 귀스타브는 텐트 천에 물을 받아 얼굴을 씻었다. 자칼이 울부짖었다. 그는 파이프를 피워 물었다. 두 명의 아랍인이 뒤에서는 밀고, 앞에서는 끌어, 그는 짐처럼 천천히 밀려 돌로 높게 쌓아 올린 피라미드 정상까지 올라갔다. 뒤 캉 — 스핑크스를 처음으로 사진 촬영한 사람 — 은 이미 정상에 도착해 있었다. 그들 앞에 흐르는 나일 강은 안개에 잠겨 흰 바다처럼 보였다. 뒤로 펼쳐진 어두운 사막은 돌처럼 굳은 자줏빛 바다 같았다. 마침내 오렌지색 광선이 동쪽에서 떠올랐다. 점차 그들 앞에 흰 바다처럼 보이던 나일 강은 무한히 펼쳐진 비옥한 초지로 그 모습을 드러내고, 뒤쪽의 자줏빛 바다는 희미하게 반짝거리는 흰색으로 변해 갔다.

떠오르는 태양은 피라미드 정상의 돌들을 비추었다. 발꿈치를 내려다보던 플로베르는 그곳에서 압정에 꽂혀 있는 작은 명함을 발견했다. 〈욍베르, 프로퇴르Humbert, Frotteur〉라는 글씨와 루앙의 주소가 적혀 있었다.

얼마나 아이러니에 딱 어울리는 순간인가. 또한 모더니스트적인 순간이기도 했다. 즉 일상적인 것과 숭고한 것이 엇갈리는 그런 교환으로서, 이런 것은 뒤틀려 있고 약아빠진 우리 시대의 특색이라고 우리는 당연히 생각하고 싶어 한다. 우리는 플로베르가 그 명함을 집어 든 것에 감사한다. 어떤 의미에서, 그가 명함에 주목하기 전까지 아이러니는 그곳에 없었다. 다른 방문객들은 그 명함을 단지 휴지 조각으로 보았을 것이다. 압정이 수년 동안 천천히 녹슬어 가며, 그 명함은 그곳에 그대로 있었을 수도 있다. 그러나 플로베르는 그 명함에 아이러니의 기능을 부여한 것이었다.

우리가 의미 부여를 하고 싶으면 이 간단한 사건을 좀 더 들여다 보면 된다. 19세기의 가장 유명한 유럽 소설가가 피라미드에서 20세기에 가장 악명이 높은 소설의 주인공들 중의 한 사람과 마주친 것은 주목할 만한 역사적 우연이 아닌가? 카이로의 목욕탕에서 소년들을 노리개 삼아 놀던 기억을 아직도 생생하게 간직하고 있는 플로베르가 나이 어린 미국 소녀를 겁탈하는 나보코프의 작품에 등장하는 색마의 이름[29]과 마주치다니? 더 나아가, 험버트 험버트의 이름을 반쪽만 쓰고 있는 욍베르(험버트)라는 이름의 남자의 직업은 무엇인가? 명함은 마루닦이*frotteur*라고 되어 있다. 문자적인 의미로는 프랑스의 마루닦이이지만, 〈프로퇴르〉는 군중 틈에서 사람들의 몸에다 자신의 몸을 비벼 대기 좋아하는 변

29 험버트Humbert는 『롤리타』의 남자 주인공 이름.

태 성욕자를 의미하기도 한다.

이것이 전부가 아니다. 이런 아이러니에 대한 아이러니가 존재한다. 플로베르의 여행 수첩을 보면 알 수 있지만, 그 명함은 프로퇴르 씨가 직접 그 자리에 압정으로 박아 놓은 것이 아니다. 머리가 잘 돌아가고, 사려 깊은 막심 뒤 캉이 자줏빛이 감도는 밤에 그곳에 먼저 도착하여 친구의 감수성을 시험하기 위해 이 작은 덫을 놓은 것이었다. 바로 이와 같은 진상을 알고 나면 우리의 반응도 균형을 잃게 된다. 이 진상대로 해석한다면, 플로베르는 꾸준히 노력하는 범용한 인물이 되고, 뒤 캉은 모더니즘이 등장하기 전에 벌써 모더니즘을 빈정댄 재사이고 멋쟁이가 되는 것이다.

계속해서 다시 플로베르에 관한 글을 읽어 보기로 하자. 플로베르는 그 사건이 있고 나서 며칠 후에 어머니에게 편지를 쓴다. 편지 속에서 그는 그 발견으로 그가 경험한 숭엄한 놀라움에 관하여 쓰고 있다. 〈나는 그 명함을 크루아세부터 특별히 준비해 가지고 왔는데, 그만 그 자리에 놓아두는 것을 잊고 있었어요! 그런데 그 악당이 내 건망증을 이용해서 내가 접는 모자 밑에 숨겨 두었던 안성맞춤의 그 명함을 찾아낸 거예요.〉 플로베르는 정말 알 수 없는 사람이다. 플로베르는 집을 떠날 때, 이미 그가 세상을 어떻게 감지했는지, 그 특징을 완벽하게 보여 줄 특수 효과를 연출하고 있었던 것이다. 아이러니들은 생겨나는 반면 현실들은 퇴각하고 있다. 그저 흥미 삼아 던지는 질문이지만, 플로베르는 왜 그의 접는 모자를 피라미드까지 가지고 갔을까?

2. 무인도 탐험선

귀스타브는 트루빌에서 보낸 여름 휴가들 — 바르베 선장의 앵무새와 슐레징거 부인의 개와 함께 보냈던 휴가들 — 을 그의 생애에 그리 많지 않았던 조용한 시기로 뒤돌아보고는 했다. 20대 중반의 가을의 추억을 되씹으며 그는 루이즈 콜레에게 말한다. 〈이제까지 내 인생에서 중요한 사건들을 말한다면, 몇 가지 생각들과 독서와 트루빌 바닷가에서 본 일몰 광경, 그리고 지금은 결혼하여 없는 존재와 마찬가지인 친구(알프레드 르 푸아트뱅)와 대여섯 시간 동안 내리 나누었던 대화라고 할 수 있을 거요.〉

트루빌에서 그는 영국 해군 무관의 딸인 거트루드와 해리엇 콜리어를 만난다. 두 여자 모두 그를 사랑했던 것 같다. 크루아세의 벽난로 위에 걸린 해리엇의 초상화는 그녀 자신이 준 것이다. 그러나 그가 더 좋아했던 사람은 거트루드였다. 플로베르가 죽은 후, 10년쯤 뒤에 그녀가 쓴 글을 통해 그에 대한 그녀의 감정을 짐작할 수 있다. 그녀는 낭만적인 소설 문체를 택하고, 가명을 사용해 뽐내듯이 쓰고 있다. 〈나는 그를 열렬히 사랑했고, 숭배했다. 여러 해가 지난 지금도 그때 나의 영혼을 사로잡았던 숭배와 사랑과 두려움을 잊을 수가 없다. 나는 결코 그의 사람이 될 수 없다고 무엇인가가 내게 말해 주었다……. 그러나 내가 마음속 깊이 그를 진실로 사랑하고, 존경하며, 따르고 있다는 것을 알 수 있었다.〉

거트루드의 풍부한 기억은 환상일 수도 있다. 젊은 시절, 이제는 죽은 천재와 사춘기의 소녀가 함께 지냈던 해변의 휴일을 기억하는 일보다 더 감상적 매력을 지닌 일이 무엇이 있겠는가? 그러나 아마도 그녀의 추억은 환상이 아니었을 것이다. 귀스타브와 거트루드는 수십 년간에 걸쳐 드물었지만 이따금씩 접촉을 했다. 그는 그녀에게 『보바리 부인』 한 권을 보냈다(그녀는 감사의 말을 보내면서, 그 소설이 〈끔찍하다〉고, 독자에게 도덕적인 교훈을 주는 것을 작가의 의무로 삼은 『페스터스Festus』의 저자 필립 제임스 베일리를 인용했다). 트루빌에서 플로베르와 처음 만나고 40년이 지난 후, 그녀는 크루아세로 그를 방문했다. 젊은 시절 흠모했던 멋진 금발의 기사는 이제 대머리에 얼굴은 붉고 이도 두세 개밖에 남지 않은 남자로 변해 있었다. 그러나 여성에 대한 그의 친절은 젊은 시절과 다름이 없었다. 그는 나중에 그녀에게 편지를 썼다. 〈젊은 시절의 나의 정다운 친구여, 오랜 세월 나는 당신이 어느 곳에 사는지조차 모르고 지냈습니다. 그러나 당신을 생각하지 않은 날은 단 하루도 없었습니다.〉

여기에서 오랜 세월의 어느 때(정확히 1847년, 뒷날 플로베르가 루이즈에게 그가 트루빌에서 본 일몰을 회상한 그해), 거트루드는 다른 사람에게 사랑하며, 존경하고, 따를 것을 약속했다. 그는 찰스 테넌트라는 영국의 경제학자였다. 플로베르가 소설가로서 유럽의 명성을 서서히 획득해 가는 동안, 거트루드는 책을 준비하고 있었다. 『대혁명 전야의 프랑스』라는 제목으로 그녀의 할아버지의 일기를 정리한 것이었다. 그녀는 1918년 아흔아홉 살의 나이로 죽었다. 그녀의 딸, 도로시는 탐험가 헨리 모튼 스탠리와 결혼했다.

스탠리가 아프리카를 여행하는 동안, 그의 탐험대는 어려움에 직면하게 되었다. 그 탐험가는 모든 불필요한 짐들을 차례로 버려야만 했다. 그것은 어떤 점에서 〈무인도 탐험선〉 이야기와는 정반대되는 실제 삶의 모습이었다. 그 열대 지역에서는 더 오래 생명을 부지하기 위해 필요한 물건들을 준비해야 하는 게 아니라 살아남기 위해 오히려 물건들을 버려야만 했다. 책은 명백히 쓸모없는 것이었다. 그는 책을 버리기 시작했다. 결국 〈무인도 탐험선〉에 승선한 모든 손님에게 문명인의 최소 필수품으로 공급된 두 권의 책, 성경과 셰익스피어만 남게 되었다. 스탠리의 세 번째 중요한 책 즉, 마지막 두 권을 남기기 직전에야 버렸던 책은 바로 『살랑보』였다.

3. 닮은꼴 관들

플로베르가 석양에 관하여 루이즈 콜레에게 쓴 편지에서 드러나 있는 지치고 병약한 목소리는 거짓이 아니었다. 1846년은 그의 아버지에 이어서 그의 누이동생 카롤린이 죽은 해이다. 〈무슨 놈의 집안이 이렇단 말이야!〉 그는 편지에 그렇게 썼다. 〈빌어먹을!〉 귀스타브는 밤새 누이의 시체를 지켰다. 그녀는 하얀 웨딩 드레스를 입고서 누워 있었고, 그는 그 옆에 앉아서 몽테뉴를 읽고 있었다.

장례식 날 아침, 그는 관 속에 누워 있는 그녀에게 마지막 입맞춤을 했다. 플로베르는 석 달 사이에 두 번씩이나 시체를 운반하려고 나무 계단을 올라가는 징 박힌 장화 소리를 들어야 했다. 그날, 플로베르는 애도를 표시할 겨를도 없었다. 우선 다급한 일들이 산적해 있었다. 카롤린의 머리 타래도 잘라야 했고, 그녀의 얼굴과 양손의 석고상도 떠 두어야 했다. 〈이 빌어먹을 자식들이 커다란 손으로 누이를 만지고 그녀의 얼굴에 온통 석회를 칠하는 것을 보고 있어야 했다.〉 장례식에는 그런 버릇없는 자식들이 꼭 끼어들게 마련이다.

묘지로 가는 길은 지난번 이후로 그에게 친숙했다. 묘지

구덩이 옆에서 카롤린의 남편이 울며 쓰러졌다. 귀스타브는 하관을 지켜보았다. 갑자기 관이 꼼짝하지 않았다. 무덤을 너무 좁게 판 것이다. 무덤을 파는 사람들이 관을 잡고 흔들었다. 그들은 이쪽저쪽으로 관을 당기고, 비틀고, 삽으로 치고, 쇠지렛대로 관을 움직이려 했다. 그러나 관은 움직이지 않았다. 마침내 한 사람이 카롤린의 머리 위에 해당하는 관 부위에 발을 딛고 올라가서, 억지로 관을 무덤 속으로 내리밀었다.

귀스타브는 카롤린의 얼굴을 석고로 떠서 흉상(胸像)을 만들게 했다. 그것은 일생 동안 그의 서재를 지키며, 1880년 같은 방에서 그가 죽을 때까지 그곳에 있었다. 모파상이 플로베르의 입관을 거들었다. 플로베르의 조카딸은 전통적인 방법으로 그 작가의 손을 석고로 떠달라고 부탁했다. 이것은 불가능했다. 플로베르가 죽는 순간 손을 꽉 움켜쥐었기 때문이었다.

장례 행렬은 처음에 캉틀뢰 교회로, 다음에는 모뉘망탈 묘지로 이어졌다. 모뉘망탈 묘지의 경비병들은 『보바리 부인』의 마지막 행, 즉 〈그는 방금 레지옹 도뇌르 훈장을 받았다〉를 우스꽝스럽게 해석하기 시작했다. 몇 마디의 장례식사가 있은 뒤 그들은 하관을 시작했다. 관은 꼼짝하지 않았다. 이번에는 폭은 정확하게 맞추었으나, 무덤을 파는 사람들이 길이를 짧게 했다. 그 개 같은 자식들이 관을 움켜쥐었지만 허사였다. 그들은 관을 집어넣을 수도 끌어당길 수도 없게 되었다. 당황스러운 몇 분간이 흐른 뒤에 조객들은 플로베르를 땅속에 비스듬히 둔 채 천천히 떠났다.

노르만인들은 인색한 종족으로 유명하다. 무덤 파는 사람들도 예외는 아니다. 그들은 무덤을 필요 이상 넉넉하게 파는 것을 싫어하여, 1846년부터 1880년까지 이런 태도를 하나의 직업 전통으로 유지했다. 나보코프는 『롤리타』를 쓰기 전에 플로베르의 편지들을 읽었을 것이다. 플로베르가 쓴 아프리카 소설에 대해 스탠리가 감탄하는 것은 놀랄 만한 일은 아니다. 우리가 현재 조야한 우연이나, 우연한 아이러니, 대담하고 긴 안목을 갖춘 모더니즘으로 취급하는 것은 그 당시에는 아주 달라 보였을 테니까 말이다. 플로베르는 루앙에서 피라미드에 이르는 동안 욍베르의 명함을 계속 지니고 다녔다. 그것은 자신의 감수성을 회심의 미소를 지으며 선전하기 위한 광고 행위로 의도한 것이 아니었을까? 아니면 모래투성이에다, 광을 낼 수 없는 사막 땅에 대한 조롱이었을까? 아니면 단지 우리를 향한 장난이었을까?

6
에마 보바리의 눈

 내가 비평가들을 미워하는 이유를 말하겠다. 내가 그들을 미워하는 것은 그들이 실패한 창작가(그들이 창작가로 실패한 경우는 드물다. 실패한 비평가일 수는 있겠지만, 그것은 또 다른 문제이다)라든지, 그들이 천성적으로 흠잡기 좋아하고, 질투심 많고, 허영심이 강하다(그들은 대개 그렇지 않다. 오히려 지나치게 관대해서, 이류를 격상시킴으로써 자신들의 식별력을 더욱 돋보이게 하려는 기질 때문에 비판받아야 할 것이다) 평범한 이유 때문이 아니다. 내가 비평가들을 싫어하는 이유는 ― 글쎄, 항상 그런 것은 아니지만 ― 그들이 다음과 같은 문장들을 쓰고 있기 때문이다.

 플로베르는, 발자크와는 달리, 객관적이고 외형적인 묘사를 통해 인물을 그리지 않았다. 실제로 그는 인물의 외양에 주의를 기울이지 않았기 때문에 어떤 때는 에마의 눈을 갈색으로 묘사했다가(14) 다른 곳에서는 진한 검은 눈으로(15) 또 다른 곳에서는 푸른 눈으로 묘사하고 있다(16).

 이 정확하고 실망스러운 플로베르에 대한 비난은, 옥스퍼드 대학 불문과 명예 교수이면서 영국에서 플로베르를 가장 철저히 다룬 전기 작가로서, 고인이 된 에니드 스타키[30] 박사의 글이다. 위의 글에서 보이는 숫자는 스타키 박사가 정확한 전거(典據)를 들어 소설가를 공격하고 있는 각주를 참조하라는 것이다.

나는 스타키 박사의 강의를 들은 적이 있다. 나는 그녀가 지독한 프랑스 악센트의 소유자였음을 전할 수 있어 기쁘다. 그녀는 명문 사립학교 출신 특유의 자신감에 차 있으면서도 소리의 감각이 전혀 없는 언어를 구사하는 사람 중의 하나로, 같은 단어 내에서도 일상적인 정확성과 어처구니없는 실수 사이를 왔다 갔다 했다. 이런 과오가 옥스퍼드 대학에서 불문학을 가르치는 그녀의 능력에 영향을 미치지는 않았다. 최근까지만 해도 그곳은 현대 언어가 마치 죽은 언어라도 된다는 듯이 취급하기를 좋아했던 곳이다. 그래서 현대 언어를 더욱 존경스러운 언어로 만들었고, 그 옛날의 완벽한 라틴어나 희랍어처럼 보이게 했다. 그렇기는 해도 프랑스 문학으로 먹고사는 사람이 그녀의 제자들과 그녀의 상급자들(그녀의 급료 지불자들 포함)이 처음 프랑스어 기본 단어들을 발음했을 때처럼 그야말로 엉터리로 발음한다는 것은 나에게는 충격적이었다.

플로베르가 에마 보바리의 눈에 대해 신빙성 있는 관찰을 못했음을 고인이 된 여류 비평가가 지적했다고 해서 값싼 보복 차원에서 내가 이렇게 말한다고 생각하는 사람도 있을 것이다. 그렇다고 내가 죽은 사람에게 채찍질 말라는 격언에 찬동하는 것은 아니다(결국 나는 의사로서 이야기하는 것이

---

30 Enid Starkie. 실존 인물. 1970년 사망. 『플로베르: 위대한 작가의 성장 Flaubert: The Making of Master』의 저자.

다). 한 비평가가 당신에게 그와 같은 것을 지적할 때 당신은 신경질이 나지 않겠는가? 처음에 나는 스타키 박사에게 그런 과민한 신경질을 부린 것이 아니고 — 그녀는 사람들이 말하듯 자신의 직업상 그렇게 한 것이다 — 플로베르에게 신경질을 부리고 있었다. 그렇게 꼼꼼한 천재가 그 유명한 에마 보바리의 눈 색깔을 묘사하는 데 일관성을 보이지 못했다니? 하, 이럴 수는 없다. 그러나 그다음, 작가에게 오랫동안 신경질을 부릴 수 없기 때문에, 이번에는 그런 감정을 비평가 쪽으로 옮기게 되는 법이다.

나는 『보바리 부인』을 여러 번 읽었지만 여주인공의 눈빛이 무지개처럼 변한다는 사실은 한 번도 깨닫지 못했음을 자백해야겠다. 내가 그것을 꼭 깨달아야 하는가? 당신은 어땠는가? 나는 스타키 박사가 놓치고 지나간 것들을 주목하느라 너무 바빴나 보다(그것들이 무엇이었는지 당장 생각나지는 않지만). 다른 방식으로 이야기하자. 완전한 독자, 절대적인 독자가 이 세상에 존재할까? 스타키 박사의 『보바리 부인』 독서는 내가 그 책을 읽을 때 갖게 되는 모든 반응을 다 포함하고, 나아가서 훨씬 더 많은 것을 담고 있어서 나의 독서 따위는 어느 면에서 무의미한 것이 되는가? 나는 그렇지 않기를 바란다. 나의 독서는 문학 비평사의 관점에서 보면 초점을 잃었을 수도 있다. 그러나 즐거움의 관점에서 보면 의미가 없지도 않다. 평범한 독자가 전문 비평가보다 책을 더욱 즐겁게 읽는다는 사실을 입증할 수는 없다. 그러나 전자가 후자에 비해 한 가지 장점을 가지고 있음을 나는 말할 수 있다. 우리는 잊을 수 있다. 스타키 박사와 같은 사람들은 기억력의 저주를 받고 있다. 그들이 가르치고, 평을 쓰기도 하는 그 작품들은 그들의 두뇌에서 사라지는 일이 없다. 그들은 가족이 된다. 어쩌면 그것 때문에 어떤 비평가들은 그들의 비평 대상에 대해 희미하지만 후견인 같은 태도를 취하는 모양이다. 그들은 마치 플로베르나 밀턴 또는 워즈워드가 흔들의자에 앉아 있는 따분한 늙은 아주머니 — 김빠진 분 냄새를 풍기며 과거에만 관심이 있고, 수년 동안 새로운 것이라고는 한 번도 말하지 않은 사람 — 인 것처럼 행동한다. 물론 과거는 지나간 작가의 안식처이고, 그곳에 살고 있는 작가는 누구나 세 없이 무료로 살고 있다. 그러나 그렇다 하더라도 분명히, 글쎄 알겠지만…… 〈시간문제〉 아닌가?

평범하나 열정적인 독자는 잊고 싶은 작가는 잊을 수 있다. 언제라도 어떤 작가를 떠나 다른 작가들을 좋아하다가 다시 돌아와 심취할 수도 있다. 독자와 작가의 관계에 가족적 관계가 끼어들 필요는 결코 없다. 드문드문 관계를 갖지만 관계를 가질 때는 항상 열렬하다. 사람들이 아무런 생각 없이 소처럼 함께 살 때 생기는 일상적인 증오 따위는 전혀 없다. 나는 짜증난 목소리로 플로베르에게 욕실 매트를 걸어 말리는 것을 잊지 말라든지, 솔로 변기를 세척하라고 말하고 싶었던 적은 결코 없다. 그런데 스타키 박사는 그렇게 하지 않으면 못 배기는 것 같다. 남편이나 아내도 완전하지 못하듯이, 작가들 역시 완전한 사람은 아니다라고 나는 외치고 싶다. 비록 그들이 완전해 보인다 해도 결코 완전할 수 없다는 것은 분명한 사실이다. 나는 나의 아내가 완전하다고 생각한 적이 없다. 그녀를 사랑하기는 해도, 그런 생각을 한 적은 결코 없었다. 내가 기억하는 게 있지만…… 그러나 다음 기회에 이야기하겠다.

대신 몇 년 전 첼트넘 문학 축제에 참석했을 때 들었던 강연 내용을 이야기해 보겠다. 그 강연은 케임브리지 대학의 크리스토퍼 릭스 교수가 했다. 그 강연은 정말 빛나는 것이었다. 그의 대머리는 반들반들 빛났고, 그의 검은 구두도 반짝반짝 빛났다. 그의 강연 역시 매우 눈부셨다. 그 주제는 문학상의 오류와 그 오류가 가지는 중요한 의미였다. 예를 들어 예프투센코는 미국산 나이팅게일에 대한 그의 어느 시에서 명백히 커다란 실수를 했다. 푸슈킨은 무도회장에서 입는 군복의 종류에 대해서 엉뚱한 실수를 저질렀다. 존 웨인은 히로시마 원폭 조종사에 관하여 잘못을 범했다. 나보코프는 — 이것은 놀랄 만한 것이다 — 롤리타를 발음하는 데 잘못을 저질렀다. 다른 예도 얼마든지 많다. 콜리지와 예이츠와 브라우닝은 매*hawk*와 톱*handsaw*을 구분 못하고 사용했으며, 우선 톱이 무엇인지조차도 모르는 실수를 범했다.

특히 두 가지 예가 나를 놀라게 했다. 첫째는 『파리 대왕』에 관한 놀랄 만한 발견이었다. 피기의 안경으로 불을 재발견하게 되는 유명한 장면에서, 윌리엄 골딩은 렌즈를 잘못 사용하고 있다. 실제로 완전히 뒤바뀌었다. 피기는 근시이고 이런 조건에 맞도록 처방된 안경은 아마도 화경(火鏡)으로 쓰일 수 없었을 것이다. 어느 쪽으로 잡든 그 안경은 태양 광선을 한 점으로 모을 수 없었을 것이다.

두 번째 예는 테니슨의 시 「경기병 여단의 공격」에 관한 것이었다. 〈죽음의 계곡으로 600명이 말을 타고 들어갔다.〉 테니슨은 「더 타임스」지에서 〈어떤 사람이 큰 실수를 저질렀다〉라는 구절이 들어 있는 기사를 읽고, 그 시를 급히 쓴 것이다. 그는 〈607명의 기병〉을 언급했던 그 이전 기사에 의존하기도 했다. 그러나 카미유 루세가 비참하고 피 어린 장애물 경주라 부른 전투에 참가한 사람들의 숫자는 결국 673명으로 공식 수정되었다. 〈죽음의 계곡으로 673명이 말을 타고 들어갔다.〉 이렇게 고치는 것으로 끝나는 것이 아니었다. 700명으로 처리할 수도 있었을 것이다 ─ 여전히 정확하지는 않으나, 적어도 좀 더 정확하지 않은가? 테니슨은 그 문제를 곰곰이 생각하고, 그 시를 처음 썼던 대로 놔두기로 했다. 〈(내 생각에) 700보다는 600이 운율상 더 적합하니 그대로 두는 게 좋겠다.〉

나는 〈600〉 대신에 〈673〉이나 〈700〉, 아니면 〈대략 700〉으로 쓰지 않은 것을 잘못이라고 보지 않는다. 반면 렌즈에 대한 골딩의 불완전한 지식은 분명한 실수로 분류되어야 한다. 다음 문제는 그것이 중요한가 하는 것이다. 릭스 교수의 강연에서 내가 기억하는 것은 문학의 사실성이 문제가 된다면, 아이러니와 환상 같은 수단은 더욱 사용하기가 힘들다는 주장이다. 무엇이 사실이고, 무엇이 사실과 같은 가치가 있는지 모른다면, 사실이 아닌 것, 또는 사실이 아닌 것과 마찬가지인 것의 가치도 줄어든다는 것이다. 이것은 나에게 매우 건강한 주장처럼 보인다. 문학적 오류 중 얼마나 많은 것이 실제로 이런 주장에 적용될지 잘 모르겠지만 말이다. 피기의 안경에 관하여 생각해 보면 첫째, 안과 의사, 안경사 그리고 안경 쓴 영문학 교수를 제외하고는 그 실수를 알아채는 사람이 별로 없을 것이며, 둘째, 그들이 그 실수를 알아챘다 해도 그들은 작은 폭탄을 소리 안 나게 폭파시켜 버리듯 그 실수를 폭파시켜 버리고 말 것이다. 더욱이 이런 폭파는(보고 있는 것은 개 한 마리뿐이고, 멀리 떨어진 해변에서 일어나는) 소설의 다른 부분에 불을 내지 않는다.

골딩의 것과 같은 실수는 〈외적 실수〉이다. 책에서 사실로 주장하는 것과 우리가 사실로 알고 있는 것 사이의 불일치인 것이다. 그런 실수들은 대개 작가가 특정한 분야의 전문적인 지식 부족을 드러내는 경우이다. 그 죄는 용서할 만한 것이다. 그러나 작가가 자신의 작품 내에서 양립할 수 없는 두 가지를 주장하는 〈내적 실수〉는 어떤가? 에마의 눈은 갈색이고, 에마의 눈은 푸른색이다. 슬프게도 이런 실수는 그저 무지의 소치라거나, 조심성 없는 문학적 습관 탓으로 돌릴 수밖에 없다. 일전에 나는 일류 소설이라고 칭찬 받는 글을 읽었다. 성적 경험이 없는 프랑스의 아마추어 문인인 소설 속의 화자는 퇴짜 맞지 않고 소녀에게 키스하는 최선의 방법을 다음과 같이 혼자 복창한다. 〈천천히, 육감적으로, 뿌리칠 수 없는 힘을 실어, 마치 판매 금지된 『보바리 부인』의 초판본 한 권을 방금 손에 넣은 것처럼, 그녀의 눈을 빤히 응시하며 서서히 당신 쪽으로 그녀를 끌어당겨라.〉

이 방법은 아주 깔끔하게 표현되어 있고, 사실 꽤 재미있다고 나는 생각했다. 유일한 문제점은 〈판매 금지된 『보바리 부인』의 초판본〉이란 게 없다는 것이다. 내가 알기로 상당히 평판이 좋았던 그 소설은 『르뷔 드 파리』에 연재물로 처음 발표되었다. 그다음 외설죄로 기소되었고, 무혐의 판정을 받은 후에 비로소 책의 형태로 출판되었다. 나는 그 젊은 소설가(이름을 밝히는 것은 옳지 않은 듯하다)가 『악의 꽃』의 〈판매 금지된 초판본〉을 생각하고 있었던 것으로 본다. 이 젊은 소설가의 소설이 재판을 찍게 된다면 그때는 틀림없이 옳게 고쳐질 것이다.

갈색 눈, 푸른 눈. 그것이 그렇게 중요한 것인가? 작가가 모순된 말을 하는 것이 문제가 되는지 어떤지를 묻고 있는 것이 아니고, 여주인공의 눈 색깔 자체가 중요한지 어떤지를 묻고 있는 것이다. 여인의 눈 색깔을 언급해야 하는 소설가들에게 나는 연민을 느낀다. 선택이란 거의 있을 수 없고 어떤 색깔이 선택되든 필수적으로 진부한 암시가 따른다. 그녀의 눈이 푸르면 순진함과 정직함의 암시가 따르고, 검으면 열정과 깊이를 암시한다. 그녀의 눈이 초록이면 야성과 질투를 암시하고, 갈색이면 신빙성과 상식을 뜻한다. 그녀의 눈이 자줏빛이면 그 소설은 레이먼드 챈들러가 쓴 것이다. 이런 진부한 암시에서 벗어나려면 해당 여인의 성격에 대한 보충 설명 괄호를 한 자루는 써야 될 것이다. 그녀의 눈은 진흙 색깔이다. 그 때문에 그녀의 눈은 착용하고 있는 콘택트렌즈에 따라 변한다. 그는 그녀의 눈을 응시한 적이 없다. 자, 마음대로 해석하시오. 나의 아내의 눈은 녹청색이니까, 그 사실로 그녀에 대한 긴 이야기를 꾸밀 수 있다. 내가 생각하기에는 작가가 개인적으로 만나 솔직한 의견을 나눌 때는 눈의 특징 묘사가 무의미하다는 것을 아마 인정할 것이다. 작가는 마음속으로 서서히 등장인물을 그려 보고, 인물을 형상화한 다음에 — 아마도 맨 마지막에 — 비어 있는 눈구멍에 유리눈 한 쌍을 탁 박는다. 눈? 오 그렇지, 눈을 박아 드리는 게 없는 것보다 좋을 거야 하고 작가는 피곤하지만 친절을 베푼다.

부바르와 페퀴셰는 문학을 연구하는 동안, 저자가 실수를 저지른 것을 알게 되면 그 작가에 대한 존경심을 잃게 된다고 했다. 그러나 나는 작가들이 그렇게 실수를 적게 하는 데 오히려 놀란다. 리에즈 주교는 사실보다 15년 전에 죽은 것으로 되었다. 이런 실수로 인해 『퀜튼 두워드』[31]의 가치가 상실되는가? 그것은 사소한 실수, 평론가들에게 일부러 던진 가벼운 실수에 불과하다. 이 작품을 쓴 소설가가 그런 실수는 까맣게 잊고 영국 해협 연락선의 고물 난간에 서서, 맴돌

---

31 *Quentin Durward*. 영국의 낭만주의 시인이자 소설가 월터 스콧(1771~1832)의 작품.

고 있는 갈매기들에게 샌드위치 조각이나 던져 주고 있는 모습이 내 눈에 선하다.

나는 에니드 스타키의 눈이 무슨 색인지 알아보기에는 너무나 멀리 떨어져 있었다. 내가 그녀에 대해 기억하고 있는 것이라고는 선원처럼 옷을 입고, 스크럼 하프[32]처럼 걸으며, 지독한 프랑스 악센트를 썼다는 것뿐이다. 다른 것을 이야기하자. 옥스퍼드 대학의 불문과 명예 교수이며, 서머빌 대학의 특별 명예 교수인 그녀는 〈보들레르, 랭보, 고티에, 엘리엇, 지드와 같은 작가들의 전기와 작품을 연구한 학자〉로 잘 알려져 있다(나는 그녀의 책 겉표지들을 인용한 것이고, 물론 초판이다). 그녀는 묵직한 두 권의 책과 그녀의 삶의 많은 부분을 『보바리 부인』의 작가에게 바쳤으며, 그녀의 책 첫 권의 머릿그림에 〈무명 화가가 그린 귀스타브 플로베르〉의 초상화를 삽입했다. 이 초상화가 바로 우리 눈에 맨 먼저 들어온다. 바로 이 초상화를 통해 스타키 박사는 우리에게 플로베르를 처음 소개하는 것이다. 유일하게 문제가 되는 것은 그것이 플로베르의 초상화가 아니라는 것이다. 그것은 루이 부예의 초상화로서 크루아세의 여자 안내원에서 시작하여 모든 사람이 증언해 줄 것이다. 자, 일단 박장대소하고 나서 우리는 그런 실수를 어떻게 생각해야 하는가?

아마도 자신을 위해 변호도 할 수 없는 죽은 학자에게 내가 단순히 복수하고 있다고 생각하는 사람도 있을 것이다. 어쩌면 그런지도 모른다. 그러나 조심이 곧 자기 방위 아니겠는가? 나는 그 밖의 다른 것을 말하겠다. 나는 방금 『보바리 부인』을 다시 읽었다.

---

32 *Scrum half*. 럭비에서 공을 스크럼 속으로 집어넣는 하프백.

플로베르는 어떤 때는 에마의 눈을 갈색으로 묘사했다가(14) 다른 곳에서는 진한 검은 눈으로(15) 또 다른 곳에서는 푸른 눈으로 묘사하고 있다(16).

내가 생각하기에, 이런 평론이 주는 교훈은 결코 각주에 놀라지 말라는 것이다. 그 책에서 플로베르가 에마의 눈에 대해 언급한 건 여섯 번이다. 그것은 명백히 그 소설가에게는 중요한 문제이다.

1) (에마의 첫 번째 등장) 〈그녀의 아름다움은 그녀의 눈 때문이다. 비록 그 눈은 갈색이기는 해도 그녀의 눈썹 때문에 검은 색으로 보이고는 했다⋯⋯.〉

2) (결혼 초기에 그녀에게 빠져 있는 남편이 묘사한 것) 〈그녀의 눈은 그에게는 더 커 보였다. 특히 그녀가 잠에서 깨어 그녀의 눈꺼풀을 계속해서 여러 번 깜빡일 때 그랬다. 어둠 속에서는 검었고, 밝은 대낮에는 검푸른 색이었다. 눈은 색깔이 겹겹이 포개져서 깊숙한 곳일수록 더욱 짙고, 에나멜 같은 표면 쪽일수록 더욱 엷어 보였다.〉

3) (촛불이 켜진 무도회에서) 〈그녀의 검은 눈은 더욱 검게 보였다.〉

4) (처음 레옹을 만나서) 〈그녀의 크고, 동그랗게 뜬 검은 눈이 그를 응시하고 있었다.〉

5) (실내에서 로돌프가 그녀를 처음 보았을 때의 모습) 〈그녀의 검은 눈.〉

6) (저녁, 실내에서 에마가 거울을 들여다본다. 그녀는 막 로돌프에 의해 농락당했다.) 〈그녀의 눈이 이처럼 크고, 이처럼 검고, 이처럼 깊이를 지닌 적은 이전에는 결코 없었다.〉

비평가 스타키 박사는 이것을 어떻게 보았는가? 〈플로베르는 발자크와는 달리, 객관적이고 외형적인 묘사를 통해 인물을 그리지 않는다. 실제로 그는 인물의 외양에 주의를 기울이지 않았기 때문에……〉 플로베르가 자신의 여주인공이 비극적인 간음녀로 희귀하고 까다로운 눈빛을 지녔다는 것을 보이기 위해 보낸 시간과 스타키 박사가 조심성 없이 그를 매도하는 데 보낸 시간을 비교하는 일은 흥미로운 일일 것이다.

모든 것을 분명히 할 마지막 단서가 있다. 플로베르에 대한 초기의 실속 있는 자료는 막심 뒤 캉의 『문학 회상』이다(아셰트 출판사, 파리, 1882~1883년, 전2권). 잡담식이고, 허황하고, 자기 합리적이며, 신빙성이 없지만 역사적으로는 중요한 책이다. 1권의 306페이지를 보면(레밍턴 출판사, 런던, 1893, 번역자를 명기하지 않았음), 뒤 캉은 에마 보바리의 모델이 된 여인에 대해 상세하게 기술하고 있다. 뒤 캉의 말에 따르면 그녀는 루앙 근처 봉-르쿠르 출신 군의관의 두 번째 부인이었다.

이 두 번째 부인은 예쁘지는 않았다. 그녀는 키가 작고, 칙칙한 노랑머리에 얼굴은 주근깨로 가득했다. 그녀는 잘난 체하고, 남편을 경멸하며, 그를 바보라고 생각했다. 흰 피부에 토실토실한 편이었으며, 골격은 왜소했지만 흉하지 않았다. 그녀의 몸가짐과 행동거지에는 뱀장어의 동작이나 파도 같은 유연성이 있었다. 그녀의 목소리는 노르망디 하층 계급의 악센트 때문에 천박하게 들렸으며, 어리광 부리는 듯한 음조를 띠었다. 그녀의 눈은 색깔이 불분명하여 빛에 따라 초록, 회색 또는 파란빛이었으나, 호소하는 듯한 표정이 그녀의 눈에서 떠나는 일이 없었다.

스타키 박사는 일깨워 주는 것이 많은 이 구절에 대해 알지 못했던 것 같다. 결국 스타키 박사는 이러저러한 방식으로 자신에게 많은 돈벌이를 제공해 준 게 틀림없는 한 작가를 오히려 자기가 주인인 것처럼 소홀히 대한 것이다. 단지 그 사실이 나를 화나게 만든다. 이제 내가 왜 비평가들을 미워하게 되었는지 이해하겠는가? 하려고 든다면 지금 이 순간의 내 눈 표정을 묘사할 수도 있겠지만, 분노 때문에 내 눈의 색깔이 너무나 변색되어서 그럴 수가 없다.

7
영국 해협을 건너며

라타라타라타라타. 그다음 — 쉿 — 저쪽에서. 파타파타파타파타. 그리고 또다시. 라타라타라타라타 — 파타파타파타파타. 11월의 부드러운 파도로 인해 바 안의 테이블들이 서로 부딪쳐 덜거덕덜거덕 금속음을 내고 있었다. 바로 옆에 있는 테이블이 줄기차게 소리를 내더니 배 전체가 소리 없이 고동치자 잠시 소리가 끊어졌다가, 그다음에는 반대쪽에서 더 부드러운 응답 소리가 났다. 마치 기계로 만든 새가 새장 속에서 부르고 답하고, 부르고 답하는 것 같다. 일정한 리듬에 귀를 기울여 보자. 라타라타라타라타 파타파타파타파타 라타라타라타라타 파타파타파타파타. 지속성, 안정성, 그리고 상호 의존성을 말해 주는 듯하다. 그러나 바람과 조류의 변화가 생기면 모든 게 끝나고 만다.

고물의 활 모양 창문은 물보라로 얼룩져 있다. 창 밖으로 뭉툭한 캡스턴[33]과 물에 젖은 국숫발 같은 밧줄이 보인다. 갈매기들은 오래전부터 이 배를 따라 오지 않았다. 그것들은 뉴헤이븐에서 까옥까옥 울며 우리를 배웅했고, 날씨를 살피더니 배 후미의 산책 갑판에 샌드위치 꾸러미가 없는 것을 알

[33] *capstan*. 닻 따위를 감아올리는 장치.

고 돌아가 버렸다. 누가 그것들을 탓하겠는가? 그것들은 돌아오는 길에 얻어먹을 것을 기대하며, 네 시간이나 걸리는 디에프[34]까지 우리를 따라올 수도 있었겠지만, 그것은 하루에 열 시간을 잡아먹는 일이다. 지금쯤 그것들은 로팅딘에 있는 습기 찬 축구 경기장에서 벌레들을 파먹고 있을 것이다.

창문 밑에는 2개 국어가 쓰여 있는 쓰레기통이 있는데, 철자가 하나 틀렸다. 윗줄에는 프랑스어로 서류들*PAPIERS*[35]이라고 쓰여 있었다(그 프랑스어는 얼마나 사무적인 소리로 들리는가? 〈운전면허! 신분증!〉을 요구하는 듯하다. 그 밑에는 영어로 쓰레기*LITTERS*라고 표기되어 있다. 하나의 자음이 그렇게 큰 차이를 만든다. 『르뷔 드 파리』지에 곧 연재될 『보바리 부인』의 저자로 플로베르의 이름이 처음으로 소개되었을 때 — 철자가 포베르Faubert로 되어 있었다. 〈만약 언젠가 내가 세상에 나타날 때는 중무장을 하고 나타날 것이다〉라는 것이 그의 자랑이었지만, 중무장을 했어도 겨드랑이와 정강이는 완전히 보호할 수 없다. 그가 부예에게 지적했듯, 『르뷔 드 파리』지에 실린 그의 이름은 철자 하나만 더 빠졌더라면 원하지 않았던 상업적 언어 유희가 될 뻔했다.[36] 포베Faubet는 코메디-프랑세즈 반대쪽, 리슐리외 거리에 있는 채소 가게의 이름이었다. 〈내가 나타나기도 전에, 그들은 나를 산 채로 껍질을 벗긴다〉는 것이 플로베르의 지적이다.

나는 이처럼 철 지난 해협 횡단 여행을 좋아한다. 젊은 사

---

34 Dieppe. 영국 해협에 연한 프랑스 북부의 항구.

35 *PAPIERS*(서류들)가 아니고 *PANIERS*(쓰레기)로 써놓아야 하는데 자음 하나가 잘못 쓰여 있다.

36 『르뷔 드 파리』지에 실린 Flaubert의 이름은 〈l〉자가 빠져 Faubert가 되었는데, 〈r〉자를 더 빼서 Faubet로 했다면 상업 광고가 될 뻔도 했다는 말.

람들은 저속한 철, 한창일 때를 더 좋아한다. 나이가 들어가며 어중간한 철 즉, 여행을 결심하기 어려운 계절이 좋다는 것을 알게 된다. 이것은 어쩌면 일이라는 게 늘 똑같이 확실하지만은 않다는 것을 인정하는 한 가지 방법일 수 있다. 또는 단순히 빈 배를 선호하는 것을 인정하는 것이 되기도 한다.

배 안의 바에 있는 사람은 대여섯 명이 넘지 않았다. 그중 한 사람은 붙박이 긴 의자 위에 널찍이 자리 잡고 누워 있었다. 삐걱거리는 탁자의 소리에 잠이 들어 막 코를 골기 시작했다. 1년 중의 이맘때는 학생 단체 모임도 없고, 텔레비전 게임이나 디스코나 영화의 시끄러운 소리도 없다. 바텐더들도 잡담만 한다.

나는 이번까지 지난 1년 동안에 세 번의 여행을 했다. 11월, 3월, 11월. 여행이라고 하지만 디에프에서 겨우 이삼 일 지낸 것이다. 때때로 차를 타고 루앙까지 내려가기도 했다. 긴 여행은 아니었지만 기분을 바꾸기에는 충분했다. 예를 들어 해협에 비치는 햇빛 하나를 보더라도 프랑스 쪽에서는 전혀 다르게 보인다. 더 밝으면서 더 변화무쌍하다. 하늘은 가능성들로 가득한 하나의 무대이다. 낭만적인 기분으로 이렇게 말하는 것이 아니다. 노르망디 해안을 따라 늘어선 미술관에 들어가 보면, 이 지방의 화가들이 북쪽 전경을 몇 번이고 되풀이해서 그리기 좋아한다는 것을 잘 알게 될 것이다. 좁고 긴 해안, 바다 그리고 변화무쌍한 하늘. 영국 화가들은 그런 그림을 그리지 않았다. 헤이스팅스, 또는 마게이트 또는 이스트번에 모여서 내다볼 수 있는 것은 고작해야 험악하고 단조로운 영국 해협뿐이기 때문이다.

나는 딱히 햇빛의 변화 때문에 가는 것은 아니다. 다시 볼 때까지 잊고 있는 그런 것들을 찾아 그곳에 간다. 프랑스의 소나 돼지를 잡는 방법. 약방의 엄숙함. 프랑스 어린이들의 식당에서의 행동거지. 거리의 표지판들(내가 알고 있기로는 도로의 사탕무에 주의하라고 운전사에게 경고하는 나라는 프랑스가 유일하다. 멈추지 못하고 미끄러지는 차의 그림과 함께 삼각형의 붉은 경고판에 사탕무라고 써놓은 것을 본 적이 있다). 조형 예술품 같은 시청 건물. 냄새 나는 석회 동굴에서의 포도주 시음. 더 이상 열거할 수도 있지만 이 정도만 이야기하자. 그렇지 않으면, 나는 라임나무나 페탕크,[37] 덜 익은 적포도주에 담가 먹는 빵 ─ 프랑스인들은 이것을 앵무새 수프라고 부른다 ─ 에 대해 조잘대고 있을 것이다. 모든 사람들은 각자가 나름의 목록을 가지고 있으면서, 다른 사람들의 것은 공허하고 감상적인 것으로 쉽게 취급한다. 얼마 전에 나는 〈내가 좋아하는 것〉이라는 제목이 붙어 있는 목록을 읽었다. 거기에는 다음과 같이 적혀 있었다. 〈샐러드, 계피, 치즈, 피망, 마저팬,[38] 금방 벤 건초 냄새(계속 읽기를 원하는가?)…… 장미, 작약, 라벤더, 샴페인, 느슨한 정치적 신념들, 글렌 굴드…….〉 다른 목록들처럼 롤랑 바르트가 쓴 이 목록도 계속 이어진다. 어떤 것은 공감이 가고 또 다른 것은 짜증을 불러일으키기도 한다. 〈메도크Médoc 포도주〉와 〈잔돈 거스르기〉 뒤에 바르트는 『부바르와 페퀴셰』를 들고 있다. 좋아, 이건 마음에 들어. 우리는 계속해서 읽을 것이다. 다음은 무엇이냐? 〈남서부 프랑스의 골목길을 샌들 신고 걷기.〉 남서부 프랑스까지 계속 차를 몰고 가며 골목길에 사탕무를 뿌려 놓을 만한 항목이다.

나의 목록에도 약국이 들어 있다. 프랑스의 약사들은 더

---

37 *pétanque*. 남부 프랑스의 공굴리기 놀이.
38 *marzipan*. 아몬드와 설탕과 계란 흰자위를 이겨 만든 과자.

외곬수인 것 같다. 그들은 비치볼, 컬러 필름, 잠수 장비, 도난 경보 장치 따위는 비치하지 않는다. 조수들도 자기들의 임무를 잘 알고 있어서, 출구에 있는 보리엿은 팔려고 생각지도 않는다. 나는 조수들이 상담자나 되는 것처럼 그들에게 경의를 표한다.

한번은 나의 아내 엘렌과 함께 몽토방의 약국에 들어가서, 붕대 한 통을 달라고 한 적이 있다. 약사는 어디에 쓸 거냐고 물었다. 엘렌은 새로 산 샌들 끈에 쓸려 물집이 생긴 뒤꿈치를 가볍게 두드렸다. 약사가 판매대 뒤에서 나와 그녀를 앉히고, 다리를 좋아하는 변태 성욕자처럼 부드럽게 샌들을 벗기고 뒤꿈치를 조사하고, 거즈로 잘 닦은 다음 일어나서는 엄숙히 내 쪽으로 돌아서서, 마치 아내가 들어서는 안 될 어떤 내용이라도 있는 듯 조용히 설명했다. 「선생님, 저건 물집입니다.」 그가 우리에게 붕대를 팔 때, 나는 오메의 정신이 여전히 지배하고 있다고 생각했다.

오메의 정신이란 진보, 합리주의, 과학, 사기이다. 〈우리는 시대와 더불어 나아가야 합니다〉라는 것이 그의 거의 맨 처음 대사이다. 그리고 그는 레지옹 도뇌르 훈장을 향해 끊임없이 나아간다. 에마 보바리가 죽었을 때, 그녀의 시체를 지켜본 사람은 목사와 약사인 오메 두 사람이었다. 낡은 정통성과 새로운 정통성을 대표하고 있는 두 사람이다. 그것은 19세기를 우의적으로 표현한 〈죄의 육체를 함께 지켜보는 종교와 과학〉이라는 이름의 조각품 같아 보였다. 마치 와츠[39]의 그림을 옮겨 놓은 것 같다. 그림과 다른 점은 성직자와 과학자 모두가 시체를 지키다가 잠이 들어 버린 것이다. 처음에 두 사람은 단지 철학적 과오로 맺어졌지만, 곧 더욱 깊이

39 G. F. Watts(1817~1904). 영국의 화가, 조각가.

화합하여 같이 코를 골고 있는 것이다.

플로베르는 진보를 믿지 않았다. 특히 그가 도덕적 진보를 믿지 않았던 것은 중요한 의미를 지닌다. 그가 살았던 시대는 어리석은 시대였다. 보불 전쟁이 가져온 새 시대는 더욱 어리석을 것이다. 오메의 정신이 승리하는 시대이므로 물론 무엇인가 변할 것이다. 기형의 발을 가진 사람은 누구나 수술받을 권리를 갖게 되지만 잘못된 수술로 다리를 절단하게 될 수도 있다. 그러나 그것이 무엇을 의미했던가? 〈민주주의의 전반적인 꿈은 부르주아가 성취한 어리석음의 수준으로 프롤레타리아를 끌어올리는 것이다〉라고 플로베르는 적고 있다.

이러한 경향의 사고방식은 자주 사람들의 신경을 돋운다. 당연히 그렇지 않겠는가? 지난 백 년간 프롤레타리아는 스스로를 부르주아로 자부하도록 교육받았고, 반면에 부르주아는 자신들의 우월감에 자신감이 없어지자 더욱 교활해지고 기만에 차게 되었다. 이것이 진보인가? 현대판 바보들을 모아 놓은 배를 보고 싶은 사람은 해협 횡단 연락선에 빽빽이 탄 무리를 살펴보라. 그곳에 그들이 모두 있다. 면세품 구매 이득을 계산하는, 바에서 자신이 마시고 싶은 것보다 더 많은 술을 마시는, 슬롯머신 게임으로 돈을 벌려는, 목적도 없이 갑판을 쏘다니는, 세관에서 얼마나 정직하게 털어놓을지 생각하는, 마치 홍해를 건너기나 하는 것처럼 승무원들로부터의 다음 지시를 기다리는 사람들이 있다. 나는 비난하는 것이 아니다. 그저 관찰하고 있는 것이다. 난간에 늘어선 모든 사람들이 물 위에 비치는 빛의 유희를 감탄하며, 부댕[40]을

---

40 Eugéne Louis Boudin(1824~1898). 프랑스의 화가. 빛에 대한 미묘한 변화를 추적한 색채의 사용 등에서 인상파의 선구적 역할을 했다. 특히 해안 풍경을 많이 그렸기 때문에 해안 화가라는 명칭이 붙었다.

이야기하기 시작한다면, 내가 어떤 생각을 할지 잘 모르겠다. 어쨌든 나도 다를 바 없다. 다른 사람들처럼 나도 면세품을 사들고, 지시를 기다리고 있다. 내가 말하고자 하는 것은 단지 플로베르가 옳았다는 것이다.

붙박이 긴 의자 위에 누워 있는 뚱뚱한 트럭 운전사는 터키의 군사령관처럼 코를 골고 있다. 나는 위스키를 또 한 잔 들이켰다. 내가 술을 마신 것에 신경 쓰지 말기 바란다. 단지 말할 용기를 내기 위한 것뿐이다……. 무엇에 대하여? 누구에 대하여? 나의 마음속에는 세 가지 이야기가 서로 다투고 있다. 하나는 플로베르에 관한 것, 다른 하나는 엘렌에 관한 것, 그리고 나 자신에 관한 것이다. 나의 이야기는 세 가지 이야기 중에 가장 단순한 것이다 ─ 그것은 나 자신의 존재를 입증하는 것에 지나지 않는다 ─ 그러나 그 이야기를 꺼내는 것은 가장 어려운 일이다. 아내 이야기는 훨씬 복잡하고, 매우 절실한 것이다. 그러나 나는 그 이야기도 좀 뒀다 하겠다. 내가 전에 이야기했듯이 제일 좋은 이야기이니까 놔두었다가 제일 나중에 하려는 것인가? 그렇지는 않다. 이유가 있다면 그와 정반대이다. 내가 그녀에 대한 이야기를 꺼낼 때쯤에는 당신이 들을 준비가 되어 있기 바란다. 이렇게 말하는 것은 당신이 책, 앵무새, 잃어버린 편지, 곰, 에니드 스타키 박사의 의견, 심지어 의사인 나 자신, 다시 말해 제프리 브레이스웨이트의 의견까지 이미 충분히 들었기를 바라기 때문이다. 책이란 아무리 우리가 그것이 곧 삶이기를 바란다 하더라도 삶 그 자체는 아니다. 그러나 엘렌의 이야기는 실제 삶의 이야기이다. 그래서 나는 엘렌의 이야기 대신 우선 플로베르 이야기를 하는 것이다.

역시 당신은 나에게서도 무엇인가를 기대하고 있을 것이

다. 그렇지 않은가? 그것이 오늘날의 풍조이다. 요즘 사람들은 당신과 전혀 가까운 사이가 아니라 하더라도, 그들이 당신의 일부를 자신들이 소유하고 있다고 생각하고 당신에게서 무엇인가를 기대하고 있다. 당신이 무모하게 책 한 권을 쓰게 되면, 그 일로 인하여 당신의 예금 계좌, 건강 진단서, 결혼 생활 모습 등 당신의 일부는 돌이킬 수 없이 대중의 몫이 된다. 플로베르는 이 점을 인정하지 않았다. 〈예술가란 자신이 존재한 적이 없다고 후세가 믿도록 노력해야 한다.〉 종교가에게 있어 죽음이 육체를 소멸시켜 영혼을 육체로부터 해방시키는 것이라면, 예술가에게 있어 죽음은 인간을 소멸시켜 작품을 작가로부터 해방시키는 것이다. 어쨌든 이론상으로는 그렇다. 물론 그것은 자주 빗나간다. 플로베르에게 무슨 일이 일어났는지 보자. 그가 죽고 1세기가 지난 후에, 사르트르는 건장한 인명 구조원처럼 필사적으로 죽은 플로베르의 가슴을 두들기고 그의 입에 바람을 불어넣으며 10년을 보냈다. 사르트르가 10년간 플로베르의 의식을 소생시키려 애를 쓴 것은 단지 자신의 플로베르를 모래밭에 앉혀 놓고 그에 대하여 어떤 생각을 하고 있는지 그에게 정확하게 말해 주려는 이유에서였다.

그러면 오늘날의 사람들은 플로베르에 대하여 무엇을 생각하는가? 사람들은 플로베르를 어떻게 생각하는가? 긴 콧수염의 대머리 사내, 〈보바리 부인, 그게 납니다〉라고 말한 크루아세의 은둔자, 부르주아를 두려워했던 부르주아, 철저한 심미주의자로 생각하는가? 뻔뻔스러운 잡동사니 글들, 그런 글들을 서둘러 요약하여 만든 글들을 보라. 자신에 대해 그렇게 힘 안 들이고 이해하려는 현상에 대해 알았어도 플로베르는 별로 놀라지 않았을 것이다. 그런 현상에 자극을 받아 그는 온전한 책 한 권(적어도 부록 부분은 완전한), 『통념 사전』을 만들었던 것이다.

가장 단순한 수준에서, 그의 사전은 상투어들(개: 특별히 주인의 목숨을 구하기 위하여 창조된 것. 개는 사람의 가장 좋은 친구이다)과 깜짝 정의들(가재*crayfish*: 바닷가재*lobster*의 암컷)의 카탈로그이다. 게다가 엉터리 조언 지침서이기도 한데 사회적인 조언(빛: 촛불을 붙일 때는 항상 라틴어로 〈빛이 있을지어다!〉라고 말해라)과 미학적 조언(철도역: 항상 철도역에 넋을 잃어라. 그들을 건축의 모델로 인용하라)도 실려 있다. 어떤 때는 수법이 교활하고 빈정대는 투이지만, 다른 때는 도전적이고 천연덕스러워서 그것을 반은 믿게 된다(마카로니: 이탈리아 음식으로 이것을 먹을 때는 손으로 먹는다). 사회에서 성공하겠다는 야심을 가지고 있는 사춘기의 성실한 조카에게 악의적이고 바람기 있는 아저씨가 견신례 선물로 특별히 써준 것 같은 내용이다. 이 사전을 주의 깊게 연구해도 잘못된 것을 발견하지는 못하겠지만 반면에 올바른 것 역시 하나도 얻지 못할 것이다(미늘창: 묵직한 구름을 보면 다음과 같이 말하는 것을 잊지 마라. 〈미늘창 같은 비가 올 것 같다.〉 스위스에서는 모든 사람들이 미늘창을 들고 다닌다. 압생트: 지극히 독한 독약. 한 잔에 당신은 죽는다. 기자들이 기사를 쓸 때 항상 마신다. 베두인족에게 살해당한 것보다 이 술로 목숨을 잃은 병사의 수가 더 많다).

플로베르의 사전은 아이러니 학습 코스이다. 해협을 오가며 그림을 그리는 화가가 붓질을 할 때마다 하늘이 어두워지는 것처럼 플로베르가 다양한 농도를 항목에서 항목으로 적용시키는 것을 볼 수 있을 것이다. 그 책을 읽고 있노라면, 귀스타브 자신에 대한 『통념 사전』을 쓰고 싶다는 유혹에 빠진다. 그저 하나의 짧은 사전으로서, 얼간이를 골려 주는 포켓용 안내서, 천연덕스러우면서도 갈피를 못 잡게 하는 그런 사전 말이다. 작은 환약 형태의 용인된 금언(金言)으로 그 안에는 독이 묻은 알이 있다. 이것이 바로 아이러니의 매력이며 또한 위험성이다. 아이러니란 작가가 작품에 모습을 나타내지 않으면서도, 실제로는 암시적으로 존재할 수 있게 하는 방법이다. 꿩 먹고 알 먹는 방법이라고 할 수 있는데, 유일한 문제점은 살이 찐다는 것이다.

이 새로운 사전에서 우리는 플로베르에 관하여 무엇을 말할 수 있겠는가? 우리는 어쩌면 그를 〈부르주아 개인주의자〉라고 규정할지도 모른다. 그래, 이런 성격 묘사는 혼자 난체하는 매우 부정직한 소리로 들린다. 플로베르가 부르주아 계급을 싫어했다는 사실에도 불구하고 흔들리지 않고 남아 있는 것이 바로 이런 성격 묘사이다. 그를 〈개인주의자〉또는 이와 유사한 사람이라고 말할 수 있을까? 내가 생각하는 이상적인 예술에서는, 예술가는 자신의 존재를 드러내서는 안 된다. 예술가는 신이 자연에서 드러나지 않듯 그의 작품에 드러나서는 안 된다. 인간은 대단한 것이 아니다. 예술 작품만이 모든 것이다……. 나는 내가 생각하는 것을 말하고, 그렇게 함으로써 귀스타브 플로베르 씨의 기분을 가볍게 풀어 줄 수 있어 매우 기쁘다. 그러나 장본인인 그 신사(플로베르)의 중요성은 무엇인가?

저자가 작품 속에 부재해야 한다는 플로베르의 주장은 아주 철저하다. 몇몇의 작가들은 외관상 이 원리에 동의하고 있지만, 그들은 뒷문으로 슬그머니 들어와 대단히 개인적인 문체로 독자를 곤봉으로 두들겨 패듯 때려눕힌다. 이러한 살인은 완벽하게 수행되나 범죄 현장에 남은 야구 방망이에는 지문이 강하게 남아 있다. 플로베르는 달랐다. 그는 문체를 믿었다. 어느 누구보다 그랬다. 그는 아름다움과 음향과 정확함, 그리고 완벽함을 달성하려고 끈질기게 노력했다. 그러나 와일드와 같은 작가들이 취한 도안식(圖案式) 완벽함을 위한 것이 결코 아니었다. 문체는 주제가 끌고 온다. 문체가 주제에 얹히는 것이 아니라, 주제에서 발생한다. 문체는 사고의 정확한 반영이다. 정확한 단어, 분명한 어구, 완전한 문장은 항상 〈저쪽〉 어딘가에 있다. 작가의 임무는 그가 할 수 있는 모든 수단을 사용하여 그것을 찾는 일이다. 어떤 사람에게는 이것이 슈퍼마켓에 가서 철제 바구니를 가득 채우는 일에 지나지 않는 것일 수도 있고 또 다른 사람들에게는 이것이 희랍의 평원이나, 어두움, 눈 속, 빗속에서 길을 잃었다가, 개를 흉내 내어 짖는 따위의 희귀한 방법으로, 찾고자 하는 길을 발견하는 것과 같은 일이 될 수도 있다.

실용과 지식을 중시하는 시대에 사는 우리에게 이런 야심은 다소 촌스러운 것으로 보일지 모른다(투르게네프는 플로베르를 순진하다고 했다). 우리는 이제 언어와 실재가 딱 일치한다고 믿지 않는다. 사실상 우리는 사물이 언어를 낳듯이 언어가 사물을 낳는다고 생각하기도 한다. 그러나 우리가 플로베르를 순박하다거나 — 더욱 있을 법하지만 — 실패한 사람으로 생각한다면, 우리는 그의 진지함이나 단호한 고독을 높이 평가하지 말아야 한다. 19세기는 결국 발자크와 위고의 시대였다. 한쪽 끝에는 난초같이 화사한 낭만주의가, 다른 쪽 끝에는 격언적인 상징주의가 있었다. 쫑알대는 개성과 쇳소리를 내고 있는 문체의 세기에 플로베르가 주장했던 작품에서 작가의 불가지성은 두 가지 중 하나로 특징지을 수 있다. 고전적이냐, 아니면 현대적이냐 하는 것이다. 17세기를 뒤돌아보거나, 20세기 후반을 내다볼 수 있는 것이다. 모든 소설과 희곡과 시를 텍스트로 거창하게 다시 분류하는 — 저자를 단두대로 보내는 — 현대의 비평가들은 플로베르를 가볍게 넘어가서는 안 된다. 플로베르는 한 세기 앞서서 텍스트를 준비하고 자신이 가진 개성의 중요성을 부인한 작가이기 때문이다.

〈자신의 작품에서 저자는 우주에 존재하는 신처럼 모든 곳에 존재하면서 어느 곳에서도 모습을 드러내지 말아야 한다.〉 물론 이 말은 20세기 들어 매우 심한 오해를 받았다. 사르트르와 카뮈를 보라. 신은 죽었다고 그들은 말한다. 그래서 신과 같은 소설가도 죽었다고 한다. 전지전능이란 불가능하고, 인간의 지식이란 불완전하니, 소설 그 자체도 불완전할 수밖에 없다. 그 말은 빛나는 말로 들릴 뿐만 아니라 또한 논리적이다. 그러나 과연 그런가? 따지고 보면 소설은 신에 대한 믿음이 일어났을 때 발생한 것이 아니었다. 또한 그 문제라면 전지적 화자를 가장 굳게 믿었던 소설가와 전지적인 창조자를 가장 굳게 믿었던 소설가 사이에는 상관성이 별로 없다. 플로베르와 조지 엘리엇을 비교해 보라.

좀 더 핵심으로 들어가 이야기하자. 19세기 소설가의 신성(神性) 전제는 단지 기술적 방안이었고, 현대 소설가의 국부성(局部性) 역시 하나의 기법이다. 현대의 화자가 머뭇거리고, 불확실성을 주장하며, 오해하고, 계략을 꾸미고, 과오를 범할 때, 현대의 독자는 그러한 화자를 보고 그 소설이 더욱 사실적이고 진지하게 표현되었다는 결론을 내리게 되는가? 작가가 소설 속에서 두 개의 다른 결론을 제시할 때(어째서 두 개인가? 왜 백 개의 다른 결론이면 안 되는가?) 독자는 자신이 둘 중 하나를 결정할 수 있는 〈선택의 기회를 받았다〉

고 생각하고, 그 경우 그 작품은 삶의 여러 가지 가능성을 반영하고 있다고 진지하게 생각할까? 독자는 두 개의 결론을 모두 소비해야 하기 때문에, 그런 〈선택〉은 결코 진실한 선택이 아니다. 실생활에서 우리가 결정을 하면 — 또는 결정이 우리를 만들면 — 우리는 한 가지 길로 가야 한다. 우리가 다른 결정을 내렸다면(언젠가 나는 아내에게 다른 결정에 대하여 말한 적이 있다. 하지만 그녀가 나의 의중을 이해하려는 자세였다고는 생각지 않는다), 우리는 다른 곳에 도달했을 것이다. 두 개의 결말을 가진 소설은 이런 현실을 재현하지 않는다. 그것은 단지 우리를 두 개로 갈라진 길까지만 인도한다. 내가 생각하기에 그것은 입체주의 형식이다. 그것은 무방하다. 그러나 그 속에 내포된 술수에 속아 넘어가지는 말자.

결국 소설가들이 삶의 가능성들이 서로 만나는 삼각주 같은 세계를 진실로 재현하기 원한다면, 그들은 다음과 같은 짓을 할 수 있다. 책의 뒤쪽에 여러 색깔로 봉인된 봉투들을 마련해서 독자가 그중 하나를 택해 뜯어 보게 하는 것이다. 각각의 봉투에는 겉면에 다음과 같은 분명한 표시를 한다. 전통적인 행복한 결말, 전통적인 불행한 결말, 전통적인 이도 저도 아닌 결말, 신의 초자연적 힘에 의한 참말 같지 않은 결말, 모더니스트의 자의적인 결말, 이 세상의 종말로 끝나는 결말, 클리프행어[41] 같은 결말, 꿈 같은 결말, 불투명한 결말, 초현실주의적 결말 등등. 당신은 단지 한 가지를 택하고, 선택하지 않은 봉투들은 없애 버려야 할 것이다. 독자에게 결말의 선택을 맡긴다는 내 말은 바로 이러한 것이다. 그러나 당신은 내가 터무니없이 산문적이라고 생각할 것이다.

41 *cliffhanger*. 서스펜스가 계속돼 마지막까지 결과를 알 수 없는 사건.

결말을 내지 않는 화자? 당신은 이미 그런 화자를 만난 것입니다. 바로 내가 그런 화자입니다. 아마 내가 영국인이기 때문에 그럴 겁니다. 내가 영국인일 거라고 짐작은 했겠죠? 나는…… 나는…… 저 위쪽의 갈매기를 보세요. 나는 지금까지 갈매기를 의식하지 못했습니다. 갈매기들은 미끄러지듯 날아다니면서 샌드위치 속의 연골을 기다립니다. 보세요, 무례하다 생각하실지 모르지만, 갑판에 나가 산책을 해야겠어요. 이 바 안은 숨이 막힐 듯합니다. 대신 돌아가는 길에 다시 만나는 게 어떻습니까? 목요일 2시, 페리 호라고요? 나도 꼭 그 배를 타겠습니다. 그렇게 하시겠습니까? 뭐라고요? 안 된다고요. 나와 함께 갑판에 갈 수 없다고요. 애석하군요. 그렇지만 나는 우선 화장실에 가려 했습니다. 당신이 그곳까지 따라와서 옆 칸에서 볼일 보는 것을 기다리게 할 수는 없습니다.

사과드립니다. 그런 뜻으로 한 말은 아니었습니다. 배가 출항하면 바에서 2시에 만나는 것은 어떻습니까? 오! 마지막으로 한마디 하고 싶습니다. 그랑드 거리의 치즈 가게를 기억하십시오. 르루라는 이름의 가게였습니다. 그곳에서 브리야-사바랭 치즈를 사보십시오. 만일 당신이 그것을 사가지고 가지 않으면, 영국에서는 그렇게 훌륭한 치즈를 맛보지 못할 겁니다. 영국산 치즈들은 지나치게 차갑게 보관되거나 아니면 숙성되는 것을 늦추기 위해 첨가물을 집어넣습니다. 이 이야기야, 당신이 치즈를 좋아한다면…….

◆

우리는 어떻게 과거를 파악하는가? 우리는 어떻게 생소한 과거를 파악하는가? 우리는 읽고, 배우고, 묻고, 기억하는 식으로 조심스럽게 파악한다. 그다음에 우연히 부딪치는 사소한 일이 모든 것을 바꾸어 버린다. 플로베르는 거인이었다. 사람들 모두 그는 건장한 골족의 추장처럼 모든 사람들을 깔보는 경향이 있었다고 말한다. 그러나 그의 키는 겨우 6피트였다. 플로베르 자신이 밝힌 그의 키가 그렇다. 그의 키가 크기는 했지만 거인 축에 끼지는 않는다. 사실, 나보다도 작다. 그렇다고 내가 프랑스에 갔을 때 골족 추장처럼 사람들을 깔보지는 않았다.

그처럼 귀스타브는 6피트의 거인이었다. 세상은 그것을 알고 조금 움찔한다. 거인들은 생각보다 키가 크지는 않았다(그렇다면 난쟁이들은 생각보다 키가 더 작았는가?). 뚱뚱한 사람들은 생각보다 체구가 더 작기 때문에 사실은 덜 뚱뚱한 것이고, 따라서 뚱뚱해 보이려면 배가 덜 나와야 되는가, 아니면 그들이 더 뚱뚱한 이유는 똑같이 배가 나왔어도 배를 받쳐 줄 몸집 자체가 작기 때문인가? 우리가 어떻게 이렇게 사소하면서도 결정적인 세부 사항들을 알 수 있겠는가? 우리는 수십 년 동안의 자료들을 연구할 수 있지만, 우리는 자주 손을 들어 버리고, 역사는 또 다른 문학 장르 즉, 과거란 의회 기록인 척 가장하고 있는 자전적 소설에 불과하다고 외치고 싶은 유혹을 받는다.

아서 프레더릭 페인(1831년 레스터, 뉴어크에서 출생. 1849~1874년 활동)이 그린 루앙의 수채화 한 점이 우리 집에 걸려 있다. 봉스쿠르 교회에서 루앙을 바라보며 그린 것이다. 다리들과 뾰족한 탑, 크루아세를 지나 멀리 굽어진 강. 이 그림을 그린 것은 1856년 5월 4일이다. 플로베르는 1856년 4월 30일에 『보바리 부인』을 끝냈다. 크루아세라는 곳에서, 내가 손가락으로 짚을 수 있는 저곳, 물감이 퍼져서 얼룩진 곳과 잘못해서 얼룩진 곳 사이에 있는 그곳에서 완성했다. 가까우면서도 매우 먼 곳이다. 그러면 이 역사라는 것은 빠르고 자신 있게 그린 아마추어의 수채화와 같은 것인가?

나는 과거의 사실에 대해 믿어야 할 것이 무엇인지 확신이 서지 않는다. 나는 살찐 사람들이 그 당시에는 더 뚱뚱했는지 알고 싶다. 미친 사람들은 지금 우리가 상상하는 것보다 더 미쳐 있었을까? 루앙에 있는 정신 병원에는 미라보라는 이름의 미친 사람이 있었다. 그는 이상한 짓을 했기 때문에 시립 병원의 의사나 의대생들에게 유명했다. 그는 커피 한 잔만 주면 해부대 위에 있는 여자 시체와 성교를 하는 사람이었다(그 커피가 그를 더, 아니면 덜 미치게 했을까). 그러나 어느 날 미라보가 겁쟁이라는 것이 드러났다. 단두대에서 목이 잘린 여자 시체를 상대했을 때는 꽁무니를 뺐다고 플로베르는 기록하고 있다. 아마 그들은 그에게 커피를 두 잔 주겠다, 설탕을 더 주겠다, 코냑도 한 잔 주겠다고 제안했을 것이다(아무리 시체를 상대한다 해도 얼굴이 있어야 된다는 것은 그가 정신이 더 멀쩡하다는 것을 증명하는가 아니면 더 미쳤다는 것을 증명하는가).

오늘날 우리는 미쳤다*mad*라는 단어를 사용해서는 안 된다고 한다. 이건 정말 미친 짓이다. 내가 존경하는 몇몇 정신과 의사는 사람들이 미쳤다고 늘 이야기한다. 짧고, 단순하며, 진실한 단어들을 사용하라. 죽었다, 죽어 가고 있다, 미쳤다, 간통이란 말을 나는 사용한다. 돌아가셨다, 떠나갔다, 종착역에 도착했다라는 표현은 쓰지 않는다(오! 그는 종착역에 도착했다고? 어느 역에? 유스톤, 세인트팬크라스, 게어 세인트라자르?). 미쳤다라는 표현 대신에 개성 혼란, 빈둥빈둥 헤매다, 옆구리를 물렸다, 그녀는 언니 찾아 집을 나간 적이 많다라는 말을 나는 쓰지 않는다. 나는 미쳤다와 간통이란 말을 쓴다. 그것이 내가 말하는 방식이다. 미쳤다라는 단어는 음향 효과도 좋다. 그것은 평범한 단어이며 정신 이상이라는 것이 우편 마차처럼 찾아오는 것임을 우리에게 알려 주는 단어이다. 끔찍한 것들은 역시 평범한 것이다. 나보코프가 『보바리 부인』에 관한 그의 강연에서 간통에 관하여 무어라 말했는지 아는가? 그는 간통이란 〈인습을 뛰어넘을 수 있는 가장 인습적인 방법이다〉라고 했다.

간통에 관한 역사를 기술하는 사람은 누구나 틀림없이 그 달리는 마차 안에서의 에마의 유혹을 인용하고 싶어 할 것이다. 그것은 아마 19세기의 모든 소설 가운데 가장 유명한 간통 장면일 것이다. 그처럼 정확하게 장면을 묘사했으니 독자가 이를 쉽게 상상하고, 바르게 이해하리라 당신은 생각할 것이다. 실제로 그렇다. 그러나 한편으로는 조금쯤 잘못 이해하기도 매우 쉽다. 사생(寫生) 화가이며, 여행가이고, 회고록 집필자인 켄트 주 보르덴 시의 목사, 조지 M. 머즈그레이브의 말을 나는 인용하고 싶다. 『교구 목사, 펜과 연필, 1847년 여름 파리, 투르, 루앙 여행의 추억과 삽화들: 프랑스 농업에 관한 몇 가지 메모와 함께』(리처드 벤틀리 출판사, 런던, 1848)의 저자이며, 『노르망디에서의 산보, 칼바도스 일주 스케치 여행의 풍경, 인물, 사건들』(데이비드 보그 출판사, 런던, 1855)의 저자. 뒤의 책 522쪽에 머즈그레이브 목사의 루앙 방문기가 나온다. 그는 그곳을 〈프랑스의 맨체스터〉라 부른다. 그 당시 플로베르는 그곳에서 『보바리 부인』을 힘들여 쓰고 있었다. 그 도시에 대한 머즈그레이브의 기록 가운데는 다음과 같은 여담이 포함되어 있다.

나는 지금 마차 승차장에 대해 이야기하고 있다. 그곳에 정차해 있는 마차들을 보고 나는 유럽에 있는 같은 종류의 마차들 중 이보다 더 덩치가 작은 마차는 없을 것이라고 생각했다. 나는 도로에 서 있는 마차 옆에 서서 마차 지붕 위에 팔을 쉽게 올려놓을 수 있었다. 그것들은 근사하고 산뜻하며, 깨끗한 작은 마차로 멋있는 등이 두 개 달려 있다. 엄지손가락 톰[42]의 마차처럼 거리를 〈뛰어다닌다〉.

이래서 우리의 견해는 갑자기 흔들린다. 그 유명한 마차 안에서의 유혹은 우리가 이제까지 생각했던 것보다 훨씬 더 답답하고, 훨씬 덜 낭만적이었을 것이다. 내가 알고 있는 한 이런 정보는 소설에 붙여진 광범위한 주해에 이제까지 기록된 적이 없다. 이에 본인은 전문학자들이 이 정보를 그들의 연구에 이용하도록 겸손한 마음으로 제공한다.

플로베르는 키가 크고, 뚱뚱하며, 미친 사람이었다. 그리고 플로베르와 관련된 색깔들에 대한 이야기가 있다. 『보바리 부인』을 위하여 자료를 준비하고 있을 때 플로베르는 색유리창을 통하여 시골 마을을 관찰하는 데 오후를 몽땅 허비한 적이 있다. 그가 본 것은 우리가 지금 보고 있는 것과 같은 것이었을까? 그럴 것이다. 그러나 이 정보는 어떠한가? 1853년, 트루빌에서 플로베르는 바다 위로 떨어지는 태양을 보다가, 붉은 포도 잼으로 만든 커다란 원반 같다고 소리친 적이 있다. 아주 생생한 표현이다. 그러나 1853년 노르망디에 있던 그 붉은 포도 잼은 지금과 같은 색깔이었을까(우리가 대조해 볼 수 있도록 잼 단지가 하나라도 남아 있을까? 그리고 그동안 여러 해가 지났는데도 색깔이 변하지 않고 그

---

42 Tom Thumb. 영국 동화에 나오는 엄지손가락 크기의 주인공.

대로 있다고 어떻게 장담할 수 있는가)? 그런 것들이 걱정되는 것들이다. 나는 이 문제에 관해 식료품 회사에 편지를 써서 물어보려고 마음먹었다. 다른 통신자들과는 달리 그들은 바로 답장을 보냈다. 그 내용 역시 고무적이었다. 붉은 포도잼은 가장 순수한 잼이어서, 1853년산 루앙의 것은 정제되지 않은 설탕을 사용했기 때문에 오늘날의 것처럼 맑지 않아도, 색깔은 거의 같을 것이라고 말했다. 최소한 색깔 문제는 해결되었다. 이제 우리는 그 석양을 상상할 수가 있다. 그런데 내가 하는 말이 무슨 뜻인지 알겠는가(다른 곳에 질문한 답장에 따르면, 실제로 잼 단지가 지금까지 남아 있다고 해도 건조가 잘되고, 공기가 잘 통하는 어두운 방에 완전히 봉인되어 보관되어 있지 않았다면 갈색으로 변했을 것이 거의 분명하다는 것이다)?

G. M. 머즈그레이브 목사의 이야기 주제는 자주 샛길로 빠졌지만, 그는 관찰력이 예리한 사람이었다. 약간 젠체하는 성향이 있었지만(〈나는 루앙의 문학적 명성에 대하여 높은 찬사를 드리지 않을 수 없습니다〉라는 식으로), 세부까지 자세하게 묘사했기 때문에 그가 제공하는 자료는 유익하다. 그는 프랑스인들이 부추를 좋아하고 비를 싫어한다고 적고 있다. 그는 누구에게나 무엇이든 물어보았다. 루앙의 어느 상인은 박하 소스에 대하여 들어 본 적이 없다고 하여 그를 놀라게 했다. 그리고 에브뢰 성당의 수사(修士)는, 프랑스 남자들은 책을 너무 많이 읽고, 여자들은 전혀 읽지 않는다고 그에게 말했다(오, 희귀한 에마 보바리). 루앙에서 그는 귀스타브의 아버지와 누이동생이 1년 전에 묻힌 기념 묘지를 방문한다. 그는 각 가문이 자유 보유권이 보장된 묘지를 살 수 있게 한 혁신적인 프랑스의 정책을 지지한다. 그 밖에 그는 비료

공장, 바이외 지역의 직물 공장, 캉에 있는 정신병자 수용소 등을 탐방했다. 그 정신 병원은 그 유명한 미남 보 브러멀[43]이 1840년에 사망한 곳이다(브러멀은 미쳤는가? 간호사들은 그를 잘 기억했다. 그들은 포도주를 약간 탄 귀리죽만을 마셨던 그를 착한 아이라고 불렀다).

머즈그레이브는 귀브레에서 열린 축제에 갔다. 그곳에는 프랑스에서 가장 뚱뚱한 소년이 나오는 진기한 구경거리가 있었다. 1840년 에르블레에서 태어난 사랑스러운 소년 주뱅은 14세였고, 입장료는 1페니였다. 그 소년은 얼마나 뚱뚱했나? 슬프게도 우리의 유랑 스케치 화가는 자신이 직접 들어가 연필로 그 소년을 그리지 않았다. 그러나 프랑스 기병 한 명이 1페니를 내고 이동 무대에 들어갔다가 〈완전한 노르망디식 말투〉를 내뱉으며 나올 때까지 기다렸다. 머즈그레이브는 그에게 무엇을 보았는지 일부러 묻지는 않았지만, 그 병사의 인상으로 봐서 〈그 귀여운 소년은 방문객이 기대했던 것만큼 살이 찌지는 않았던 것 같다〉라고 머즈그레이브는 적었다.

캉에서 머즈그레이브는 요트 경기를 보러 갔다. 그곳 부둣가에는 7천 명의 관람객이 줄지어 있었다. 관객의 대부분은 남자였고, 또 대다수는 농민으로 자기 옷 중에서 가장 좋은 파란색 작업복을 입고 있었다. 전체적인 빛깔은 엷지만 매우 눈부신 바다 빛이었다. 그것은 독특하고 딱 어울리는 색깔이었다. 머즈그레이브가 그런 색깔을 본 것은 전에 한 번, 시중

---

43 Beau Brummell(1778~1840). 본명 조지 브라이언. 19세기에 유행했던 영국의 댄디즘 신봉자로 유명하다. 영국의 조지 4세와 우정을 나누었고, 유행의 창조자였으며, 예법에 아주 밝은 사람으로서 명성이 자자했다. 그러나 말년에는 프랑스의 정신 병원에서 사망했다.

에서 회수된 헌 지폐를 태우는 영국 은행의 특수 부서에서였다. 당시의 지폐 용지는 코발트, 석영, 소금과 가성 칼륨에서 추출한 염료를 사용했다. 돈 뭉치에 불을 붙여 태우면, 남은 재는 머즈그레이브가 캉 부둣가에서 보았던 그 독특한 색깔을 띠게 된다. 그것이 바로 프랑스의 색깔이다.

그가 계속 여행하면서 보니, 이 색깔과 프랑스는 여러 가지 실제적인 연관성이 있다는 것이 더욱 뚜렷해졌다. 남자들의 작업복과 양말은 파란색이었다. 여자들의 옷도 4분의 3이 파란색이었다. 말들의 장식물과 말 어깨에 맨 줄도 파란색이었다. 짐마차들, 마을 이름 표지판, 농기구, 외바퀴 손수레와 빗물통도 모두 파란색이었다. 여러 마을의 많은 집들은 안팎이 모두 하늘색이었다. 머즈그레이브는 그가 만난 프랑스 사람에게 〈이 세상에 내가 알고 있는 어느 지역보다 당신네 나라가 훨씬 파랗다〉라고 말하지 않을 수 없었다.

태양을 볼 때 그을린 유리를 통해서 보듯이, 과거를 뒤돌아 볼 때는 채색 유리를 통해서 보아야 한다.

◆

감사합니다. 건강을 기원합니다. 당신은 치즈를 챙기셨겠지요? 한 가지 충고를 하겠습니다. 그것을 가능한 한 빨리 드세요. 비닐 봉지로 싸 냉장고에 넣고는 손님을 위하여 남겨 두지 마세요. 당신이 다시 그 치즈를 찾기 전에 그것은 세 배로 부풀어 냉장고에서 화학 공장 같은 냄새를 낼 겁니다. 그 봉지를 열면 고약한 냄새가 당신 얼굴에 확 풍길 겁니다.

〈자신에 관하여 사람들에게 자세히 이야기하려는 것이 부르주아적 유혹인데 나는 항상 그것에 지지 않으려고 했습니다〉(1879년 편지). 그렇지만 여기에서 지겠습니다. 물론 제

이름은 알고 계시겠지요. 제프리 브레이스웨이트입니다. 플로베르 연구가이지요. ⟨l⟩자 빼고 포베르 연구가라고 하면 나는 파리의 어느 채소 장수 연구가로 바뀌어 버립니다. 안 되지요. 농담입니다. 보십시오. 『뉴 스테이츠먼』과 같은 잡지에 난 개인 광고들을 알고 있지요? 나도 그런 광고를 내볼까 생각했지요.

60세 넘음, 홀아비 의사, 아이들 다 자랐음, 활동적임, 우울에 빠질 때도 있으나 쾌활함, 친절함, 담배 안 피움, 아마추어 플로베르 학자, 독서와 음식과 낯설지 않은 곳에서의 여행과 옛날 영화를 좋아함, 친구는 있음. 그러나 찾고 있는 사람은······.

당신은 이 광고에 문제가 있음을 본다. 그러나 찾고 있는 사람은······ 내가? 나는 무엇을 찾고 있는가? 40대의 상냥한 이혼녀나 과부와 결혼을 전제로 교제하고 싶다? 아니다. 그렇다면 성숙한 여인과 시골길을 걷거나 이따금씩 함께 식사를 한다? 아니다. 그러면 즐거운 3인조 그룹 섹스를 위한 파트너로? 확실히 아니다. 나는 잡지의 뒤쪽에 실린 이런 광고들을 항상 읽는다. 하지만 한 번도 편지를 보낼 생각은 하지 않았다. 그리고 이제 막 그 이유를 깨달았다. 광고 내용을 하나도 믿지 않기 때문이다. 광고를 한 사람들이 거짓말하고 있는 것은 아니다 — 실제로 그들 모두는 아주 진지해지려고 노력한다 — 그러나 그들은 진실을 말하고 있지는 않다. 광고란은 광고자들이 자기 자신을 소개하는 방법을 왜곡시키고 있는 것이다. 광고의 양식이 권장하는 대로, 심지어는 요구하는 대로 생각할 필요가 없다고 한다면 누구도 자신을 우울에 빠지기 쉬운 활동적인 비흡연가라고 생각하지는 않을 것이다. 결론은 두 가지이다. 첫째, 거울을 마주하는 것으로 당신은 직접 자신에 대해 정의할 수가 없다. 다음은, 늘 그러했던 것처럼 플로베르의 말이 옳다는 것이다. 문체는 주제에서 생겨나게 마련이다. 아무리 애를 쓰더라도 광고를 내는 사람은 광고라는 그 형식에 항상 두들겨 맞기 마련이다. 그가 솔직히 자신의 개성을 광고에 표현할 필요가 있을 때조차, 그는 광고의 형식에 얽매여 바라지도 않는 비개성적인 인물이 될 수밖에 없게 된다.

당신은 적어도 나의 눈이 어떤 색깔인지 볼 수 있다. 물론 에마 보바리의 눈만큼 복잡하지는 않다, 그렇지 않은가? 그러나 내 눈 색깔을 알았다고 해서 무슨 도움이 되겠는가? 어쩌면 그것은 나를 잘못 이해하도록 이끌 수도 있다. 나는 부끄러워서 이러는 것이 아니고 도움을 주려고 하는 것이다. 플로베르의 눈 빛깔을 아는가? 아니다. 당신은 모를 것이다. 내가 몇 페이지 앞에서 플로베르의 눈 색깔을 말하지 않은 이유는 단순하다. 나는 당신이 그 사실로 인하여 값싼 결론을 내리려는 유혹을 받지 않기를 바랐던 것이다. 내가 당신을 얼마나 조심스럽게 신경 쓰고 있는지 알아주기 바란다. 그런 배려는 필요 없는가? 나는 당신이 싫어한다는 것을 알고 있다. 그런데 뒤 캉에 따르면, 골족의 추장 귀스타브는 트럼펫과 같은 목소리를 지닌 6피트의 거인이고, 〈바다 같은 회색빛 커다란 눈〉을 가졌다고 한다.

얼마 전에 나는 모리아크가 그의 생애의 마지막 해에 쓴 『내적 회상록』을 읽고 있었다. 이처럼 말년이 되면 끝까지 남아 있는 허영심의 작은 뭉치들이 낭종(囊腫)으로 변하고 자아는 〈나를 기억하라, 나를 기억하라……〉라는 마지막 연민의 중얼거림을 시작한다. 그 시기는 자서전을 쓰고 마지막 자랑을 떠벌리고, 다른 누구의 기억에도 없는 추억을 가치 있는 것처럼 잘못 생각하는 때이기도 하다.

그러나 모리아크는 그런 짓은 하지 않았다. 그는 그의 〈회상록〉을 쓰고 있었지만, 자신의 추억들은 쓰지 않았다. 어린 시절의 숫자 놀이나 낱말 퀴즈, 눅눅한 다락방에서 하녀와 처음 가졌던 성 관계, 많은 이야기를 들려주던 틀니를 한 마음 좋은 아저씨 등등 — 뭐 그런 것들은 회상하지 않는다. 그 대신 모리아크는 그가 읽은 책, 그가 좋아하는 화가, 그가 본 연극들을 이야기한다. 그는 다른 사람들의 작품을 읽음으로써 자신을 발견한다. 그는 사탄 추종자인 지드에 대해 열정적인 분노를 터뜨리는 것으로 자신의 신앙심을 분명하게 보인다. 그의 〈회상록〉을 읽는 것은, 기차에서 만난 사람이 〈나를 쳐다보지 마시오. 쳐다보면 잘못 이해하게 됩니다. 내가 어떤 사람인지 알기를 원한다면 기차가 터널 안에 들어갈 때까지 기다리시오. 그런 다음 유리창에 비친 내 모습을 보시오〉라고 말하는 것을 듣는 것과 같다. 기다리다 유리창을 보면 그을은 벽, 케이블, 그리고 휙휙 지나가는 벽돌 구조물을 배경으로 한 얼굴이 포착된다. 그 유리창에 비친 모습은 항상 몇 피트 떨어져서 명멸하다가는 갑자기 튀어나온다. 당신은 그런 존재에 익숙하게 되고, 그것의 동작에 맞춰 움직인다. 당신은 그 존재가 일시적이라는 것을 알고 있으면서도 그것이 영원하다고 느낀다. 그런 다음 앞쪽에서 울부짖는 소리가 들려오고 굉음과 함께 갑자기 빛이 나타나면서 그 얼굴은 영원히 사라져 버린다.

자, 당신이 아는 것처럼 내 눈은 갈색이다. 마음대로 해석하라. 6피트의 키, 회색 머리카락, 건강함. 그렇지만 나 자신에 관해 중요한 것은 무엇인가? 내가 아는 것, 믿는 것, 당신에게 말하는 것뿐이다. 나의 성격은 그다지 중요한 것이 아니다. 아니, 그렇지 않다. 내가 정직한 사람이라는 것을 말하는 것이 좋겠다. 나는 진실을 말할 작정이다. 그러나 불가피하게 실수가 있을 것이다. 실수를 저지른다 해도, 적어도 누구나 저지르는 선의의 실수가 될 것이다. 1880년 5월 10일자 「더 타임스」지 부고란에는 플로베르가 『부바르와 페퀴셰』란 책을 썼으며, 〈처음에는 아버지처럼 외과 의사였다〉고 쓰여 있다. 내가 갖고 있는 브리태니커 백과사전 11판(가장 우수한 판이라고들 한다)을 보면 『보바리 부인』의 주인공 샤를 보바리는 플로베르의 아버지를 그린 것이라는 시사가 있다. 이 글의 필자 〈E. G.〉는 알고 보니 에드먼드 고스였다. 나는 그 글을 읽고 약간 코를 씨근거렸다. 에드 윈터턴을 만난 이래 나는 고스 〈씨〉를 별로 좋아하지 않기 때문이었다.

나는 정직하고, 믿을 만한 사람이다. 현역 의사 시절, 나는 한 사람의 환자도 죽게 한 적이 없다. 이 사실은 당신이 이해하는 것보다 훨씬 더 자랑스러운 일이다. 사람들은 나를 믿었고, 그들은 어찌 되었든 나를 다시 찾아왔다. 나는 죽어 가는 사람들에게 친절했다. 나는 술에 취하도록 마시지는 않는다. 다시 말해 곤드레만드레 취한 적이 없다. 나는 가공의 환자들을 위한 처방전을 쓰지 않았다. 나는 외과 수술 중에 여자 환자에게 치근덕거리지 않았다. 마치 성인군자 같은 말을 하고 있지만 사실 나는 성인군자는 아니다.

아니다. 나는 아내를 죽이지 않았다. 내가 아내를 죽였다고 당신이 의심할 것이라는 사실을 미리 알았어야 했다. 우선 내 아내가 죽었다는 사실을 당신이 알고 있는데, 그다음 조금 뒤에 내가 이제껏 한 사람의 환자도 죽게 한 적이 없다고 말한다. 하! 그렇다면, 당신은 누군가를 죽였다는 말이군? 하고 당신은 묻는다. 당신의 질문은 분명히 논리적으로 보일 것이다. 억측으로 시작하는 것은 얼마나 쉬운 일인가? 플로베르는 자살했다는 악의에 찬 주장을 하던 르두라는 남자가 있었다. 그의 주장 때문에 많은 사람들이 시간을 낭비했다. 그 남자에 관해서는 나중에 이야기하겠다. 그러나 모두가 나의 다음 주장을 입증하고 있다. 무엇이 유용한 지식이며 무엇이 진실된 지식인가? 플로베르가 자살하지 않은 것처럼 나 역시 나의 아내를 죽이지 않았다는 것을 당신이 인정하도록 하기 위하여, 내가 어떤 사람인지 자세하게 알려 주어야겠다. 아니면, 이것이 전부다. 이것이면 충분하다. 더 이상 아무 말도 할 것이 없다. 〈천하없어도 그게 사실이다〉라고만 말하겠다.

또는 모리아크식 게임을 할 수도 있을 것이다. 나는 웰스와 헉슬리와 쇼를 교육받고 자랐으며, 디킨스보다는 조지 엘리엇과 새커리를 좋아하고, 오웰, 하디, 하우스먼을 좋아하지만, 오든, 스펜더, 이셔우드 집단(동성애에 관한 법률을 개정하기 위한 수단인 것처럼 사회주의를 설파했다)을 싫어하고, 내가 죽을 때를 위하여 버지니아 울프는 건드리지 않고 있다고 말할 수 있을 것이다. 더 젊은 작가들은? 오늘날의 작가들은 어떤가? 그렇다. 그들은 각자 하고자 하는 어떤 한 가지 일은 잘해 낸다. 그러나 그들은 문학이란 여러 가지 일을 동시에 잘해 내야 한다는 사실을 깨닫지 못하고 있다. 나는 이러한 주제들을 오랫동안 자세하게 이야기할 수 있다. 내가 생각하는 것을 말하고, 그렇게 발언함으로써 제프리 브레이스웨이트 씨의 감정을 풀어 주는 것은 내게 즐거운 일이 될 것이다. 그러나 전술한 제프리 브레이스웨이트라는 그 신사가 뭐 그리 대단한 사람인가?

좀 다른 식으로 말하는 것이 좋겠다. 언젠가 한 이탈리아인이 비평가는 마음속으로 작가를 죽이고 싶어 한다고 쓴 적이 있다. 그것이 사실인가? 어느 정도까지는 그렇다고 할 수 있다. 우리는 모두 황금 알을 싫어한다. 한 훌륭한 소설가가 또 다른 훌륭한 소설을 쓰고 있을 때, 비평가들이 젠장 또 황금 알이야 금년에는 오믈렛을 실컷 먹었잖아라고 투덜대는 소리를 들을 수 있다.

그렇지 않은 경우, 많은 비평가들은 과거를 규정하고, 무언의 권위로 예술의 미래를 설정하는 문학의 독재자가 되기를 좋아한다. 이번 달은 모두 이것에 관한 것만 써야 한다. 다음 달에는 아무도 그것에 관하여 쓰면 안 된다. 우리가 괜찮다고 말할 때까지 어떠어떠한 책은 다시 인쇄해서는 안 된다. 풍기를 문란하게 하는 이런 나쁜 소설은 모두 즉시 없애 버려야 한다. (내가 농담을 하고 있다고 생각하는가? 1983년 3월, 「리베라시옹」지에서 프랑스 여성 인권부 장관은 〈성차별을 부추기는 유해 도서 목록〉에 다음의 작품들을 넣어야 한다는 주장을 했다고 한다. 『팡타그뤼엘』, 『비운의 주드』, 보들레르의 시들, 카프카의 전 작품, 『킬리만자로의 눈』, 그리고 『보바리 부인』.) 어쨌든 이 방법으로 시작해 보자. 내가 먼저 시작하겠다.

1) 주위와 고립된 한 무리의 사람들이 인간의 〈자연 상태〉로 되돌아가 원초적이고, 가난하고, 벌거벗은 뿔난 짐승이 되는 소설은 더 이상 쓰지 말아야 한다. 써보았자, 고작 하나의 단편, 이런 장르의 마지막 단편, 병을 봉하는 코르크 마개 같은 작품이 될 것이다. 내가 여러분을 대신해서 써보겠다.

일단의 여행자들이 난파를 당하거나, 비행기 조난을 당하여 영락없이 어떤 섬에 고립된다. 그들 중에는 덩치가 크고, 힘이 세며, 모두가 싫어하는 남자가 하나 있고 그 남자는 총을 가지고 있다. 그는 다른 사람들에게 강제로 모래 구덩이를 파게 하고 그 안에서 살도록 한다. 빈번히 그는 포로들 중 하나를 불러내어, 그를 또는 그녀를 총으로 사살한 뒤 그 육신을 뜯어먹는다. 그것은 맛이 있고 그는 살이 찐다. 그는 마지막 포로를 죽여서 먹은 뒤에 이제 무엇을 먹을 것인지를 걱정하기 시작한다. 그런데 다행스럽게도 바로 그때 수상 비행기가 도착하여 그를 구출한다. 그는 자신이 그 조난의 유일한 생존자로, 산딸기와 나뭇잎과 나무뿌리를 먹고 살았다고 말한다. 세상은 그의 훌륭한 건강 상태에 감명을 받고, 그의 사진을 찍은 포스터가 채식주의 상점 창마다 전시된다. 그의 거짓은 결코 탄로 나지 않는다.

이런 식의 이야기를 쓰는 것이 얼마나 쉽고, 재미있는지 아는가? 그것이 내가 그 장르를 금지하는 이유이다.

2) 근친상간에 대한 소설도 더 이상 써서는 안 된다. 안 돼, 아주 통속적인 것이라도 안 된다.

3) 도살장에 관한 소설도 써서는 안 된다. 이것은 현재 매우 미미한 장르임을 인정하지만, 나는 최근 단편 소설들에서 도살장 등장이 늘고 있음을 인지했다. 그것은 싹부터 잘라 버려야 한다.

4) 옥스퍼드나 케임브리지 대학에 관한 소설들은 20년간 금지해야 한다. 다른 대학에 관한 소설들은 10년간 금지해야

한다. 종합 기술 전문학교에 관한 소설들은 금하지 않는다(그렇다고 장려하지는 않는다). 초등학교를 무대로 하는 소설도 금지하지 않는다. 중·고등학교에 관한 소설은 10년간 금지한다. 성장 소설은 부분적으로 금지한다(한 작가에 한 편만 허용한다). 역사적 사실을 현재 시제로 쓴 소설도 부분적으로 금지한다(마찬가지로 한 작가에 한 편만 허용한다). 소설 속의 주인공이 신문 기자이거나 방송 작가인 소설은 전면 금지한다.

5) 남아메리카에 관한 소설은 할당제가 도입되어야 한다. 그 의도는 괴이하고도 감당하기 어려운 아이러니를 구경하려는 패키지 투어의 확산을 막기 위한 것이다. 아! 값싼 삶과 값비싼 원리, 종교와 강도질, 놀라운 영예와 마구잡이 잔인함이 근접하고 있는 곳. 아! 날개 위에서 알들을 부화하는 다이커리 새가 있는 곳. 아! 뿌리들이 가지 끝에서 자라고, 그 섬유 조직이 곱사등이를 도와 이심전심으로 농장주의 오만한 아내를 임신시키게 한 프레도나 나무가 자라는 곳. 아! 정글에 뒤덮여 버린 오페라 하우스가 있는 곳. 이런 곳에 관한 소설은 할당제를 도입해야 한다는 나의 제안에 대하여 의사봉을 두드리며 〈통과!〉를 선포하게 하라. 남극과 북극에 관한 소설들은 발전 기금을 받을 것이다.

6a) 인간과 동물 사이의 육체적 관계를 그린 장면은 금지한다. 예를 들어 여자와 돌고래 간의 부드러운 교합은 아주 옛날 세상을 평화로운 동반자 관계로 하나로 묶었던 그런 망을 더욱 넓게 회복시키는 것을 상징하는 것입니다. 안 돼, 그런 것은 하나도 안 돼.

b) 남성과 여성이 목욕을 하면서(뭐랄까, 돌고래처럼) 육체적인 관계를 맺는 장면은 금지한다. 그 이유는 주로 미학적인 것이지만 의학상의 이유도 있다.

7) 대영 제국의 먼 식민지에서 벌어졌던, 이제는 아무도 기억하고 있지 않은 소규모 전쟁에 대한 소설도 없어져야 한다. 그 고생스러운 과정을 통해서 우리는 첫째 영국인은 대체로 사악하며, 둘째 전쟁은 정말로 지저분한 것임을 알게 되기 때문이다.

8) 화자나 등장인물 중 누군가의 이름을 머리글자만으로 표시하는 소설은 금지한다. 아직도 그런 소설이 계속되고 있다니!

9) 이미 존재하고 있는 소설들에 관한 소설은 더 이상 없어야 할 것이다. 〈현대적 번안〉, 재구성, 후편 또는 속편을 금지한다. 저자가 미완성으로 남기고 죽은 작품들을 상상력을 발휘해 완성하는 것은 금지한다. 그 대신 모든 작가에게 고운 털실로 수놓은 표어를 지급해서 난로 위에 걸어 놓도록 해야 한다. 표어는 〈너 자신의 실로 짜라〉이다.

10) 신에 관한 소설은 앞으로 20년간 금지할 것이다. 우의적이고, 은유적이며, 암시적이고, 무대 뒤의 부정확하고 모호한 신의 사용을 금한다는 말이다. 언제나 사과나무를 보살피고 있는 수염 기른 우두머리 정원사, 결코 성급한 판단을 내리지 않는 지혜로운 늙은 선장, 제대로 소개되지 않았다가 제4장쯤 가서야 움찔 놀라게 하는 인물……. 이들 모두를 함

께 꾸려서 창고에 보관하라. 신은 인간의 탈선에 대해 극도로 분노하는, 입증 가능한 신으로서만 소설에 사용되어야 한다.

그러면 우리는 어떻게 과거를 파악해야 하는가? 과거는 멀어질수록 뚜렷이 보이게 되는 것인가? 그렇게 생각하는 사람도 있다. 우리는 더 많은 것을 알게 되고, 나머지 자료들을 새롭게 찾아내고, 적외선을 이용하여 편지 속에 지워진 것들을 판독하여, 그 시대의 편견에서 자유로울 수 있다. 그러므로 우리는 과거를 더 잘 이해한다. 그럴까? 글쎄다. 귀스타브의 성생활을 보자. 크루아세의 곰은 오로지 루이즈 콜레를 만날 때만은 곰 같은 기질을 보이지 않았다고 오랫동안 그렇게 알려져 왔다. 에밀 파게는 루이즈 콜레와 플로베르의 관계에 대해 〈플로베르의 인생에서 중요성을 인정할 만한 유일한 사랑의 이야기〉라고 말했다. 그러나 다음에 엘리사 슐레징거가 발견된다. 귀스타브의 마음속, 밀폐된 사랑의 방 속에 엘리사가 자리를 차지하고 있다. 천천히 불타오르는 그녀에 대한 불길, 사춘기의 열정은 결코 꺼지지 않았다. 다음으로 더 많은 편지들, 이집트의 일기가 공개된다. 그의 삶에서 여배우들의 냄새가 나기 시작한다. 부예와의 동침도 발표된다. 플로베르 자신이 카이로의 목욕탕 소년들에 대한 취향을 인정한다. 마침내 우리는 그의 음탕한 삶의 전반적인 양상을 본다. 그는 양성애를 즐기며, 경험도 대단히 많다.

그러나 그렇게 빨리 결론을 내릴 것도 아니다. 사르트르의 말에 의하면, 귀스타브는 결코 동성애자는 아니었다. 수동적이고 여성적인 심리의 소유자였을 뿐이다. 부예와의 지엽적인 사건은 단지 놀려 대려고 만들어진 것으로 남성끼리의 강한 우애의 표현일 뿐이다. 귀스타브는 그의 일생 동안 한 번도 동성애 행위를 하지 않았다. 그 자신이 동성애를 했다고 하는 말은 과장되게 꾸며진 이야기일 뿐이다. 부예는 카이로의 음란물들을 그에게 청했고, 플로베르는 그것을 그에게 주었다. (이 말이 납득이 가는가? 사르트르는 플로베르가 자신의 소망스러운 생각을 그렇게 표현한 것이라고 비난하고 있다. 똑같은 이유로 사르트르를 비난할 수 있지 않겠는가? 사르트르는 플로베르를 물불을 가리지 않는 행동파, 파괴적인 방탕아로 인정하기보다는 죄를 범하기가 두려워 결국 장난이나 치는 소심한 부르주아로 여겼던 것이 아닌가?) 그리고 한편으로는 슐레징거 부인에 대한 견해도 역시 바뀌어야 한다는 흐름이 있다. 오늘날 플로베르를 연구하는 사람들은 두 사람의 관계가 1848년 또는 1843년 초에 끝난 것으로 믿고 있다. 1843년 초라는 견해가 더욱 강하다.

과거란 멀리 사라져 가는 해안선과 같다. 그리고 우리 모두는 같은 배에 타고 있다. 고물의 난간을 따라 망원경들이 일렬로 늘어서 있다. 각각의 망원경들은 모두 일정한 거리에 따라 해안에 초점을 맞추고 있다. 배가 멈춰 조용히 있으면 망원경 중 한 대만이 계속 사용될 것이고, 그 망원경은 모든 것, 변하지 않는 진리를 말하고 있는 것처럼 보일 것이다. 그러나 이것은 환상이다. 배가 다시 움직이기 시작하면 우리는 정상적인 활동으로 돌아온다. 그 활동이란 이 망원경에서 저 망원경으로 쫓아다니며 한쪽 망원경이 맑게 보이지 않으면, 다른 쪽 망원경으로 가서 흐릿함이 개이기를 기다리는 일이다. 흐릿함이 개이면 순전히 우리는 우리 자신의 자력으로 그렇게 맑게 만들었다고 상상한다.

지난번보다 바다가 더 조용하지 않은가? 이번에는 북쪽을 향해 가며 부댕의 그림에서 보는 것과 같은 햇빛을 본다. 영국인이 아닌 사람들 — 당황스러운 아침 식사의 나라 영국을 향하여 가는 외국인들 — 에게 이 여행은 어떻게 보일까? 그들은 안개와 오트밀 죽에 관하여 신경질적인 농담을 할까? 플로베르는 런던을 무시무시한 곳으로 보았다. 런던은 건전하지 못한 도시였고, 〈고기와 야채를 함께 끓인 수프〉 요리를 찾아볼 수 없는 곳이었다. 한편, 영국은 셰익스피어의 고국이었고, 명확한 사고와 정치적 자유가 있고, 볼테르가 환영받았던 땅이었으며, 졸라가 망명하고 싶어 했던 나라였다.

오늘날의 영국은 어떠한가? 불과 얼마 전에 우리 영국의 한 시인은 영국을 유럽에서 첫째가는 빈민굴이라 불렀다. 유럽에서 제일가는 하이퍼마켓이 더 어울릴 것이다. 상류 계층의 두세째 아들이 장사꾼이 되더라도 자연스럽게 받아들이는, 속물근성이 없는 영국인의 출세관을 볼테르는 칭찬했다. 오늘날에는 네덜란드와 벨기에, 독일과 프랑스에서 온 당일치기 여행객들이 파운드화의 가치가 급락한 것에 흥분해서 막스 앤드 스펜서 백화점으로 몰려든다. 상업이 위대한 영국의 기초가 되었다고 볼테르는 말했지만, 이제는 파산으로부터 영국을 막아 주는 것이 상업이다.

배에서 내릴 때마다 나는 세관의 과세 통로로 통과하고 싶은 욕망이 생긴다. 나는 면세품을 한도 이상 소지한 적이 없다. 식물이나, 개, 약, 날고기나 총기 등을 갖고 들어온 적이 없었다. 그런데도 나는 차를 돌려 세관의 과세 통로 쪽으로 향하고 싶어 한다. 대륙에서 돌아오면서 아무것도 신고할 것이 없다는 것은 무엇인가 자신이 실패자라고 인정하는 기분이 든다. 손님, 이걸 읽어 보시겠어요? 그렇지요. 무슨 뜻인지 아시겠지요? 네, 뭐 신고하실 거라도 있으세요? 네. 신고

하고 싶은 것은 가벼운 프랑스 독감인데, 위험할 정도의 플로베르에 대한 도타운 사랑이 있고, 프랑스 도로 표지판을 보고는 어린애처럼 기뻐하고, 북쪽을 바라볼 때 비치는 햇빛에 넋을 잃는 정도입니다. 이런 것들에 대해 지불해야 하는 관세가 있습니까? 당연히 있을 것 같은데.

아! 그리고 브리야-사바랭 치즈도 있습니다. 내 뒤에 있는 저 친구도 하나 샀습니다. 세관에서는 반드시 치즈를 신고해야 한다고 그 친구에게 일러두었습니다. 치즈라고 하며 미소를 지으라고요.

어쨌든, 나를 알 수 없는 수수께끼 같은 사람이라고 생각하지 말기 바란다. 내가 짜증나게 했다면 그것은 나 자신이 당황하고 있기 때문이다. 전에도 말했듯이 나는 똑바로 응시하며 말하는 것을 좋아하지 않는다. 그렇지만 나는 이야기를 좀 더 알기 쉽게 하려고 진정으로 애쓰고 있다. 알쏭달쏭하게 말하는 일은 간단하다. 그러나 명확하게 말하는 일은 아주 어렵다. 노래를 작곡하지 않는 것이 노래를 작곡하는 일보다 쉽다. 시를 짓지 않는 것이 시를 쓰는 일보다 더 쉽다. 그렇다고 예술이 씨앗 봉지에 쓰여 있는 지시 사항만큼 명확해야 한다고 말하는 것은 아니다. 알쏭달쏭하게 말하는 자가 일부러 명확성을 회피하고 있는 것을 알면서도 당신은 그를 더욱 믿는다고 나는 말하고 있는 것이다. 당신이 피카소를 믿는 것은 그가 추상화 이전에 앵그르처럼 명확한 그림을 그릴 수 있었기 때문이다.

그러나 무엇이 도움이 되는가? 우리는 무엇을 알아야 하는가? 모든 것을 알 필요는 없다. 모든 것을 알면 혼란스럽다. 솔직함 또한 혼란스럽다. 이쪽을 마주 노려보고 있는 정면 초상화는 상대방에게 최면을 걸고 있다. 플로베르의 초상화나 사진을 보면 그는 대개 먼 곳을 바라보고 있다. 그의 시선이 먼 곳을 보기 때문에 당신은 그의 눈과 마주칠 수 없다. 그가 시선을 멀리 두는 또 다른 이유는 당신보다 더 흥미로운 것을 당신의 어깨 너머에서 볼 수 있기 때문이다.

솔직함은 혼란스럽다. 나는 당신에게 나의 이름을 말했다. 제프리 브레이스웨이트. 그것이 도움이 되는가? 조금은 그럴 것이다. 적어도 〈B〉나 〈G〉 또는 〈그 남자〉나 〈치즈 애호가〉보다는 낫다. 나를 본 적이 없는 사람이라면, 이 이름에서 무엇을 추론할 수 있었겠는가? 중류층 전문직 남성, 어쩌면 사무 변호사. 소나무와 히스 숲이 있는 고장의 주민. 회고 검은 점이 뒤섞인 트위드 복장. 군대 경력을 — 아마도 눈속임으로 — 나타내는 콧수염. 똑똑한 아내를 둔 사람. 아마도 주말에 보트 타기를 약간 즐기는 사람. 위스키보다는 진을 즐겨 마시는 남자. 그리고?

나는 전문직 계급의 제1세대에 속하는 의사이다. 아니 의사였다. 당신이 알다시피 콧수염은 기르지 않았지만 내 나이 또래 남자라면 피할 수 없는 군대 경험을 갖고 있다. 나는 에섹스에 살고 있다. 이곳은 아주 특색이 없는 곳이지만 그렇기 때문에 〈홈 카운티〉[44] 중에서는 살기에 가장 적합한 곳이다. 위스키는 마시지만, 진은 마시지 않는다. 트위드 복장도 하지 않고, 보트도 타지 않는다. 가깝게는 맞추었지만 그렇다고 충분히 근접한 것은 아니다. 내 아내에 대해서라면, 그녀는 똑똑하지 못하다. 똑똑하다는 말은 누구라도 그녀와 결부시키고 싶지 않은 단어일 것이다. 내가 전에 말했듯이 사람들은 치즈가 너무 빨리 숙성되는 것을 막기 위해 부드러운 치즈에 방부제를 넣는다. 그렇지만 치즈는 숙성되기 마련이

---

[44] Home Counties. 런던을 둘러싼 여러 주.

다. 그것이 치즈의 본래 성질이다. 부드러운 치즈는 흐물흐물해지고 단단한 치즈는 딱딱해진다. 그러나 결국에는 둘 다 곰팡이가 핀다.

나는 이 책의 앞부분에 나의 사진을 실을 작정이었다. 허영심에서가 아니라 그저 당신에게 도움이 되었으면 하는 생각에서였다. 그러나 나는 그 사진이 10년 전쯤에 찍은 낡은 사진이라는 생각을 하게 되었다. 그보다 나중에 찍은 사진은 갖고 있지 않다. 그러한 일들은 당신 자신한테도 일어날 수 있다. 일정한 나이가 지나면 사람들은 나이 든 당신의 사진 찍는 일을 그만둔다. 아니면, 그들은 단지 생일, 결혼식, 성탄절 같은 의례적인 경우에만 당신의 사진을 찍는다. 얼굴이 붉고 쾌활한 표정의 인물이 친구와 가족에 둘러싸여 술잔을 높이 들고 있다. 그러한 증거는 얼마나 진실하고 믿을 만한 것인가? 나의 결혼 25주년 기념사진들은 무엇을 보여 주었는가? 분명히 진실을 보여 주지는 않았을 것이다. 아마도 사진을 안 찍은 것이나 마찬가지였을 것이다.

플로베르의 조카딸 카롤린이 전하는 말로는, 말년이 되어 플로베르는 아내와 가족을 갖지 않은 것을 후회했다고 한다. 그러나 그녀의 이야기는 다소 근거가 빈약하다. 그들 두 사람은 친구들을 방문한 뒤에 센 강가를 걷고 있었다. 《그들이 옳았어.》 귀엽고 정직한 아이들이 있는 그 가정을 암시하며, 그는 나에게 말했다. 《그래, 그들이 옳았어.》 그는 엄숙하게 자신에게 되풀이했다. 나는 그의 생각을 방해하지 않고 그의 곁에서 말없이 걸었다. 이것이 우리가 함께한 마지막 산책이었다.》

나는 오히려 그녀가 플로베르의 사고를 방해했다면 좋았을 것이라고 생각한다. 그는 진실로 결혼하지 않은 것을 후회했던가? 우리는 그 말을 노르망디에서는 이집트를 꿈꾸고, 이집트에서는 노르망디를 꿈꾸는 그런 인물이 반사적으로 늘 하는 말 이상으로 해석할 필요가 있는가? 그는 그들이 방문한 가족의 특별한 재능을 그저 칭찬하고자 했던 것은 아닐까? 만약, 그가 결혼 제도 자체를 칭찬하고 싶었다면, 그는 조카딸에게 돌아서서, 〈너는 옳은 길을 택했다〉라고 인정함으로써 자신의 독신 생활을 후회했을 것이다. 물론 그는 그렇게 하지 않았다. 그녀는 결혼을 잘못했기 때문이다. 그녀는 마음 약한 사람과 결혼하여 결국에는 파산했고, 이번에는 남편을 구제하기 위해서 아저씨까지 파산시켰다. 카롤린의 경우는 교훈적이다 — 플로베르에게는 우울한 교훈이 되었다.

그녀의 아버지도 남편과 마찬가지로 허약한 사람이었다. 결국 귀스타브가 그녀의 아버지를 대신했다. 그녀의 『친지 회상록』에서, 카롤린은 자신이 어린 소녀였을 때 아저씨가 이집트에서 돌아온 것을 회상하고 있다. 어느 날 저녁, 갑자기 집에 돌아온 그는 그녀를 깨우고, 그녀를 침대에서 들어 올렸다. 그녀의 잠옷이 발밑으로 한참 내려간 것을 보고 그는 웃음을 터뜨리며, 그녀의 뺨에 키스 세례를 퍼부었다. 그는 방금 밖에서 들어왔으므로 콧수염은 차가웠고, 이슬에 젖어 있었다. 그녀는 놀랐고, 그래서 그가 자신을 내려놓자 안도의 한숨을 쉬었다. 이것은 부재중이었던 아버지가 가족에게 갑자기 — 전쟁에서, 사업에서, 외국에서, 바람피우다가, 위험에서 — 돌아온 것에 대한 교과서적인 이야기가 아니고 무엇이겠는가?

그는 그녀를 무척 좋아했다. 한번은 런던에서 열린 만국 박람회에 그녀를 데리고 갔다. 그녀는 겁이 날 만큼 엄청난 인파로부터 안전하게 보호받았고 그때, 그의 팔 안에 안긴 것이 행복했다고 한다. 그는 그녀에게 펠로피다스[45]와 에파미논다스[46]의 이야기 등 역사를 가르쳐 주었고, 정원에 나가서 삽과 물통을 가지고 반도와 섬과 만과 곶을 만들어 지리를 가르치기도 했다. 그녀는 그와 함께 보낸 어린 시절을 좋아했다. 그 기억은 그녀가 행복하지 못했던 성인 시절에도 그대로 남아 있었다. 카롤린이 84세가 되던 1930년에 엑스-레-뱅에서 윌라 캐서를 만났는데 그때도 그녀는 80년 전에 귀스타브의 서재 귀퉁이에 있는 곰 가죽 깔개 위에서 보냈던 시절을 회상했다. 엄격하나 자랑스럽게 지켜진 침묵 속에서, 그는 작품을 쓰고, 그녀는 책을 읽고 있었다. 〈그녀는 서재 구석에 누워, 자신이 호랑이나 사자 또는 곰 같은 아주 무서운 맹수와 함께 우리에 갇혀 있다고 생각하기를 좋아했다. 그 맹수는 자신의 사육사를 물어 죽이고 우리 문을 여는 자는 누구에게나 달려들었을 것이다. 그렇지만 그와 함께 있는 자신만은 절대로 안전하다고 생각했고 그래서 우쭐한 기분이 들었다고 말하면서 그녀는 킬킬대고 웃었다.〉

그녀에게도 어김없이 결혼 적령기가 다가왔다. 플로베르의 잘못된 권고로, 그녀는 허약한 남자와 결혼했다. 그녀는 허영심 덩어리가 되었고 머릿속에는 오직 화려한 사교계 생각뿐이었다. 결국 그녀는 아저씨를 집에서까지도 쫓아내려 했다. 가장 쓸모 있는 지식들을 그녀의 두뇌에 심어 주었던 바로 그 집에서 말이다.

테베의 장군이었던 에파미논다스는 모든 미덕의 산 증인

---

45 Pelopidas. B.C. 364년에 죽은 테베의 장군이자 정치가.
46 Epaminondas. B.C. 362년에 죽은 테베의 장군이자 정치가. 사선진(斜線陣)에 의한 전법을 고안하여 스파르타를 무찌르고 테베의 패권 확립에 힘썼다.

으로 여겨졌다. 그는 분명한 신념을 가지고 대량 학살을 지휘한 경력이 있으며, 거대한 도시를 세웠다. 그가 임종하는 자리에서 한 사람이 그의 후손이 없는 것을 슬퍼했다. 그는 말했다. 「나는 두 아이를 남겼다, 레욱트라와 만티네아.」 이들은 그의 가장 유명한 승전지의 지명이었다. 플로베르도 이와 비슷한 말을 할 수 있을 것이다. 「나는 두 아이를 남겼다, 부바르와 페퀴셰.」 그의 유일한 혈육, 딸처럼 키웠던 조카딸이 성인이 되어 이미 그를 배신했기 때문이었다. 그녀와 그녀의 남편에게 플로베르는 〈소비자〉가 되어 버렸다.

귀스타브는 카롤린에게 문학에 관해서도 가르쳤다. 그녀의 말을 인용하자. 〈그는 잘 쓰인 책들은 결코 위험하지 않다고 생각했다.〉 지금부터 70년쯤 전의 프랑스의 다른 지역, 다른 집안의 이야기를 하자. 이 집에는 책을 좋아하는 소년과 어머니, 그리고 피카르 부인이라는 어머니의 친구가 있었다. 그 소년은 뒷날 어떤 회고록을 썼다. 다시 인용한다. 〈피카르 부인은 그것이 잘 쓰인 것이라면, 어떤 책도 위험하지 않다고 하며 어린 아이들이 어떤 책이든 다 읽을 수 있게 허락해 주어야 한다고 했다. 피카르 부인이 그런 견해를 자주 이야기하는 것을 알고 있던 그 소년은 교묘하게 그녀와 함께 있을 때를 이용하여 악명이 높은 특별한 책들을 읽는 것을 허락해 달라고 어머니에게 요구했다. 「하지만 귀여운 나의 아들아, 그 나이에 이런 책들을 읽는다면, 어른이 되어서는 무슨 책을 읽을 거니?」 어머니가 물었다. 「그런 책에 쓰여 있는 것처럼 살아갈 거예요!」 그는 대답했다. 그 말은 어린 시절에 그가 한 가장 멋진 대답 중 하나였고, 가족들 사이에서 계속해서 전해지고 있다. 그 대답이 그를 — 그렇게 생각할 수도 있다 — 그 소설의 독자가 되게 했다. 그 소년이 바로 장-폴

사르트르였으며, 그 책이 바로 『보바리 부인』이었다.

세상은 진보하는가? 아니면 연락선과 같이 그저 왔다 갔다 하고 있는가? 영국 해안에서 한 시간 걸리는 곳의 개였던 하늘이 사라진다. 구름과 비의 호위를 받으며 당신은 당신이 속한 곳으로 돌아간다. 날씨가 변하자, 배는 약간 요동치기 시작하고, 바 안의 탁자들은 금속음의 대화를 재개한다. 라타라타라타라타, 파타파타파타파타. 부르고 대답하고 부르고 대답한다. 이제 그 소리는 결혼 생활의 마지막 단계처럼 들린다. 별거하는 두 당사자들이 자신에게 할당된 마룻바닥에 진을 치고 앉아서, 판에 박힌 말을 지껄이는 사이에 비가 내리기 시작하는 것 같은 기분이 든다. 나의 아내는…… 지금은 그만두고, 나중에 이야기하자.

지질학을 연구하던 페퀴셰는 영국 해협 밑에서 지진이 일어나면 무슨 일이 벌어질까 하고 생각한다. 물이 대서양 쪽으로 빠져나갈 것이라고 그는 결론짓는다. 영국과 프랑스의 해안은 기우뚱거리고, 이동했다가 다시 합쳐질 것이다. 영국 해협은 존재하지 않게 될 것이다. 친구의 예상을 들은 부바르는 공포에 질려 도망친다. 나는 그렇게 비관적일 필요가 없다고 생각한다.

치즈에 관한 것을 잊어서는 안 된다. 잊었는가? 냉장고 안을 화학 공장으로 만들지 마라. 나는 당신이 결혼했는지를 묻지 않았다. 경우에 따라 치하하거나, 그러지 않거나 하겠다.

이번에야말로 나는 세관의 과세 통로를 통과할 작정이다. 나는 친구가 필요하다는 것을 느낀다. 머즈그레이브 목사의 의견에 따르면 프랑스 세관원은 신사처럼 행동하고, 영국 세관원은 불한당 같다고 한다. 그러나 그들에게 정중하게 하면, 그들 모두 매우 호의적이라는 것을 나는 안다.

8
열차 파수꾼의 가이드

1) 크루아세에 있는 플로베르의 집은 센 강 기슭에 위치한 길쭉한 모양의 18세기식 하얀 집이다. 그 집은 플로베르에게는 완벽한 거처였다. 고립되어 있기는 해도 루앙과 파리에서 가까운 거리에 있었다. 다섯 개의 창이 달린 커다란 서재를 갖추기에 충분히 큰 집이었으나, 방문객들을 무례하지 않게 보이면서 돌려보낼 수 있을 정도로 작은 집이기도 했다. 또 원하기만 하면 흘러가는 인생을 유유히 바라볼 수도 있는 집이었다. 테라스에 나가서 그의 오페라 관람용 안경을 유람선에 맞추고, 라 부이유로 점심을 즐기러 가는 일요 유람객들을 바라볼 수 있었다. 유람객들은 그 괴짜 플로베르 씨의 모습에 익숙해져서, 누비아 셔츠에 테두리 없는 실크 모자를 쓰고 그들을 마주 바라보며 소설가적 관찰을 하고 있는 그를 보지 못하는 날이면 실망했다.

카롤린은 크루아세에서 보낸 어린 시절의 조용한 저녁 시간을 기록하고 있다. 그것은 소녀, 아저씨, 할머니가 각각의 세대를 고독하게 대표하는 이상한 가정이었다. 각 층마다 방이 하나밖에 없는 밀집형 가옥인데, 가끔 볼 수 있는 그런 집이었다(프랑스 사람들은 그런 집을 앵무새의 횃대라 부른다). 그들 세 사람은 작은 정자의 발코니에 앉아 깊어 가는 밤을 지켜보았다고 카롤린은 회상하고 있다. 멀리 강둑을 따라 배를 예인하는 길에서 밧줄을 힘껏 당기고 있는 말의 윤곽을 겨우 알아볼 수 있었다. 가까운 강변에서는 뱀장어잡이가 옷을 벗어 던지고 조심스럽게 철벅거리며 물속으로 들어가는 소리만 들려올 뿐이었다.

플로베르의 아버지는 왜 이 집을 사기 위하여 데빌에 있는 그의 재산을 팔았을까? 알려지기로는 병약한 아들이 처음 간질 발작을 일으켰을 때, 이 집을 그의 휴양지로 삼기 위해서였다고 한다. 그러나 데빌에 있는 재산은 어찌되었든 팔렸을 것이다. 파리와 루앙을 잇는 철로가 르 아브르까지 연장되고 있었고, 그 노선은 의사 플로베르의 땅을 가로질렀으므로 그 땅의 일부는 강제 수용되었을 것이다. 귀스타브가 크루아세에 은둔해서 창작 생활을 한 것은 간질 때문이라고 말할 수 있을 것이다. 그러나 또한 철도에 밀려서 그곳에 가게 되었다고 말할 수도 있다.

2) 귀스타브는 프랑스의 철도 이용 1세대에 속한다. 그는 철도의 발명을 싫어했다. 처음부터 철도는 그에게 밉살스러운 교통수단이었다. 〈나는 기차에 타면 따분해져서 5분 후에는 지루함을 못 견디고 소리를 지른다. 승객들은 버려진 강아지가 내는 소리라고 생각하지만, 천만의 말씀이다. 그것은 나, 플로베르 씨의 한숨 소리이다.〉 두 번째로, 철도는 식사 중 대화에서 새로운 이야깃거리가 되었는데 그것이야말로 따분한 것이었다. 철도에 대한 대화는 플로베르에게 멀미를 가져왔다. 1843년 6월, 플로베르는 라파르주 부인(비소 독살 사건의 범인)과 오를레앙 공작의 죽음(전해에 자신의 마

차 안에서 살해됨)에 이어 세 번째로 가장 따분한 화제가 철도라고 말했다. 루이즈 콜레는 그녀의 시 「시골 풍경」에서 현대성을 추구하려는 노력의 일환으로 애인 자네통을 찾아 전쟁에서 돌아온 병사, 장으로 하여금 기차가 내뿜는 연기를 주목하게 했다. 플로베르는 그 행을 지워 버렸다. 〈장은 그 빌어먹을 기차에 관심이 없을 것이다. 나 또한 그러하다〉라며 플로베르는 투덜거렸다.

그러나 그가 철도 그 자체를 싫어한 것은 아니다. 그는 철도가 사람들에게 진보에 대한 환상을 심어 주는 작태를 싫어했다. 도덕적인 진보 없는 과학적인 진보가 무슨 소용이란 말인가? 철도는 더 많은 사람들을 돌아다니게 하고, 만나게 하고, 함께 어리석어지게 할 것이다. 열다섯 살 때 썼던 편지에서 그는 현대 문명의 비행들을 나열하고 있는데, 〈철도, 독약, 관장기, 크림 파이, 특권 계급과 단두대〉 같은 것들이 들어 있다. 2년 뒤, 라블레에 관한 논문에서 첫 항목만 그대로 두고, 〈철도, 공장, 화학자 그리고 수학자〉로 이 목록을 바꿔 버렸다. 그 후에 이 항목들은 결코 변하지 않았다.

3) 〈모든 것의 위에 있는 것은 ─ 예술이다. 한 권의 시집이 철도보다 낫다.〉

『내밀한 비망록』, 1840

4) 루이즈 콜레와 플로베르의 관계에서 철도는 어떠한 역할을 했는가? 내 생각에는 그 역할이 약간 과소평가된 듯하다. 그들의 역학 관계를 살펴보자. 그녀는 파리에, 그는 크루아세에 살았다. 그는 파리에 가고 싶어 하지 않았고, 그녀가 시골로 그를 방문하는 것도 허락하지 않았다. 그래서 그들은

대략 중간 지점인 망트에서 만나고는 했다. 그곳의 그랑 세르프 호텔에서 하루나 이틀 동안 불타는 정열과 거짓 약속을 일삼는 밤을 보냈다. 이후로 다음과 같은 일이 주기적으로 일어났다. 루이즈는 가까운 시기에 당연히 다시 만나자고 했고 반면에 귀스타브는 그녀를 따돌리려 했다. 루이즈가 간청하다가 화가 나서 위협을 하면 귀스타브는 싫지만 승복하고 다시 만날 것을 약속했다. 그의 욕망을 채우고 그녀의 기대를 다시 불붙이기에 충분한 정도의 만남뿐이었다. 이렇게 서로 투덜대는 이인삼각(二人三脚) 경주가 진행되었다. 귀스타브는 자기보다 먼저 망트를 찾아왔던 자의 운명을 생각해 본 적이 있을까? 정복자 윌리엄이 말에서 떨어져 입은 부상 때문에 나중에 루앙에서 죽었던 것이 바로 망트 함락 때였다는 사실 말이다.

  파리와 루앙 간의 철도는 영국이 건설했다. 귀스타브와 루이즈가 만나기 3년 전인 1843년 5월 9일에 개통되었다. 그리하여 두 사람 모두에게 망트까지 하루 걸리던 여행이 두세 시간 정도로 단축되었다. 철도가 없었더라면 어땠을 것인지 상상해 보라. 그들은 승합 마차나 증기선을 타고 여행을 해야 했을 것이다. 그들은 녹초가 되어 만나서는 아마도 서로에게 신경질을 냈을 것이다. 피로는 욕망에 영향을 미친다. 그러나 그 만남의 어려움을 고려하여 만남에서 더 많은 것 즉, 더 많은 시간 — 아마도 하루 더 — 을 함께하고, 더 많은 감정의 교류를 가질 수 있었으리라 생각할 수 있다. 이것은 물론 나의 이론이다. 그러나 우리 시대의 전화가 간통을 더욱 쉽게도 하고 더욱 어렵게도 한다면(약속하기가 더 쉽지만, 들통이 나기도 더 쉽다) 지난 세기의 철도도 유사한 효과를 지녔다(철도의 확장과 간통의 확산에 관한 비교 연구를 한 사람이 있나? 마을의 사제들이 악마의 발명품 즉, 기차에 대한 설교를 하고, 그 때문에 조롱받고 있는 모습을 나는 상상할 수 있다. 그러나 사제들이 그런 설교를 한다면 그들이 옳다). 철도는 귀스타브에게 유용했다. 그는 별 어려움 없이 망트를 오갈 수 있었다. 아마도 루이즈의 불만은 그처럼 다니기 쉬운 즐거움을 얻은 데 대한 합당한 대가였을지도 모른다. 철도는 루이즈에게도 유용했다. 그의 편지 속에 아무리 모진 내용이 쓰여 있더라도 실제로 귀스타브는 멀리 떨어져 있지 않았다. 다음 편지에서 귀스타브는 그들이 다시 만날 수 있고, 그것도 두 시간만 기다리면 된다고 썼을 것이다. 철도는 우리에게도 가치가 있다. 그것은 두 사람이 오래 끌어온 사랑의 부침에서 쓰인 편지들을 우리가 이제 읽을 수 있게 되었다는 점에서 그렇다.

5a) 1846년 9월. 망트에서의 첫 만남. 유일한 문제는 귀스타브의 어머니였다. 그녀는 공식적으로 아직 루이즈의 존재에 대해 들어 본 적이 없었다. 실제로 루이즈 콜레는 귀스타브에게 보내는 모든 연애편지를 막심 뒤 캉을 통해 보내야 했다. 그러면 뒤 캉은 새 봉투에 편지를 넣고 겉봉에 주소와 성명을 다시 고쳐 썼다. 플로베르의 어머니는 귀스타브의 갑작스러운 외박에 어떠한 반응을 보였을까? 그는 그녀에게 무슨 말을 했을까? 물론, 거짓말을 했다. 〈어머니가 나를 믿게 할 작은 이야기〉를 했다고 뽐내며, 그는 여섯 살 난 소년처럼 으스대면서 망트를 향해 출발했다.

그러나 플로베르의 어머니는 그의 작은 이야기를 믿지 않았다. 그날 밤, 그녀는 귀스타브나 루이즈보다도 잠을 못 잤다. 무엇인가가 그녀를 불안하게 했다. 아마 최근 들어 계속해서 배달되는 막심 뒤 캉의 편지들 때문이었을 것이다. 다음 날 아침, 그녀는 루앙 역으로 나갔다. 자만심과 섹스로 새로운 모습을 띤 그녀의 아들이 기차에서 내렸을 때, 그녀는 플랫폼에서 그녀의 아들을 기다리고 있었다. 〈그녀는 질책의 말을 전혀 하지 않았으나, 그녀의 얼굴 표정은 이제껏 어느 누구의 것보다도 더 질책 어린 표정이었다.〉

사람들은 이별은 슬프다고 말하지만, 이렇게 기차역에 도착해서 어머니를 상봉한 순간에 느끼는 죄의식은 어떠했을까?

5b) 루이즈도 물론 플랫폼에서 비슷한 장면을 연기할 수 있었다. 귀스타브가 친구들과 식사를 할 때, 그에게 보인 그녀의 습관적인 질투는 악명이 높았다. 그녀는 항상 연적을 만날 준비를 하고 있었다. 그러나 에마 보바리를 제외한다면 어떠한 적수도 없었다. 뒤 캉은 기록하고 있다. 〈플로베르가 루앙으로 돌아가기 위해 파리를 막 떠나려 할 때, 그녀가 역의 대합실에 들어와 어찌나 비극적인 작별 장면을 연출했던지 역무원이 개입하지 않으면 안 될 정도였다. 플로베르는 곤란해서 제발 그러지 말라고 간청했으나, 그녀는 전혀 아랑곳하지 않았다.〉

6) 플로베르가 런던의 지하철을 타보았다는 것은 잘 알려지지 않은 사실이다. 그의 1867년 여행 일기 메모 중에 몇 항목을 인용하자.

6월 26일 월요일(뉴헤이븐에서 탄 기차 안). 파리 근교의 역처럼 포스터들이 붙어 있는 몇 개의 초라한 역. 빅토리아 역에 도착.

7월 3일 월요일. 기차 시간표를 샀다.

7월 7일 금요일. 지하철을 타다 — 혼시. 파머 부인……. 기차 시간을 알아보기 위해 채링 크로스 역으로 가다.

그는 영국과 프랑스의 철도를 비교하지 않았다. 이것은 아무래도 애석한 일이다. 그보다 12년 전에 불로뉴에서 배를 내린 우리의 친구 G. M. 머즈그레이브 목사님은 프랑스의 철도 조직에 깊은 인상을 받았다. 〈화물을 받고, 무게를 달고, 표시를 하고, 돈을 회계하는 방식은 간단하고 뛰어났다. 모든 분야에서 규칙적이고 꼼꼼하게 시간을 엄수하여 일을 훌륭하게 처리했다. 친절하고 편해(프랑스에서 편하다니!) 모든 일이 즐거웠다. 이런 모든 일들은 패딩턴 역에서 흔히 보는 소란이나 동요 없이도 잘 되었다. 이등칸이 우리의 일등칸과 거의 비슷하다는 것은 말할 필요도 없다. 이런 모든 일에 영국인은 창피한 줄을 알아야 한다!〉

7) 〈철도: 나폴레옹이 철도를 마음대로 사용할 수 있었다면, 그는 무적이 되었을 것이다. 철도의 발명에 도취하여 이렇게 말했을 것이다. 《당신에게 지금 말하고 있는 나, 나는 오늘 아침 X에 있었소……. 나는 X시 기차로 떠나서 그곳에서 볼일을 다 보고, X시 기차로 돌아왔소.》〉

『통념 사전』

8) 나는 루앙(센 강 오른편 기슭)에서 기차를 탔다. 파란색 플라스틱 의자들이 있었고, 창문 밖으로 머리를 내밀지 말라는 경고가 4개 국어로 적혀 있었다. 이 경고를 전달하기 위하여 영어는 프랑스어, 독일어, 이탈리아어보다 더 많은 단어

들이 필요하다는 것을 발견했다. 나는 올레롱 섬의 고깃배를 찍은 사진(흑백)을 넣은 금속틀 바로 밑에 앉았다. 옆에 앉은 늙은 부부는 사랑에 미쳐 일곱 명의 가족을 살해한 푸줏간 주인에 관한 「파리-노르망디」지 기사를 읽고 있었다. 창문 위에는 내가 전에 보지 못했던 작은 스티커가 있었다. 〈난방을 하는 동안 창문을 열어 에너지를 던져 버리지 맙시다.〉 창문 밖으로 에너지를 던져 버리지 마라 — 그 어구는 얼마나 영어하고는 다른가? 논리적이면서도 기발한 표현이다.

나는 관찰의 눈을 번득이고 있었다. 편도 요금은 35프랑이다. 그 여행은 한 시간 1분 정도 소요되고, 플로베르 시대에 비하면 절반밖에 걸리지 않는다. 우아셀이 첫 번째 정류장이고, 다음은 르 보드뢰이(신도시) 그리고 그다음이 해군 병창고가 있는 게용(오브부아예)이다. 센 강을 따라 있는 이 광경을 두고 머즈그레이브는 잉글랜드 동부의 노퍽 주를 상기했다. 〈이곳은 유럽에서 내가 본 어느 곳보다 영국과 비슷한 광경이다.〉 차표 검표원이 검표기로 문설주를 톡톡 쳤다. 금속과 금속이 부딪치는 그 신호에 따라 사람들은 검표에 응한다. 베르농 역이 있고, 그다음 왼쪽으로 넓게 펼쳐진 센 강을 통해 망트 역으로 들어간다.

레퓌블리크 광장의 6번지에서는 건물이 신축 중이었다. 정방형 아파트 한 채가 거의 다 완성되어 가는데, 수탈자는 벌써 뻔뻔스러운 순진성을 드러내고 있었다. 그랑 세르프 호텔은 어디에 있는 것일까? 담배 가게에 있던 사람들은 그 낡은 건물이 1년쯤 전까지 있었지만 지금은 없다고 했다. 나는 돌아가서 다시 보았다. 이제 그 호텔 자리에 남아 있는 것은 30피트 정도 떨어져 놓여 있는 몇 개의 커다란 돌 문기둥들뿐이었다. 나는 절망적으로 그것들을 쳐다보았다. 기차를 타고 오면서 나는 플로베르가(짜증난 개처럼 울부짖으며? 투덜대며? 열을 내며?) 나와 똑같은 여행을 하고 있는 모습을 상상할 수 없었다. 플로베르 유적지 순례 중 이곳에 이르렀는데, 그 문기둥들은 귀스타브와 루이즈의 열렬한 재상봉을 돌이켜 상상하는 데 전혀 도움이 되지 못했다. 기둥들이 도움이 될 이유가 있겠는가? 우리는 과거에 지나치게 무례해서, 이처럼 과거에 의존해 확실한 짜릿함을 느끼려 한다. 과거가 우리의 이익이 되는 짓을 할 이유가 있겠는가?

언짢은 기분으로 나는 교회(미슐랭 여행 안내서에 별표가 한 개 붙은 가볼 만한 곳)를 빙 둘러보았다. 신문을 사고, 커피도 마시고, 사랑에 미친 푸줏간 주인에 관한 기사를 읽고는 다음 기차로 돌아가기로 결심했다. 역으로 가는 도로는 프랭클린 루스벨트 가(街)인데, 실제로 이름만큼 대단한 도로는 아니었다. 그 끝에서 40~50미터 왼편에 있는 카페-레스토랑을 하나 발견했다. 식당의 이름은 르 페로케(앵무새)였다. 식당 밖 인도 위에는 만(卍) 자 무늬 세공으로 장식된 목재 앵무새가 야한 녹색 깃털을 하고 부리에 점심 메뉴를 물고 있었다. 그 건물은 화사한 통나무로 외장이 되어 있어서 실제보다 더 고풍스러워 보였다. 나는 이 가게가 플로베르 시대에도 있었는지 알지 못한다. 그러나 이것만은 안다. 과거란 때때로 기름칠한 돼지와 같다는 것. 때로는 굴속의 곰이고, 때로는 두 개의 조롱하는 눈빛으로 숲에서 당신들을 쏘아보는 앵무새의 섬광이다.

9) 기차는 플로베르의 소설에서 별로 언급되지 않는다. 그러나 이것은 기차에 대한 그의 편견을 반영하는 것이 아니라 그의 소설의 정확성을 증명한다. 그의 작품 대부분은 영국의

토목 및 철도 기술자들이 노르망디에 오기 전을 배경으로 하고 있기 때문이다. 『부바르와 페퀴셰』는 철도의 시대도 기웃거리고 있지만, 이 소설의 완고한 두 필경사(筆耕士)들 역시 놀랍게도, 새 시대의 교통수단에 대한 공식적인 견해를 가지고 있지 않다.

기차는 『감정 교육』에서만 등장한다. 기차는 당브뢰즈가 초대한 저녁 식사에서 변변치 못한 주제로 처음 언급되고 있다. 진정한 첫 번째 기차, 진정한 첫 번째 여행은 2부 3장에서 나타나는데, 이때 프레데리크는 아르누 부인을 유혹할 생각으로 기차를 타고 크레유에 간다. 이 여행객이 즐거우면서도 초조해하는 모습을 보고 플로베르는 서정적인 묘사로 그 여행길을 묘사한다. 푸른 벌판, 작은 무대 장치처럼 휙휙 지나가는 역들, 풀밭에서 잠시 춤을 추다가 흩어지는, 증기 기관이 내뿜는 양털 같은 연기. 이 소설에는 기차 여행이 여러 번 등장하고, 승객들은 매우 행복해 보인다. 적어도 그들 중 어느 누구도 버려진 개처럼 권태로움 때문에 울부짖지는 않는다. 비록 플로베르는 루이즈 콜레의 시 「시골 풍경」에서 수평선 위를 달리는 연기에 대한 시행을 과감하게 삭제한 적이 있지만 그렇다고 해서 자신의 시골 풍경 묘사(3부 4장)에서 다음과 같은 묘사를 제외시키지는 않았다. 〈기차 엔진에서 뿜어 나오는 연기가 지평선 위로 펼쳐져 있다. 그것은 한쪽 끝을 계속 바람에 날리는 거대한 타조의 깃털 같았다.〉

우리가 기차에 관한 플로베르의 사적인 의견을 포착할 수 있는 곳은 단 한 군데이다. 프레데리크의 친구 중에 미술가인 펠랭은 이론은 완벽하나 스케치는 불완전한 전문가이다. 그의 희귀하게 완성된 작품들 중 하나에 대하여, 플로베르는 그 자신 은밀한 미소를 띠며 논평하고 있다. 〈그 작품은 처녀림을 가로질러 기차를 몰고 가는 예수 그리스도의 모습을 통해 공화국, 또는 진보, 또는 문명을 상징하고 있다.〉

10) 귀스타브는 임종하기 직전에 현기증을 느끼면서도 전혀 놀라는 기색 없이 선 채로 한마디 했다. 〈일종의 졸도 상태에 빠져 드는 느낌이 든다. 오늘 이렇게 되어서 다행이다. 내일 기차 안에서 이런 일이 일어났더라면 대단히 번거로울 뻔했다.〉

11) 오늘의 크루아세, 문명의 완충지에서. 거대한 제지 공장이 플로베르의 집터 자리에서 펄프를 휘젓고 있었다. 나는 안에 들어가 이리저리 쏘다녔다. 공장 사람들은 나에게 공장 안을 두루 보여 주게 된 것을 기뻐했다. 피스톤과 증기, 염색용 통과 펄프 곤죽 상자들을 보았다. 종이와 같이 마른 것을 생산하는데 모든 것이 흠뻑 젖어 있다. 나는 안내자에게 그들이 책을 만드는 데 쓰는 종이도 만드는지 물었다. 그녀는 그들이 모든 종류의 종이를 만든다고 했다. 공장 관람은 감상적인 것이 아니었다. 우리 머리 위에는 넓이가 6미터나 되는 커다란 종이 두루마리가 운반대 위에 실려 천천히 지나가고 있었다. 일부러 엄청난 규모로 만든 팝 아트 조각품처럼 종이 두루마리는 주위 환경과 어울리지 않았다. 나는 그것이 거대한 화장지 두루마리를 닮았다고 말했다. 나의 안내자는 그게 바로 화장지 두루마리라고 했다.

쿵쿵대는 공장 밖도 별로 조용하지 않았다. 한때 배를 끌었던 길 위로 화물차들이 소리를 내며 지나갔고, 말뚝 박는 기계들이 강의 양쪽에서 쿵쿵 소리를 냈다. 배들도 지나갈 때면 으레 삐익삐익 고동을 울렸다. 플로베르는 파스칼이 전에 크루아세의 그 집을 방문한 적이 있다고 주장하고는 했다. 아베 프레보가 『마농 레스코』를 그곳에서 썼다는 그 지방의 전설도 고집스럽게 남아 있었다. 오늘날은 그런 이야기를 되풀이하는 사람도 없고, 또 그런 말을 믿는 사람도 없다.

우울한 노르망디의 비가 내리고 있었다. 나는 맞은편 강둑에 어른거리는 말의 실루엣과 뱀장어잡이가 옷을 벗어 던지고 조심스레 뛰어들 때 물이 튀는 조용한 소리를 생각했다. 도대체 뱀장어들이 이 재미없는 상업용 수로에서 살 수 있을까? 만일 살고 있다면, 뱀장어한테서 디젤이나 비누 냄새가 날 것이다. 나는 강 위쪽으로 나의 시선을 옮기다가 갑자기 웅크리고 앉아 떨고 있는 뭔가를 보았다. 기차였다. 전에 도로와 강 사이에 놓인 그 철로를 본 적이 있었는데, 이제 비가 내려서 레일이 반짝거리는 게 히죽히죽 웃는 것 같았다. 나는 무심코 그것들은 가랑이를 쩍 벌린 부두의 크레인들을 이동시키는 선로라고 생각했다. 그러나 아니었다. 이곳마저 플로베르는 기차에게 빼앗긴 셈이었다. 약 200미터 거리에 멈춰 있는 포장 덮개를 한 화물 열차가 플로베르의 별채를 밀어붙이듯 달려갔다. 별채에 접근하면서 틀림없이 조소의 경적을 울릴 것이다. 아마도 그 기차는 독약, 관장기와 크림 파이, 화학자나 수학자가 필요로 하는 기구들을 운반하고 있는지 모른다. 나는 그 사건을 보고 싶지가 않다(역사의 아이러니는 무자비할 뿐만 아니라 비정할 수 있기 때문이다). 나는 차에 올라 그곳을 떠났다.

9
플로베르 외전(外傳)

그것은 그들이 지은 것이 아니다. 그것은 그들이 때려 부순 것이다.
그것은 집이 아니다. 그것은 집들 사이에 있는 공간이다.
거리들이 존재하는 것도 아니다. 더 이상 존재하지 않는 거리들이 있을 뿐이다.

그러나 외전은 그들이 지으려다 그만둔 것이기도 하다. 그것은 그들이 꿈꾸며 스케치했던 집들이다. 그것은 투박한 상상의 거리들이다. 그것은 가발 같은 지붕을 한 오두막집들 사이에 아무도 걷지 않았던 오솔길이다. 그것은 당신을 속여 멋진 길로 들어가고 있다고 믿게 하는 그럴듯하지만 막다른 골목일 뿐이다.

작가들이 쓰지 않은 작품들이 중요한가? 그러한 것들은 망각되기 쉽다. 외전 목록은 잘못된 구상들, 버려진 계획들, 당황스러운 최초의 생각들만 포함된다고 추정하기 쉽다. 그러나 그렇게 추정할 필요가 없다. 왜냐하면 최초의 생각들은 흔히 가장 훌륭한 것으로, 두 번째 생각했을 때는 비하되었다가, 세 번째에 다시 즐겁게 복귀된다. 게다가 어떤 생각은 그것이 품질 테스트에서 밀려났다고 해서 항상 포기되는 것은 아니다. 상상이란 믿음직한 과일나무처럼 매년 수확되는 것은 아니다. 작가란 수확할 것이 있을 때는 무엇이든지 거두어야 한다. 그러나 때로는 너무 많이, 때로는 너무 적게, 때로는 아무것도 거두지 못한다. 수확이 너무 많은 해에는 시원하고 어두운 다락방 안 얇은 나무 쟁반에 그 수확물들을 담아 놓고, 작가는 수시로 드나들며 안절부절못한다. 작가가 아래층에서 열심히 작업을 하는 동안, 맙소사, 위층 다락방에서는 과일 껍질이 쭈글쭈글해지고, 부패되어 반점이 생기고, 갑자기 푹 썩어서 눈송이 같은 곰팡이가 피어난다. 작가가 이를 어찌할 수 있겠는가?

플로베르의 경우, 외전은 그의 또 다른 모습을 보여 준다. 실제로 실현되지 않은 매음굴 방문이 인생의 가장 달콤한 순간이라면, 실제로 쓰이지 않았기 때문에 오히려 원형이 그대로 간직되어 있어 작가의 사랑스러운 눈길만 받고 있는, 그런 구상이 떠올랐을 때가 작가 생활에서 가장 달콤한 순간이다.

물론 발표된 작품들이라 해서 변화의 여지가 없는 것은 아니다. 플로베르에게 그의 문학적 자산을 정리할 시간과 돈이 있었다면, 그 작품들은 지금 다른 모습을 하고 있을 것이다. 『부바르와 페퀴셰』는 완성되었을 것이고, 『보바리 부인』의 판매는 금지됐을 것이다(이 작품이 지나친 명성을 얻은 것에 대해 귀스타브 자신이 불쾌해했던 것을 우리는 얼마나 진지하게 받아들이는가? 약간 진지하게 받아들인다). 『감정 교육』은 다른 종결을 맺었을 것이다. 뒤 캉은 그 작품의 역사적 불행에 대해 플로베르가 실망했음을 기록하고 있다. 그 작품의 출간 후 1년이 지나서 프랑스와 프로이센 사이에 전쟁이 벌어졌다. 한 세대의 도덕적 실패를 추적하려고 착수한 이 소설에서, 프로이센의 스당 침공과 프랑스의 대패배는 숭고하고, 대중적이고 그리고 논박의 여지가 없는 결말을 제시하여 줄 수 있을 것이라고 귀스타브는 생각했다.

뒤 캉은 플로베르가 다음과 같이 말한 것으로 기록하고 있다. 〈어떤 사건에서 중요한 소설의 소재를 얻을 수 있음을 생각해 보라. 예컨대 이번 전쟁은 훌륭한 소재가 될 수 있는 사건이다. 항복 문서가 조인되고 병사들은 포로가 되었다. 침울하고 멍한 눈빛의 프랑스 황제는 큰 마차의 한쪽 구석에 푹 파묻혀 있다. 비록 마음속에는 폭풍이 광란을 치고 있어도 품위를 지키기 위해 담배를 피우며 냉정한 표정을 지으려고 노력한다. 그의 곁에는 그의 참모와 프로이센 장군이 한 사람 있었다. 모두 침묵을 지키고 눈길을 아래로 향하고 있다. 그 자리에 있는 모든 사람들은 고통스러워한다.〉

〈두 길이 교차하는 곳에서 창기병들이 호위하는 포로 행렬 때문에 왕의 행차가 멈추었다. 창기병들은 철모를 귀까지 눌러쓰고 창을 아래로 향한 채 말을 타고 간다. 황제의 마차는 사람의 홍수 앞에 멈출 수밖에 없었다. 사람들은 태양빛에 얼굴이 벌게진 채 구름 같은 먼지 속을 가고 있었다. 사람들은 어깨를 축 늘어뜨리고 다리를 질질 끌며 걷고 있었다. 황제의 맥 빠진 눈은 이 무리들을 응시한다. 얼마나 이상한 군대 사열인가! 황제는 예전의 사열을 생각한다. 북을 치고, 군기가 펄럭이고, 금색 레이스로 치장한 장군들이 칼로 경례를 올리고, 호위병들이《황제 폐하 만세》를 외치는 그런 모습을 떠올린다.〉

〈포로 중 한 사람이 황제를 알아보고 경례를 한다. 다른 사람들도 모두 따라서 경례를 한다.〉

〈갑자기 주아브 병[47] 한 사람이 대열을 벗어나 주먹을 흔

들며 소리친다.《여기에 있었구나, 이 악당아! 너 때문에 우리가 이렇게 됐어!》〉

〈그러자 1만여 명의 포로가 모독적인 말을 하며, 위협적으로 손을 흔들고, 마차에 침을 뱉고는 저주의 회오리처럼 지나간다. 황제는 아무런 표정도 짓지 않고, 한 마디 말도 없이 미동도 하지 않고 있다. 그러나 마음속으로 생각한다.《이들이 나의 친위병이었단 말인가?》〉

〈그래, 당신은 이 상황을 어떻게 생각하는가? 매우 인상적이지 않은가? 나의『감정 교육』에서 이 장면이 사람들의 마음을 뒤흔들 마지막 장면이 될 수 있었을 텐데! 나는 이것을 쓰지 않았던 것이 마음 아프다.〉

우리는 그런 잃어버린 결말을 애도해야 할까? 우리는 그것을 어떻게 평가해야 하나? 뒤 캉이 이야기를 다시 전하면서 품위를 떨어뜨렸을지도 모르고, 또 이를 사용했다 하더라도 플로베르는 그답게 출판 전에 많이 고쳐 썼을 것이다. 그러나 그것은 분명 매우 힘찬 절정 즉, 한 개인의 실패가 나라의 운명을 결정한다는 흥미 있는 결론을 제공할 것이다. 그러나 그 책에 그런 결말이 필요한가? 1848년 친구 푸아트뱅의 사망으로 이미 결말이 났는데, 1870년 프랑스 종말의 한 장면을 또 이 소설의 결말로 삼아야 할 필요가 있는가? 그 소설은 환멸 속에 끝나도록 하는 것이 더 낫다. 격동하는 상류 사회의 묘사보다는 불행한 두 친구의 회상기로 남게 하는 것이 더 낫다.

플로베르 외전 자체에 대하여, 체계적으로 얘기해 보자.

---

47 Zouave. 프랑스 경보병(輕步兵). 원래 알제리인으로 편성되었고 아라비아 옷을 입었다.

1) 자서전 〈언젠가 회고록을 쓰게 되면 — 그것은 내가 노력만 하면 잘 쓸 수 있는 유일한 것이오 — 당신은 그 회고록에 등장하게 될 것이고, 그것도 큰 자리를 차지하게 될 것이오. 당신은 나의 삶에 커다란 돌파구를 열어 주었기 때문이오.〉 귀스타브는 루이즈 콜레에게 보낸 초기의 편지에서 이렇게 쓰고 있다. 7년 동안(1846~1853) 그는 그 자서전 계획에 대하여 이따금씩 언급했다. 그런 다음 공식적으로 그것의 포기를 선언한다. 그러나 그것은 그저 계획을 위한 계획이 아니었을까? 〈나는 나의 회고록에 당신에 대해 쓸 것이다〉라는 말은 문학적 구애의 손쉬운 상투어 중에 하나이다. 〈나는 당신을 영화에 출연시킬 것이다.〉 〈나는 당신을 그려서 그 모습을 영원히 간직할 것이다.〉 〈나는 대리석으로 조각된 당신의 목덜미를 보전할 것이다〉 등등.

2) 번역 작품들 정확히 말해 외전이라기보다는 행방불명된 작품이다. 그러나 주목할 만한 것들이 있다. a) 줄리엣 허버트 번역의 『보바리 부인』을 감수한 플로베르는 〈걸작〉이라고 말했다. b) 1844년 편지에 플로베르 자신의 번역 작품에 대한 언급이 있다. 〈나는 『캉디드』를 스무 번 읽었다. 나는 그것을 영어로 번역했다······.〉 이 이야기는 학교에서 하는 번역 연습 같아 보이지는 않고, 오히려 스스로 채찍질한 역작 같다. 그의 편지에서 보인 서투른 영어 구사력으로 판단하건대, 그 번역은 원본의 의도와 다른 엉뚱한 희극성이 가미됐을 것이다. 그는 지명조차 영어로 정확하게 옮길 수 없었다. 1866년, 사우스 켄싱턴 박물관에 소장된 〈민턴 채색 타일들〉을 보고 메모하면서 그는 *Stoke-upon-Trent*(트렌트 지방에서 구운 것)를 〈*Stroke-upon-Trend*(유행 상품)〉라고 잘못 적었을

정도이다.

3) 소설 이 부분은 청년 시절에 쓰려다가 쓰지 않았던 많은 소설이 해당되며, 심리 전기를 쓰고자 하는 작가들에게 주로 유용하다. 사춘기에 쓰려다가 못 쓴 책들은 작가로서의 직업을 공언한 후 쓰지 못한 작품들과는 성질상 다르다. 그것들은 그가 책임을 져야 할 책들이 아니다.

1850년, 이집트에 있는 동안 플로베르는 미케리누스의 이야기를 생각하면서 이틀을 보낸다. 그 왕은 선왕에 의해서 폐쇄된 사원들을 다시 복원한 공로가 있는 제4왕조의 신앙심 깊은 왕이었다. 그러나 부예에게 보낸 편지에서 플로베르는 작품의 주요 인물의 성격을 〈자신의 딸과 성 관계를 가진 왕〉으로 더욱 노골적으로 묘사했다. 아마도 플로베르는 1837년에 그 왕의 석관이 영국인들에 의하여 발굴되어 배로 런던에 실려 갔다는 사실을 알았기(아니면 기억났기) 때문에 흥미를 느꼈을 것이다. 1851년에 귀스타브가 대영 박물관을 방문했을 때 그것을 세밀히 볼 수 있었을 것이다.

일전에 나도 그것을 직접 보러 갔었다. 들은 바로는 그 석관은 박물관 소장품 가운데 그리 흥미를 끄는 것이 아니며, 1904년 이래로 전시되지 않았다고 한다. 그것이 배에 실려 왔을 당시에 사람들은 4왕조의 것으로 믿었지만, 후에 그것은 26왕조의 것으로 판명되었다. 석관 안에 있는 미라는 미케리누스의 것일 수도 있고 아닐 수도 있다. 나는 실망하기는 했지만 마음이 놓였다. 플로베르가 그의 계획을 계속 진행하여 그 왕의 무덤에 대한 조심스러운 연구 결과를 삽입했더라면 어쩔 뻔했는가? 에니드 스타키 박사가 플로베르 문학에 있어서 또 다른 오류를 제시할 기회를 가졌을 것이 아닌가.

(플로베르를 소개하는 나의 소형 안내 책자에 스타키 박사 항목을 넣어야 될 것 같다. 아니, 그것은 불필요한 복수일까? S 자 항목에 사드를 넣을까 아니면 스타키를 넣을까? 어찌되었든 브레이스웨이트의 통념 사전은 잘 되어 가고 있다. 플로베르에 대하여 알 필요가 있는 것은 이웃에 대하여 알 필요가 있는 것만큼이나 전부 수록해야지! 단지 몇 가지 항목만 더 쓰면 나의 일은 끝날 것이다. X로 시작되는 항목이 문제가 된다. 플로베르 자신의 사전에는 X 자 항목이 없다.)

1850년. 콘스탄티노플에서 보낸 편지에서 플로베르는 세 가지의 작품 구상에 관해 썼다. 〈돈 주앙의 하룻밤〉(그것은 계획 단계에 있다), 신이 강간해 주기를 바라는 여인의 이야기 〈아누비스〉, 그리고 〈처녀로 죽은 젊은 신비주의자로······ 어느 시골의 작은 마을, 양배추와 큰고랭이를 심은 채마밭 아래 살고 있는 한 젊은 소녀에 대한 나의 플랑드르 소설〉이 바로 그것들이다. 부예에게 보낸 편지에서 플로베르는 너무 철저하게 계획을 세울 경우 발생하는 위험들에 관해 불만을 토로하고 있다. 〈내가 보기에 만일 아직 태어나지도 않은 당신의 아기들을 너무 철저히 해부해 버리면, 사실 그들의 아비가 될 만큼 당신은 충분히 발기되지 않는다.〉 어떤 사람들은 그의 세 번째 계획이 『보바리 부인』이나 『순박한 마음』을 태어나게 했다는 모호한 생각을 하고 있으나, 이 세 가지 계획에서 귀스타브는 발기가 충분히 되지 않아 쓰지 못했다.

1852~1853년. 귀스타브는 〈소용돌이〉라는 작품을 쓸 것을 진지하게 계획한다. 그것은 〈장대하고, 형이상학적이며, 환상적이고 요란한 소설〉이 될 것이고 주인공은 꿈속에서는

행복하나 현실에서는 불행한 전형적인 플로베르식의 이중적 삶을 사는 사람이다. 물론 결론은 행복은 상상 속에서만 존재한다는 것이다.

1853년. 〈나의 오랜 꿈들 중의 하나〉가 다시 마음에 떠오른다. 기사도에 관한 소설이 그것이다. 아리오스토[48]가 있지만 그런 작품은 아직도 써볼 만하고, 그런 주제에 덧붙일 요소는 〈공포와 넓은 의미의 시(詩)〉가 될 것이라고 귀스타브는 밝히고 있다.

1861년. 〈나는 오랫동안 광기 또는 미쳐 가는 과정을 주제로 하는 작품을 구상해 왔다.〉 이 시기를 전후하여 플로베르가 연극 무대에 관한 소설을 구상하고 있었다고 뒤 캉은 이야기했다. 플로베르는 배우 휴게실에 앉아서 여배우들의 매우 솔직한 속 이야기를 메모하고는 했다. 〈실상을 제대로 다룬 것은 르 사주의 『질 블라스』[49]뿐이다. 나는 그것을 적나라하게 밝힐 것이다. 그것이 얼마나 희극적일지는 도저히 상상할 수도 없을 정도이다.〉

이 시기부터 플로베르는 어떠한 장편 소설이라도 5~7년의 세월이 필요하다는 것을 깨달은 것이 틀림없고, 따라서 그가 뒤로 미룬 작품들은 대부분 단지 속에서 끓다가 말라 버리고 말았을 것이다. 그의 삶의 마지막 12년 동안 우리는 그에게 주된 착상 네 가지와 흥미진진한 다섯 가지의 발상 즉, 일종의 특종 소설 계획이 있었음을 알 수 있다.

---

48 Ludovico Ariosto(1474~1533). 르네상스 시대의 이탈리아 시인. 서사시 「광란의 오를란도」로 유명하다.
49 *Gil Blas*. 악당, 부르주아, 성직자, 귀족의 하인, 재상의 신복(臣僕) 등을 거치는 질 블라스의 파란만장한 생애를 그렸다.

a) 〈하렐-베*Harel-Bey*〉라는 동방 소설. 〈내가 젊고 돈이 있다면 나는 다시 한 번 동방에 가보고 싶다 — 현대의 동방 즉, 수에즈 지협의 동쪽을 공부하고 싶다. 동방에 관한 대작을 쓰는 것은 나의 오랜 꿈 중 하나이다. 나는 문명인이 야만인으로 변하고, 야만인이 문명인으로 변하는 모습을 그리고 싶다 — 두 세계가 대조적으로 발전하고 결국에는 하나가 되는…… 그러나 이제는 너무나 늦었다.〉

b) 테르모필라이 전투에 관한 소설. 그것은 『부바르와 페퀴셰』를 완성한 뒤에 쓸 계획이었다.

c) 루앙의 한 집안을 여러 세대를 걸쳐 그린 소설.

d) 편형동물을 반으로 자르면 머리에서 새로운 꼬리가 자란다. 더욱 놀라운 것은 그 꼬리에서 새로운 머리가 자라는 것이다. 결말은 유감스러웠지만 이런 일이 『감정 교육』에서 일어났다. 여기에서 완전히 새로운 소설이 생겨났는데, 처음에 〈나폴레옹 3세 치하〉라는 제목이었다가 뒤에 〈파리의 한 가족〉이라는 제목으로 바뀐 것이 그것이다. 〈나는 제국에 관한 소설을 쓸 계획이며(뒤 캉이 그의 말을 이렇게 전한다) 황태자의 손에 입맞추기 위하여 땅에 무릎을 꿇고 훈장들을 덜렁거리는 장군들과 상원 의원들, 그리고 대사들 모두가 함께 한, 콩피에뉴의 저녁 연회를 소개할 것이다. 기필코, 그렇게 할 것이다! 그 시대는 멋진 몇 권의 책들을 쓰기 위한 자료들을 제공해 줄 것이다.〉

e) 특종 소설이라는 장르는 『르 누벨리스트 드 루앙』의 편

집자 샤를 라피에르가 만들어 낸 것이다. 어느 날 크루아세에서 저녁 식사를 함께 하던 라피에르는 플로베르에게 P양의 스캔들 이야기를 한다. 그녀는 노르망디 귀족 가문에서 태어났고 궁정과 관련이 있었으며 황후 외제니에게 책을 읽어 주는 사람으로 임명되었다. 그녀의 아름다움은 성자를 파멸시킬 만했다고 한다. 그 아름다움은 그녀 자신을 파멸시키기에도 충분했다. 황제 근위대 사관과의 공개적인 교제로 그녀는 해임되었다. 그 후 그녀는 파리 화류계의 여왕이 되어, 궁정에서는 쫓겨났지만 1860년대 후반 화류계를 주름잡았다. 프랑스와 프로이센의 전쟁 기간에 그녀는 사람들의 시야에서 사라졌고(그녀와 같은 직업을 가진 사람들과 함께), 그 후 그녀의 운세는 쇠퇴했다. 그녀는 어느 모로 보나 매춘의 최하 수준까지 내려가고 말았다. 그러나 (그녀 자신은 물론 소설을 위해서도) 고무적인 것은 그녀가 다시 일어설 수 있었다는 것이다. 그녀는 기병 사관의 애인이 되었다가 죽기 임박해서 장군의 법적인 정식 아내가 되었다.

플로베르는 그 이야기를 듣고 기뻐했다. 〈라피에르, 당신이 지금 막 나에게 소설의 소재를 말해 주었다는 것을 아는가? 그것은 나의 《보바리》와 쌍벽을 이룰 상류 사회의 보바리가 될 걸세. 얼마나 매력적인 인물인가!〉 그는 곧 그 이야기를 메모하고 그것에 대한 창작 노트를 만들기 시작했다. 그러나 그 소설은 결국 쓰이지 않았고, 창작 노트도 발견되지 않았다.

이처럼 쓰이지 않은 모든 작품은 우리를 감질나게 한다. 그러나 그것들은 어느 정도 보완할 수 있고, 정리하고, 다시 상상할 수도 있다. 그것들은 대학 등에서 연구될 수 있다. 선창은 미완성의 다리라고 말할 수 있지만, 선창을 충분히 오랫동안 응시하면 영국 해협의 맞은편 프랑스까지 이어진 다리를 꿈꿀 수 있다. 쓰이지 않은 책의 뿌리들도 이와 마찬가지이다.

그러나 실현되지 못한 삶들이란 무엇인가? 아마도 이것들이 더욱 감질나게 하는 것들일 거다. 이것들이 바로 진정한 외전이다. 『부바르와 페퀴셰』 대신에 『테르모필라이』를 먼저 썼더라면 어찌되었을까? 글쎄, 외전도 책일 뿐이다. 그러나 귀스타브 자신이 삶의 방향을 바꾸었다면 어찌 되었을까? 어쨌든 작가를 선택하지 않았을 것이다. 대부분의 사람들은 작가가 아니고 또 그렇다고 별로 손해 볼 것도 없다. 어떤 골상학자 — 19세기 그 방면의 대가 — 가 플로베르를 살펴보고, 그에게 야생 동물을 길들이는 일이 천직이라고 말했다. 그렇게 틀린 말도 아니다. 플로베르의 말을 다시 인용한다. 〈나는 미친 사람들과 동물들을 매혹시키는 힘이 있다.〉

한 인간의 삶이란 우리가 알고 있는 것이 전부는 아니다. 그렇다고 한 인간의 삶에서 성공적으로 숨겨진 것 또한 전부는 아니다. 한 인간의 삶에 대해 우리가 알고 있거나 성공적으로 숨겨진, 이제는 믿을 수 없는, 거짓들이 전부는 아니다. 실현되지 못한 것 또한 삶이다.

〈나는 왕이 될 운명인가 아니면 그저 돼지가 될 운명인가?〉 귀스타브는 그의 『내밀한 비망록』에서 이렇게 쓰고 있다. 19세가 된 그에게 사물은 이처럼 단순하게 보였다. 현실적인 삶이 있는가 하면, 야망의 삶이나 돼지처럼 실패한 삶을 신봉하는 비현실적인 삶도 있다. 다른 사람들이 당신의 미래에 관해 이야기한다. 그러나 당신은 그 말을 믿지 않을 것이다. 당시 귀스타브는 이렇게 쓰고 있다. 〈나에 대하여 많은 말들이 있다. 1) 나는 춤을 배울 것이다. 2) 나는 결혼을 할 것이다. 두고 보면 알겠지만 — 나는 그것을 믿지 않는다.〉

그는 끝내 결혼하지 않았으며 춤추는 것도 배우지 않았다. 그는 춤에 대해 심히 반감을 가지고 있었기 때문에, 그의 소설에 나오는 주요 남성 인물들도 대부분 그에 동조하는 행동을 취하고 춤추기를 거부한다.

그 대신 그는 무엇을 배웠는가? 그는 삶이란, 왕좌를 차지하기 위해 살인을 하든지 아니면 돼지우리 속에서 뒹굴든지 하는 것 중에 어느 하나를 선택하는 것은 아니라는 것을 배웠다. 돼지 같은 왕이 있는가 하면 왕 같은 돼지들도 있고, 왕이 돼지를 부러워할 수도 있으며, 살지 않은 삶이란 것은 이미 살아온 삶의 어느 특정한 괴로운 문제점을 딱 해결할 수 있도록 항상 바뀐다는 사실을 배웠다.

17세 때, 플로베르는 바닷가 근처 황폐한 성에서 일생을 보내고 싶다고 말한다.

18세 때, 플로베르는 어떤 변덕스러운 바람이 자신을 프랑스로 잘못 옮겨 태어나게 했다고 생각한다. 자신은 베트남의 황제로 태어나 36폐덤(약 70미터)이나 되는 긴 파이프로 담배를 피우고, 6천 명의 아내와 1천4백 명의 어여쁜 동자를 거느리고 살 운명이었지만, 기상 이변으로 프랑스에 와서 만족을 모르는 욕망과 지독한 권태와 몰아치는 하품만 남게 되었다고 단언한다.

19세 때, 플로베르는 법학 공부를 마친 후에 터키로 가서 터키인이 되든가, 스페인에서 노새 몰이꾼이 되든가 아니면 이집트에서 낙타 몰이꾼이 되겠다고 생각한다.

20세 때, 이제는 스페인에서 안달루시아라는 지역으로 좁혀지기는 했으나, 플로베르는 여전히 노새 몰이꾼이 되고 싶어 한다. 하지만 되고 싶은 것 중에는 나폴리에서 거지가 되는 것도 들어 있다. 그러나 결국 그는 님과 마르세유 사이를 왕복하는 마부가 될 것을 결심한다. 그러나 이것들 중 좀 색다른 직업이 어디 있는가? 오늘날에는 부르주아들도 편안하게 여행하고 있다는 그 사실이, 〈마음속의 보스포루스 해협〉을 간직하고 있는 그에게 하나의 고민으로 다가온다.

24세 때, 아버지와 누이동생이 죽자, 그는 어머니마저 죽고 나면 무엇을 해야 하는가 생각한다. 플로베르는 모든 것을 팔고 로마나 시라쿠사 또는 나폴리에서 살겠다고 마음먹는다.

같은 24세 때, 루이즈 콜레에게 자신을 대단한 변덕쟁이라고 소개하면서, 자신은 스미르나에서 산적이 되는 것에 관해 오랫동안 그리고 매우 진지하게 생각했다고 말한다. 어쨌든 그는 〈언젠가 나는 여기서 멀리 떨어진 곳으로 가서 살 것이며, 다시는 내 소식을 듣지 못할 것이다〉라고 한다. 아마도 루이즈는 오스만 산적이 된다는 말에 별로 즐겁지 않았을 것이다. 왜냐하면 이제 조금씩 가정이라는 환상이 보이고 있었기 때문이었다. 그가 자유롭다면, 크루아세를 떠나 그녀가 있는 파리로 가서 함께 살 것이다. 플로베르는 루이즈와 결혼해 둘이 함께 살고, 서로의 사랑과 우정으로 이루어진 달콤한 생활을 상상한다. 그는 자신들의 아이가 생기는 것을 상상한다. 그리고 루이즈의 죽음과 그 뒤에 엄마를 잃은 아기를 정성껏 돌보는 일을 상상한다(슬프게도, 우리는 이 별난 상상에 루이즈가 어떤 반응을 보였는지 알 수 없다). 그러나 환상 속의 가정생활의 매력은 지속되지 않는다. 한 달이 못 되어서 동사의 시제가 과거의 일로 굳어 버린다. 〈내가 당신의 남편이었더라면, 우리는 모두 행복했을 것이다. 그리고 행복한 다음에는 서로를 미워했을 것이다. 그것이 정상이다.〉 귀스타브의 선견지명 때문에 루이즈가 그런 불만족스러운 결혼 생활을 하지 않아도 되었다는 점에 대해 그녀는 그에게 감사해야 할 것이다.

여전히 24세 때, 루이즈와의 결혼 생활 대신에, 귀스타브는 뒤 캉과 함께 앉아 지도를 펴놓고 아시아로 향하는 기괴한 여행을 계획한다. 그 여행 기간은 6년 정도 걸릴 것이고, 비용을 대충 뽑아 보아도 360만 프랑 정도이다.

25세 때, 그는 브라만이 되고 싶어 한다. 신비스러운 춤, 긴 머리, 신성한 버터를 뚝뚝 떨구는 얼굴. 그는 공식적으로 카말도리 수도회의 맨발의 수도사나 산적이나 터키인이 되고 싶다는 희망을 포기한다. 〈이제 브라만이 아니면 아무것도 되고 싶지 않다 — 그것이 더 간단한 일이다.〉 어서, 아무것도 되지 말라고 삶이 재촉한다. 돼지가 되는 게 간단하다.

29세 때, 훔볼트의 영향을 받아, 남아메리카로 가서 대초원에 살며, 소식을 끊어 버리고 싶어 한다.

30세 때, 그는 일생을 통해 항상 그러했듯이, 자신의 전생이 무엇이었을까 하고 숙고한다. 지금보다 흥미로웠던 루이 14세, 네로, 그리고 페리클레스의 시대에 살았던 자신의 외전적 또는 윤회적 삶을 생각한다. 자신은 로마 제국의 어떤 시기에 떠돌이 극단의 단장이었고, 시칠리아에서 여인들을 사서 그들을 여배우로 변신시키는 말주변 좋은 건달이며, 선생님, 포주 그리고 예술가를 합친 듯한 사람이었다고 생각한다(귀스타브는 플라우투스[50]의 희극을 읽고서 이러한 전생을 생각한 것인데, 이 책은 그에게 역사적 전율을 느끼게 했다). 이곳에서 우리는 귀스타브의 불확실한 가계도 주목해

---

50 Plautus(B.C. 254~184). 고대 로마의 희극 작가.

야 한다. 그는 자신에게 아메리카 인디언의 피가 흐른다고 즐겨 주장했다. 이것은 전혀 가능성이 없었을 이야기이다. 그의 선조 한 사람이 17세기에 캐나다로 이민을 가서 비버잡이가 되긴 했지만 말이다.

여전히 30세, 플로베르는 더욱 그럴듯하게 삶의 계획을 세운다. 그러나 그것 또한 비현실적인 삶이라는 것이 드러난다. 그와 부예는 자신들이 노인이 되어, 불치병자 수용소의 환자가 된 것을 생각한다. 거리를 쓸며, 그들이 아직 30세였을 때, 라 로슈-기용까지 걸어갔던 행복한 시절을 서로 이야기하는 노인들이 되어 있는 것을 상상한다. 그 노인 흉내 내기는 결코 이루어지지 않았다. 부예는 48세에 죽었고, 플로베르는 58세에 죽었다.

31세 때, 플로베르는 루이즈에게 — 가설적 여담이지만 — 자신에게 아들이 하나 있었다면, 그 아이에게 여자들을 조달하는 뚜쟁이 노릇을 하면서 큰 즐거움을 경험했을 것이라고 말한다.

역시 31세 때, 플로베르는 루이즈에게 잠시나마 평상시의 그답지 않은 변화 즉, 문학을 포기하고 싶은 욕망을 털어놓는다. 그는 루이즈에게 가서 그녀의 가슴속에 머리를 묻고 함께 살고 싶다고 말했다. 그는 이제 자기 머리통을 수음하여 글귀를 짜내는 데 넌더리가 났다고 말했다. 그러나 이 환상은 냉담한 조롱이 되었다. 그것은 과거 시제로 이야기한 것으로, 귀스타브가 허약한 순간에 지나가듯 상상해 본 어떤 일을 말한 것이었다. 플로베르는 자신의 머리를 루이즈의 가슴속보다는 언제나 자신의 손 안에 파묻고는 했다.

32세 때, 플로베르는 루이즈에게 자신이 삶의 많은 시간을 허비해 왔음을 고백한다. 그는 1년에 백만 프랑의 수입이 생기면 무엇을 할 것인가를 꿈꾼다고 했다. 그러한 공상 속에서 하인들은 다이아몬드를 박은 신발을 그에게 신길 것이다. 마차를 끄는 말들의 울음소리에 귀를 기울일 것이고, 마차를 화려하게 만들어 영국인들로 하여금 질투심을 느끼게 하고 싶어 할 것이다. 그는 무엇이든 마음껏 먹을 수 있는 향연을 베풀고, 식당에는 활짝 핀 재스민 꽃들로 울타리를 만들고, 꽃 사이로 멋쟁이 새들이 휙 내달을 것이다. 그러나 1년에 백만 프랑의 꿈은 하찮은 것이었다. 뒤 캉은 〈파리에서의 어느 겨울〉에 관한 귀스타브의 계획을 기록하고 있다. 그것은 로마 제국의 사치, 르네상스의 세련미, 『천일야화』의 선녀들을 혼합한 터무니없는 계획이었다. 그 겨울의 비용은 진지한 견적을 받아 본 결과 〈고작해야〉 120억 프랑이면 된다고 계산했다. 뒤 캉은 좀 더 일반적인 것을 덧붙인다. 〈그가 이러한 망상에 한번 사로잡히면, 거의 꼼짝도 못하고 환각 상태에 빠져 있는 마약 복용자를 연상하게 했다. 그는 자신의 머리를 구름 속에 처박고, 황금의 꿈속에 살고 있는 듯했다. 그가 꾸준히 작업하지 못한 것도 이러한 습관에 기인했다.〉

35세 때, 플로베르는 〈나의 개인적인 꿈〉을 밝힌다. 대운하[51]에 있는 작은 궁전을 하나 사겠다는 것이다. 몇 달 뒤, 그의 머릿속에는 보스포루스 해협의 작은 정자 하나가 부동산으로 추가된다. 그 후 다시 몇 달 뒤, 그는 동방으로 떠나 그곳에 머무르다, 그곳에서 죽겠다고 말한다. 베이루트에 살고 있는 화가 카미유 로지에가 그를 초대했다. 그가 말했던 것처럼 갈 수 있었다. 그는 갈 수 있었다, 그러나 그는 가지 않았다.

35세 때, 환상의 삶, 비현실적인 삶이 그의 사고에서 사라

51 이탈리아 베네치아에 있는 운하. 베네치아의 주요 수로.

지기 시작한다. 이유는 명백하다. 현실적인 삶이 실제로 시작된 것이다. 『보바리 부인』이 책으로 나왔을 때 귀스타브는 35세였다. 환상은 더 이상 필요하지 않았다. 오히려 이전의 환상과는 다른 실질적이고 특정한 환상들이 이제 그에게 요구된다. 세상 사람들을 위해서 그는 크루아세에 있는 은둔자의 역을 할 것이고, 파리에 있는 친구들을 위해서 살롱의 바보 역을 할 것이다. 조르주 상드를 위해서 그는 사교계 여인들의 고백성사를 듣고 즐거워하는 멋쟁이 예수회 수사, 크뤼샤르의 역을 할 것이다. 그의 가까운 사람들을 위해서는 95세의 나이에 순교한 스미르나의 이름 없는 사제, 성 폴리카르프 역을 할 것이다. 이 사제는 자기의 귀를 막고, 〈오, 주여! 당신은 어째서 나를 이 시대에 태어나게 했습니까!〉라고 외침으로써 플로베르를 예고했다. 그러나 이러한 인물들은 이제 플로베르가 확실히 되고 싶어 하는 그런 매력적인 인물이 아니다. 이들은 유명한 작가가 마음대로 생각해 낸 대리적 삶들이고, 유희적 삶들이다. 그는 스미르나의 산적이 되겠다는 꿈에서 달아나지 않고 대신 자신에게 쓸모 있는 스미르나의 사제를 소환해서 가장 적합한 역을 맡게 했다. 그는 야생 동물을 길들이는 사람이 아니라, 야생의 삶을 길들이는 사람이 되었다. 환상의 삶을 진정시키는 과정이 끝나고, 이제 창작을 시작할 수 있게 되었다.

10
기소

　우리로 하여금 어떤 것의 가장 나쁜 면을 알고 싶도록 만드는 것은 무엇인가? 가장 좋은 면을 알고자 하는 것에 우리가 지쳐 있기 때문인가? 호기심은 언제나 이기심을 뛰어넘기 때문인가? 아니면 좀 더 단순하게 말해 가장 나쁜 면을 알고 싶어 하는 것은, 사랑이 도착된 호기심에 빠져 들기 쉽기 때문인가?
　이러한 호기심이 어떤 사람에게는 사악한 환상을 갖게 만든다. 나는 예전에 착실한 월급쟁이를 환자로 받은 적이 있다. 그는 평상시에 상상이라고는 눈곱만큼도 안 했는데, 아내와 사랑을 나누는 동안에는 그녀가 덩치 큰 스페인 귀족이나 날씬한 동인도 선원들 또는 뒤적거리는 난쟁이들 밑에서 황홀한 듯이 사지를 뻗고 누워 있는 모습을 상상하기를 즐겼다고 한다. 나를 자극시켜 줘, 오싹하게 만들어 줘 하고 환상이 충동질한다는 것이다. 이런 상상으로 그치지 않고 실제로 물어보는 사람도 있다. 상대방이 천박한 행위를 했다는 것을 알게 되면 기뻐하는 부부를 나는 알고 있다. 그들 부부는 상대방의 어리석음이나 허영, 그리고 약점을 찾으려 한다. 그들이 진정으로 찾고 있는 것은 무엇인가? 그들은 자신이 찾고 있다고 느끼는 것 이외의 다른 무엇을 찾고 있음이 분명하다. 인간이라는 존재는 어쩔 수 없이 타락했다는 것, 삶이란 실로 저능아의 머릿속에 자리 잡고 있는 번지르르한 악몽일 뿐이라는 사실에 대한 어떤 결정적인 증거를 찾고 있는 것일까?

나는 엘렌을 사랑했다. 그래도 나는 그녀의 나쁜 면을 알고 싶었다. 나는 결코 그녀가 화나도록 하지는 않았다. 나의 습관이 그러하듯, 신중하고 수동적인 태도를 취했다. 나는 질문 따위는 하지 않았다. 그렇지만 나는 그녀의 나쁜 면을 알고 싶었다. 엘렌은 나에 대해 이러한 호기심을 보이지 않았다. 그녀는 나를 좋아했다 — 그 사실은 새삼스럽게 이야기할 가치도 없다는 듯이 나를 사랑한다고 그녀는 거리낌 없이 말했다 — 그녀는 내가 아주 착한 사람이라고 무조건적으로 믿고 있었다. 그것이 우리 두 사람의 다른 점이다. 추억과 죽은 자들이 보존되어 있는 방, 마음속 그 비밀스러운 방을 여는 미닫이문을 그녀는 찾으려 하지 않았다. 때로 그 문을 발견하지만 그 문은 열리지 않는다. 때로는 그 문이 열려 있다 해도, 사람들의 눈길에는 생쥐의 해골밖에 보이지 않는다. 그러나 적어도 당신은 그 방 안을 본 적이 있다. 그것이 바로 사람들 사이의 진정한 차이이다. 비밀을 간직한 사람들과 간직하지 않은 사람들 간의 차이가 아니라, 모든 것을 알고 싶어 하는 사람들과 그렇지 않은 사람들 간의 차이를 말하는 것이다. 모든 것을 알려는 것이야말로 사랑의 표시라고 나는 단언한다.

책들의 경우도 그와 비슷하다. 물론 똑같지는 않지만(똑같은 것은 결코 없다) 유사하다. 당신이 어떤 작가의 작품을 매우 좋아하는데, 그 작가의 작품을 만족스럽게 읽어 가다가 방해를 받아도 신경 쓰지 않는다면, 그렇다면 당신은 그 작가를 그저 단순하게 좋아하는 것이다. 좋은 사람이야라고 당신은 생각한다. 훌륭한 사람이야. 그런데 사람들이 그 친구가 보이 스카우트 유년부원을 몽땅 목 졸라 죽여, 그 시체를 잉어 떼에게 먹였다고 말한다면, 천만에 그럴 사람이 절대 아니야, 그는 훌륭하고 좋은 사람이야라고 말할 것이다. 그러나 당신이 어떤 작가를 좋아하고, 그 작가의 지성을 양식으로 삼고, 그를 더 많이 연구하여 알고자 한다면 ― 그러지 말라는 분부를 거스르고 말이다 ― 그렇다면 아무리 많이 알아도 부족하다. 당신은 역시 나쁜 면도 알고 싶어 한다. 뭐라고, 유년부원을 모두? 27명이나 28명이었다고? 그가 유년부원들의 작은 스카프를 꿰매어 조각 이불보를 만들었다는 것이 사실이야? 그가 단두대로 올라가며 구약 성서의 요나서 중 한 구절을 인용했다는 것이 사실이야? 그리고 그가 자신의 잉어 연못을 보이 스카우트 지부에 기증하겠다고 유언한 것이 사실이야?

그러나 여기에는 차이점이 있다. 연인이나 아내의 경우, 매우 나쁜 면 ― 간통, 사랑의 결핍, 광증, 자살의 충동 ― 을 찾았다면 당신은 안심할 수 있다. 왜냐하면, 인생이란 역시 생각했던 대로군 하고 느끼기 때문이다. 이제 이런 실망감을 축하해야 하는가? 당신이 좋아하는 작가의 경우에 당신은 본능적으로 그를 옹호한다. 내가 앞에서 의미한 것이 바로 이것이다. 그렇기 때문에 한 작가에 대한 사랑은 가장 순수하고, 무엇보다도 한결같은 모습을 하고 있다. 당신의 옹호는 그래서 더욱 쉽게 나온다. 문제가 되는 것은 잉어가 멸종 위기에 처한 종이라는 사실이다. 몹시 혹독한 겨울을 보내고, 성 우루생 축일 전까지 비가 오는 날이 많은 봄에는 잉어들이 먹을 수 있는 유일한 음식이 잘게 자른 유년부원의 시체라는 것을 우리 모두는 알고 있다. 물론 그는 그와 같은 범죄의 대가로 교수형에 처해진다는 것을 알고 있지만, 인류가 멸종 위기에 처한 종이 아니라는 사실 역시 알고 있다. 그러므로 그는 27명(당신은 28명이라 했던가?)의 유년부원 더하기 1명의 중급 작가(그는 우스꽝스럽게도 항상 자신의 재능에 대해서는 겸손했다)의 희생은 하나의 어종을 온전히 생존시키기 위해 지불하는 대가치고는 하찮은 것이라고 생각했다. 길게 보자. 그렇게 많은 유년부원을 필요로 하는가? 그들은 자라서 단지 보이 스카우트 단원이 될 뿐이다. 만일 당신이 아직도 감상주의에 빠져 있다면, 이런 식으로 생각해 보자. 그 잉어 연못이 지금까지 방문객에게서 받아들인 입장료로 보이 스카우트 단원들이 그 지역에 벌써 여러 교회의 회관을 세워 유지할 수 있게 되지 않았는가.

그래, 어서 기소장을 낭독하라. 나도 언젠가 이런 일이 벌어질 줄 예상하고 있었다. 그러나 이 사실을 잊어서는 안 된다. 귀스타브는 전에도 피고석에 앉았다는 사실을. 이번에는 몇 가지 범법 행위로 기소되었는가?

1) 그는 인류를 증오했다.

그렇다. 물론, 그렇다. 당신은 항상 그런 말을 한다. 나는 당신에게 두 종류의 대답을 할 것이다. 우선 근본적인 것부터 시작하자. 그는 어머니를 사랑했다. 이 말을 들으면 당신들의 어리석고, 감상적인 20세기적인 마음이 따뜻해지지 않는가? 그는 아버지를 사랑했다. 그는 누이동생을 사랑했다. 그는 조카딸을 사랑했다. 그는 친구들을 사랑했다. 그는 몇몇 사람들을 존경했다. 그러나 그의 애정은 항상 특정인에게

만 주어졌다. 그에게 다가오는 모든 사람에게 애정을 주지는 않았다. 이것으로 충분하다고 나는 생각한다. 당신은 그에게서 더 많은 것을 원하는가? 당신은 그가 인류의 궁둥이를 어루만지는 식으로 〈인류를 사랑〉하기를 원하는가? 그러나 그러한 사랑은 대단한 것이 아니다. 인류를 사랑한다는 것은 빗방울을 사랑한다거나 은하수를 사랑하는 것처럼 많은 것을 의미할 수도 있고, 전혀 의미가 없을 수도 있다. 당신은 인류를 사랑한다고 말하는가? 당신은 쉽게 자기만족에 빠지지는 않는가? 당신이 인류를 사랑하고 있다는 사실을 남들이 알아주기를 바라고 있는 것은 아닌가? 당신이 올바른 쪽에 있는 척하는 것은 아닌지를 확신할 수 있는가?

둘째로 그가 인류를 싫어했다고 해도 — 나는 그가 인류에게 깊은 감동을 받지 못했다고 말하고 싶다 — 과연 그것이 그의 잘못이라고 말할 수 있는가? 당신은 분명히 인류에게 큰 감동을 받은 모양이다. 당신에게 인류는 아주 정교한 관개(灌漑) 체계이고, 선교 사업이고, 마이크로 전자 공학일 것이다. 그가 인류를 다른 관점에서 보았다는 것에 대해 용서하자. 우리가 이 문제에 대해 자세히 논의해야 하는 건 분명하다. 그러나 우선 20세기를 대표하는 현인의 한 사람인 프로이트를 간략하게 인용하자. 당신이 동의하다시피, 그는 딴 속셈이 있는 사람이 아니었기 때문이다. 그가 죽기 10년 전에 쓴 인류에 관한 개괄적인 글을 알고 싶은가? 〈나는 마음 깊은 곳에서 이런 생각을 한다. 내가 사랑하는 사람 중 몇 명을 제외하고는 모두 아무런 가치도 없다는 것을 확신할 수밖에 없다.〉 금세기 대부분의 사람들이 인간의 마음을 가장 철저하게 이해했다고 믿은 사람의 입에서 나온 말이 바로 이 말이다. 조금 당황스럽지 않은가?

그러나 이제 당신이 좀 더 구체적으로 죄목을 이야기할 시간이 되었다.

2) 그는 민주주의를 싫어했다.

그는 텐에게 보낸 편지에서 민주주의를 어리석은 민중 *democrasserie*이라고 썼다. 당신은 어느 쪽이냐? 쓰레기 민중이냐? 어리석은 민중이냐? 아마도 쓰레기 민중? 그가 인류에게 감동받지 않은 것은 사실이다. 이것에서, 당신은 그가 폭정이나 절대 군주제, 부르주아 군주제, 관료 전체주의, 무정부주의 등등을 선호했다는 결론을 내려서는 안 된다. 그가 선호한 정치 체제는 중국식, 즉 청나라의 관료 정치 체제였다. 그러나 그는 프랑스에 그런 정치 체제가 도입될 가능성이 거의 없다는 것을 바로 인정했다. 중국식 관료 체제를 취하는 것이 한 발짝 퇴보하는 것으로 보이는가? 그러나 당신은 볼테르가 계몽 군주제에 대하여 보인 열정을 용서하고 있다. 그러면서 한 세기 뒤 계몽 과두 정치에 대한 플로베르의 열정은 왜 용서하지 않는가? 그는 적어도 몇몇 문인들이 품은 어린애 같은 환상 즉, 작가들은 다른 누구보다도 세계를 경영하는 일에 더 적합하다는 생각 따위는 하지 않았다.

중요한 점은 이것이다. 플로베르는 민주주의를 통치의 역사에서 단지 하나의 단계라고 생각했고, 민주주의가 사람들 서로를 통치하는 가장 훌륭하고 가장 자랑스러운 방법이라고 가정하는 일은 인간의 전형적인 허영이라고 생각했다. 그는 인류가 끊임없이 진화한다는 것을 믿었고 — 믿었다기보다 실수 없이 알아챘다 — 그렇기 때문에 인류가 만드는 사회 형태의 발전도 믿었다. 〈민주주의도 노예제나 봉건제 또는 군주제와 마찬가지로 인류의 마지막 정치 체제는 아니다.〉 가장 좋은 정치 체제란 사라져 가는 정치 체제인데, 그 이유는 이것이 다른 어떤 것에게 길을 터주는 것을 의미하기 때문이라고 그는 주장했다.

3) 그는 진보를 믿지 않았다.
이에 대해서는 20세기의 현실을 인용하여 그를 변호한다.

4) 그는 정치에 충분한 관심을 갖지 않았다.
〈충분한〉 관심을 가져야 하는가? 적어도 그가 흥미를 가졌다는 것 정도는 인정한다. 당신이 지금 재치 있게 시사하고 있는 것은, 플로베르는 그가 보았던 정치 현실을 좋아하지 않았으며(맞는 말이다), 그가 좀 더 관심을 가졌더라면 이러한 문제들에 대해 당신의 사고방식을 따르게 되었을 것(틀린 말이다)이라는 사실이다. 나는 두 가지를 지적하고 싶다. 첫째, 여러분이 좋아하는 표현 방식인 다른 체 글씨로 쓰겠는데, 문학은 정치를 포함하지만 정치는 문학을 포함하지 않는다는 점이다. 이것은 작가나 정치가 모두 좋아하지 않을 관점이지만 당신은 내 말을 용서할 것이다. 그들의 작품을 정치의 도구로 생각하는 소설가들은 내가 보기에 창작의 품위를 떨어뜨리고 어리석게도 정치를 찬양하는 것 같다. 아니다, 나는 소설가가 정치적 견해를 갖지 말아야 한다든지, 정치적인 발언을 금해야 한다고 말하는 것은 아니다. 다만 작품 중에 그러한 부분은 저널리즘이라고 불러야 한다. 소설이 정치에 참여하는 가장 효과적인 방법이라고 상상하는 작가는 대개 나쁜 소설가이고, 나쁜 저널리스트이고, 동시에 나쁜 정치가이다.
뒤 캉은 정치에 주의 깊게 관심을 기울였고, 플로베르는 간헐적으로 관심을 가졌다. 당신은 어느 쪽을 좋아하는가? 전자이다. 그들 중에 어느 쪽이 더 훌륭한 작가였는가? 후자이다. 그들의 정치적 사상은 무엇이었나? 뒤 캉은 무기력한 개량주의자가 되었고, 플로베르는 〈성난 자유주의자〉로 남았다. 그런 사실에 당신은 놀라는가? 플로베르가 자신을 무기력한 개량주의자로 묘사했더라도, 나는 여전히 같은 주장을 해야 될 것이다. 즉 현재의 입맛에 과거를 맞추기를 기대하는 것은 현재라는 시대의 이상한 허영심에 지나지 않는다. 현재는 전 세기의 위대한 인물들을 뒤돌아보고 궁금해한다. 그는 우리 편이었는가? 그는 좋은 친구였나? 이것은 자신감의 결핍을 크게 암시하는 태도이다. 즉 현재는 과거가 정치적으로 만족스러웠다고 판결함으로써 과거를 보호하려 함과 동시에 과거가 현재를 추어 주고, 등을 두들겨 주면서 좋은 일을 계속하라고 격려해 주기를 바란다. 플로베르 씨가 정치에 〈충분한 관심〉이 없었다는 혐의가 바로 이런 뜻에서 생긴 것이라면, 본 변호인의 의뢰인은 유죄임이 틀림없다고 생각한다.

5) 그는 코뮌에 반대했다.

위에서 내가 말한 것이 이 건에 대한 대답의 일부이다. 그렇지만 나의 의뢰인 쪽에는 성격적으로 믿을 수 없을 만큼 여린 면이 있다는 사실을 고려해야 한다. 그것은 그가 어떠한 경우에도 사람들이 서로를 죽이는 것에 반대했다는 사실에서 알 수 있다. 그것은 결벽증이라 할 수 있겠지만 어쨌든 그는 그것을 찬성하지 않았다. 그 자신이 어느 누구도 죽이지 않았고, 실제로 누구를 죽이려는 생각조차 한 적이 없다는 것을 인정해야 한다. 그는 미래에는 더 적절히 행동할 것이다.

6) 그는 애국자가 아니었다.

잠깐 웃을 수 있는 시간을 달라. 아, 이제 좀 낫다. 나는 오늘날에 있어 애국심이란 나쁜 것이라고 생각한다. 나는 우리 모두가 자신의 친구를 배반하기보다는 나라를 배반하는 편이 낫다고 생각한다. 그렇지 않은가? 또다시 사태가 뒤죽박죽되었는가? 내가 무슨 말을 해야 되겠는가? 1870년 9월 22일, 플로베르는 총을 한 자루 샀다. 크루아세에서, 그는 프로이센군의 침공을 예상하고 그가 모은 오합지졸을 훈련시켰다. 그는 그들을 야간 순찰에 데리고 나갔으며, 자기가 도망치면 사살하라고 명령했다. 막상 프로이센군이 쳐들어오자, 늙은 어머니를 돌보는 것 외에 그는 제대로 할 수 있는 일이 거의 없었다. 그는 군대 의료반에 자원 봉사할 수도 있었겠지만, 사막에서 야생 동물을 사냥한 것을 제외하고는 군대 경력이 전혀 없고, 간질에다 매독까지 걸린 48세의 지원자를 그들이 반겼을지······.

7) 그는 사막에서 야생 동물을 사냥했다.

하나님 맙소사! 반론하지 않겠다. 그리고 또 애국심의 문제도 아직 다 끝나지 않았다. 소설가의 본질에 대해 간단히 이야기해도 괜찮겠는가? 작가가 쓰기에 가장 손쉽고, 가장 마음 편한 것이 무엇이겠는가? 그가 살고 있는 사회를 찬양하는 것 즉, 사회의 근력을 칭찬하고, 진보에 박수를 보내며, 어리석음에 대해서는 애정을 갖고 놀려 대는 것이다. 〈나는 내가 프랑스인이라는 것과 같은 정도로 중국인이기도 하다〉라고 플로베르는 단언했다. 중국인이었어도 마찬가지였을 것이다. 그가 베이징에서 태어났더라도, 틀림없이 그는 그곳의 애국자들을 실망시켰을 것이다. 가장 위대한 애국심이란 자기 나라가 수치스러운 일, 어리석은 짓, 옳지 못한 행동을 할 때 그것의 부당함을 사람들에게 말하는 것이다. 작가는 국경을 초월하는 포용력이 있어야 하고 성격상 나라에서 버림받는 자가 되어야 한다. 그래야만 그는 분명하게 볼 수 있다. 플로베르는 항상 소수의 편, 〈베두인족, 이교도, 철학자, 은둔자, 시인〉 쪽에 서 있었다. 1867년, 43명의 집시들이 〈왕비 산책로〉에 천막을 치자, 루앙 주민들이 분개했다. 플로베르는 그들이 그곳에 있는 것을 기뻐하며 돈을 주었다. 그런 행동을 알게 되면 틀림없이 당신은 그의 머리를 쓰다듬어 주고 싶을 것이다. 만일 자신이 미래로부터 인정받을 것을 알았다면, 그는 아마도 돈을 내놓지 않았을 것이다.

8) 그는 일상적인 삶을 겪지 않았다.
〈술, 사랑, 여자 그리고 영광을 묘사할 수 있으려면 술주정뱅이도, 연인도 남편도 그리고 군대의 졸병도 아니어야 한다. 삶에 매여 있다면 삶을 명확히 볼 수 없다. 삶으로 인해 지나치게 고통받거나 그것을 너무 즐기거나 하기 때문이다.〉 이것은 혐의 사실에 대한 대답이 아니다. 그 기소가 잘못되었음을 불평하는 것이다. 당신은 삶이 무엇이라고 생각하는가? 정치인가? 그 문제는 이미 다루었다. 정서적 삶인가? 그의 가족과 친구와 애인들을 통하여, 귀스타브는 고난의 모든 단계를 경험했다. 결혼 문제를 거론하는 것인가? 비록 새로운 것은 아니라도 묘한 고발이라고 본다. 결혼을 하면 독신 때보다 더 좋은 소설들을 쓸 수 있는가? 아이가 많은 사람은 아이가 없는 사람들보다 더 뛰어난 작가가 될 수 있는가? 나는 통계 수치를 꼭 보고 싶다.

작가에게 있어서 가장 훌륭한 삶은 가능한 한 좋은 작품을 쓸 수 있도록 도움이 되는 삶을 의미한다. 그 문제에 있어서 우리의 판단이 그의 판단보다 더 낫다고 확신할 수 있는가? 여러분의 표현을 빌려 말하자면, 플로베르는 다른 많은 작가들보다 더 많이 삶에 〈관계하고〉 있었다. 그에 비하면 헨리 제임스는 수녀 같은 삶을 살았다. 플로베르도 상아탑에서의 삶을 시도했을 것이다.

8a) 그는 상아탑에서 살려고 했다.
그러나 그는 실패했다. 〈나는 항상 상아탑 속에서 살려고 노력했지만, 주기적으로 밀려오는 똥이 탑의 벽을 치며 무너뜨리려고 했다.〉

세 가지 점을 분명하게 해야 할 필요가 있다. 첫째, 여러분이 말하는 삶의 연관의 정도는 작가 — 될 수 있는 한 자신 — 가 선택한다는 점이다. 그의 명성에도 불구하고 플로베르는 이도 저도 아닌 입장을 취했다. 〈권주가를 만든 사람이 술꾼은 아니다〉라는 것과 그와 반대로 술 한 방울 마시지 못하는 사람도 역시 안 된다는 것을 그는 알고 있었던 것이다. 작가는 바다에 걸어 들어가듯 삶 속으로 들어가야 하지만 물이 배꼽에 다다르는 데까지만 들어가야 한다는 그의 말이 어쩌면 그의 태도를 가장 잘 표현한 것이다.

둘째, 독자들이 작가들의 삶에 대한 불만 — 왜 그는 이것을 하지 않았는가? 왜 그는 그것에 관해서 신문에 항의하지 않았는가? 왜 그는 삶에 더 적극적으로 관계하지 않았는가? — 을 표시할 때 사실상 독자는 무척 단순하고, 허황된 질문 즉, 왜 작가가 우리와 좀 더 비슷하지 않느냐고 묻고 있는 것과 같다. 그러나 만약 작가가 독자와 좀 더 비슷하다면 그는 작가가 아니고 독자가 되었을 것이다. 이것은 불을 보듯 뻔한 일이다.

셋째, 작품과 관련하여 불평하는 진의는 무엇인가? 플로베르가 좀 더 적극적으로 삶에 관계하지 않았다는 불만은 그에 대한 박애주의적 소망만은 아니다. 늙은 귀스타브에게 아내와 자식이 있었다면, 그 이유만으로 모든 일에 그렇게 우울해하지 않았을까? 만일 그가 정치나 자선 행위에 매여 있었거나 그의 출신 학교의 책임자가 되었다면, 그는 자신의 능력을 더 발휘했을까? 작가가 삶의 태도를 바꾸었더라면 치유될 수 있었을 과오들을 작품에서 발견할 수 있다고 당신은 생각하고 있는 듯하다. 만일 그렇다면, 그런 주장은 당신이나 할 일이라고 나는 생각한다. 예를 들어 『보바리 부인』의 저자가 중풍에 걸린 어느 노르망디 양치기 여자와 매일 저녁 큰 사과술 잔을 맞부딪쳤다고 해서 그 소설에 나오는 지방 풍습의 묘사에서 부족한 어느 특정 면이 치유되었을 것이라고는 생각지 않는다.

9) 그는 염세주의자였다.

아! 당신이 의미하는 것을 이제야 알겠다. 당신은 그의 작품이 좀 더 쾌활하고, 좀 더…… 뭐랄까, 삶에 활기를 주기 바란다는 뜻인가? 당신은 문학에 대해 참 이상한 관념을 가지고 있다. 당신은 부쿠레슈티 대학에서 박사 학위를 받은 모양이지? 염세주의자라는 비난을 받고 있는 작가를 내가 변호해야 될 줄은 몰랐다. 이것은 낯선 변호이다. 나는 변호를 사양한다. 플로베르는 〈좋은 의도에서 예술을 만들어 내는 것이 아니다〉라고 말했으며, 〈대중은 자신들의 환상에 아첨하는 작품들을 원한다〉라는 말도 했다.

10) 그는 긍정적 덕목을 가르치지 않는다.

이제야 본색을 드러냈군. 작가들의 〈긍정적 덕목〉을 근거로, 우리가 작가를 판단해야 하는가? 이제, 나도 잠깐 당신이 하듯이 해야 될 것 같다. 법정에서는 그래야 하니까. 『보바리 부인』에서 『채털리 부인의 사랑』에 이르기까지 모든 외설물 재판 사례들을 보면, 항상 변호인 측에서 검사 측 주장에 유리한 말을 하고, 〈순응하는〉 측면이 있다. 다른 이들은 그것을 전술적 위선이라 부를 것이다. (이 책이 외설적입니까? 아닙니다, 재판장님, 이 책은 독자에게 흉내 내게 만드는 것이 아니라, 구역질 나게 만든다는 것이 우리의 견해입니다. 이 책이 간통을 조장합니까? 아닙니다, 재판장님, 몇 번이고 거듭해서 격렬한 쾌락에 자신을 내맡기는 이 불행한 죄인이 결국 처벌받게 되는 것을 보십시오. 이 작품이 결혼이라는 것을 비난합니까? 아닙니다, 재판장님, 이 책은 천박하고 절망적인 결혼을 묘사하여, 독자들로 하여금 그리스도의 가르침을 따라야만, 그들 자신의 결혼이 행복해질 수 있다는 것을 배우게 합니다. 이 책이 신성 모독을 저질렀습니까? 아닙니다, 재판장님, 이 소설가의 사고는 순결합니다.) 물론 법정의 변론으로서 이런 식의 변론은 성공을 거두어 왔지만, 나는 때때로 이런 유의 변론은, 진정한 문학 작품을 변호할 때의 성실한 도전에 바탕을 둔 행동이 아니라는 씁쓸한 느낌을 갖게 된다. (이 작품이 외설적입니까? 재판장님, 빌어먹을, 우리는 외설적이기를 바랍니다. 그 책이 간통을 조장하고 결혼을 비난합니까? 당신 생각이 옳습니다. 재판장님, 나의 의뢰인이 의도하고자 하는 것이 바로 그것입니다. 이 책이 신성을 모독하고 있습니까? 하나님, 맙소사! 재판장님, 그 문제는 십자가에 못 박히신 예수님이 허리에 두른 옷처럼 명백합니다. 재판장님, 이런 식으로 이야기해 봅시다. 나의 의뢰인은 그가 사는 사회의 가치 있는 것의 대부분이 심한 악취를 내고 있다고 생각하고 이 책을 써서 간음, 수음, 간통, 사제들의 분노를 조장하기를 희망하고 있습니다. 그리고 우리가 일시적으로 당신의 관심을 불러일으켰으므로 하는 말입니다만, 재판장님, 나아가서는 부패한 재판관들의 귓불을 잡아 매달아 놓기를 희망하면서 쓴 것입니다. 변론은 이것으로 충분하다고 생각합니다.)

이처럼 간단히 말하면, 플로베르는 진리의 결과를 외면하지 말고 직시할 것을 가르치고 있다. 그는 몽테뉴와 마찬가지로 의심의 베개를 베고 잠잘 것을 가르친다. 현실의 구성 요소들을 분석하여, 자연이란 항상 여러 장르들을 섞어 놓은 것이라는 점을 관찰하도록 가르치며, 언어를 가장 정확하게 사용하는 법을 가르치고, 도덕이나 사회적 치료약을 찾아 책에 접근하지 말 것을 가르치고 — 문학은 처방서가 아니다 — 그리하여 진리, 미, 감정과 문체의 우월성을 가르친다. 그의 개인적인 삶을 연구해 보면, 그는 용기와 극기와 우정을 가르치고, 지성과 회의와 기지의 중요성, 값싼 애국심의 어리석음, 혼자 자신의 방에 앉아 있을 수 있는 능력의 덕목, 위선에 대한 증오, 교조주의에 대한 불신, 평범하게 말해야 할 필요성을 가르쳐 준다. 당신이 바라는 작가는 바로 이렇게 평할 수 있는 작가들 아닌가(나 자신은 이런 평을 별로 좋아하지 않지만)? 이만하면 충분한가? 지금 당장 내가 할 수 있는 말은 이게 전부이다. 의뢰인을 내가 오히려 난처하게 하고 있는 것 같다.

11) 그는 가학증 환자였다.

쓰레기 같은 고발이다. 나의 의뢰인은 물렁한 사람이었다. 일생 동안 그가 행한 가학적이고, 불친절한 행동이 있었으면 한 가지라도 대보라. 내가 그에 관하여 알고 있는 일 중에 가장 불친절했다고 생각되는 일을 한 가지 이야기하겠는데, 그가 어떤 파티에서 뚜렷한 이유 없이 어떤 여자에게 심하게 구는 것이 목격되었다. 이유를 묻자, 그는 〈그녀가 나의 서재에 꼭 들어가고 싶어 했기 때문이다〉라고 대답했다. 그것이 나의 의뢰인에 관해 내가 알고 있는 가장 최악의 일이다. 터키에서 그가 매독으로 고생하고 있을 때 어떤 창녀와 동침하려고 했던 일이 예외라면 예외이다. 그것은 다소 사기성이 있는 행위임을 인정하지만, 그는 성공하지 못했다. 그녀는 직업상의 정상적인 경계심을 발휘하여, 그를 검진해 볼 것을 요구했고, 그가 거절하자 그를 지체 없이 쫓아내 버렸다.

그는 물론 사드를 읽었다. 교육받은 프랑스 작가가 무엇인들 읽지 않았겠는가? 오늘날의 파리 지성인들에게 사드는 인기 있는 작가라고 들었다. 나의 의뢰인은 공쿠르 형제에게 사드는 〈엉뚱하지만 재미있는 작가〉라고 말했다. 그가 사드의 작품 내용 중에 섬뜩한 몇 가지 기억을 갖고 있는 것은 사실이다. 또 그는 잔혹한 이야기를 즐겼고, 그의 초기 작품에는 무시무시한 구절도 꽤 있다. 그렇다고 해서 그가 〈사드적인 상상력〉을 가졌다고 말할 수 있는가? 나는 이해가 되지 않는다. 당신은 『살랑보』에 충격적인 폭력 장면들이 있다고 구체적인 예를 들고 있는데, 당신은 그런 일들이 일어나지 않았다고 생각하는지 묻고 싶다. 고대 세계는 모두 장미꽃이 활짝 피어 있고, 류트 연주가 흐르고, 곰 기름으로 봉인한 커다란 꿀단지가 있었다고 생각하는가?

11a) 그의 책에는 많은 동물들이 도살된다.

그는 월트 디즈니가 아니다. 그가 잔인함에 관심이 있었다는 것을 인정한다. 그는 모든 것에 관심이 있었다. 그는 사드는 물론 네로에게까지도 관심을 가졌다. 그러나 그가 그들에 대하여 무슨 말을 하는지 들어 보라. 〈이러한 괴물들로 인해 나는 역사를 알게 되었다.〉 이 말을 했던 당시 그의 나이가 17세였다는 것을 분명히 밝혀야겠다. 또 다른 말을 인용하면, 〈나는 실패자뿐만 아니라 승자도 사랑한다〉고 플로베르는 말했다. 내가 말했듯이, 그는 프랑스인이라는 것과 같은 정도로 중국인이 되려고 노력했다. 레그혼[52]에 지진이 일어났을 때, 플로베르는 동정의 울음을 터뜨리지 않았다. 지진의 희생자들에 대한 동정 못지않게 수세기 전 어떤 독재자의 맷돌을 돌리다가 죽은 노예들을 동정하고 있었기 때문이다. 너무 심하다고 생각하는가? 그것을 역사적 상상력을 소유한 것이라고 할 수 있다. 그것은 그저 한 세계의 시민이 아니라 모든 시대의 시민이 되는 것이라고 할 수 있다. 그것을 플로베르는 〈기린이나 악어에서 인간에 이르기까지, 살아 있는 모든 것과 하나님 안에서 형제가 되는 것〉이라고 표현하고 있다. 그런 것이 바로 작가이다.

12) 그는 여성들에게 잔인했다.

여성들은 그를 사랑했다. 그는 여성들과 어울리기를 좋아했고, 여성들도 그와 어울리는 것을 좋아했다. 그는 여성에게 친절했고, 그들과 시시덕거리기도 했다. 그들과 동침도 했다. 단지 그들과의 결혼은 원치 않았다. 그것이 죄가 되는가?

---

[52] Leghorn. 이탈리아 북부 리루리아 해안에 있는 항구 도시 리보르노의 영어명.

그의 성적 태도는 그의 시대와 계층의 그것을 그대로 보여 주는 것이다. 하지만 19세기 사람 중에 누가 채찍형을 면할 수 있겠는가? 적어도 그는 성적인 문제에 있어서는 솔직했기 때문에 바람기 있는 처녀보다는 창녀를 선호했다. 이처럼 그는 위선적이지 않고 솔직했기 때문에 더 많은 고통을 당했는데, 예컨대 루이즈 콜레와의 관계가 그러했다. 그가 그녀에게 사실대로 말할 때 그것은 잔인한 소리로 들렸다. 그러나 그녀는 사실 골칫거리였지 않았나? (나 스스로의 질문에 내가 대답을 하자면, 그녀는 귀찮은 여자였다. 물론 귀스타브 측의 이야기밖에 듣지 못했지만 그녀는 성가신 여자로 보인다. 누군가가 그녀의 이야기를 써야 할 것 같다. 그래, 루이즈 콜레 자신의 입장을 재구성해 보아야 한다. 내가 해도 좋을 것이다. 그래, 내가 해야겠다.)

내가 그렇게 말하면, 당신의 기소 내용 대부분은 한 가지 죄목 즉, 〈그가 우리를 알았다면 그는 우리를 좋아하지 않았을 것이다〉로 재분류될 수 있을 것이다. 만약 이런 기소 내용으로 바뀐다면 그는 아마도 유죄를 인정할 마음이 생길 것이다. 그가 우리의 얼굴 표정을 살필 수 있기만 하면 그럴 거라는 말이다.

13) 그는 아름다움을 믿었다.

나의 귓속에 무엇이 들어 있는 것 같다. 아마도 귀지가 좀 들어 있는 모양이다. 잠시 코를 움켜쥐고 고막으로 바람을 내뿜어야겠다.

14) 그는 문체에 미쳐 있었다.

당신은 지금 허튼 소리를 하고 있다. 당신은 아직도 소설이 골Gaul 지방처럼 세 개의 부분 즉, 내용, 형식 그리고 문체로 나누어진다고 생각하는가? 그렇다면, 당신은 이제 소설에 떨리는 첫걸음을 내딛고 있는 것이다. 소설 창작을 위한 몇 가지 격언이 필요하겠지? 좋다. 형식은 사고의 육체(이 낡은 비유는 이미 플로베르 시대에도 진부했다) 위에 걸친 외투가 아니다. 형식은 사고의 육체 그 자체이다. 내용 없는 형식이 없듯이, 형식 없는 내용은 상상할 수 없다. 예술의 모든 것은 어떻게 표현되는가에 달려 있다. 벼룩의 이야기라도 알렉산더의 이야기만큼 아름답게 만들어 낼 수 있다. 당신의 감정에 근거하여 쓰되, 그런 감정이 진실된 것인지 확인하고, 그 외의 모든 것은 내버려 두어라. 어느 한 줄이 훌륭하면, 그것은 어느 한 범주를 초월하게 된다. 한 줄의 산문도 한 줄의 시만큼 영원한 것이 되어야 한다. 우연히 당신이 좋은 글을 쓰게 되면 사람들은 내용이 없다고 비난한다.

위의 모든 격언은 부예가 말한 한 가지를 제외하고 모두 플로베르의 것이다.

15) 예술이 사회적인 목적을 지녔다고 그는 믿지 않았다.

그렇다. 그는 믿지 않았다. 이것은 피곤한 일이다. 조르주 상드는 〈당신은 쓸쓸함을 제공하고, 나는 위로를 제공한다〉고 썼다. 그 말에 플로베르는 〈나의 견해를 바꿀 수는 없다〉고 대답했다. 예술 작품은 쓸데없이 사막에 서 있는 피라미드와 같다. 자칼들이 그 밑에 와서 오줌을 깔기고, 부르주아 등산가는 그 꼭대기로 기어오른다. 이런 식의 비유를 계속해 보라. 예술은 뭔가를 치료해야 한다고 생각하는가? 〈조르주 상드 구급차〉를 불러오라고 해라. 예술은 진리를 말해야 한다고 생각하는가? 그렇다면 〈플로베르 구급차〉를 불러오라고 해라. 그러나 구급차가 도착해 당신의 다리를 치어도 놀라지 마라. 〈시는 아무것도 발생하게 하지 않는다〉는 오든의 시구(詩句)에 귀를 기울여라. 예술이 고상한 정신을 앙양시키기 위해서나 자신감을 제공하기 위해 고안된 어떤 것이라고 생각하지 마라. 예술은 브래지어가 아니다. 적어도 영어의 의미에서는 아니다. 그러나 브래지어가 프랑스어로는 구명복임을 잊지 마라.

11
루이즈 콜레의 이야기

 자, 내 이야기를 들어 보세요. 꼭 들려 드리고 싶어요. 이렇게 팔짱을 끼고 우리 함께 걸어요. 나는 할 이야기가 많아요. 당신은 그 이야기들을 좋아할 거예요. 부두를 따라 걷다가 저기 있는 다리 — 아니, 두 번째 다리 — 를 건너요. 가는 길에 적당한 곳에서 코냑을 마시면서, 가스등이 희미해질 때까지 기다리다, 다시 이곳으로 돌아와요. 자, 놀라신 건 아니겠지요? 아니면, 왜 그런 표정이세요? 절 위험한 여자라고 생각하세요? 그래요, 예의로 그러시는 줄로 생각하고 — 찬사로 받아들일게요. 아니면…… 혹시, 내가 이제부터 하려는 이야기 때문에 놀라신 건가요? 아…… 자, 이제 저의 청을 뿌리치기엔 너무 늦었어요. 당신은 나와 팔짱을 꼈고 이제 와서 뺄 수도 없을 테니까요. 어쨌든, 나는 당신보다 나이가 더 많아요. 나를 보호하는 것이 당신의 임무예요.
 나는 누구를 비방하는 일에 관심이 없어요. 당신이 원하시면 손목을 잡아도 좋아요. 네, 거기요. 이제 맥박을 느껴 보세요. 오늘 밤 누구에게 복수할 마음 따위는 없어요. 어떤 친구들은 〈루이즈, 불에는 불로, 거짓에는 거짓으로 상대해야 한다〉고 말하기도 해요. 그러나 나는 그렇게 하고 싶지 않아요. 물론 나도 한때는 거짓말을 하기도 했어요. 나는 — 당신네 남자들이 좋아하는 말로 뭐라더라? — 음모를 꾸민 적도 있답니다. 그렇지만 여자들은 약해졌을 때 음모를 꾸미고, 두렵기 때문에 거짓말을 해요. 남자들은 강할 때 음모를 꾸미고, 오만하기 때문에 거짓말을 해요. 동의하지 않는다고요? 나는 단지 내가 본 대로 이야기하는 거예요. 당신의 견해는 다를 수도 있다는 것을 인정해요. 그렇지만 당신은 내가 얼마나 평온한지 보고 계시지 않나요? 나는 강하다고 느낄 때 평온할 수 있어요. 그러니까 — 뭐라고요? 강하다면 어쩌면 나도 남자처럼 음모를 꾸밀지 모른다고요? 자, 우리 너무 그렇게 어렵게 이야기하지 마요.

나의 삶에서 귀스타브는 꼭 필요한 사람은 아니었어요. 사실을 직시하세요. 당시 나는 서른다섯 살이었고, 아름다웠으며…… 명성도 얻었어요. 나는 먼저 엑스를, 다음에는 파리를 정복했어요. 또 아카데미시인상을 두 번이나 받았어요. 나는 셰익스피어도 번역했고 빅토르 위고는 나를 누이동생이라고 불렀어요. 베랑제는 나를 시의 여신이라 불렀어요. 저의 사생활을 말하자면, 남편은 자신의 분야에서 존경을 받고 있었어요. 저의…… 후원자는 이 시대에 가장 뛰어난 철학자였어요. 빅토르 쿠쟁[53]의 작품을 읽지 않으셨다고요? 그렇다면 꼭 읽어 보세요. 마음을 사로잡는 사람이에요. 진실로 플라톤을 이해하는 유일한 사람이에요. 당신네 나라의 철학자 밀과 친구였어요. 그리고 — 다음으로 — 뮈세, 비니, 샹플뢰리도 친구이거나, 곧 친구가 되었어요. 나는 내가 정복

---

53 Victor Cousin(1792~1867). 프랑스의 철학자, 정치가. 철학과 종교와의 조화를 설명했다. 저서에는 『근대 철학사 강의』, 『진선미에 대하여』 등이 있다.

한 사람들에 대해 자랑하고 있는 것이 아니에요. 그럴 필요도 없어요. 그러나 당신은 내가 말하고자 하는 것을 알고 있을 거예요. 나는 촛불이었고, 플로베르는 나방이었어요. 소크라테스의 애인이 이 무명 시인에게 체면 불구하고 미소를 지었다는 거지요. 그에게 잡힌 사람은 나였지, 내가 그를 잡은 것이 아니에요.

우리는 프라디에[54]의 작업실에서 만났어요. 나는 그곳의 따분함을 익히 알고 있었지만, 그는 물론 그렇지 못했어요. 조각가의 아틀리에, 자유로운 대화, 나체 모델, 화류계와 사교댄스계가 혼합된 것이 그 집의 분위기였어요. 그것은 모두 내게 친숙한 것이었어요(불과 몇 년 전에도 나는 거기에서 아실 플로베르란 이름의 등이 뻣뻣한 의대생과 춤을 춘 적이 있었으니까요). 물론, 나는 그곳에 구경하러 갔던 것은 아니에요. 나는 거기서 프라디에의 모델 노릇을 하고 있었어요. 거기서 귀스타브가 어땠냐고요? 가혹하게 말하고 싶지는 않지만, 그를 처음 본 순간 나는 그가 어떤 유형인지 단번에 알아봤어요. 그는 덩치가 크고, 덜떨어진 시골뜨기로, 예술가 동아리에 끼려고 안달하다가 드디어 끼어든 것을 알고 안도하는 그런 사람이었어요. 나는 그들이 시골에 가서 겉으로는 자신 있는 체하지만 사실은 두려워하며 어떻게 말하는지 알고 있어요. 「이봐, 프라디에의 아틀리에에 가봐, 거기 가면 너의 애인이 될 젊은 여배우를 언제나 만날 수 있을 거야. 그녀 역시 좋아할 거야.」 그래서 툴루즈, 푸아티에, 보르도, 루앙 등지의 소년들은 내심 파리로의 긴 여행을 걱정하지만, 머릿속은 속물근성과 욕정으로 가득하게 돼요. 아시다시피 나

---

54 Jean-Jacques Pradier(1792~1852). 프랑스의 조각가. 릴과 스트라스부르, 콩코르드 광장 등에 있는 조각 작품이 그의 대표작이다.

자신이 촌뜨기였으니까 그들을 잘 알아요. 나는 10여 년 전에 엑스에서 왔어요. 내가 먼 길을 왔기 때문에, 다른 사람들이 멀리서 왔는지 여부도 금방 알아챌 수 있었어요.

귀스타브는 스물네 살이었어요. 내게 나이 따위는 문제가 되지 않아요. 중요한 것은 사랑이에요. 내 인생에 귀스타브는 필요하지 않은 사람이었어요. 만약 내가 애인을 구하고 있었다면 ― 당시 남편의 경제력이 아주 좋았다고는 할 수 없었고 철학자 쿠쟁과의 우정에도 약간 문제가 있긴 했지만 ― 귀스타브를 택하지는 않았을 거예요. 그러나 나는 뚱뚱한 은행가 타입은 좋아하지 않아요. 게다가 누가 사랑을 찾고, 선택하고 하나요? 사랑은 선택받는 것이고, 거역할 수 없는 비밀 투표로 선출되는 것 아닌가요?

나이 차이 때문에 얼굴을 붉히지 않았느냐고요? 왜 내가 그래야 하죠? 당신네 남자들은 사랑에는 지나치게 보수적이고, 상상력은 촌스럽기 짝이 없어요. 그래서 우리 여자들은 남자들을 치켜세워 주고 약간의 거짓말로 떠받쳐 주어야 하는 거예요. 그래요. 저는 서른다섯 살이었고, 귀스타브는 스물네 살이었어요. 이 정도로 나이 문제는 넘길게요. 아마 당신은 그냥 넘기고 싶지 않은 모양인데, 그렇다면 당신이 묻지 않은 다른 질문부터 대답해야 되겠군요. 그렇고 그런 관계를 맺은 우리 두 사람의 정신 상태를 알고 싶다면, 굳이 내 쪽을 알아볼 필요까지는 없어요. 귀스타브의 정신 상태만 조사하세요. 왜냐고요? 나는 당신에게 두 가지 날짜를 가르쳐 드릴게요. 나는 1810년 9월 15일에 태어났어요. 당신은 귀스타브의 슐레징거 부인을 기억하겠지요. 그녀는 사춘기 시절에 그의 마음에 처음으로 상처를 남겼고, 모든 것이 숙명적으로 가망 없었던 일이었지만, 그가 은밀히 자랑스러워했던 여자이고, 그가 마음에 울타리를 쌓고 간직했던 여자였어요(그런데도 당신들은 우리 여성들이 공허한 로맨스를 꿈꾸고 있다고 힐난하는 건가요?). 어쨌든 나는 우연히 알게 되었지만 이 슐레징거 부인 역시 1810년, 그리고 역시 9월에 태어났어요. 정확하게 나보다 8일 후인 23일, 아시겠어요?

당신은 나를 스스럼없는 태도로 쳐다보는군요. 당신은 내게서 귀스타브가 애인으로 어땠는지 듣고 싶어 하는군요. 내가 알기로는 남자들은 그런 일에 대해 진지한 표정으로, 조금은 경멸적으로 이야기해요. 마치 지난번 식사를 코스별로 묘사하듯 말해요. 아주 초연한 태도로 말이에요. 여자들은 그렇지 않아요. 물론 여자들이 즐겨 하거나 강조하는 이야기의 세부 사항 중에는 남자들이 좋아하는 육체적인 내용이 있기는 해도 그건 아주 드문 일이에요. 우리는 성품 — 좋든 나쁘든 — 을 알아볼 수 있는 징후를 찾아요. 남자들은 그들을 우쭐하게 하는 그런 징후만 찾지요. 남자들은 침대에서 허영이 매우 심해요. 여자들보다 훨씬 더해요. 그 밖에는 남녀가 거의 같다고 생각해요.

다른 사람이 아닌 당신이고, 내가 말하고 있는 게 바로 귀스타브이기 때문에 좀 더 솔직하게 대답할게요. 그는 항상 사람들에게 강의하듯 예술가의 정직성에 관해 이야기하고, 예술가는 부르주아처럼 말할 필요가 없다고 했어요. 자, 이부자리를 조금 들추면, 비난받아야 할 사람은 바로 그였어요.

나의 귀스타브는 무척 열정적인 사람이었어요. 그와 만날 약속을 정하는 것은 — 정말이지 — 쉬운 일이 아니었어요. 하지만 일단 그가 약속 장소에 나오면…… 낮에 어떤 일로 다투었든 밤의 사랑에서는 한 번도 싸운 적이 없었어요. 우리는 전광석화처럼 포옹했고, 그럴 때는 격렬한 신비감과 부드러운 즐거움이 뒤엉켰어요. 그는 미시시피 강에서 물 한 병을 가져와 사랑의 표시로 나의 가슴에 세례를 줄 계획이라고 말했어요. 그는 정력적인 젊은이였으며, 나는 그 힘에 기뻐했어요. 그는 언젠가 나에게 보낸 편지에서 〈당신의 거친 애인이 아베롱에서〉라고 서명했어요.

그 역시 정력적인 남자들이 갖는 끊임없는 망상에 사로잡혀 있었어요. 그래서 여자들이란 하룻밤에 몇 번 다시 공격해 오는가로 남자들의 열정을 잰다고 생각했어요. 글쎄, 어느 정도는 그렇지만, 그걸 부정할 사람이 어디 있나요? 그것은 치켜세우는 이야기 아니겠어요? 그러나 궁극적으로 중요한 것은 그게 아니에요. 얼마 후에는 그런 것을 무용담으로 생각하는 듯해요. 귀스타브는 자신이 즐겼던 여자들에 대해 이야기하는 습성이 있었어요. 그는 그가 자주 들렸던 시고뉴 거리에 있는 어떤 창녀를 회상하면서, 〈나는 그녀에게 다섯 방을 쏘았다〉고 내게 으스대고는 했어요. 그는 늘 이런 표현을 썼어요. 나는 그것이 좀 상스럽다고 생각했으나 신경 쓰지 않았어요. 당신이 알다시피 우리는 둘 다 예술가였기 때문이에요. 그러나 나는 그 은유를 음미해 보았어요. 어떤 사람에게 더 많은 사격을 하면 할수록 끝에 가서는 그들이 죽게 될 가능성이 더 많아져요. 남자들이 원하는 게 그건가요? 남자들은 자신이 남자답다는 것을 증명하기 위해 시체를 필요로 하나요? 남자들은 그런 것 같아요. 또 여자들은, 남자를 우쭐하게 해야 한다는 논리적 이유로, 그런 황홀한 순간에도 잊지 않고 〈오, 나 죽어! 나 죽어!〉 따위의 교성을 지르지요. 한판의 사랑이 끝난 뒤에 나는 자주 머리가 가장 맑은 상태임을 발견하게 되고, 실제로 사물들이 또렷하게 보이면서 시가 떠오르는 걸 느꼈어요. 그러나 나는 시를 흥얼거려 나의 영웅을 방해하지 않고, 대신 만족한 송장 흉내를 내요.

우리는 밤의 사랑에서 조화를 이루었어요. 귀스타브는 수줍어하는 사람이 아니에요. 그의 취향도 옹색하지는 않았어요. 나는 — 내가 얌전 떨 필요는 없겠지요 — 그와 잠자리를 한 여자들 중에 가장 아름답고, 가장 명성이 높고, 가장 바람직한 여자였어요(내게 라이벌이 있었다면, 나중에 말씀드리겠지만, 그 이상한 매춘부였어요). 그는 때로 나의 아름다움을 대하고는 안절부절못했고 때로는 불필요하게 즐거워했어요. 저는 이해해요. 저 이전에 창녀들, 바람기 있는 처녀들, 친구들이 있었어요. 에르네스트, 알프레드, 루이, 막스 등이 내가 생각하기에 그가 거느렸던 무리였어요. 남색으로 다져진 동아리인 셈이지요. 아니, 아마도 그들을 그렇게 부르는 것은 공평하지 못한 일일지도 몰라요. 저는 정확히 누구와, 정확히 언제, 정확히 무엇을 했는지는 모르지만, 귀스타브가 파이프의 이중적 용도에 싫증 낸 적이 없다는 것을 알아요. 엎드려 누워 있는 나를 응시하는 일에도 싫증 낸 적이 없다는 것 역시 나는 알아요.

당신도 알다시피 나는 달랐어요. 창녀들은 절차가 복잡하지 않아요. 바람기 있는 처녀들도 역시 돈이면 해결돼요. 남자들은 달라요 — 우정, 아무리 그것이 깊더라도, 그것에는 뻔한 한계가 있어요. 그러나 사랑? 그리고 자아 상실? 그리고 어떤 동반적이고 평등한 관계? 그는 그런 모험을 감행하지 않았어요. 나는 그의 매력을 충분히 끈 유일한 여인이었고, 그는 자신이 두려워 나를 모욕하려 했어요. 귀스타브를 불쌍하게 여겨야 한다고 나는 생각해요.

그는 자주 내게 꽃을 보내고는 했어요. 특별한 꽃이지요. 관습을 따르지 않는 연인의 관습에 따른 행동이었어요. 한번은 그가 내게 장미 한 송이를 보냈어요. 그는 어느 일요일 아침 크루아세에 있는 자신의 정원 울타리에서 그것을 꺾었대요. 그리고 다음과 같이 썼어요. 〈내가 이 꽃에 키스하니, 빨리 이 꽃을 당신의 입에 갖다 대시오, 그다음 — 어디다 놓아야 할지 알지요……. 안녕! 수많은 키스를 보내오. 나는 밤부터 낮까지, 낮부터 밤까지 당신과 같이 있고 싶소.〉 누가 그런 감상을 뿌리칠 수 있겠어요? 나는 그 장미에 입을 맞추고, 그날 밤 침대에 누워 그가 바라던 자리에 장미를 놓았어요. 아침에 깨어나 보니, 밤 사이 움직여서 장미의 향기로운 꽃잎이 떨어져 있었어요. 침대 시트에서는 크루아세 냄새가 났지만, 그때까지는 아직 크루아세가 내게 금지된 장소인 줄은 몰랐어요. 나의 두 발가락 사이에 꽃잎 하나가 있었고, 나의 오른쪽 허벅지 안쪽에 가벼운 생채기가 나 있었어요. 열정적이지만 서툴렀던 귀스타브는 장미 가지의 가시를 떼는 것을 깜빡 잊었거든요.

다음에 보낸 꽃은 그렇게 행복한 꽃이 아니었어요. 귀스타브는 브르타뉴로 여행을 떠났어요. 내가 소동을 피운 것이 잘못인가요? 석 달이라니! 우리가 사귄 지 1년도 채 안 되었고 게다가 파리 사람들 모두 우리의 사랑을 알고 있는데, 석 달씩이나 뒤 캉과 함께 여행하기로 하다니! 우리는 조르주 상드와 쇼팽 같은 사이가 될 수 있을 테고 어쩌면 그들보다 더 화려한 연애를 할 수도 있을 텐데! 그런데 귀스타브는 만만하고 수상쩍은 관계의 사내와 함께 석 달 동안이나 사라지겠다고 고집하는 거예요. 이래도 내가 소동을 피운 게 잘못인가요? 그것은 노골적인 모욕이고, 나를 창피하게 하려는 시도가 아니고 무엇이겠어요? 그런데도 내가 공개적으로 그에 대한 나의 감정을 표현하자(나는 사랑을 부끄러워하지 않아요 — 그럴 이유가 있어요? 필요하다면 철도역 대합실에서도 사랑을 고백할 거예요), 그 사람 말이 내가 자기에게 창피를 주고 있다는 거였어요. 생각해 보세요! 그는 나를 버렸어요. 그가 떠나기 전에 나에게 보낸 그의 마지막 편지에 나는 절교라고 써놓았어요.

물론, 그것이 그의 마지막 편지는 아니었어요. 폐허가 된 성과 칙칙한 성당들에 흥미가 있는 체하며(석 달!), 그 지루한 시골길을 활보하다가 곧 나를 그리워하기 시작했어요. 자신의 잘못을 사과하고 사랑을 고백하면서 제발 답장을 보내달라는 애원의 편지들이 도착하기 시작했어요. 그는 언제나 그런 식이었어요. 크루아세에 있을 때는, 뜨거운 모래와 나일 강의 환영(幻影)을 꿈꾸었고, 나일 강가에 있을 때는 습기 많은 안개와 크루아세의 환영을 꿈꾸었어요. 물론 그는 여행을 진정으로 좋아하지는 않았어요. 그는 여행이라는 관념과 여행의 기억만을 좋아했을 뿐, 여행 그 자체는 좋아하지 않았어요. 뒤 캉의 말로는 귀스타브가 좋아하는 여행이란 침대에 누워 풍경이 그를 스쳐 지나가는 그런 여행이라고 하는데, 그 점만은 나도 동의해요. 그 유명한 두 사람의 동방 여행동안, 뒤 캉(가증스러운 뒤 캉, 믿지 못할 뒤 캉)의 말에 따르면, 귀스타브는 여행하는 동안 내내 무기력한 상태로 시간을 보냈다고 해요.

어쨌든 그 사악한 친구와 함께 단조롭고 시대에 뒤떨어진 그 지역을 도보로 여행하면서, 귀스타브는 샤토브리앙의 무덤 곁에서 꺾은 꽃을 내게 보냈어요. 그는 생말로의 조용한 바다와 분홍빛 하늘, 상큼한 공기에 대한 편지를 썼어요. 멋진 풍경 아니겠어요? 바위투성이 곶(串)에 위치한 낭만적인 무덤, 그리고 머리를 바다로 향하고, 오고 가는 조류의 흐름을 영원히 들으며 그곳에 누워 있는 위대한 샤토브리앙. 자신의 내부에서 천재성이 솟구쳐 오르는 젊은 작가가 그 무덤가에 무릎을 꿇고, 서서히 사라지는 분홍빛 저녁 하늘을 바라보며 영원을 생각하고 — 젊은이들이 하는 그런 식으로 — 덧없는 삶의 본질과 위대함이 가져다주는 위안들을 명상하다가, 샤토브리앙의 유해에 뿌리내린 꽃 한 송이를 꺾어 파리에 있는 애인에게 보낸다……. 그런 제스처에 내가 어떻게 감동하지 않을 수 있었겠어요? 물론 감동했어요. 그러나 얼마 전 받은 편지에 절교라고 써 놓은 사람이 무덤에서 꺾은 꽃을 보냈을 때는 어떤 여운이 있다는 생각을 하지 않을 수 없었어요. 그리고 또한 귀스타브의 편지는 생말로에서 40킬로미터 떨어진 퐁토르송에서 보낸 것임을 주목하지 않을 수 없었어요. 귀스타브는 자신을 위해 꽃을 꺾었다가 40킬로미터쯤 간 뒤에 그 꽃에 싫증이 난 것이 아닐까? 아니면 혹시 — 이런 생각이 내게 떠오르는 것은 내가 귀스타브라는 사람과 함께 자서 전염되었기 때문인데 — 다른 곳에서 꺾은 꽃이 아니었을까? 그런 제스처가 필요하다는 것을 뒤늦게야 비로소 생각한 것 아닐까? 뒤늦게 생각한 꾀를 뿌리칠 수 있는 사람이 있을까, 더구나 사랑에서?

내가 보낸 꽃 — 많은 꽃들 중에서 내게 가장 기억에 남는 것 — 은 내가 말한 적이 있는 그 장소에서 꺾은 것이었어요. 윈저 공원에서 꺾은 꽃, 그것은 나의 비극적인 크루아세 방문에서 모욕적인 문전 박대를 당하고, 그 야만성과 그로 인한 고통과 전율을 경험한 이후의 일이었어요. 틀림없이 당신은 다른 이야기를 들었겠지요? 그러나 진상은 명백해요.

나는 그를 만나야 했어요. 우리는 이야기를 해야 했어요. 미용사를 해고하듯 사랑을 버릴 수는 없잖아요. 그는 파리에 있는 나를 찾아오지 않았어요. 그래서 내가 그에게 갔어요. 나는 기차를 타고 (이번에는 망트를 지나), 루앙에 갔어요. 나는 배를 타고 크루아세까지 내려갔어요. 나의 마음속에서 희망과 공포가 다투고 있는 동안 늙은 뱃사공은 물결과 씨름했어요. 낮고 흰 멋진 영국식 집 한 채가 우리의 시야에 들어왔어요. 그 집은 나를 비웃고 있는 것 같았어요. 나는 배에서 내렸어요. 그리고 쇠창살 문을 밀었지만 그 이상 들어갈 수 없었어요. 귀스타브는 내가 들어가는 걸 거부했어요. 안마당에 있는 어떤 늙은 아낙네가 나를 몰아냈어요. 그는 나를 그곳에서 만나지 않고, 내가 묵고 있는 호텔에서 만나겠다고 했어요. 지옥 같은 강을 다시 노를 저어 돌아갔어요. 귀스타브는 따로 증기선을 탔어요. 그는 강에서 우리를 앞질러 나보다 먼저 도착했어요. 그것은 하나의 어릿광대극이자 비극이었어요. 우리는 호텔로 함께 갔어요. 저는 말을 했지만, 그는 들으려고도 하지 않았어요. 저는 행복의 가능성에 대해 말했어요. 그는 제게 행복의 비밀은 먼저 행복해하는 것이라고 말했어요. 그는 저의 고통을 이해하지 못했어요. 그는 자제하는 태도로 저를 포옹했는데, 그것은 모욕적이었어요. 그는 저더러 빅토르 쿠쟁과 결혼하라고 말했어요.

저는 영국으로 떠났어요. 저는 한순간도 더 이상 프랑스에 머무를 수 없었어요. 제 친구들도 저의 돌발적인 행동을 지지했어요. 그리고 런던으로 갔어요. 그곳에서 저는 환영받았어요. 많은 유명 인사를 알게 되었어요. 나는 마치니를 만났고 구이치올리 백작 부인을 만났어요. 백작 부인과의 만남은 나의 기분을 고양시켰어요 — 우리는 곧 친한 친구가 되었어요 — 그렇지만 개인적으로는 슬픈 일이었어요. 조르주 상드와 쇼팽, 구이치올리 백작 부인과 바이런…… 그들처럼 루이즈 콜레와 플로베르를 이야기할 날이 올까요? 솔직히 고백하면 그 만남은 오랫동안 내게 아주 큰 슬픔을 안겨 주었어요. 나는 그런 슬픔을 이성적으로 참아 내려 했어요. 우리는 어떻게 될 것인가? 나는 어떻게 될 것인가? 과감하게 사랑하는 일이 잘못된 것인가? 나는 계속 나 자신에게 묻고 있었어요. 그것이 잘못된 일인가요? 대답해 주세요.

나는 원저로 갔어요. 담쟁이로 뒤덮인 멋지고 둥근 탑이 생각나요. 나는 공원을 돌아다니다가 귀스타브를 위하여 나팔꽃 한 송이를 꺾었어요. 그가 항상 꽃들에 대해 저속할 정도로 무식했음을 말하지 않을 수 없어요. 꽃들의 식물학적 측면에 무식한 게 아니고 — 그는 (여자의 마음을 제외하고는) 다른 것들은 거의 모두 공부한 사람이었으므로, 어떤 단계에서 꽃에 대해 모든 것을 공부했을 거예요 — 꽃들의 상징적 측면에 무식했다는 거예요. 꽃말은 매우 우아한 거예요. 유연하고, 품격이 있고, 정확해요. 꽃의 아름다움을 빌려서 감정의 아름다움을 전달하고자 할 때…… 그건, 루비를 선물 받는 것보다 더 행복한 거예요. 꽃이 시든다는 사실 때문에 행복은 더욱 절실해요. 그러나 그 꽃이 시들 때쯤, 그는 어쩌면 이미 또 다른 꽃을 보냈을 거예요…….

귀스타브는 그러한 것을 몰랐어요. 그는 아무리 열심히 공부한다 해도 꽃말에 대한 구절은 두 가지밖에 외울 수 없었던 사람이었어요. 글라디올러스가 꽃다발 중앙에 있으면 꽃의 숫자로 약속 시간을 나타낸다는 것, 그리고 페튜니아는 편지가 남의 손에 들어갔음을 알린다는 것 정도였어요. 그는 그런 변변치 못하고 실용적인 용도로만 꽃말을 이해했어요. 자, 이 장미를 줄테니(색깔이 어찌되었건, 꽃말에는 다섯 가지 다른 장미에 다섯 가지 다른 의미가 있지만), 첫째 것은 입술에 갖다 대고, 그다음 것은 허벅지 사이에 놓으라고 말하는 사람이에요. 그런 것은 귀스타브나 할 수 있는 여성에 대한 난폭한 친절이에요. 확신하건대 그는 나팔꽃의 의미를 이해하려 하지 않았을 것이고, 또 노력을 했더라도 잘못 이해했을 거예요. 나팔꽃으로 보낼 수 있는 메시지는 세 가지가 있어요. 흰 나팔꽃은 당신은 왜 나를 피하나요를 의미하고, 분홍은 당신에게 나를 바친다는 걸 의미하며, 파란 건 나는 우리의 사이가 좋아질 날을 기다린다는 걸 의미해요. 당신은 내가 원저 공원에서 선택한 꽃 색깔을 짐작할 수 있을 거예요.

도대체 그는 여자를 이해한 남자였을까요? 나는 자주 그것을 의심했어요. 나일 강의 매춘부인 쿠추크 하넴과 그의 관계 때문에 우리가 다투었던 일을 나는 기억해요. 귀스타브는 여행하는 동안 줄곧 일기를 썼어요. 나는 그것을 읽어도 되냐고 물었어요. 그는 거절하고, 나는 다시 청하고, 옥신각신했어요. 마침내 그는 허락했어요. 적혀 있는 내용들은…… 유쾌한 것이 아니었어요. 귀스타브가 동방의 매력이라고 생각한 것이 내게는 추잡하게 느껴졌어요. 고급 창녀, 그것도 값비싼 창녀가 욕지기나는 찌든 빈대 냄새를 감추기 위해 백단향 기름을 흠뻑 뒤집어쓴대요. 그래 그것이 기분을 좋게 하고, 그것이 아름다운지 묻고 싶어요. 그것이 희귀하고, 멋진 일인가요? 아니면 더럽고 구역나도록 흔한 일인가요?

그러나 중요한 것은 아름다움에 관한 것이 아니에요. 적어도 여기에서는 아니에요. 내가 불쾌감을 표시했는데, 귀스타브는 그것을 단지 질투로 해석했다는 데 문제가 있어요(물론 조금은 질투를 느꼈어요 — 사랑하는 사람의 은밀한 일기를 읽다가 자신에 대한 언급은 하나도 발견하지 못하고, 대신 벌레 같은 창녀에 대한 언급만 무성할 때 누군들 질투가 안

나겠어요?). 내가 단지 질투를 한다고 귀스타브가 생각한 것도 이해할 수 있는 일이에요. 그러나 이제 그의 논법을 들어 보고, 여자의 마음을 어떻게 이해하고 있는지 들어 보세요. 그는 내게 쿠추크 하넴을 질투하지 말라고 말했어요. 그녀는 동방 여자이고, 동방의 여자는 기계이고, 그런 기계에는 한 남자와 그다음 남자가 똑같다는 거예요. 그녀는 그에게 아무런 감정도 없고, 이미 그를 잊었고, 계속 무료하게 담배를 피워 대다가, 목욕을 하러 나가고, 눈꺼풀 위에 색을 칠하고 커피를 마시고 있다는 거예요. 그녀는 육체적인 즐거움도 거의 조금밖에 느끼지 못할 것이 틀림없는데, 그 이유는 모든 쾌락의 근원인 그 유명한 단추 모양의 생살을 어린 나이에 이미 절제했기 때문이라는 거예요.

그런 식으로 위안을 하다니! 그렇게 위로하려 들다니! 그녀가 아무런 쾌감도 느끼지 못하니까 나는 질투를 느낄 필요가 없다니! 이런 사람이 바로 사람의 마음을 이해하고 있다고 주장하는 사람이에요! 그녀는 절단된 기계이다. 게다가 그녀는 이미 그를 잊었다. 그런 식의 말로 내가 위안을 받아야 하나요? 그런 호전적인 위로는 나로 하여금 나일 강에서 그와 짝을 지었던 그 이상한 여인을 더욱 생각하게 했어요. 우리는 서로 얼마나 다를 수 있을까? 나는 서양 여자이고, 그녀는 동방 여자이다. 나는 온전하고, 그녀는 신체 일부가 잘렸다. 나는 귀스타브와 마음의 교류를 깊게 나누고, 그녀는 순간적인 육체적 거래로 만났다. 나는 독립적이고 창의력 있는 여자이고, 그녀는 남자와의 거래에만 의존하는 새장 속의 피조물이다. 나는 신중하고 단정한 문화인, 그녀는 더럽고 냄새나는 야만인이다. 이상하게 들릴지 모르지만 나는 그녀에게 관심을 갖게 되었어요. 동전은 항상 그 이면에 매력을 느끼는 것이 사실이에요. 몇 년 후, 이집트로 여행을 갔을 때 나는 그녀를 찾아 나섰어요. 나는 에스네라는 곳에 갔어요. 그녀가 살았다는 더러운 소굴을 찾아냈지만 그녀는 그곳에 없었어요. 아마 내가 온다는 소식을 듣고 도망쳤나 봐요. 어쩌면 우리가 서로 만나지 못한 편이 더 좋았는지도 몰라요. 동전의 이면은 서로 보아서는 안 되니까요.

귀스타브는 내게 줄곧 모욕을 주고는 했어요. 처음부터 그랬어요. 그에게 직접 편지도 쓰지 못하게 했어요. 나는 뒤캉을 통해 편지를 보내야 했어요. 크루아세로 그를 만나러 가지도 못하게 했어요. 그는 내가 그의 어머니를 만나는 것도 허락하지 않았어요. 사실 언젠가 파리의 어느 길모퉁이에서 그녀를 소개받은 적이 있었는데도 말이에요. 플로베르 부인도 자신의 아들이 나에게 너무 심하게 한다고 생각했다는 것을 나는 우연히 알게 되었어요.

그는 다른 여러 가지 방법으로 나를 모욕했어요. 그는 내게 거짓말을 했고, 그 외에도 그의 친구들에게는 나에 대해 비방했어요. 그는 진실이라는 성스러운 이름으로 내가 쓴 것들 대부분을 조소했어요. 그는 내가 몹시 궁핍하다는 것을 모르는 체했어요. 그는 이집트에서 싸구려 창녀에게서 사랑의 병을 얻었다는 것을 자랑했어요. 그는 내가 사랑의 표시로 그에게 준 인장을 『보바리 부인』에서 조롱함으로써 공개적으로 내게 저속한 복수를 했어요. 예술에는 사적 감정이 개입되어서는 안 된다고 주장한 그가 말이에요!

귀스타브가 나를 어떻게 모욕했는지 이야기하겠어요. 우리의 사랑이 시작되었을 때, 우리는 선물들 — 작은 징표들 — 을 교환하고는 했는데, 선물 그 자체로는 작은 의미였지만 보내는 사람의 정성이 담겨 있는 것이었어요. 그는 내가 그에게 준 작은 슬리퍼 한 켤레를 몇 달이고, 몇 년이고 기뻐하며 간직했어요. 이제는 태워 없어졌으리라고 생각해요. 언젠가 그는 나에게 문진 — 그것도 그의 책상 위에 놓여 있던 것 — 을 선물했어요. 나는 크게 감격했어요. 한때 그의 산문을 꼭 누르고 있던 문진이 이제는 나의 시를 꼭 누른다고 생각하니, 그것은 한 작가가 다른 작가에게 보낸 완벽한 선물로 생각되었어요. 아마 나는 너무 자주 이 물건에 대해 이야기했나 봐요. 어쩌면 너무 진지하게 감사를 표했나 봐요. 귀스타브는 내게 말하기를 똑같이 능률적인 임무 수행을 하는 새로운 문진이 있으니, 그 문진을 없애는 게 슬픈 일이 아니었다고 했어요. 어떤 문진인지 알고 싶어, 하고 묻기에 마음대로 하라고 대답했지요. 그의 새로운 문진은 뒷 돛대 조각이라고 말하며 아주 커다랗다는 몸짓을 했어요. 그의 아버지가 늙은 어부의 엉덩이에서 수술용 핀셋으로 뽑아 낸 것이라고 했어요. 귀스타브는 그가 여러 해 동안 들었던 이야기들 중에 가장 훌륭한 이야기라는 투로 계속해 말하기를, 그 어부는 돛대 조각이 어떻게 그곳에 들어가게 되었는지 도대체 알 수 없다고 주장했다고 했어요. 귀스타브는 머리를 뒤로 젖히고 크게 웃었어요. 그가 가장 흥미로워한 것은, 이 경우, 그 나무 조각이 어느 돛에서 나온 것인지 사람들이 어떻게 알았느냐는 것이었어요.

그는 왜 그렇게 나를 모욕하려 했을까? 사랑하는 사이에서 흔히 그러하듯, 처음에 그를 매료시켰던 것들 — 나의 쾌활함, 소탈함, 남자들과의 평등 감각 — 이 그를 짜증나게 만들었기 때문은 아니라고 믿어요. 그런 것이 아니라는 것은, 그는 처음부터 또 내게 홀딱 빠져 있을 때조차 이런 이상하고 곰 같은 태도로 행동했기 때문이에요. 그가 보낸 두 번째 편지에서 〈나는 요람을 보면 무덤을 생각하게 된다. 벌거벗은 여자를 보면 나는 해골이 된 그녀를 생각한다〉라고 썼어요. 이러한 것들은 사랑하는 사람이 가질 수 있는 일상적인 정서가 아니에요.

아마 후대 사람들은 내가 경멸받을 만하니까 그가 나를 경멸했고, 그는 위대한 천재이므로 그의 판단이 분명히 옳았을 거라고 쉽게 말할 거예요. 그것은 그렇지 않아요. 절대로 그렇지 않아요. 그는 나를 두려워했고, 그렇기 때문에 나에게 잔인했어요. 그는 흔한 방식과 진기한 방식 두 가지로 나를 두려워했어요. 첫 번째는 많은 남성들이 애인(또는 아내)들이 그들을 잘 알고 있기 때문에 여성들을 두려워하듯 나를 두려워했어요. 덜떨어진 성인 남자 중에는 여성들에게 자신을 잘 이해시키기 위해 그들의 비밀을 여성에게 몽땅 털어놓기도 해요. 그러고 나서 상대방이 자신의 모든 것을 속속들이 알게 되면 남성들은 자신에 대해 잘 알고 있는 여성을 증오하는 거예요.

두 번째는 ― 더욱 중요한 거예요 ― 그는 자기 자신을 두려워했기 때문에 나를 두려워했어요. 그는 나에 대한 사랑에 완전히 빠져 드는 것이 두려웠던 거예요. 내가 그의 서재와 그의 고독을 침범할 것이라는 단순한 두려움이 아니라 내가 그의 마음에 파고드는 것을 두려워했던 거예요. 그는 나를 멀리하고 싶었기 때문에 나에게 잔인했던 거예요. 그러나 그가 나를 멀리하려 했던 것은 나에 대한 사랑에 완전히 빠져 드는 것이 두려웠기 때문이에요. 나의 은밀한 믿음을 말씀드리겠는데, 귀스타브는 겨우 절반밖에 느끼지 못했지만 그에게 나는 삶을 상징하는 존재였고 따라서 나를 거부하는 것은 그에게 아주 깊은 수치심을 불러일으켰으므로 오히려 나에 대한 거부가 더욱 격렬했다는 거예요. 이것이 내 잘못인가요? 나는 그를 사랑했어요. 내가 그에게 다시 나를 사랑할 기회를 주는 것보다 더 자연스러운 일이 또 있겠어요? 나는 단지 나 자신을 위해서만이 아니라 그를 위해서도 싸웠던 거예요. 나는 그가 왜 자신에게 사랑을 용납하지 못하는지 그 이유를 알 수 없었어요. 그는, 행복에는 세 가지 전제 조건 — 어리석음, 이기심 그리고 건강 — 이 있다고 했고, 그중에서 그가 확실히 갖고 있는 것은 단지 두 번째 것뿐이라고 말했어요. 나는 그와 논쟁하고 반박도 했지만, 그는 행복이란 불가능한 것이라고 믿으려 했어요. 그러한 믿음이 묘하게도 그에게 위안이 되었기 때문이에요.

그는 사랑하기 어려운 남자였음은 분명해요. 그의 마음은 냉담했고 위축되어 있었어요. 그는 그것을 부끄러워했고, 조심했어요. 진실한 사랑이란 상대방이 떠나거나, 죽더라도, 아니 배신했을지라도 남아 있는 것이라고 언젠가 그가 나에게 말했어요. 진실한 연인들은 10년 동안 만나지 않고도 변치 않는다고도 했어요(나는 그런 말에 감동하지 않았어요. 나는 단지 내가 떠나거나, 배신하거나 또는 죽으면 그는 편안한 마음을 가질 것이라고 생각했을 뿐이에요). 그는 자신이 나를 사랑하고 있다는 사실을 우쭐대기를 좋아했어요. 그러나 결코 그렇게 성급한 사랑은 없을 거예요. 그는 내게 〈인생은 말을 타는 것과 같다〉고 쓴 편지를 보낸 적이 있어요. 〈나는 한때 전속력으로 달리는 것을 좋아했지만, 이제는 천천히 걷는 것을 좋아한다.〉 그가 그런 글을 썼을 때는 아직 서른 살도 되기 전이에요. 그는 이미 때도 되기 전에 늙어 버리기로 작정한 거예요. 반면에 나를 위해서는…… 질주! 질주! 바람에 머리카락을 날리며, 허파에서 큰 웃음을 쥐어짜며!

자신이 나를 사랑하고 있다는 생각이 그의 허영심을 치켜세웠어요. 내가 믿기로, 항상 나의 육체를 갈망하면서도 또 항상 그 성취를 스스로 억제하는 것 역시 그에게 숨은 쾌감을 주었어요. 욕망의 억제는 욕망의 발산과 마찬가지로 그를 즐겁게 했어요. 그는 자주 내게 다른 여자들보다 여성스러움이 부족하다고 말했어요. 내가 육체적으로는 여성이지만 정신적으로는 남성이라고 했어요. 나를 제3의 성, 새로운 양성체라고 말했어요. 그는 내게 이런 어리석은 이론을 여러 번 이야기했지만 사실은 그 자신에게 말하는 것이었어요. 그가 나를 여성스럽지 않다고 생각할수록 그도 연인이 될 필요가 그만큼 줄어들거든요.

그가 내게서 가장 원하는 것은 지적인 동반자 즉, 정신적인 관계를 맺는 것이라고 나는 마침내 믿게 되었어요. 『보바리 부인』을 열심히 쓰고 있던 여러 해 동안(그가 주장하는 것만큼 열심히는 아니었을 테지만) 그리고 하루가 끝나면 육체적 위안은 그에게는 너무 부담스러웠고 그가 완전히 통제할 수 없는 일들이 너무 많았기 때문에 그는 지적 위안을 구했어요. 탁자에 앉아, 편지지 한 장을 펴 놓고 나를 향해 자신의 감정을 쏟았어요. 그런 모습이 좋아 보이지 않나요? 제가 그렇게 되도록 한 것은 아니지만 귀스타브의 거짓된 것들을 충실히 믿었던 날들은 이제 끝났어요. 덧붙이자면 그는 미시시피 강물로 나의 가슴에 세례를 준 적도 없어요. 우리 사이에 물병이 오고 간 경우는, 그의 머리칼이 빠지는 것을 방지하기 위해 내가 그에게 타부렐[55]을 보냈을 때뿐이었어요.

그렇지만 정신적인 관계라는 것도 우리의 심정적인 관계보다 그리 쉽지 않았음을 나는 당신에게 말할 수 있어요. 그

---

55 Taburel. 양모제(養毛劑) 상품명.

는 거칠고, 서투르고, 위협적이고 오만한가 하면 부드럽고, 감상적이며, 열정적이며, 헌신적이기도 했어요. 그는 규칙을 몰랐어요. 그는 나의 감정을 제대로 알려고 하지 않았듯이, 내 생각들도 충분히 알기를 거절했어요. 물론 그는 모든 것을 안다고 했어요. 그는 자신은 정신적으로 예순 살이고, 나는 겨우 스무 살이라고 말했어요. 또 내가 포도주를 마시지 않고 물만 마시면 위암에 걸릴 것이라고 그는 항상 말했어요. 그는 나에게 빅토르 쿠쟁과 결혼해야 한다고도 말했어요 (그 문제에 관한 빅토르 쿠쟁의 의견은 내가 플로베르와 결혼해야 한다는 것이었어요).

그는 나에게 작품을 보내기도 했어요. 『11월』이라는 작품이었어요. 그것은 힘없고 평범한 작품이었어요. 나 혼자 그렇게 생각했을 뿐 누구에게도 논평하지 않았어요. 그는 『감정 교육』 초고도 보냈어요. 나는 그리 깊은 감동을 받지 못했어요. 그러나 내가 어떻게 그것을 칭찬하지 않을 수 있겠어요? 그는 내가 그 작품을 좋아했다고 해서 나를 꾸짖었어요. 그는 『성 앙투안의 유혹』을 또 보냈어요. 나는 진정으로 그것을 칭찬했어요. 그는 다시 나를 꾸짖었어요. 그러고는 내가 칭찬했던 부분들이 가장 손쉽게 쓴 곳들이라고 말하는 것이었어요. 내가 조심스럽게 개작을 제안한 부분들은 그 책을 허약하게 만들 것이라고 단언했어요. 그는 내가 『감정 교육』에 보인 〈과잉 흥분〉에 〈질겁〉을 했어요. 발표작도 없는 무명의 시골뜨기가 유명한 파리의 시인(그가 사랑하고 있다고 주장하는 사람)으로부터 칭찬의 말을 듣고 감사하는 방법이 바로 그러한 것이었어요. 그의 작품에 대한 나의 논평들은, 그가 나에게 예술 강의를 늘어놓게 하는 짜증스러운 구실로서만 가치가 있었어요.

물론 나는 그가 천재라는 사실을 알고 있어요. 나는 그를 항상 대단한 산문 작가라고 여겼어요. 그는 나의 재능을 과소평가했지만, 그렇다고 그것이 내가 그를 과소평가할 이유는 되지 않아요. 뒤 캉은 귀스타브와 여러 해 우정을 나누었다고 자랑하고 다니면서도 그가 천재라는 사실을 항상 부정했지만 나는 그와 달라요. 나는 우리 시대 작가들의 공적을 토론하는 만찬에 참석해 왔는데, 뒤 캉은 새로운 이름이 제기될 때마다 무한히 세련된 말로 일반적인 견해를 수정하고는 했어요. 마침내 누군가가 참지 못하고 〈그렇다면, 뒤 캉, 우리의 귀스타브는 어떤가?〉 하고 물었어요. 뒤 캉은 회심의 미소를 띠고, 재판관 같은 깐깐한 태도로 다섯 손가락 끝으로 나머지 다섯 손가락 끝을 톡톡 치면서, 〈플로베르는 보기 드물게 능력 있는 작가이지만 건강이 나빠서 천재 작가가 되지는 못했다네〉 하고 대답했는데, 귀스타브를 성으로 호칭해서 나는 충격을 받았어요. 당신이 들었더라면 그가 자기 회고록 쓰는 연습을 하고 있다고 생각했을 거예요.

내 작품은 어떠냐 하면, 나도 당연히 귀스타브에게 작품을 보냈어요. 그는 나의 문체가 나약하고, 느슨하고, 진부하다고 말했어요. 제목들은 모호하고, 과장되고, 학자인 체하는 여류 문인의 냄새가 난다고 불평을 늘어놓았어요. 그는 사로잡다와 사로잡히다의 차이에 대해 학교 선생님처럼 내게 강의했어요. 그가 나를 칭찬하는 방법은 암탉이 알을 낳듯이 자연스럽게 썼다고 말하거나 아니면 어떤 작품을 신랄하게 비판하여 작살낸 뒤에 〈내가 지적하지 않은 다른 것들은 모두가 《우》나 《수》쯤 줄 수 있다〉고 의견을 덧붙이는 것이었어요. 그는 나에게 가슴으로 쓰지 말고, 머리로 글을 쓰라고 했어요. 빗질을 많이 해야 머리카락이 윤기가 나듯 문체도 똑같다고 말했어요. 작품 속에 자신을 쑤셔 넣지 말고, 사물들을 시화(詩化)하지 말라고(나는 시인인데) 그는 말했어요. 그는 내가 예술에 대한 사랑은 가지고 있지만, 예술에 대한 신앙은 없다고 말했어요.

물론 그가 원하는 것은 내가 가능한 한 그가 쓰는 것처럼 쓰는 것이었어요. 이것은 내가 작가들에게서 자주 보게 되는 허영이에요. 그 작가가 특출하면 할수록 이 허영심은 더욱 뚜렷하게 나타나요. 그들은 모든 사람들이 그들처럼 써야 한다고 믿고 있어요. 물론, 그들만큼 잘 쓰라는 게 아니고, 그들과 같은 방식으로 쓰라는 거예요. 이렇게 큰 산들은 작은 언덕의 출현을 고대해요.

뒤 캉은 귀스타브에게는 시에 대한 감성이 조금도 없다고 말하고는 했어요. 뒤 캉 같은 사람의 의견에 동의하는 것이 별로 즐겁지는 않지만 나는 그 말에 동의해요. 귀스타브는 시에 관해 우리에게 강의를 한 적이 있지만 — 그 내용은 자신의 것이라기보다는 부예의 강의 내용이었어요 — 그러나 그는 시를 이해하지 못했어요. 그 자신은 시를 쓰지 않았어요. 그는 산문에 시의 힘과 능력을 주고 싶다고 말하고는 했어요. 그러나 이 계획에는 우선 시를 규격대로 재단한다는 생각이 포함된 것처럼 보여요. 그는 그의 산문이 객관적이고, 과학적이며, 개인의 존재를 드러내지 않고, 의견 제시도 하지 않기를 원했고 시도 같은 원리로 쓰여야 한다고 판단했어요. 사랑의 시가 어떻게 객관적이며, 과학적이고, 개인의 존재를 보이지 않도록 쓸 수 있는지 말을 좀 해보세요. 정말 가르쳐 주세요. 귀스타브는 감정을 불신했고, 사랑을 두려워했어요. 그는 자신의 이러한 노이로제 증세를 예술적 신조로 발전시킨 거예요.

귀스타브의 허영심은 문학에만 국한된 것이 아니에요. 그는 다른 사람들도 자기처럼 써야 한다는 것뿐만 아니라 다른 사람들도 그가 살아온 것처럼 살아야 한다고 믿었어요. 그는 나에게 〈금욕하며, 자신의 삶을 숨겨라〉라는 에픽테토스의 말을 즐겨 인용했어요. 나에게! 여자이고, 시인이고, 그것도 사랑의 시인에게! 그는 모든 작가들이 시골에서 이름 없이 살아가며, 마음에서 우러나오는 자연스러운 애정을 무시하고, 명성을 경시하며, 지긋지긋한 촛불 곁에서 난해한 책이나 읽으면서 몹시 힘들고 고독한 시간을 보내기를 원했어요. 물론 그것이 천재를 키우는 올바른 방법일 수도 있지만, 그것은 또한 재능의 숨통을 막는 방법이기도 해요. 귀스타브는 이 점을 이해하지 못했고, 나의 재능이 순간적이고 돌발적인 감정이나 기대하지 않았던 만남 즉, 삶에 의존하고 있다는 사실을 알지 못했어요. 정말이에요.

귀스타브는 그가 할 수만 있었다면 나를 은둔자, 파리의 은둔자로 만들었을 거예요. 그는 항상 내게 사람들을 만나지 마라, 이러저러한 편지에 답장하지 마라, 이 찬미자를 너무 심각하게 생각하지 마라, X백작을 애인으로 삼지 말라고 충고했어요. 그는 나의 작품을 위해서라며 사교계에서 낭비한 한 시간은 내가 책상에 앉아 있을 한 시간을 빼앗는 것이라고 말했어요. 그러나 나는 그렇게 작업하지 않았어요. 잠자리 목에 멍에를 메워서 옥수수 제분기를 끌게 할 수는 없는 것 아니겠어요.

물론, 귀스타브는 자신에게 허영심이 있다는 것을 부인했어요. 뒤 캉은 그의 어느 책에서 — 너무 많아 어느 책인지 잊었어요 — 지나친 고독이 사람에게 미치는 나쁜 영향에 대해 언급했어요. 그는 그러한 고독을, 자만과 허영심이라는 쌍둥이 유아를 젖 먹여 키우는 그릇된 조언자라고 불렀어요. 귀스타브는 이것을 당연히 자신에 대한 개인적인 공격으로 받아들였어요. 〈자만?〉 그는 내게 보낸 편지에 이렇게 썼어요. 〈그것은 그렇다 치고. 허영심이라니? 천만에 허영심은 없어. 자존심은 있지만, 그것은 동굴 속에 살면서 사막을 배회하는 야생의 짐승 같은 것이지. 반면에, 허영심이란 이 가지에서 저 가지로 날아다니며 훤히 보이는 곳에서 재잘대는 앵무새 같은 거야.〉 귀스타브는 자신을 야생 짐승이라 여겼어요. 그는 자신을 초연하고, 용맹스럽고, 고독한 북극곰으로 생각하기를 좋아했어요. 나는 그의 그러한 생각에 맞추어, 그를 아메리카 대평원의 야생 들소라고 부르기도 했지만 그는 사실 앵무새에 불과했을 거예요.

내가 너무 가혹하다고 생각하나요? 나는 그를 사랑했어요. 그렇기 때문에 가혹해도 돼요. 귀스타브는 레지옹 도뇌르 훈장을 바라던 뒤 캉을 경멸했어요. 몇 년 뒤, 그는 도리어 자신이 그것을 받았어요. 귀스타브는 상류 사회를 경멸했어요. 마틸드 공주에게 초대받기 전까지는 그랬어요. 촛불 조명 아래에서 거드름 피우며 스텝을 밟던 시절에 귀스타브가 받은 장갑 대금 청구서 이야기를 들은 적이 있나요? 그는 양복점에 2천 프랑, 그리고 장갑 대금으로 5백 프랑 빚을 지고 있었어요. 5백 프랑이라니! 그는 『보바리 부인』의 판권으로 겨우 8백 프랑밖에 받지 못했어요. 그의 어머니는 그를 빚에서 벗어나게 하려고 땅을 팔아야 했어요. 장갑에 5백 프랑을 쓰다니! 흰 장갑을 낀 북극곰? 아니야 천만에, 앵무새, 장갑을 낀 앵무새예요.

나는 사람들이 나에 관해 뭐라고 말하는지, 그의 친구들이 무슨 말을 하는지 알고 있어요. 그들은 내가 그와 결혼하게 되리라는 허영심을 가졌다고 말해요. 그러나 귀스타브는 우리가 결혼을 했더라면 어땠을 것인지 그려 보는 편지를 여러 번 보냈어요. 그렇게 되기를 바랐던 내가 잘못인가요? 그들은 내가 허영심 때문에 크루아세로 달려가, 그의 집 문간에서 보기에 민망한 장면을 연출했다고 말해요. 그러나 내가 처음 귀스타브를 알게 되었을 때, 그는 빠른 시일 내에 자신의 집을 방문해 달라는 편지를 자주 썼어요. 그렇게 하기를 바랐던 내가 잘못인가요? 그들은 내가 언젠가는 그와 어떤 문학 작품의 공동 저자가 되겠다는 허영심을 가졌다고 말해요. 그러나 그는 나에게 내 소설 중에 하나는 걸작이고, 나의 시 중에 하나는 돌까지도 감동시킬 것이라고 말했어요. 그렇게 되기를 바랐던 내가 잘못인가요?

우리 두 사람이 모두 죽은 후에 우리에게 무슨 일이 일어날지 나는 너무나 잘 알고 있어요. 후세 사람들은, 자연스럽게 속단할 거예요. 사람들은 귀스타브의 편에 설 거예요. 그들은 나를 너무 성급하게 이해해서 나의 관대함을 내게 불리하게 해석하여 애인이 많았던 여자라고 경멸할 것이고, 그들이 이제 즐겨 읽었던 책을 귀스타브가 계속 쓰는 데 잠시나마 방해 할 뻔했던 그런 여자로 치부할 거예요. 누군가는 — 어쩌면 귀스타브조차도 — 나의 편지들을 태워 버릴 거예요. 그의 편지들은(나 자신에게는 가장 불리한 것들조차 나는 조심스럽게 간직하고 있어요) 후세에 남아서 너무나도 이해력이 느린 자들의 편견을 확증시켜 줄 거예요. 나는 여자이고, 자신에게 할당된 명성을 생시에 다 누린 작가이므로, 이 두 가지에 근거해서 후대 사람의 동정이나 이해를 그다지 기대하지 않아요. 신경이 쓰이냐고요? 당연히 신경이 쓰이죠. 그렇지만 오늘 밤에는 복수하고 싶은 생각이 없어요. 나는 단념했어요. 정말이에요. 다시 한 번 나의 손목을 꼭 잡아주세요. 그곳, 그래 맞아요.

12
브레이스웨이트의 통념 사전

Achille (아실)
귀스타브의 형. 턱수염을 길게 기른 애수 띤 모습의 남자. 아버지의 직업과 세례명을 물려받았음. 가족의 기대를 아실이 떠맡음으로써 귀스타브가 자유롭게 예술가가 되도록 함. 뇌연화증으로 사망.

Bouilhet, Louis (부예, 루이)
귀스타브의 문학적 양심이며 산파이고, 그림자이며 왼쪽 고환과 같은 인물로 귀스타브와 흡사한 모습을 지님. 가운데 이름은 야생트. 위인이면 누구나 있어야 하는 생령[56]으로서 귀스타브만큼 성공하지는 못했음. 내성적인 소녀에게 그가 한 친절한 말을 다소 못마땅한 생각으로 인용한다. 〈가슴이 밋밋하면 심장과의 거리가 더 가까운 법이야.〉

Colet, Louise (콜레, 루이즈)
a) 사람을 귀찮게 하고 고집이 세며, 성 관계가 난잡한 여인. 자신의 재능은 없지만, 다른 사람의 천재성을 이해하여

---
56 *Doppelgänger*. 살아 있는 어떤 사람의 다른 반쪽으로 추정되는 영령.

귀스타브와 결혼하려는 수작을 부렸음. 빽빽 울어대는 아이들을 상상해 보라! 귀스타브의 비참한 모습을 상상해 보라! 귀스타브의 행복한 모습을 상상해 보라!

b) 용감하고 정열적이며 크게 오해받은 여인. 무정하고 괴팍하며 촌스러운 플로베르에 대한 사랑으로 괴로워했다. 〈귀스타브가 내게 보낸 편지에는 언제나 예술 또는 자기 자신에 관한 내용이 전부였다〉는 그녀의 불평은 당연했다. 다른 사람을 행복하게 해주고 싶어 하는 죄를 범한 최초의 여성 해방론자.

DU CAMP, MAXIME (뒤 캉, 막심)

사진작가, 여행가, 출세주의자, 파리의 역사가, 예술원 회원. 귀스타브가 항상 깃펜으로 글을 쓴 반면, 그는 철펜으로 글을 썼다. 『르뷔 드 파리』지에 『보바리 부인』을 비판하는 글을 썼다. 부예가 귀스타브의 문학적 분신이었다면, 뒤 캉은 그의 사회적 분신이었다. 그의 회상록에서 귀스타브의 간질을 언급한 후 문학계에서 추방당했다.

EPILEPSY (간질)

작가 플로베르로 하여금 전통적인 이력을 피하게 했고, 인간 플로베르로 하여금 인생을 회피하게 했던 하나의 책략. 문제는 그런 책략이 어떠한 심리적 차원에서 비롯되었는가 하는 것이다. 그런 징후들이 격렬한 심신증(心身症) 현상이었는가? 그저 단순한 간질병이었다면, 그것은 너무나 진부하다.

Flaubert, Gustave (플로베르, 귀스타브)

크루아세의 은둔자. 최초의 현대 소설가. 리얼리즘의 아버지. 낭만주의의 도살자. 발자크와 조이스를 연결하는 가교. 프루스트의 선구자. 자신의 굴속에 있는 곰. 부르주아를 두려워했던 부르주아. 이집트에서는 〈콧수염 양반〉으로 통했다. 성 폴리카르프, 크뤼샤르, 카라퐁, 부주교, 시장, 늙은 영주, 살롱의 바보. 이 모든 직함은 고상한 직함에 무관심한 한 사람이 얻은 것들이다. 〈명예가 명예를 실추시키고, 직함이 품위를 떨어뜨리며, 직업이 지각을 잃게 한다.〉

Goncourts (공쿠르 형제)

플로베르에 대해 〈매우 솔직한 성격이지만, 그가 느끼고 고민하고 사랑하는 것에 대해 이야기할 때는 전혀 솔직하지 못하다〉는 공쿠르 형제의 말을 기억하라. 공쿠르 형제에 대해, 질투심이 강하고, 믿을 수 없는 형제라는 모든 사람의 말을 잊지 마라. 뒤 캉, 루이즈 콜레, 플로베르의 조카딸, 플로베르 자신까지도 모두 신빙성이 없는 사람들이었음을 기억하라. 그러니 사납게 다그쳐라. 우리가 다른 사람에 대해 알려면 어떻게 해야 좋은가?

Herbert, Juliet (허버트, 줄리엣)

〈줄리엣 양.〉 19세기 중반, 외국에서 가정교사를 지낸 영국 여성의 윤리 관념이 어떠했는지는 학문적 연구가 충분히 이루어지지 못했다.

Irony (아이러니)

현대적인 사고방식. 악마의 특징이거나 아니면 제정신의 스노클[57]이다. 플로베르의 소설은 〈아이러니는 동정심을 차단하는가?〉라는 문제를 제기한다. 그의 통념 사전에 아이러니 항목은 없다. 아마 그것 자체로 아이러니를 의도한 것 같다.

Jean-Paul, Sartre (장 폴 사르트르)

『집안의 백치』를 쓰는 데 10년이 걸렸다. 차라리 그때 마오쩌둥주의 논문을 쓰는 것이 더 나았을 것을. 단지 혼자 있기를 바랐던 귀스타브를 끊임없이 괴롭혔던, 루이즈 콜레 같은 지식인. 〈노년에 아무것도 하지 않는 것보다 노년을 낭비하는 것이 더 낫다〉고 결론지어라.

Kuchuk Hanem (쿠추크 하넴)

리트머스 검사. 귀스타브는 이집트의 고급 창녀와 파리의 여류 시인 사이에서 어느 한쪽을 선택해야 했다 — 빈대, 백단향 기름, 면도질한 외음부, 클리토리스 절개와 매독 대(對) 청결, 서정시, 비교적 정절을 지키는 성생활과 여성의 권리의 대결이었다. 그는 이 문제가 백중지세라고 생각했다.

Letters (편지들)

지드에 따르면, 플로베르의 편지들은 걸작이다. 사르트르에 따르면, 그것들은 프로이트 정신 분석 이전의 자유 연상의 완벽한 예이다. 그러니 당신 멋대로 생각하라.

Mme Flaubert (플로베르 부인)

귀스타브의 교도관, 속을 털어놓을 수 있는 친구, 간호사,

---

57 *snorkel*. 잠수함이 잠수 상태로 오래 있을 수 있도록 수면 위로 뻗쳐 놓은 관으로서 공기를 흡입해 들이고 배기가스와 더러운 공기를 배출한다.

환자, 은행가이며 비평가. 그녀는 말했다. 「문장에 대한 너의 광증이 너의 마음을 말려 버렸다.」 그는 이 말이 〈탁월하다〉고 생각했다. 조르주 상드 항목을 참조할 것.

Normandy (노르망디)

항상 습기가 있다. 노르망디 사람들은 교활하고 자존심이 강하며 과묵하다. 고개를 갸우뚱하고 말하라. 「물론 우리는 플로베르가 노르망디 출신임을 잊지 말아야 한다.」

Orient (동방)

『보바리 부인』을 구워 낸 도가니. 플로베르는 낭만주의자로 유럽을 떠났다가 사실주의자가 되어 동방에서 돌아왔다. 쿠추크 하넴 항목을 참조할 것.

Prussians (프로이센인들)

흰 장갑을 낀 반달족, 산스크리트어를 알고 있는 시계 도둑들. 식인종이나 파리 코뮌 지지자들보다 더 무섭다. 프로이센인들이 크루아세에서 퇴각했을 때 사람들은 집을 훈증 소독해야 했다.

Quixote, Don (돈키호테)

귀스타브는 낡은 낭만주의자였나? 플로베르는 저속한 물질주의자 사회에서 방황하는 꿈 많은 기사 계급을 좋아했다. 〈보바리 부인, 그녀가 바로 나다〉라는 구절은 세르반테스가 임종 직전에 그의 유명한 주인공 돈키호테의 출처가 누구냐는 질문을 받았을 때 했던 대답을 인유(引唯)한 것이다. 복장 도착 항목을 참조할 것.

REALISM (사실주의)

귀스타브는 새로운 사실주의자였나? 그는 사실주의자라는 딱지를 공식적으로는 부정하면서 〈내가 『보바리 부인』을 쓴 것은 사실주의를 증오했기 때문이다〉라고 말했다. 갈릴레오도 지구가 태양 주위를 돈다는 것을 공식적으로는 부정했다.

SAND, GEORGE (상드, 조르주)

낙관주의자, 사회주의자, 박애주의자. 플로베르를 만나기 전에는 경멸했으나 만난 뒤에는 사랑했다. 귀스타브의 제2의 어머니. 크루아세에 머무른 후, 그녀는 자신의 전집(77권)을 플로베르에게 선물했다.

TRANSVESTISM (복장 도착)

젊은 시절의 귀스타브는 〈때로는 여성이 되고 싶어 하는 시절이 있다〉고 했다. 장년이 된 귀스타브는 〈보바리 부인, 그녀가 바로 나다〉라고 했다. 그의 주치의 중 한 사람이 그를 〈히스테리 증세가 있는 노파〉라고 말했는데, 플로베르는 그것을 〈심오한〉 진단이라고 평가했다.

USA (미국)

자유의 땅에 대한 플로베르의 언급은 별로 없다. 미래에 대하여 그는 〈미래는 공리주의적, 군국주의적, 미국적, 그리고 카톨릭적 — 매우 카톨릭적 — 이 될 것이다〉라고 썼다. 그는 아마도 교황청보다는 미국의 국회 의사당을 더 좋아했을 것이다.

Voltaire (볼테르)

19세기의 위대한 회의주의자가 18세기의 위대한 회의주의자를 어떻게 생각했는가? 플로베르는 그의 시대의 볼테르였는가? 볼테르가 그의 시대의 플로베르였는가? 〈인간 정신의 역사는 인간 어리석음의 역사.〉 이 말을 한 사람은 두 사람 중에 누구인가?

Whores (매춘부들)

19세기 매독 감염에 필수적 존재로, 매독에 걸리지 않고는 아무도 천재라 주장할 수 없었다. 용기의 빨간 배지를 단 사람들 가운데는 플로베르, 도데, 모파상, 쥘 드 공쿠르, 보들레르 등이 있다. 매독에 걸리지 않은 작가들이 있었는가? 그렇다면 그들은 아마 동성애자들이었을 것이다.

Xylophone (실로폰)

플로베르가 실로폰 소리를 들었다는 기록은 없다. 생상스는 그의 「죽음의 무도」(1874)에서 뼈들이 덜컹대는 소리를 내기 위해 이 악기를 사용했다. 귀스타브가 그 소리를 들었더라면 즐거워했을 것이다. 아마 그는 스위스에서 철금[58] 소리를 들었을 것이다.

Yvetot (이베토)

〈이베토[59]를 보고 죽어라.〉잘 알려지지 않은 이 격언의 출처를 묻는다면, 신비스러운 미소를 머금고 침묵을 지켜라.

---

58 *Glockenspiel*. 관현악에 쓰이는 악기의 하나. 강철 쇳조각을 음계 순으로 늘어놓고 채로 쳐서 소리를 낸다.
59 루앙의 중심 마을로 센 강 근처에 있다.

Zola, Emile (졸라, 에밀)

 위대한 작가는 자신의 제자들까지 책임져야 하는가? 누가 누구를 택하는가? 그들이 당신을 선생님이라 부르면, 당신은 그들의 작품을 경멸할 수 있겠는가? 그와 반대로 제자들의 칭송은 진실된 것인가? 누가 누구를 더욱 필요로 하는가? 제자가 선생을, 아니면 선생이 제자를? 결론은 짓지 말고 토론하라.

13
순수한 이야기

 당신이 어떻게 생각하든, 이것은 순수 이야기이다.
 그녀가 죽었을 때, 처음에는 놀라지 않는다. 사랑에는 죽음을 준비하는 것도 포함되어 있다. 그녀가 죽었을 때, 당신은 사랑을 확인하게 된다. 사랑을 올바로 이해한 것이다. 그것 또한 사랑의 일부이다.
 얼마 지나 미칠 듯한 슬픔이 따르고, 그 후에는 외로움이 덮쳐 온다. 그러나 당신이 기대했던 그런 화려한 고독이 아니고, 그렇다고 세인의 흥미를 끄는 홀아비의 고난도 아니고, 그저 당연한 고독일 뿐이다. 당신은 경천동지에 가까운 어떤 것 — 경사진 계곡에서의 현기증 같은 것 — 을 기대하지만, 그와 같은 것이 아니고, 직업처럼 일상적인 불행일 뿐이다. 우리 의사들은 그런 때 뭐라고 위로의 말을 하는가? 블랭크 부인, 정말 안됐습니다. 물론 한동안 슬프시겠지만 틀림없이 이겨 내실 거예요. 매일 저녁 이것을 두 알씩 드시기 바랍니다. 블랭크 부인, 새로운 취미를 갖는 게 좋을 거예요. 자동차 손질이라든가, 춤은 어떻겠어요? 걱정 마십시오. 여섯 달 정도 지나면 다시 회복되실 겁니다. 언제든지 오셔서 저를 만나십시오. 이봐요, 간호사, 그 여자 또 오면 이 약을 다시 지어 줘요. 난 다시 볼 필요 없으니까 말이야. 죽은 건 그 여자가 아니잖아. 밝은 쪽을 보고 살아야지. 그 여자 이름이 뭐랬더라?

그런데 다음에 사별의 아픔이 당신에게도 일어난다. 사별에 영광이란 없다. 애도란 시간문제일 뿐이다. 일정 기간뿐이다. 부바르와 페퀴셰는 그들의 〈전재(轉載)〉에 〈죽은 친구들을 잊는 방법〉에 대한 조언을 기록하고 있는데, (살레르노 학파의) 트로툴라스는 속을 채워 넣은 암퇘지의 심장을 먹을 것을 추천한다. 나도 언젠가는 이 치료법에 의지해야 할 것이다. 나는 술도 마셔 보았다. 그러나 그것이 무슨 소용이 있나? 음주는 당신을 취하게 한다. 음주가 할 수 있는 일은 고작 그것뿐이다. 지금까지 쭉 그래 왔다. 일을 하면 잊는다고 사람들은 말한다. 일을 해도 소용이 없다. 일을 해도 녹초가 되지 않는 경우가 허다하다. 기껏해야 신경 무기력증에 빠지는 것이 고작이다. 항상 시간이 남는다. 더욱 남는 시간. 여분의 시간. 주체 못하는 시간.

다른 사람들은 당신이 말하고 싶어 한다고 생각한다. 「엘렌에 관하여 말하고 싶습니까?」 그들은 당신이 울음을 터뜨리더라도 당황하지 않으리라는 것을 암시하며, 그런 질문을 한다. 당신은 어떤 때는 말하고, 어떤 때는 말하지 않지만 별 차이가 없다. 말은 적절한 것이 아니다. 그보다는 적절한 말이라는 게 존재하지 않는다. 〈언어란 갈라진 주전자와 같아서 우리가 그것으로 연주를 하면 겨우 곰들이나 장단 맞춰 춤을 춘다. 그런데도 우리는 항상 그 언어로 별들의 공감을 불러일으키기를 갈망한다.〉 말을 해보면 알겠지만, 사별의 감정을 표현하는 말은 어리석을 정도로 부적절함을 발견하게 된다. 마치 다른 사람의 슬픔을 이야기하듯 말하게 된다.

나는 그녀를 사랑했다. 우리는 행복했다. 이제 나는 그녀가 그립다. 그녀는 나를 사랑하지 않았다. 우리는 불행했다. 이제 나는 그녀가 그립다. 명복을 비는 기도의 선택에도 제한이 있다. 그저 정해진 기도문의 음절들을 재잘거릴 뿐이다.

「제프리, 참 안됐습니다만 슬픔을 이기게 될 거예요. 나는 당신의 슬픔을 가볍게 보고 싶지는 않습니다. 당신이 슬픔을 이기게 되리라는 것을 알 수 있을 만큼 내가 인생을 경험했다는 것뿐입니다.」 처방전을 쓰는 동안 당신 자신이 했던 말이다(아닙니다, 블랭크 부인, 그걸 다 드셔도 죽지 않을 겁니다). 그리고 틀림없이 슬픔을 이겨 낼 것이다. 1년이나 5년 뒤에. 그러나 기차가 굴속을 빠져나와 태양이 빛나는 초원 지대를 지나 빠르게 덜컹거리며 영국 해협으로 내려가듯 그렇게 당신이 슬픔에서 빠져나오는 것은 아니다. 갈매기가 기름투성이 물에서 빠져나오듯 당신은 슬픔에서 빠져나온다. 당신에게는 일생 동안 온몸에 타르를 칠하고 새털을 붙여 달고 돌아다니는 것과 같은 아픔이 남는다.

아직도 당신은 그녀를 매일 매일 생각한다. 때로 죽은 그녀를 사랑하는 일에 지친 나머지 그녀가 다시 소생해서 대화를 나누며 만족해한다고 상상하기도 한다. 플로베르는 어머니가 죽은 후, 그의 가정부에게 어머니의 낡은 체크무늬 드레스를 입혀서 가짜 현실로 그를 놀라게 하도록 했었다. 효과가 있기도 했고 없기도 했는데, 장례를 마치고 7년이 지나서도 그는 집 안을 돌아다니는 그 낡은 옷을 보고 계속 울음을 터뜨리고는 했다. 이것은 성공인가 실패인가? 추모인가 방종인가? 우리는 슬픔을 껴안고 그것을 헛되이 즐기기 시작하는 때를 알게 될까? 〈슬픔은 하나의 악이다〉(1878년 편지).

아니면 당신은 그녀의 모습을 지우려고 애를 쓴다. 요사이

나는 엘렌을 기억할 때면 1853년 루앙에 세차게 내렸던 우박을 생각하려고 애쓴다. 〈1등급 우박〉이었다고 귀스타브는 루이즈에게 이야기했다. 크루아세의 과수원은 파괴되었고, 꽃들은 산산이 부서졌고, 채마밭은 엉망이 되었다. 다른 곳에서도 수확물들이 피해를 보았고 유리창도 상당히 깨졌다. 오직 유리 장수들만 행복했다. 유리 장수들과 귀스타브만이. 파괴된 형상들이 그를 기쁘게 했다. 5분 만에, 자연은 인간이 세웠다고 우쭐대며 생각한 부질없는 인공의 질서에 진정한 자연의 질서를 재구축한 것이다. 멜론 재배용 유리 덮개보다 더 어리석은 게 있겠느냐고 귀스타브는 묻는다. 그는 유리를 박살 낸 우박에 갈채를 보낸다. 〈사람들은 태양의 기능이 양배추의 성장을 돕는 것이라고 너무나 쉽게 믿고 있다.〉

이 편지를 읽으면 항상 내 마음이 편해진다. 태양의 기능이 양배추를 키우는 것은 아니므로, 나는 당신에게 순수한 이야기를 하려고 한다.

그녀는 1920년에 태어나, 1940년에 결혼하고, 1942년과 1946년에 아이를 낳고, 1975년에 죽었다.

이야기를 다시 시작하겠다. 몸집이 작은 사람들은 깔끔하다고 한다. 그렇지 않은가? 하지만 엘렌은 그렇지 않았다. 그녀의 키는 5피트가 겨우 넘었지만 동작은 어색했다. 그녀는 곧잘 물건에 걸려 넘어지고는 했다. 그녀는 쉽게 멍이 들었으나 그것을 깨닫지 못했다. 언젠가 나는 그녀가 피카딜리에서 차도로 무심코 발을 내딛는 순간 그녀의 팔을 잡은 적이 있다. 그녀는 외투와 블라우스를 입고 있었지만, 다음 날 그녀의 팔에는 로봇의 집게손에 집힌 듯한 자줏빛 멍이 들어 있었다. 그녀는 그 멍에 대해서 이야기하지 않았다. 내가 그 멍을 지적했을 때도, 그녀는 자신이 도로로 뛰어들었다는 것조차 기억하지 못했다.

 다시 이야기를 시작하자. 그녀는 많은 사랑을 받은 외동딸이었다. 그녀는 많은 사랑을 받은 하나뿐인 나의 아내였다. 그녀는 그녀의 애인이라고 불러야 될 것 같은 그런 사람들에게도 뭐랄까 사랑을 받은 여자였지만, 사랑이란 말은 그중 일부 사람들의 품위를 지나치게 높이는 말이 될 것이 확실하다. 나는 그녀를 사랑했다. 우리는 행복했다. 이제 나는 그녀가 그립다. 그녀는 나를 사랑하지 않았다. 우리는 불행했다. 이제 나는 그녀가 그립다. 어쩌면 그녀는 사랑을 받는 일에 싫증이 나 있었나 보다. 플로베르는 스물네 살 때, 〈나는 이미 성숙하고 말았다. 때가 되기도 전에 성숙한 게 사실이다. 그러나 그것은 내가 온실에서 자랐기 때문이다〉라고 말했다. 그녀는 너무 많은 사랑을 받았는가? 대부분의 사람들은 너무 많은 사랑을 받을 수 없다. 그러나 엘렌은 아마 그럴 수 있었을 것이다. 아니면 그녀의 사랑의 개념이 달랐을지도 모른다. 왜 우리는 항상 다른 모든 사람에게도 사랑의 개념이 똑같다고 생각하는 것일까? 아마 엘렌에게 있어 사랑은 단지 거친 바다의 부두, 멀베리 항구와 같은 것이었는지 모른다. 거친 바다에서 살 수는 없을 것이므로, 해안으로 기어올라, 힘차게 나아가라. 그런 게 바로 사랑이다. 옛 사랑은 어떻게 하고? 옛 사랑이란 석판 기념비를 지키고 있는 녹슨 탱크와 같은 것이다. 전에 여기에서 무엇인가 해방되었다는 기념비. 옛 사랑은 11월 바닷가에 늘어선 벙커들과 같다.

 집에서 멀리 떨어진 마을의 선술집에서 두 남자가 베티 코린더에 관해 이야기를 나누는 것을 들은 적이 있다. 아마 철자는 틀렸을지 모르지만, 그런 이름이었다. 베티 코린더, 베티 코린더 — 그들은 베티라고만 하거나 그 코린더란 여자

말이야 따위로 부르지 않고, 항상 베티 코린더라고 했다. 그녀는 좀 헤픈 여자였던 것 같다. 물론 헤프다는 것은 가만히 앉아서 즐기려는 사람들이 쓰는 과장된 말이다. 이 베티 코린더란 여자는 헤픈 여자였고, 술꾼들은 부러운 듯이 킬킬거렸다. 「사람들이 베티 코린더에 대해 뭐라고 말하는지 너는 알 거야.」 비록 질문이 바로 따르기는 했으나, 그것은 내용을 말하는 것이지, 질문은 아니었다. 「베티 코린더와 에펠 탑 사이의 차이가 뭐냐? 말해 봐, 베티 코린더와 에펠 탑의 차이가 뭐지?」 개인적인 해답을 더듬어 보는 듯 잠깐 동안 침묵이 흘렀다. 「누구나 다 에펠 탑에 올라가 본 것은 아니지.」

나는 200마일 떨어진 곳에 있는 아내를 생각하고는 얼굴을 붉혔다. 그녀는 여러 남자가 자신에 관하여 탐욕스러운 농담을 지껄이는 그런 곳을 들른 적은 없었을까? 나는 알지 못한다. 게다가 나는 과장되게 말하고 있다. 아마 나는 얼굴을 붉히지도 신경을 쓰지도 않았는지 모른다. 베티 코린더가 어떻게 생겼든 아내는 베티 코린더 같은 여자는 아니다.

1872년, 프랑스 문단에서는 간통한 유부녀를 어떻게 다루어야 하는가 하는 문제에 대해 많은 토론이 있었다. 남편이 아내를 벌해야 할 것인가, 용서해야 할 것인가? 『남과 여』에서 뒤마 2세는 복잡하지 않은 충고를 했다. 〈그녀를 살해하라!〉 그 책은 그해에 37쇄를 찍었다.

처음에는 나도 상심했다. 처음에는 신경이 쓰여서 나 자신에 대해서는 별 생각을 못했다. 나의 아내가 다른 남자들과 잠자리를 같이했다. 그렇기 때문에 나는 고민해야 하는가? 나는 다른 여자들과 잠자리를 같이하지 않았다. 그렇기 때문에 나는 고민해야 하는가? 엘렌은 항상 나에게 친절했다. 그렇기 때문에 나는 고민해야 하는가? 간통을 저질렀기 때문에 잘한 것이 아니라 그냥 나에게 잘했다. 나는 열심히 일했고, 그녀는 나에게 좋은 아내였다. 오늘날 당신은 그런 말을 쓰지 않지만, 그녀는 나에게 좋은 아내였다. 나는 바람피우는 것에 별 관심이 없었기 때문에 그렇게 하지 않았다. 게다가 상투적으로 염색 행각을 하는 의사는 아무래도 비위에 거슬린다. 엘렌은 내 생각에 그럴 만한 관심이 있었기 때문에 정사를 즐겼다. 우리는 행복하기도 했고 불행하기도 했지만, 나는 그녀가 그립다. 〈삶을 심각하게 생각하는 것은 멋진 일인가, 아니면 어리석은 일인가?〉(1855년 편지)

당신은 이해하기 어려운 일이겠지만 그녀는 결코 그런 일로 영향을 받지 않았다. 그녀는 타락하지 않았고, 그녀의 정신은 때 묻지 않았으며, 엄청나게 많은 청구서를 받지도 않았다. 때때로 그녀는 제 시간보다 약간 더 오래 집을 비웠다. 그녀가 쇼핑하러 간 시간에 비해 의심스러울 정도로 사 온 것이 적을 때가 많았다(그녀는 그 정도로 분별력이 있었던 건 아니다). 지난 며칠 동안 연극을 보기 위해 시내에 다녀오는 일이, 심할 정도로 잦았다. 그러나 그녀는 성실한 여자여서, 자신의 비밀 생활에 대해서만 거짓말을 했다. 그것에 대해서는 충동적으로, 무모하게 그리고 내가 당황스러워할 정도로 거짓을 말했지만, 그 밖의 다른 것에 대해서는 진실을 말했다. 『보바리 부인』을 기소한 검사가 플로베르의 예술을 평할 때 사용한 구절이 생각나는데, 그는 그 책에 대해 〈사실적이기는 하지만 분별력은 없다〉고 말했다.

아내가 간통을 하면 세련되어 보이고, 남편에게 전보다 더 욕망을 느끼게 하는가? 아니다. 더도 아니고, 덜도 아니다. 그녀가 타락하지 않았다고 한 나의 말에는 이런 의미도 포함되어 있다. 그녀는, 플로베르가 간통한 여인의 특징으로 기술한 비겁한 순종성을 보였는가? 아니다. 그녀도 에마 보바리처럼 〈간통에서 결혼 생활의 모든 진부함을 재발견〉했는가? 우리는 그것에 관하여 논하지 않았다(텍스트상의 주석. 『보바리 부인』 초판에는 〈그녀의 결혼 생활의 모든 진부함〉이라고 되어 있었다. 1862년판에 플로베르는 〈그녀의〉란 소유대명사를 빼고 〈결혼 생활의 진부함〉이란 구절의 공격 폭을 넓히려 했다. 부예가 신중하라고 충고했는데 — 재판이 끝난 지 5년밖에 안 되었을 때이다 — 이에 따라 에마와 샤를 두 사람으로 국한시킨 〈그녀의〉라는 소유대명사는 1862년판과 1869년판에 남아 있다. 마침내 1872년판에는 그 소유대명사가 떨어져 나가고, 결혼 생활에 대한 일반적인 비판이 공개되었다). 나보코프의 말대로, 간통은 인습을 뛰어넘을 수 있는 가장 인습적인 방법이라는 것을 그녀는 알고 있었을까? 내가 그렇게 생각하고 싶지 않았던 것은 엘렌이 그런 식으로 생각하는 여자가 아니었기 때문이다. 그녀는 도전자도 아니고 의식 있는 자유주의자도 아니었고, 돌격자, 질주자, 내닫는 자, 도망자였을 뿐이다. 아마 내가 그녀를 악화시켰을 것이다. 용서하고 그리고 달래는 사람들은 우리의 생각보다 훨씬 더 상대방을 짜증나게 한다. 〈가장 고통스러운 일은 사랑하는 사람과 함께 살지 못하는 것이고, 다음으로 고통스러운 것은 사랑하지 않는 사람과 함께 사는 일이다〉(1847년 편지).

그녀의 키는 겨우 5피트를 넘었고, 환하고 서글서글한 얼굴에 뺨은 분홍빛이었다. 그녀는 결코 얼굴을 붉히지 않았다. 그녀의 눈은 — 전에 말한 대로 — 녹색이 감도는 파란색이다. 신비스러울 정도로 빨리 퍼지는 여성 패션에서, 유행이라고 하면 그녀는 어떤 옷이든 사 입었다. 그녀는 쉽게 옷고, 쉽게 멍들었으며, 모든 일에 저돌적이었다. 그녀는 우리 둘 모두 극장 문이 닫혔을 거라는 걸 알고 있는데도 극장으로 달려갔고, 7월에 겨울 상품 세일 품목을 사러 다녔다. 그녀가 사촌 집에 가서 머물겠다고 했는데, 그다음 날 그 사촌이 그리스에서 휴가 중에 보낸 우편엽서가 도착하기도 했다. 이러한 행동에는 욕망으로만 설명할 수 없는 돌발성이 있었다. 『감정 교육』에서 프레데리크는 아르누 부인에게 그가 로자네트를 애인으로 삼은 것은 〈자포자기에서, 자살을 범하려는 사람의 심정에서〉 한 것이었다고 설명한다. 그것은 물론 간교한 변명이지만 있을 법한 일이다.

그녀의 비밀 생활은 아이들이 태어났을 때 중단되었다가, 아이들이 학교에 들어가자 다시 시작되었다. 가끔씩, 이런 때만 친구인 척하는 자가 귀띔을 해주기도 했다. 어째서 그들은 남편이 그런 비밀을 알고 싶어 한다고 생각하는가? 아니, 왜 그들은 남편이 아직도 모르고 있다고 생각하는가 ─ 왜 그들은 무자비한 사랑의 호기심을 이해하지 못하는가? 왜 이런 일시적인 친구들은 더욱 중요한 일 즉, 남편이 더 이상 사랑받지 못하고 있다는 사실을 알려 주려 하지 않는가? 나는 이럴 때 대화를 바꾸어서 엘렌이 나보다 훨씬 더 사교적이라든가, 의사란 직업은 늘 비방꾼이 있기 마련이라든가 또는 베네수엘라의 대홍수에 관한 기사를 읽었느냐고 말하는 데 익숙하게 되었다. 그러한 경우에 나는 내가 엘렌에게 충실한 남편이 못된다는 느낌이, 아마 잘못된 감정이겠지만, 늘 들었다.

사람들은 우리들이 충분히 행복했던 부부라고 말하지 않겠는가? 얼마만큼 행복한 것이 충분히 행복한 것인가? 〈폐유례가 없는〉이란 말처럼 〈충분히 행복한〉이란 말은 문법적으로 틀린 말로 들리지만 필요에 부응하는 말이다. 내가 이야기했듯이 그녀는 엄청나게 많은 청구서를 받지 않았다. 두 명의 보바리 부인들은(사람들은 샤를이 두 번 결혼했다는 사실을 잊고 있다) 돈 때문에 신세를 망친다. 나의 아내는 결코 그렇지 않았다. 내가 알고 있는 한 그녀는 선물도 받지 않았다.

우리는 행복했다. 우리는 불행했다. 우리는 충분히 행복했다. 자포자기는 잘못된 것인가? 일정한 나이가 지나면 자포자기는 자연스러운 삶의 조건 아닌가? 지금 내가 그렇다. 그녀는 나보다 그 시기가 일렀다. 여러 일을 겪고 나면, 남는 것은 반복과 왜소해짐뿐 아닌가? 누가 계속해서 그렇게 살고 싶어 하겠는가? 괴팍한 사람, 종교적인 사람, (때로는) 예술적인 사람 즉 자신의 가치에 대해 잘못 평가하는 사람들이나 그렇겠지. 부드러운 치즈는 흐물흐물해지고, 단단한 치즈는 딱딱해진다. 그러나 결국에는 둘 다 곰팡이가 핀다.

나는 약간 가상의 이야기를 하겠다. 각색을 해야 한다(이 이야기를 순수한 이야기로 부르기로 한 것은 그런 뜻은 아니지만). 우리 두 사람은 그녀의 비밀 생활에 대해서는 결코 이야기하지 않았다. 그래서 상상으로 사실에 접근해야겠다. 엘렌에게 자포자기하는 심정이 나타나기 시작한 것은 쉰 살쯤부터였다(아니, 꼭 그런 건 아닌 것이 그녀는 늘 건강했다. 폐경기가 빨랐지만 별로 개의치 않았다). 그녀는 남편과 아이들, 애인과 직업을 가지고 있었다. 아이들은 집을 떠났고, 남편은 늘 그렇고 그랬다. 그녀는 친구들과 소위 취미라는 것도 가져 보았다. 그러나 나와는 달리 이미 죽고 없는 귀스타브 같은 외국 작가에게 무모하게 매달리는 그런 취미는 없었다. 그녀는 여행도 많이 했다. 그녀는 이루지 못한 야망이 없었다(〈야망〉이란 단어는 사람들이 일하도록 하는 충동을 뜻하는 단어로는 대개 너무 강한 말이지만). 그녀는 종교적인 여자도 아니었다. 계속 열심히 살 이유가 있겠는가?

〈우리 같은 사람은 자포자기의 종교를 가져야 한다. 우리는 운명과 똑같아져야 한다. 다시 말해 운명처럼 감정이 없어야 한다. 《그렇지! 그러면 그렇지!》라고 말하며, 우리 발밑의 시꺼먼 심연을 내려다봄으로써, 우리는 침착을 유지한다.〉 엘렌은 이런 종교도 갖지 않았다. 그녀가 왜 가져야 하는가? 나를 위하여? 자포자기는 이기심을 버리고 다른 사람들을 먼저 생각하게 한다. 이것은 불공평한 것 같다. 이미 자신들의 무게에 짓눌려 있는 판에 다른 사람들의 안녕까지 그들이 왜 챙겨야 하나?

아마 다른 경우도 있을 것이다. 나이가 들어 가면서 자신의 중요성을 더욱 확신하는 사람들도 있다. 반면에 확신이 줄어드는 사람들도 있다. 나의 삶은 도대체 의미가 있는가? 나의 평범한 삶은 나보다 약간 비범한 사람들의 삶이 이미 결산하고, 흡수해 버려서, 의미 없는 삶이 되어 버리지는 않았는가? 우리보다 더 재미있는 삶을 살고 있다고 판단되는 사람들에게 스스로를 부정하는 것이 우리의 의무라고 말하고 있는 것이 아니다. 하지만 그런 점에서 삶이란 독서와 약간 비슷하다. 전에 내가 말했듯이 어떤 책에 대한 당신의 반응이 전문 비평가에 의해 이미 되풀이되고 확장된 것이라면, 당신의 독서는 무슨 의미가 있겠는가? 그러나 그것은 당신의 것이다. 그와 마찬가지로 당신은 왜 사는가? 그 삶이 당신의 것이기 때문이다. 그러나 그러한 대답에 점점 자신을 갖지 못하게 되면 어떻게 하겠는가?

오해하지 마라. 엘렌의 비밀스러운 삶이 그녀를 자포자기로 이끌어 갔다고 말하는 것은 아니다. 정말이지 그녀의 삶은 도덕적인 이야기가 아니다. 누구의 삶도 마찬가지이다.

내가 말하고자 하는 것은 그녀의 비밀스러운 삶과 그녀의 절망은 그녀의 마음속 같은 내실에 자리를 잡고 있어, 내가 알 수 없다는 것이다. 나는 그녀의 비밀 생활은 물론 그녀의 절망도 만져 볼 수 없었다. 시도해 보았느냐고? 물론 나는 시도해 보았다. 그러나 자포자기의 기분이 그녀를 엄습했을 때 나는 놀라지 않았다. 〈어리석음과 이기심과 건강은 행복의 세 가지 요구 조건이다 — 그러나 어리석음이 없다면 나머지는 소용이 없다.〉 나의 아내는 건강만을 가지고 있었다.

〈삶은 과연 진보하고 있는가?〉 전날 밤, 나는 텔레비전에서 계관시인이 그런 질문을 하는 것을 보았다. 〈내 생각에 오늘날 매우 진보한 것은 치과 의술뿐이다〉라고 그는 자답했다. 그 밖에는 생각나는 것이 아무것도 없다. 단지 골동품 수집가다운 편견인가? 나는 그렇게 생각하지 않는다. 젊은 당신들은 노인들이 삶의 타락을 비탄하는 이유는 그렇게 해야 그들이 후회 없이 죽기가 더 쉽기 때문이라고 생각한다. 나이가 들면, 당신은 젊은이들이 아주 보잘것없는 진보 — 새로운 밸브 또는 톱니바퀴의 발명 — 에 갈채를 보내면서도 여전히 이 세상의 야만성에는 관심이 없는 꼬락서니에 화를 내게 된다. 일이 점점 악화되어 가고 있다는 말이 아니고, 악화되었다 해도 젊은이들이 깨닫지 못할 것임을 말하고 있을 뿐이다. 옛날이 좋았던 이유는 그때 우리는 젊었고, 젊은이가 얼마나 무지할 수 있는지를 모르고 있었기 때문이다.

삶은 진보하고 있는가? 나는 당신에게 나의 대답, 앞서 말한 치과 의술에 해당되는 대답을 제시하겠다. 오늘날 삶에 있어서 매우 진보한 한 가지가 죽음이다. 사실 아직도 진보의 여지가 있다. 그러나 나는 19세기의 죽음에 대해 생각한다. 작가들의 죽음이라고 해서 특별한 것은 아니다. 우연히도 그들의 죽음은 글로 묘사된 죽음일 뿐이다. 소파에 누워서 간질, 뇌졸중 또는 매독 어쩌면 이 세 가지의 합병증으로 쓰러진 — 이렇게 오랜 시간 후에 누가 알 수 있겠는가? — 플로베르를 생각해 본다. 그러나 졸라는 그의 죽음, 거인의 손가락 밑의 곤충처럼 압사한 죽음을 아름다운 죽음이라 했다. 나는 부예가 머릿속에 새로운 희곡 작품을 열심히 쓰면서, 그것을 귀스타브에게 읽혀야 한다고 마지막 헛소리를 하고 있는 모습을 생각해 본다. 나는 쥘 드 공쿠르가 천천히 무너져 가는 것을 생각한다. 처음에는 자음들을 제대로 발음할 수 없어, 그의 입에서 c가 t로 변한다. 그런 다음 자신의 책 제목들을 기억할 수 없게 되고, 백치 같은 초췌한 몰골(그의 형의 말)이 그의 얼굴 위에 퍼져 가고, 그다음 임종의 환상과 공포, 그리고 (그의 형의 말을 다시 빌리면) 젖은 나무를 켜는 톱소리같이 씩씩거리는 숨소리가 밤새 계속된다. 나는 모파상이 같은 병으로 무너져 가는 것을 상상한다. 미친 사람에게 입히는 구속복을 입고 파시의 블랑슈 박사 요양소로 실려 가고, 블랑슈 박사는 자기에게 온 유명한 환자의 소식을 파리의 사교계에 알려 그들을 즐겁게 한다. 보들레르 역시 똑같이 잔혹하게 죽어 간다. 언어 상실증에 걸린 그는 신의 존재에 대해 나다르와 논쟁하며 말없이 석양을 가리킨다. 오른쪽 다리를 절단당한 랭보는 남아 있는 팔다리도 서서히 감각을 잃어 가자 그 자신의 천재성을 스스로 거부하고 절단하며 — 〈시(詩)는 개똥이다〉라고 말한다. 또 알퐁스 도데는 〈45세 장년에서 금방 65세 노인이 되어〉 관절염에 걸리고, 하루 저녁 동안 원기 있고 재치 있게 되려고 자신이 직접 다섯 대의 모르핀 주사를 연달아 놓고, 자살의 유혹에 빠졌다가 〈그러나 인간은 자살할 권리가 없어〉라고 말한다.

⟨삶을 심각하게 생각하는 것은 멋진 일인가 아니면 어리석은 일인가?⟩(1855년 편지) 엘렌은 튜브를 그의 목에 하나, 그리고 붕대를 두른 팔목에 하나 끼고 누워 있다. 하얀 직사각형 통 안에 든 호흡 보조 장치가 생명의 활기를 규칙적으로 부여하고 있고, 모니터가 확인하고 있다. 물론 충동적인 행위였지만 그녀는 이 모든 것으로부터 달음질하여 도망쳤다. ⟨그러나 인간에게 그럴 권리가 없는가?⟩ 그녀는 그럴 권리가 있었다. 그녀는 그것을 의논하지 않았다. 자포자기의 종교는 그녀에게 관심 밖이었다. 심전도의 표시가 모니터 위에 드러났다. 그것은 손으로 쓴 낯익은 글자 같았다. 그녀의 상태는 안정되었지만, 절망적이었다. 오늘날 우리는 환자의 기록표에 심폐 소생술 실시하지 마시오라는 말을 적지 않는다. 잔인하다고 생각하는 사람이 있기 때문이다. 대신 우리는 ⟨333⟩이란 번호를 쓴다. 최후의 완곡어법이다.

나는 엘렌을 내려다보았다. 그녀는 타락하지 않았다. 여기에 순수한 이야기가 있다. 나는 그녀의 스위치를 껐다. 그들이 대신 꺼주기를 원하는지 내게 물었다. 하지만 그녀는 내가 하기를 원했을 것이라고 생각했다. 당연히 우리 두 사람은 그 문제도 논의하지 않았다. 그것은 복잡한 일이 아니다. 호흡 보조 장치의 스위치를 누르면, 심전도의 마지막 흔적이 사라진다. 일직선으로 끝나는 마지막 작별 표시가 나온다. 나는 튜브에서 플러그를 빼고, 손과 팔을 가지런히 한다. 환자에게 너무 부담을 주지 않으려고 그것을 서둘러 한다.

환자. 엘렌. 먼저의 질문에 대한 답으로 내가 그녀를 살해했다고 당신은 이제 말할 수 있다. 당연히 그럴 수 있다. 나는 그녀의 호흡 보조 장치의 스위치를 껐다. 나는 그녀의 생명을 끊었다. 그렇다.

엘렌. 나의 아내. 죽은 지 백 년 되는 어느 외국 작가에 대해서 이해한 것보다도 더 이해하지 못한 사람. 이해하지 못하는 것이 이상한 것인가, 정상인가? 책은 그녀가 이러저러 했기 때문이라고 말한다. 삶은 그녀가 한 행동만 말한다. 책은 일어난 일을 설명해 주는 곳이고, 삶은 설명이 없는 곳이다. 삶보다 책을 더 좋아하는 사람이 있는 것에 대해 나는 놀라지 않는다. 책은 삶을 의미 있게 한다. 유일한 문제는 책이 의미를 부여하는 삶은 당신 자신의 삶이 아니라 다른 사람들의 삶이라는 점이다.

아마 나는 너무 순응적인 모양이다. 나 자신의 상태도 안정적이기는 하지만 절망적이다. 아마 그것은 기질상의 문제일 것이다.『감정 교육』에서 실패한 매음굴의 방문과 그것의 교훈을 기억하라. 행동에 참여하지 마라. 행복은 상상 속에 있는 것이지, 행동에 있는 것이 아니다. 쾌락은 처음에는 기대 속에서 발견되고, 나중에는 기억 속에 남는다. 그런 것이 플로베르식 기질이다. 도데의 사례 그리고 기질과 비교해 보라. 학생 시절에 매음굴에 갔던 도데는 그곳에 이삼 일 머무를 정도로 아주 간단하게 성공했다. 창녀들이 경찰의 단속을 두려워하는 그를 계속 감춰 주었다. 그들은 그에게 콩을 질리도록 먹이고, 그의 응석을 실컷 받아 주었다. 훗날 그가 인정했듯 그는 이 현기증 나는 시련에서 벗어난 뒤로는 여인의 피부 감촉을 평생 갈망하고, 콩을 평생 두려워하게 되었다.

어떤 사람들은 실망과 성취를 두려워하여 기권하고 구경한다. 다른 사람들은 뛰어들어 즐기고 위험을 감수하는데, 최악의 경우 그들은 몹쓸 병에 걸릴 것이고 잘해야 도망쳐 나와 평생 콩을 혐오하게 될 것이다. 나는 내가 어느 쪽에 속하는지 알고 있다. 그리고 나는 엘렌을 어느 쪽에서 찾을 수 있는지도 알고 있다.

생활을 위한 격언들. 완전한 결합이란 희귀하다. 인간성을 바꿀 수는 없고, 그저 알 수 있을 뿐이다. 행복이란 안감이 누더기가 된 자줏빛 외투이다. 연인들이란 하나의 영혼에 두 개의 몸을 가진 샴쌍둥이와 같다. 한 사람이 다른 사람보다 먼저 죽으면 살아남은 자는 시체를 끌고 다녀야 한다. 자존심이 우리로 하여금 여러 사물에 대한 하나의 해답 — 하나의 해결, 하나의 목적, 하나의 최종적 원인 — 을 구하게 한다. 그러나 망원경이 좋으면 좋을수록 그만큼 더 많은 별들이 나타난다. 당신은 인간성을 변화시킬 수는 없고, 그저 알 수 있을 뿐이다. 완전한 결합이란 희귀하다.

격언 중의 격언. 글쓰기와 관련된 진리는 출판을 하기 전에 틀을 짤 수 있지만, 삶의 진리는 이제 너무 늦어서 아무 효과가 없을 때 겨우 그 틀을 짤 수 있다.

『살랑보』를 보면, 카르타고의 코끼리 몰이꾼은 장비에 방망이와 끌을 휴대했다. 전투 중에 코끼리가 통제를 벗어나려 날뛰면 몰이꾼은 그것으로 코끼리의 골을 빠개라는 명령을 받고 있었다. 이러한 일이 일어날 기회가 대단히 많았을 거라고 확신할 수 있는 것은, 코끼리를 더욱 사납게 만들기 위해 처음에 포도주, 향료, 후추를 섞어 먹여 취하게 한 다음, 창으로 찌르며 몰았기 때문이다.

우리 중에 방망이와 끌을 사용할 용기를 가진 사람은 거의 없다. 엘렌은 그런 용기가 있었다. 나는 때때로 사람들의 동정에 당황한다. 〈그런 동정은 그녀에게 더 나쁘다〉고 말하고 싶지만, 나는 하지 않는다. 그리고 그들이 친절하게 마치 내가 아기라도 되듯이 나에게 소풍을 약속하고 윽박지르듯 나 자신을 위한 변호를 내게 시키려고 하면(그들은 어째서 무엇이 나에게 이익이 되는지 내가 모른다고 생각하는가?) 나는 앉아서 꿈꾸듯 그녀를 잠시 생각해 본다. 나는 1853년의 우박과 깨어진 창문들, 다 망쳐진 농작물들, 부서진 받침대, 깨어진 멜론 재배용 유리들을 생각한다. 멜론 재배용 유리보다 더욱 우스꽝스러운 것이 또 있을까? 유리창을 깨뜨린 돌 같은 우박에 갈채를 보내라. 사람들은 태양의 기능을 다소 성급하게 이해한다. 태양의 기능은 양배추들이 자라는 것을 도와주는 데 있는 것만은 아니다.

14
시험지

 수험생들은 네 문제에 답해야 한다. A항의 두 부분 모두와 B항에서 두 문제를 고를 것. 모든 점수는 해답의 정확성에 따라 부여될 것이며 표현이나 글씨체와는 무관함. 익살맞거나 기발한 짧은 해답들은 감점이 될 것임. 시간 : 3시간.

A : 문학 비평

1

 근년에 시험 담당자들이 분명하게 알게 된 것은 수험생들이 예술과 삶을 구별하는 데 점점 어려움을 겪고 있다는 것이다. 누구나 그 차이를 이해하고 있다고 주장하지만 인식한다는 것은 대단히 다르다. 삶이 천연 농산물만을 재료로 한 오래된 시골 요리처럼 풍부하고 부드러운 것이라면, 예술은 주로 인공 색소와 조미료로 만들어진 빈약한, 돈벌이 목적의 과자에 불과하다고 생각하는 사람이 있다. 한편 예술은 더 참된 것으로 충실하고, 생동적이며, 정서적으로 만족스러운 것인 반면, 삶은 가장 형편없는 소설보다도 못해서 이야기도 없고, 재치도 없는 따분한 사람들과 불량배들이 들끓고, 불쾌한 사건들이 충만하고, 가슴 아픈 결말로 끝난다는 것을 예견할 수 있다고 생각하는 사람도 있다. 후자의 관점을 지지하는 사람들은 〈가장 중요한 것은 인생이라고들 하지만 나는 독서를 더 좋아한다〉는 로건 피어설 스미스의 말을 즐겨 인용한다. 수험생들은 답안 작성에 이 말을 인용하지 않기를 바란다.

다음의 진술과 상황들에서 두 개를 임의로 선택하여 그것들이 시사하고 있는 삶과 예술 사이의 관계를 생각하여 보라.

1) 〈그저께, 투크 부근의 숲 속 샘터 옆 근사한 장소에서, 담배꽁초와 파이 조각들이 우연히 내 눈에 띄었다. 그곳으로 누군가 소풍을 다녀갔나 보다! 11년 전, 나는 『11월』에서 이런 상황을 정확하게 묘사한 적이 있다! 그때는 순전히 상상으로 묘사했지만, 이번에 실제 눈으로 목격한 것이다. 상상으로 꾸며 내는 모든 것이 사실임을 확신할 수 있는 경험이다. 시(詩)란 기하학처럼 정확한 주제이다……. 나의 불쌍한 보바리는 지금도 프랑스의 여러 마을에서 틀림없이 고통을 받으며 울고 있을 것이다.〉

루이즈 콜레에게 보낸 편지, 1853년 8월 14일

2) 파리에서, 플로베르는 루이즈 콜레에게 들키지 않기 위해 어쩌면 콜레의 유혹을 피하기 위해 덮개 달린 마차를 타고 다녔다. 루앙에서, 레옹은 에마 보바리를 유혹하기 위하여 덮개 달린 마차를 사용한다. 함부르크에서는, 『보바리 부인』이 출간된 지 1년도 안 돼 마차를 성적 목적으로 임대할

수 있었는데, 이런 마차를 보바리라고 불렀다.

3) (여동생 카롤린의 죽음을 앞둔 자리에서) 〈나의 눈은 대리석처럼 건조하다. 이상하게도 소설 속의 슬픔은 나의 마음속을 열어 감정으로 흘러넘치게 하는데, 현실의 슬픔은 나의 마음을 단단하게 하고 쓰라리게 한다. 슬픔이 일어나자마자 수정처럼 굳어져 간다.〉
막심 뒤 캉에게 보낸 편지, 1846년 3월 15일

4) 〈당신은 내가 그 여인(슐레징거 부인)을 심각하게 사랑했다고 말하지만 그렇지 않다. 그것은 사실이 아니다. 내가 그녀에게 편지를 쓸 때, 펜을 이용해서 마음속의 감정을 표현하는 나의 능력을 발휘할 때는 그녀와의 사랑 문제를 심각하게 생각한 것이 사실이지만, 단 그것은 그녀에게 편지를 쓸 때뿐이었다. 직접 보거나 들으면 아무렇지도 않은 것들이 내가 이야기하거나 — 특히 — 글로 쓰게 되면 나를 크게 감동시켜서 열정이나 초조 또는 고통을 느끼게 하고는 했다. 이것은 바로 나의 협잡꾼 기질이 초래한 결과 중 하나이다.〉
루이즈 콜레에게 보낸 편지, 1846년 10월 8일

5) 주세페 마르코 피에스키(1790~1836)는 루이 필리프의 생명을 노린 음모에 가담해서 악명이 높았다. 그는 탕플 거리에 숙소를 정하고, 인권 협회 회원 두 명의 도움을 받아 20개의 총알을 동시에 발사할 수 있는 〈지독한 살인 기계〉를 만들었다. 1835년 7월 28일, 루이 필리프가 세 아들과 여러 각료들과 함께 말을 타고 지나갈 때, 피에스키는 기성 사회를 향해 일제 사격을 퍼부었다.

몇 년 뒤, 플로베르는 탕플 거리의 같은 장소에 지은 집으로 이사했다.

6) 〈정말 그렇다! 이 시대는(나폴레옹 3세 치하) 훌륭한 작품을 쓸 수 있는 자료를 제공할 것이다. 결국 사물의 보편적 질서에서 볼 때, 쿠데타와 그에 따른 모든 결과는 어쩌면 단지 몇 명의 유능한 문인들에게 매력적인 몇 장면을 제공하기 위해 계획된 것인지도 모른다.〉

플로베르가 뒤 캉에게 한 이야기, 『문학 회상』

2

다음의 인용들이 보여 주는 바에서, 비평가와 비평에 대한 플로베르의 태도가 성숙되는 과정을 규명하라.

1) 〈다음의 것들은 진실로 어리석은 일들이다. a) 좋은 것이든 나쁜 것이든, 모든 문학 비평, b) 금주 협회……〉

『내밀한 비망록』

2) 〈경찰들에게는 본질적으로 대단히 기괴한 어떤 점이 있어 나는 그들을 보면 웃음을 참을 수가 없다. 법을 수호하는 이들은 변호사나 치안 판사 혹은 문학 교수들과 마찬가지로 내가 보기에는 항상 우습다.〉

『시내와 들판을 넘어』

3) 〈한 인간의 가치를 그의 적의 숫자로 평가할 수 있듯이, 예술 작품의 중요성은 그 작품이 받는 공격의 양으로 평가할

수 있다. 비평가들은 벼룩과 같아서, 깨끗한 내의를 사랑하고 모든 형태의 코르셋 끈을 경애한다.〉

루이즈 콜레에게 보낸 편지, 1853년 6월 14일

4) 〈문학의 단계를 위, 아래로 분류할 때 비평은 가장 낮은 단계에 위치한다. 형식적으로는 거의 항상 최저이며, 도덕적으로는 논의의 여지도 없다. 그것은 대구(對句) 짓기나 글자 맞추기보다도 저급하다. 그런 것들은 최소한 약간의 창작력이라도 있어야 하기 때문이다.〉

루이즈 콜레에게 보낸 편지, 1853년 6월 28일

5) 〈비평가! 천재들을 모독하고 강탈하며, 천재들에 빌붙어 사는 영원히 평범한 사람들! 가장 훌륭하고 예술적인 책을 난도질하여 넝마 조각으로 만드는 풍뎅이 족속들! 나는 인쇄물과 인쇄물의 오용에 너무나 넌더리가 나서 황제가 내일이라도 모든 평론의 인쇄를 금지시킨다면 파리까지 무릎을 꿇고 가 그의 엉덩이에 감사의 입맞춤을 하겠다.〉

루이즈 콜레에게 보낸 편지, 1853년 7월 2일

6) 〈문학에 대한 감각이 이렇게 희박한가! 여러 언어와 고고학, 역사 등에 대한 지식이 도움이 될 것이라고 당신은 생각할 것이다. 그러나 전혀 그렇지 않다! 추측하건대 식자층은 예술을 점점 서툴게 취급하는 듯하다. 그들은 예술이 무엇인지조차도 모른다. 그들은 본문보다는 주석이 더 재미있다고 생각한다. 그들은 다리보다 지팡이를 더 중히 여긴다.〉

조르주 상드에게 보낸 편지, 1869년 1월 1일

7) 〈자신이 무엇을 말하고 있는지 알고 있는 비평가를 찾아보기란 얼마나 드문 일인가!〉

외젠 프로망탱[60]에게 보낸 편지, 1876년 7월 19일

8) 〈구식 비평에 식상하여, 그들은 새로운 비평을 추구한답시고 신문에 게재될 연극 비평을 썼다. 이 무슨 뻔뻔스러움이며, 억지인가! 이 무슨 성실성의 결여인가! 걸작들이 모욕을 당하고, 범상한 작품들이 존중되다니! 학자라는 친구들이 저지르는 커다란 실수와 지식인이라는 인간들의 어리석음이여!〉

『부바르와 페퀴셰』

B

경제학

플로베르와 부예는 같은 학교를 다녔다. 그들은 같은 사상을 가졌고 같은 매춘부들과 놀아났다. 미적 기준도 같았고 문학적 야심도 비슷했다. 또 모두 그들의 두 번째 분야로 극작을 시도했다. 플로베르는 부예를 〈나의 왼쪽 고환〉이라고 불렀다. 1854년, 부예는 귀스타브와 루이즈가 애용했던 망트의 호텔에서 하룻밤을 지내고는 〈나는 너의 침대에서 잤으며, 너의 변기에 오줌을 깔겼다(얼마나 이상한 상징법이냐!)〉고 썼다. 시인 부예는 먹고살기 위해 일을 해야 했고, 소설가 플

---

60 Eugéne Fromentin(1820~1876). 프랑스 소설가, 화가, 미술 비평가. 자전적 심리 소설 『도미니크』와 미술 비평 『옛날 거장들』이 있다.

로베르는 그렇지 않았다. 그들의 재정 상태가 그 반대였을 경우, 그들의 작품과 명성에 미쳤을 결과들에 대해 고찰하라.

지리

〈이곳만큼 잠 오게 하는 분위기를 가진 지방은 없다. 플로베르가 느리고 힘겹게 작품을 쓴 것은 이런 분위기가 크게 작용한 것이라고 생각한다. 그는 자신이 단어들과 악전고투하고 있다고 생각했지만 사실은 그 지방의 기후와 어려운 싸움을 했던 것이다. 아마도 건조한 공기가 정신을 고양시키는 다른 풍토의 지역에 살았다면 그는 덜 절박한 상태에서 그처럼 고생하지 않고도 그런 결과들을 얻었을 것이다〉(1931년 1월 26일, 센-마리팀의 퀴베르빌에서 지드가 쓰다). 토론하라.

문학 논리와 의학

1) 아실-클레오파 플로베르는 그의 둘째 아들과 논쟁을 하다가, 아들에게 문학은 무엇을 위한 것이냐고 물었다. 귀스타브는 외과 의사인 아버지에게 질문으로 응수하면서, 그럼 비장(脾臟)은 무엇을 위해 있는 것이냐고 되묻고는, 〈아버지가 그것에 관해 모르듯이 저 역시 모릅니다. 다만 비장이 우리의 몸에 필수적이듯, 시(詩)도 우리의 정신에 필수적이라는 것은 알고 있습니다〉고 말했다. 의사 플로베르가 졌다.

2) 비장은 임파성 조직(또는 백수질)과 혈관망(또는 적수질)의 단위들로 구성되어 있다. 비장은 수명이 다됐거나, 상처받은 적혈구를 핏속에서 제거하는 중요한 기능이 있다. 비

장은 항체를 형성하는 역할을 하는데, 비장을 적출당한 사람은 항체 생산이 감소된다. 터프친*tuftsin*이라고 불리는 테트라펩타이드는 비장 속에서 만들어진 단백질에서 나온다는 증거가 있다. 특히 어린 시절에 비장을 제거하면 뇌막염이나 패혈증에 걸릴 확률이 높지만, 오늘날에는 더 이상 비장을 필수 기관으로 여기지 않는다. 그 이유는 비장을 적출당하더라도 인간의 활동 기능이 크게 손상되는 것은 아니기 때문이다.

위와 같은 사실에서 당신은 어떤 결론을 도출할 수 있는가?

전기와 윤리

막심 뒤 캉은 루이즈 콜레를 위하여 다음의 비명(碑銘)을 썼다. 〈여기에 누운 여자는 빅토르 쿠쟁의 명예를 더럽히고, 알프레드 드 뮈세를 조롱했으며, 귀스타브 플로베르를 욕했고, 알퐁스 카르[61]를 살해하려 했다. 편히 쉬지 말기를.〉뒤 캉은 그의 『문학 회상』에서 이 비명을 공표했다. 이것을 보고 누가 더 훌륭하게 여겨지는가, 루이즈 콜레 아니면 막심 뒤 캉?

심리학

E1은 1855년에 태어났다.
E2는 아마 1855년에 태어났을 것이다.
E1은 행복한 어린 시절을 보냈지만, 성년이 되자 신경성 질병의 경향을 나타냈다.
E2는 행복한 어린 시절을 보냈지만, 성년이 되자 신경성

---

61 Alphonse Karr(1808~1890). 프랑스의 기자이며 작가.

질병의 경향을 나타냈다.

  E1은 보수적인 사람의 눈으로는 난잡한 성생활을 했다.

  E2는 보수적인 사람의 눈으로는 난잡한 성생활을 했다.

  E1은 자신이 재정상으로 어렵다고 믿고 있었다.

  E2는 자신이 재정상으로 어렵다는 것을 알고 있다.

  E1은 청산(靑酸)을 먹고 자살했다.

  E2는 비소(砒素)를 먹고 자살했다.

  E1은 엘리너 막스였다.

  E2는 에마 보바리였다.

  『보바리 부인』의 최초의 영역본 번역은 엘리너 막스가 한 것이었다.

  위 사실에 대하여 논하라.

정신 분석

  1845년, 라말그에서 플로베르가 기록한 다음 꿈의 의미를 생각해 보라. 〈나는 원숭이들이 많이 있는 숲 속에서 어머니와 함께 산책하는 꿈을 꾸었다. 우리가 멀리 걸어가면 갈수록 원숭이 숫자도 늘어났다. 원숭이들은 나뭇가지에 매달려 웃거나 뛰어다녔다. 숫자도 점점 늘어났고, 몸집이 큰 원숭이도 나타났다. 그리고 우리의 길을 가로막았다. 그들이 계속해서 나를 쳐다보았기 때문에 나는 겁이 났다. 그들은 큰 원을 그리며 우리를 에워쌌으며, 그중의 하나는 나를 쓰다듬으려 하면서 나의 손을 잡았다. 내가 총으로 그 놈의 어깨를 쏘자 피가 흘렀고 놈도 무섭게 울부짖기 시작했다. 그러자 어머니가 나에게 〈왜 그에게 상처를 입혔느냐, 그는 네 친구다. 그가 네게 무슨 짓을 했다고 그러느냐? 그가 너를 사랑하고 있음을 알지 못하느냐? 그리고 그는 너를 꼭 닮지 않았느냐!〉고 했다. 그 원숭이는 나를 쳐다보고 있었다. 나는 마치 나의 영혼이 떨어져 나가는 듯한 느낌을 갖다가 잠에서 깨어났는데…… 마치 내가 동물들과 하나가 된 것 같았고, 그들과 다정한 범신론적 교감을 나누며 사귀고 있는 듯한 느낌이 들었다.

우표 수집

프랑스 우표(액면가 8프랑+2프랑)에 귀스타브 플로베르의 모습이 나타난 것은 1952년이었다. 그것은 〈E. 지로〉[62]풍의 평범한 초상화로, 그 소설가는 — 골격이 약간 중국인 같은 — 개성 없는 현대식 셔츠-칼라와 넥타이를 착용한 모습이었다. 그 우표는 국가 구호 기금 조성을 위해 발행된 우표 중에 액면가가 가장 낮았다. 가장 비싼 금액의 우표는 (가격순으로) 마네, 생상스, 푸앵카레, 오스만[63]과 티에르[64]의 것이다.

우표에 실린 최초의 작가는 롱사르였다. 빅토르 위고는 1933년과 1936년 사이에 각기 다른 세 개의 우표에 등장했는데, 한번은 실직 지식인 구호 기금을 돕기 위한 시리즈 우표에 나왔다. 이 기금 우표에 아나톨 프랑스의 초상이 사용된 것은 1937년이었고, 발자크의 것은 1939년, 도데의 풍차

---

62 E. Giraud. 신고전파의 화가.
63 Haussmann(1809~1891). 파리의 미화, 도로 계획, 공익사업 등을 추진한 프랑스 행정관.
64 Louis Adolphe Thiers(1797~1877). 프랑스의 정치가, 역사가. 제3공화정의 초대 대통령을 지냈다.

방앗간은 1936년의 우표에 등장했다. 페탱 정권하의 프랑스에서는 프레데리크 미스트랄[65](1941)과 스탕달(1942)의 기념우표가 발행되었다. 생텍쥐페리, 라마르틴, 샤토브리앙의 것은 1948년에 나타났다. 보들레르, 베를렌과 랭보와 같은 데카당파의 우표는 1951년 집중적으로 발행되었다. 또한 같은 해 알프레드 드 뮈세의 우표가 우표 수집가들에게 선보였다. 플로베르의 뒤를 이어 루이즈 콜레의 침대를 차지했던 사람이지만, 이제는 플로베르보다 1년 먼저 대중들의 봉투에 붙여진 셈이다.

1) 플로베르가 경시당했다고 우리가 대신해서 느껴야 하나? 만일 그렇다면 미슐레(1953), 네르발(1955), 조르주 상드(1957), 비니(1963), 프루스트(1966), 졸라(1967), 생트뵈브(1969), 메리메, 뒤마 1세(1970), 고티에(1972)에 대해서도 우리는 많든 적든 간에 경시당했다고 느껴야 하나?

2) 루이 부예나 막심 뒤 캉 또는 루이즈 콜레가 프랑스 우표에 등장할 가능성을 추정하시오.

음성학

1) 1850년, 플로베르가 체류했던, 카이로의 나일 호텔의 공동 소유자 중 한 사람의 이름은 부바레였다. 플로베르의 처녀작의 주인공은 보바리이고, 마지막 소설의 공동 주인공

---

65 Frédéric Mistral(1830~1914). 프랑스의 시인. 1904년 노벨 문학상 수상. 서사시 「미레요」, 서정시 「황금의 섬」 등이 있고, 저서에 근대 프로방스어 사전인 『펠리브리주 보전』 등이 있다.

은 부바르이다. 그의 희곡 『후보자』에는 부비니 백작이 등장하고 그의 희곡 『마음의 성』에는 부비냐르란 인물이 등장한다. 이것은 모두 의도적인 것인가?

2) 플로베르의 이름은 『르뷔 드 파리』지에 처음 소개될 때 포베르라고 잘못 인쇄되어 나왔다. 리슐리외 거리에는 포베라는 식료 잡화상이 있었다. 『라 프레스』지는 『보바리 부인』 재판 기사를 실으면서, 작가의 이름을 푸베르라 적었다. 조르주 상드의 막역한 여자 친구, 마르틴은 그를 플랑바르라 불렀다. 베이루트에 사는 화가, 카미유 로지에는 그를 폴베르라 불렀다. 〈어머니께서는 이 농담의 미묘함을 이해하십니까?〉라고 귀스타브는 그의 어머니에게 편지를 썼다(농담이란 무엇인가? 소설가의 자화상을 이중적 의미의 언어로 표현했다는 뜻일 거다. 로지에는 그를 미친 곰[66]이라 부른 셈이니까). 부예 역시 그를 폴베르라 부르기 시작했다. 그가 루이즈를 만나던 망트에는 〈카페 플랑베르〉가 있다. 이것이 모두 우연의 일치인가?

3) 뒤 캉은 보바리란 이름을 (*bother*에서처럼) 짧은 o로 발음해야 한다고 했다. 우리는 그의 지시를 따라야 하는가? 만일 그렇다면, 그 이유는 무엇인가?

연극의 역사

다음과 같은 무대 지시를 이행할 때 야기되는 기술상의 어

---

[66] 프랑스어의 *fol*(=*crazy*)이 갖는 의미와 *bert*의 발음이 영어의 *bear*와 비슷하기 때문에, 그의 이름에 이런 뜻이 있다고 보는 것이다.

려움에 대해 평가하라(『마음의 성』, 6막 8장).

수프용 냄비의 손잡이가 날개로 변하고, 공중으로 올라가 뒤집히고, 크기가 점점 커지면서, 온 마을을 뒤덮을 것처럼 보이고, 야채들이 — 당근, 무, 부추 — 냄비에서 쏟아져 나와 공중에 매달려 밝은 별들로 변한다.

역사와 점성술

다음과 같은 귀스타브 플로베르의 예언에 대해 논하라.

1) (1850) 〈머지않아 영국이 이집트를 지배하게 될 것이 거의 확실하다. 아덴은 이미 영국군들로 들끓고 있다. 수에즈 운하를 건너는 것처럼 쉬운 일은 없을 것이며, 카이로는 어느 맑은 아침에 빨간 제복의 영국군이 득실거리게 될 것이다. 이삼 주 뒤에 그 소식은 프랑스에 전달되고, 우리 모두는 매우 놀랄 것이다! 나의 예언을 기억하라.〉

2) (1852) 〈인간성humanity이 완성됨에 따라, 인간은 타락할 것이다. 모든 것을 그저 경제적 이득으로 환산하게 될 때, 미덕을 위한 공간이 남아 있겠는가? 자연이 정복되어, 원래의 모습을 모두 잃게 되면, 조형 예술이 자리 잡아야 할 곳은 어디인가? 그리고 기타 등등. 조만간, 모든 것이 엄청난 혼돈 상태로 접어들 것이다.〉

3) (1870, 프랑스와 프로이센의 전쟁 발발에 즈음하여) 〈그것은 종족 간의 갈등이 재연됨을 의미할 것이다. 1세기가

지나기 전에, 단 한 번에 수백만의 사람들이 죽는 것을 보게 될 것이다. 동양 대 서양, 낡은 세계와 새로운 세계 간의 전쟁이 있을 것이다. 왜 없겠는가?〉

4) (1850) 〈가끔 나는 신문을 편다. 모든 것이 어지러울 정도로 빨리 진행되는 것 같다. 우리가 춤추고 있는 자리는 화산의 가장자리가 아니라, 변소의 나무 의자 위인 것이다. 이보다 더 썩은 의자는 없는 듯하다. 곧 사회는 수직으로 떨어져 19세기라는 똥 속으로 빠질 것이다. 많은 아우성이 있을 것이다.〉

5) (1871) 〈인터내셔널은 미래의 예수회이다.〉

15
그리고 앵무새……

 그리고 앵무새는? 박제된 앵무새 문제를 푸는 데 거의 2년이 걸렸다. 맨 처음 루앙에 다녀와서 썼던 편지들은 아무런 도움이 안 됐다. 몇 통은 회답조차 없었다. 그중에는 나를 괴짜 — 쓸데없는 일에 사로잡혀, 불쌍하게도 자신의 명성을 날려 보려고 하는 늙은 아마추어 학자 — 라고 생각한 사람도 있을 것이다. 그러나 실제로는 젊은이가 늙은이보다 훨씬 더 괴팍스러워서, 늙은이보다 훨씬 이기적이고, 자기 파괴적이며, 기묘하기 짝이 없다. 그런데도 신문은 늙은이보다 젊은이를 더 너그럽게 평가해 준다. 80세나 70세 또는 54세에 자살을 하는 경우, 그 자살은 뇌연화증이나 폐경기 이후의 우울증 또는 다른 사람들이 죄의식을 느끼도록 하기 위해 계획된 천박한 허영심의 마지막 발로로 간주된다. 20세에 자살을 하는 경우, 그것은 보잘것없는 삶의 조건에 대한 고결한 거부 행위로, 용기 있는 행위일 뿐만 아니라, 도덕적이고 사회적인 저항 행위로 인정된다. 산다는 것은? 그런 것은 노인들이 우리를 대신할 수 있다. 물론 완전히 미친 생각이다. 나는 의사로서 말하는 것이다.
 자살 이야기가 나왔으니 말인데, 플로베르가 자살했다는

생각 또한 순전히 미친 생각이다. 그런 미친 생각을 하는 사람은 에드몽 르두란 이름의 루앙 사람, 단 하나뿐이다. 이 망상가는 플로베르의 전기에 두 번 나타난다. 그가 하는 일은 그때마다 헛소문을 퍼뜨리는 게 전부이다. 그가 처음으로 퍼뜨린 달갑지 않은 발언은 플로베르가 줄리엣 허버트와 실제로 약혼한 사이였다는 것이다. 르두는 귀스타브가 〈나의 약혼녀에게〉라는 말을 써넣어 줄리엣에게 보낸 『성 앙투안의 유혹』을 본 적이 있다고 주장했다. 줄리엣이 살았던 런던에서가 아니라 루앙에서 그것을 보았다고 하는 것은 이상하다. 아무도 그 책을 보지 못했다는 것 또한 이상한 일이다. 그 책이 남아 있지 않다는 것도 이상하다. 플로베르가 그런 약혼을 언급하지 않았다는 일도 이상하다. 그런 행위가 플로베르의 신조와 완전히 상반된다는 것도 이상한 일이다.

르두의 또 다른 비방적 발언 — 자살 — 역시 그 작가의 깊은 신념과 배치되는 점 또한 의아한 일이다. 플로베르의 말을 들어 보자. 〈상처 입은 동물들이 구석으로 물러나 조용히 있는 그 조심성을 배우도록 하자. 세상에는 신의 섭리에 대항하여 울부짖는 사람들로 가득하다. 점잖은 태도를 지킨다는 이유만으로도 우리는 그들처럼 행동하는 일을 피해야 한다.〉 다시, 나의 머리를 떠나지 않는 플로베르의 말을 인용하면, 〈우리 같은 사람은 자포자기의 종교를 가져야 한다. 《그렇지! 그러면 그렇지!》라고 말하며, 우리 발아래 시꺼먼 심연을 내려다봄으로써, 우리는 침착을 유지한다.〉

이런 말은 자살한 사람의 말들이 아니다. 이런 말은 금욕주의가 염세주의만큼이나 깊게 깔려 있는 사람의 말이다. 상처 입은 동물들은 자살하지 않는다. 어두운 심연을 응시하면 마음이 평온해진다는 사실을 이해한다면 심연으로 뛰어들지 않는다. 심연을 응시할 수 있는 능력의 부재, 이것이 아마도 엘렌의 약점이었을 것이다. 그녀가 되풀이할 수 있었던 것은 심연을 곁눈질하는 것뿐이었다. 곁눈질할 때마다 그녀는 절망했고, 그 절망이 그녀로 하여금 기분 전환을 추구하게 했다. 지나치게 오랫동안 검은 심연을 뚫어지게 응시하는 사람도 있고, 또 그것을 무시하는 사람도 있는데, 그것을 계속해서 곁눈질하는 사람은 오히려 그것에 사로잡힌다. 그녀는 정확한 양의 약을 복용하듯 적절한 정도를 유지했다. 의사의 아내가 된 것이 그녀에게 도움이 된 것은 이때뿐이었다.

르두의 자살설은 플로베르가 목욕탕에서 목을 매달았다는 것이다. 그 이야기는 수면제를 먹고 감전 자살했다는 말보다는 신빙성이 있다. 그러나…… 실제로는 이런 일이 일어났다. 플로베르가 일어나서, 더운 물로 목욕을 하다가, 뇌졸중을 일으켰고, 서재에 있는 소파까지 비틀거리며 걸어갔다. 의사는 거기에서 그가 숨을 거두는 것을 보았고, 나중에 그 의사가 플로베르의 사망 진단서를 썼다. 바로 이런 일이 있었다. 이것이 이야기의 끝이다. 맨 처음 플로베르의 전기를 쓴 작가는 그 의사와 죽음에 관한 이야기를 했으며 그것이 바로 이것이다. 르두의 이야기는 다음과 같은 일련의 일들이 해명되어야 한다. 플로베르는 뜨거운 욕조에 들어갔고, 아직 설명되지 않은 방식으로 자신을 목매달고, 기어 나와 밧줄을 감추고, 비틀거리며 서재로 걸어가 소파 위에 쓰러지자 의사가 도착하고, 뇌졸중 증세를 흉내 내면서 죽어 갔다. 정말로 너무나 터무니없는 주장이다.

아니 땐 굴뚝에서 연기 나랴라는 속담이 있다. 그러나 연기만 날 수도 있다고 나는 생각한다. 에드몽 르두는 불을 때지 않아도 연기가 날 수 있다는 것을 보여 준 전형적인 사람이다. 어쨌든 이 르두란 자는 누구인가? 아무도 아는 사람이 없는 것 같다. 그는 어떤 일에도 권위자가 아니었다. 그는 너무나 보잘것없는 사람이다. 그는 단지 두 가지 거짓말을 한 존재일 뿐이다. 혹시 플로베르 가족 중의 누군가가 언젠가 그에게 해를 끼쳤고(아실이 그의 엄지발가락에 생긴 염증을 치료하지 못한 것은 아닐까?) 그래서 그는 교묘하게 복수를 한 것일까? 플로베르를 다룬 책 중에 자살 주장에 대한 논의 — 나중에는 항상 기각되고 말지만 — 가 없는 것이 별로 없으니 말이다. 보시다시피, 여기서도 다시 한 번 자살 논쟁이 벌어졌다. 또다시 본론에서 벗어나, 도덕적으로 분개하는 논조로 자살 논쟁을 길게 늘어놓는 것은 비생산적이다. 그리고 나는 앵무새들에 관한 글을 쓸 작정이었다. 적어도 르두는 앵무새에 관한 이론은 갖고 있지 않았다.

그러나 나는 갖고 있다. 그저 단순한 이론이 아니다. 내가 말했듯이 그것을 푸는 데 족히 2년이 걸렸다. 아니, 그렇게 말하면 과장하는 것 같지만, 내가 말하고자 하는 것은 의문을 품은 이후 그것이 풀릴 때까지 2년의 세월이 흘렀다는 것이다. 내가 편지를 보낸 학자인 체하는 사람들 중 하나는, 그 문제는 전혀 흥밋거리가 아니라고 말하기까지 했다. 추측하건대 그는 자기의 분야를 반드시 지켜야 하는 모양이다. 그러나 누군가가 나에게 뤼시앵 앙드리외[67]라는 이름의 사람을 소개했다.

나는 그에게 편지를 쓰지 않기로 결심했다. 결국 지금까지 내가 쓴 편지들은 그다지 성과가 없었기 때문이다. 그 대신 나는 1982년 8월에 루앙으로 여름 여행을 떠났다. 나는 커다

---

67 실존 인물. 크루아세 박물관이 세워진 1905년에 출생하여 이 소설이 발표되던 해인 1984년 5월에 사망했다.

란 시계탑이 옆에 있는 그랑 호텔 뒤 노르에 투숙했다. 내 방 구석에는 천장에서 바닥까지 연결된 하수관이 지나가고 있었는데, 제대로 싸바르지 않아서 약 5분 간격으로 시끄러운 소리가 들렸다. 아마도 그 호텔의 모든 오수가 그곳을 지나가는 것 같았다. 저녁 식사 후, 나는 침대에 누워 간헐적으로 쏟아지는 프랑스인들의 배설물이 지나가는 소리를 듣고 있었다. 그리고 커다란 시계탑의 시계가 마치 나의 옷장 안에 설치되어 있는 것처럼 요란한 금속음을 내며 시간을 알렸다. 나는 잠을 제대로 잘 수 있을지 걱정됐다.

나의 염려는 잘못된 것이었다. 10시가 지나자, 하수관은 조용해졌다. 그 커다란 시계탑도 그러했다. 낮에는 그것이 관광객의 흥미를 끌었겠지만 루앙 시는 관광객들이 잠들 시간에는 시계 소리가 나지 않도록 배려했다. 나는 불을 끈 채 침대에 누워서, 플로베르의 앵무새에 대해 생각했다. 펠리시테한테는 앵무새가 성령의 다른 모습이라는 것이 괴상하기는 했지만 논리적인 것이었다. 나에게 앵무새는 이리저리 날며 교묘히 달아나는 작가의 목소리를 상징하는 것이다. 펠리시테가 침대에 누워 죽어 갈 때 그 앵무새는 장엄한 모습으로 그녀에게 나타나 그녀를 천국으로 데려갔다. 나는 엎치락뒤치락하며 잠에 빠져 들면서 어떤 꿈을 꿀 것인지를 생각했다.

앵무새에 관한 꿈이 아니었다. 그 대신 나는 철도에 관한 꿈을 꾸었다. 전쟁 중에 버밍엄에서 기차를 갈아타는 꿈이었다. 플랫폼 끝 쪽으로 멀리 화물 열차의 승무원 칸이 멀어져 가는 게 보였다. 나의 여행 가방이 허벅지를 누르고 있었다. 기차는 등화관제로 깜깜했고, 정거장 불빛은 희미했다. 숫자들이 흐릿해서 기차 시간표를 읽을 수가 없었다. 어디에도 희망은 없었고, 더 이상 기차도 없었으며 쓸쓸함과 어두움뿐이었다.

그러한 꿈은 전달하려고 하는 의미를 제대로 보여 주었다고 생각하는가? 그러나 꿈이란 꾸는 사람으로서는 그것을 왜 꾸는 것인지 전혀 알 수 없는 것이고 또 미묘한 감각도 없다. 예컨대 역에 대한 꿈 — 서너 달에 한 번씩 계속해서 꾸는 꿈 — 은 같은 필름을 계속해서 상영하는 것처럼, 가슴이 답답하고 우울한 기분으로 잠이 깰 때까지, 그저 되풀이된다. 그날 아침, 나는 시계 소리와 배설물이 지나가는 소리에 맞추어 일어났다. 시계탑과 방구석의 하수관. 귀스타브는 비웃고 있었을까?

시립 병원에 갔더니, 흰 가운을 입은 수척한 안내원이 다시 안내해 주었다. 박물관의 의학 전시관에서, 내가 전에 보지 못했던 혼자서 사용하는 관장기가 눈에 띄었다. 귀스타브 플로베르가 싫어했던 〈철도, 독약, 관장기, 크림 파이……〉. 관장기는 긴 주입관과 손잡이가 달려 있는 나무 의자이다. 의자에 비스듬히 앉아 긴 주입관 끝을 힘들게 항문에 삽입하고, 그다음 혼자 펌프질하여 물을 가득 넣는다. 그래, 그렇게 하면 적어도 사적인 비밀은 보호받을 것이다. 그 안내원과 나는 알 만하다는 듯 서로 웃음을 지었다. 나는 그에게 내가 의사라는 것을 밝혔다. 그러자 그는 미소를 지으며, 내가 반드시 흥미를 느낄 거라면서 무언가를 가지러 갔다.

그는 마분지로 만든 커다란 구두 상자를 가지고 돌아왔는데 그 안에는 잘 보존된 인간의 두개골 두 개가 들어 있었다. 피부는 손상되지 않았지만 세월이 지나 갈색으로 변해 있었다. 단지 안에 오래 놓아둔 붉은 포도잼 같은 갈색이었다. 이는 대부분 제자리에 있었으나, 눈과 머리카락은 남아 있지 않았다. 두개골 중 하나는 조잡한 검은 가발을 다시 씌웠고,

유리 눈(무슨 색깔이었더라? 기억할 수는 없지만, 에마 보바리의 눈보다는 덜 복잡한 색깔이었던 게 분명하다)을 다시 박아 놓았다. 그 두개골을 더욱 사실적으로 만들려고 했던 이러한 시도는 오히려 역효과를 냈다. 그것은 어린아이들이 쓰는 공포 가면이나 장난감 가게 진열장에 전시된 핼러윈 마스크처럼 보였다.

그 두개골들은 아실-클레오파 플로베르의 병원 선임자 장-바티스트 로모니에가 보존 처리한 것이라고 안내원이 설명했다. 로모니에는 시체를 보존하는 새로운 방법들을 연구하고 있었는데, 시 당국이 처형된 범죄자들의 머리를 실험에 사용하는 것을 허락했다는 것이다. 그 말을 들었을 때, 나는 귀스타브의 어린 시절 일이 생각났다. 그는 여섯 살 때에 파랭 아저씨와 산책을 나갔다가 막 처형이 끝난 단두대를 지나간 적이 있다. 그가 지나갔을 때도 길에 깔린 자갈들에는 핏빛이 선명했다. 나는 혹시나 해서 이 사건을 언급했지만 그 안내원은 머리를 흔들었다. 그것은 그럴듯한 우연의 일치일 수는 있겠지만 날짜가 맞지 않는다고 했다. 로모니에는 1818년에 죽었고, 이 사실 이외에도 그 구두 상자 속에 있는 두 개의 두개골은 실제로 단두대에서 처형된 것이 아니라는 것이었다. 턱 바로 밑에 교수형 집행의 밧줄 자국이 낸 깊은 주름까지 나는 볼 수 있었다. 모파상이 크루아세에서 플로베르의 시체를 보았을 때도, 목이 거무죽죽하게 부어 있었다고 한다. 이것은 뇌졸중을 일으켰을 때도 일어난다. 그것은 목욕탕에서 목 졸려 죽은 사람의 표시가 아니다.

우리는 박물관을 돌아보다가, 앵무새가 전시되어 있는 방에 이르렀다. 나는 폴라로이드 사진기를 꺼내 허락을 받고 사진을 찍었다. 내가 겨드랑이에 현상 중인 사진을 끼고 있을 때, 안내원은 내가 이곳에 처음 왔을 때도 보았던 복사본 편지를 가리켰다. 1876년 7월 28일, 플로베르가 브렌 부인에게 보낸 그 편지에는 〈3주가 넘게 내 책상 위에 무엇이 놓여 있는지 아십니까? 박제된 앵무새 한 마리. 그것이 거기 앉아서 보초를 서고 있습니다. 그 모습을 보고 있으면 짜증이 나기 시작해요. 그러나 내가 계속 그곳에 놔두는 것은 내 머릿속을 앵무새의 속성에 대한 생각으로 가득 채울 수 있기 때문입니다. 현재 나는 어느 노처녀와 앵무새의 사랑 이야기를 쓰고 있으니까요〉라고 쓰여 있었다.

「이것이 진짜 모델입니다.」 그 안내원은 앞에 있는 유리 진열장을 톡톡 치며 말했다. 「이것이 진짜입니다.」

「그렇다면 다른 것은?」

「그것은 모조품입니다.」

「당신은 어떻게 그것을 확신합니까?」

「그야 간단합니다. 이것이 루앙 박물관에서 가져온 것이니까요.」 그는 횃대 끝에 찍힌 둥그런 각인을 손으로 가리켰고, 그런 다음 나의 관심을, 사진 찍은 박물관 품목 대장의 소장품 목록으로 유도했다. 그 항목은 플로베르에게 빌려준 것들을 기록하고 있었다. 대부분의 항목이 박물관 특유의 글씨로 쓰여 있어서 제대로 읽을 수 없었지만, 아마존 앵무새의 대여 기록은 분명하게 읽을 수가 있었다. 품목 대장의 마지막 칸에 표시된 반환 표시를 보면 플로베르가 그에게 빌려준 모든 품목들을 되돌려 주었음을 알 수 있었다. 거기에는 앵무새도 포함되어 있었다.

나는 왠지 실망감을 느꼈다. 나는 줄곧 감상적으로 — 뚜렷한 이유 없이 — 그 앵무새는 작가의 사망 이후 그의 유품 가운데서 발견된 것이라고 생각했다(이 때문에 아무런 의심도 없이 나는 내심 크루아세의 앵무새를 지지했었다). 물론 품목 대장 사본은 플로베르가 앵무새 한 마리를 빌렸다가 다시 되돌려 주었다는 것 외에는 아무것도 증명해 줄 수 없었다. 박물관 각인은 약간 교묘했지만 결정적인 것은 아니었다…….

「여기의 것이 진짜입니다.」 안내원은 나를 배웅하며 불필요하게 되풀이했다. 우리의 입장이 바뀐 듯했다. 확인을 필요로 하는 사람은 내가 아니라 오히려 그였다.

「당신이 맞다고 생각합니다.」

말은 그렇게 했지만 생각은 달랐다. 나는 크루아세로 차를 몰아 다른 앵무새의 사진도 찍었다. 그것 역시 박물관의 각인을 자랑하고 있었다. 그녀의 앵무새가 명백히 진짜이고, 시립 병원의 앵무새는 가짜라는 여자 안내원의 말에 나는 동의했다.

점심 식사 후에 나는 모뉘망탈 묘지로 갔다. 〈부르주아에 대한 증오가 모든 미덕의 시작이다〉라고 플로베르는 적었다. 그런데도 플로베르는 명문 가문들의 묘 사이에 묻혀 있었다. 런던으로 여행을 가던 중에 그는 하이게이트 묘지를 방문한 적이 있다. 그때, 묘지가 너무 깔끔한 것을 보고 〈이 사람들은 흰 장갑을 끼고 죽은 사람들 같다〉고 말했다. 루앙의 모뉘망탈 묘지에 있는 사람들도 연미복을 입고 온갖 훈장을 달고, 그들의 말이나 개, 영국인 여자 가정교사와 함께 매장되어 있다.

귀스타브의 무덤은 작고 깔끔했다. 그러나 이런 환경은 그를 예술가이고, 반부르주아적인 인물로 보이게 하기보다 오히려 실패한 부르주아로 보이게 하는 분위기였다. 나는 플로베르 가문의 묘소 — 죽어서도 개인 토지를 소유할 수 있다 — 울타리에 기대어 내가 가지고 있던 『순박한 마음』을 꺼냈다.

제4장의 시작에서 펠리시테의 앵무새에 대해 플로베르가 서술한 부분은 매우 간단하다. 〈그 새의 이름은 룰루였다. 몸은 초록빛이었고, 날개 끝은 분홍빛이었으며, 이마는 파랬고, 목은 황금빛이었다〉고 썼다. 나는 두 사진을 비교했다. 양쪽 앵무새 모두 초록빛 몸통이고 날개 끝은 모두 분홍빛이었다(시립 병원 것이 더욱 진한 분홍빛이었다). 그러나 파란 이마와 황금빛 목은 의심할 바 없이 시립 병원의 앵무새에 속한 것들이었다. 크루아세의 앵무새는 황금빛 이마에, 파란 바탕에 초록빛을 띤 목으로 완전히 앞뒤가 뒤바뀌었다.

정말, 앞의 것이 진짜 같았다. 그래도 나는 뤼시앵 앙드리외에게 전화해 나의 관심을 개괄적으로 설명했다. 그는 내게 그 다음 날 방문해도 좋다고 했다. 그가 주소 — 루르딘 거리 — 를 알려 줄 때, 나는 그의 말투로 보아 그의 집은 플로베르 학자다운 견실한 부르주아풍 주택일 것이라고 상상했다. 둥그런 창문이 있는 2단으로 경사진 지붕, 분홍 벽돌집, 실내에는 시원하고 엄숙한 분위기, 유리문이 달린 책장, 초 칠한 마룻바닥과 양피지 램프 갓이 갖춰진 제2제정기의 장식들이 있는 집을 상상했다. 나는 남성적이고, 사교적인 분위기를 상상했다.

그러나 내가 급히 만든 집은 허상이었고, 꿈이었으며 허구였다. 플로베르 학자의 실제 집은 남부 루앙의 강 건너에 있었는데, 줄지어 선 붉은 벽돌 연립 주택 사이에 작은 공장들이 웅크리고 앉아 있는 황폐한 지역이었다. 거리에 비하여 너무 큰 화물차들이 다녔고, 상점은 몇 개 없었지만, 술집은 상점 수만큼 있었다. 그 술집 중에 한 집은 오늘의 특별 요리로 송아지 머리를 준비해 놓았다. 루르딘의 거리에 들어가기 전에 루앙 도살장으로 가는 표지판이 있었다.

앙드리외 씨는 현관 계단에서 나를 기다리고 있었다. 그는 트위드 재킷에 트위드 모직 슬리퍼와 트위드 모자를 쓴, 작고 나이가 지긋한 노인이었다. 그의 저고리 옷깃에는 채색 비단으로 된 훈장이 세 개 꽂혀 있었다. 그는 모자를 벗고 악수를 한 다음 다시 모자를 썼다. 그는 자신의 머리가 여름철에는 약해진다고 설명했다. 우리가 집 안에 있는 동안에도 그는 내내 모자를 쓰고 있었다. 약간 괴팍스럽다고 하는 사람도 있겠지만 나는 그렇지 않았다. 이것은 의사로서 하는 말이다.

그가 내게 말하길 자신은 77세이고, 플로베르 동인 협회의 간사이며 최고령 회원이라고 했다. 그 방의 벽에는 골동품 즉, 기념 접시들, 플로베르 초상 메달들, 앙드리외 씨 자신이 그린 시계탑 그림 등으로 꽉 차 있었다. 우리는 거실의 테이블 양쪽에 마주 앉았다. 그곳은 오밀조밀하게 작은 방이어서 색다르고 개성적이었다. 펠리시테의 방 또는 플로베르의 별채를 더욱 깔끔하게 재현한 듯했다. 그는 친구가 그려 준 자신의 만화 초상화를 가리켰다. 그것은 엉덩이의 주머니에 칼바도스 사과주 한 병이 삐죽 나온 포수로 그를 묘사한 그림이었다. 온화하고 인자한 나의 주인을 그렇게 광포한 모습으로 그린 이유를 나는 물었어야 했지만 그러지 않았다. 그 대신 나는 에니드 스타키의 『플로베르: 위대한 작가의 성장』을 꺼내서 그에게 머릿그림을 보여 주었다.

「이 사람이 플로베르입니까?」 나는 결정적으로 확인하기 위해 질문했다.

그는 낄낄대고 웃었다.

「그 사람은 루이 부예입니다. 그래, 맞아요, 루이 부예입니다.」 그는 이런 질문을 처음 받은 것이 아님이 분명했다. 나는 그에게 한두 가지 세부적인 것을 확인한 뒤에 앵무새에 대해 이야기를 꺼냈다.

「아, 앵무새요, 두 마리가 있습니다.」

「예, 그렇습니다. 그런데 어느 게 진짜이고 어느 게 가짜인지 당신은 아십니까?」

그는 다시 킬킬대고 웃었다.

「크루아세 기념관은 1905년에 세워졌습니다.」 그는 대답했다. 「내가 태어난 해이지요. 당연히 나는 거기에 관계하지 않았습니다. 사람들은 찾을 수 있는 자료는 뭐든지 모았지요. 어때요, 당신도 보셨겠지요.」 나는 고개를 끄덕여 보였다. 「모은 것이 많지는 않았지요. 많은 것들이 흩어져 있습니다. 그러나 기념관의 관장은 그들이 소장할 수 있는 꼭 한 가지가 남아 있다고 생각했습니다. 그것이 바로 플로베르의 앵무새였습니다. 룰루 말입니다. 그래서 그들은 자연사 박물관에 가서 말했지요. 〈우리가 플로베르의 앵무새를 되돌려 받을 수 있을까요? 우리는 그것이 플로베르의 기념관으로 쓰이는 별채의 소장품으로 필요합니다.〉 그러자 박물관 쪽은 〈좋습니다. 자, 같이 갑시다〉라고 말했지요.」

앙드리외 씨는 전에도 같은 이야기를 한 적이 있는지, 말을 멈추어야 할 때를 알고 있었다.

「그들은 기념관 관장을 데리고 예비 소장품 보관소로 안내했습니다. 〈앵무새를 원하신다고 했지요?〉 그들은 그렇게 말하며, 새들이 있는 곳으로 가자고 했습니다. 그들이 문을 열었을 때, 그들 앞에는...... 쉰 마리의 앵무새가 있었습니다. 쉰 마리의 앵무새!」

「그들이 어떻게 했겠습니까? 그들은 합리적이고, 현명하게 일을 처리했습니다. 그들은 『순박한 마음』 한 권을 갖고 돌아가서 플로베르가 기술한 룰루에 관한 부분을 읽었습니다.」 내가 일전에 했던 것처럼. 「그러고 나서 그들은 플로베르의 묘사와 가장 흡사해 보이는 앵무새를 골랐습니다.」

「40년 뒤, 전쟁이 끝나고, 시립 병원에서도 전시관을 만들기 시작했습니다. 이번에도 자연사 박물관을 찾아가서, 플로베르의 앵무새를 소장할 수 있겠냐고 말했습니다. 박물관 측은 괜찮다고 하며 아무것이나 가져가도 좋겠지만 올바른 것을 택하라고 말했습니다. 그래서 그들도 『순박한 마음』을 연구하고, 플로베르의 묘사에 가장 가까운 것을 택했습니다. 그것이 바로 앵무새 두 마리가 등장한 경위입니다.」

「그럼, 먼저 선택한 크루아세의 기념관에 있는 앵무새가 진짜가 아닐까요?」

앙드리외 씨는 말하고 싶지 않은 듯했다. 그는 트위드 모자를 머리 뒤로 약간 더 젖혔다. 나는 사진들을 꺼냈다. 「하지만 그렇다면 이것은 어떻습니까?」 나는 앵무새에 대한 귀에 익은 묘사를 인용하며, 인용과 맞지 않는 크루아세의 앵무새 이마와 가슴을 지적했다. 왜 나중에 선택한 것이 먼젓번 것보다 더욱 책의 내용에 부합하는 것일까?

「글쎄요, 기억해야 할 것이 두 가지 있습니다. 하나는 플로베르가 예술가라는 겁니다. 그는 상상력이 풍부한 작가입니다. 그는 리듬을 위하여 사실을 변경할 수도 있습니다. 그는 그런 사람이었습니다. 그가 앵무새를 빌렸기 때문에, 그것과 똑같이 묘사해야 합니까? 더 멋져 보이면, 색깔을 완전히 바꿔 버릴 수도 있지 않겠습니까?」

「둘째로 그는 소설을 쓰고 나서, 앵무새를 자연사 박물관에 돌려주었습니다. 그것은 1876년이었습니다. 크루아세 기념관이 세워진 것은 그 후 30년이 지나서입니다. 박제된 동물들은 좀벌레가 생깁니다. 못쓰게 되고 말지요. 펠리시테의 앵무새도 결국, 그렇게 되지 않았겠습니까? 속에 채워 넣었던 것이 빠져나왔겠지요.」

「그렇겠군요.」

「시간이 지나면서 색깔이 변했을 수도 있습니다. 물론 나는 동물 박제에 대해 전문가는 아닙니다만.」

「그럼 둘 중 하나가 진짜일 수 있다는 뜻입니까? 아니면 둘 다 진짜가 아니라는 뜻입니까?」

그는 마술가가 하듯이 차분한 몸짓으로 책상 위에 천천히 양손을 펼쳤다. 나는 마지막으로 질문했다.

「박물관에 그 모든 앵무새들이 아직도 남아 있습니까? 쉰 마리 모두가?」

「모르겠습니다. 아마 그렇지 않을 겁니다. 아시겠지만, 1920년대와 1930년대, 내가 젊었던 시절에는 동물이나 새의 박제가 대단히 유행했죠. 사람들은 박제품들을 거실에 놓았습니다. 그러고는 그것을 멋지다고 생각했지요. 그래서 대부분의 박물관이 소장품 중에서 필요하지 않은 박제를 팔았습니다. 그들이 아마존 앵무새 쉰 마리를 모두 소장해야 할 이유가 있겠습니까? 그저 썩어 없어질 텐데. 나는 현재 몇 마리나 남아 있는지 모릅니다. 박물관 측은 대부분을 처분했을 겁니다.」

우리는 악수를 했다. 현관 계단에서 앙드리외 씨는 그의 모자를 들어 나에게 인사를 했는데, 그러는 사이에 그의 연약한 머리가 8월의 태양빛에 잠시 드러났다. 나는 기쁘기도 했지만 한편으로는 실망도 되었다. 그것은 하나의 대답이면서 대답이 아니었고, 하나의 종결이면서 종결이 아니었기 때문이다. 펠리시테의 마지막 심장 박동처럼, 그 이야기는 〈말라 가는 분수나 사라져 버리는 메아리처럼〉 죽어 가고 있었다. 아마 그래야 순리일 것이다.

이제 헤어져야 할 시간이 되었다. 끝까지 환자를 돌보는 양심이 있는 의사처럼 나는 플로베르의 세 개의 동상을 돌아보았다. 동상은 어떤 상태였는가? 트루빌의 동상에서 넓적다리를 기운 부분은 이제 그리 눈에 띄지 않지만 턱수염은 여전히 보수할 필요가 있다. 바랑탱에 있는 그의 동상은 왼쪽 다리가 갈라지기 시작했고, 그의 재킷 모퉁이에는 구멍이 나 있으며, 그의 윗몸에는 이끼로 색이 바랜 자국이 나 있다. 그의 가슴 위에 생긴 초록색 얼룩들을 나는 반쯤 눈을 감고 응시하다가 그를 카르타고인 통역관으로 바꿔 생각해 보려고 했다. 루앙 시의 카르멜 광장에 있는 동상은 93퍼센트의 구리와 7퍼센트의 주석의 합금 덕택에 구조적으로 튼튼하지만, 그래도 줄무늬가 생기기 시작한다. 목의 혈관처럼 뚜렷이 드러나 보이는 구릿빛 눈물을 매년 조금씩 더 흘리는 듯하다. 플로베르는 항상 울보였으니까, 이것은 당연한 것이다. 눈물이 그의 몸으로 흘러내려 양복 조끼가 멋있게 보이고, 다리에는 옅은 줄무늬가 생겨 마치 예복 바지를 입고 있는 듯하다. 이것 또한 당연한 것이다. 그가 크루아세의 은둔 생활뿐만 아니라 상류 사회의 사교도 즐겼다는 것을 상기시켜 주기 때문이다.

북쪽으로 몇 백 미터 떨어진 자연사 박물관에서, 직원들은 나를 위층으로 안내했다. 나는 놀랐다. 그 이유는 예비 소장품은 늘 지하실에 보관되어 있을 것이라고 생각했기 때문이다. 오늘날, 지하실에는 보관실 대신 휴식 센터, 즉 카페테리아나 벽걸이 설명판, 전자오락, 배우기 쉽게 해주는 온갖 것을 갖추고 있다. 왜 그들은 배우는 것을 게임으로 바꾸어 배우게 하는 데 열을 올리는가? 그들은 어른들이 배우는 것까지도 어린이의 방식으로 만들기를 좋아한다. 아니 어른들을 위해 더 그렇게 한다.

보관소는 가로 8피트, 세로 10피트 정도의 작은 방이고, 오른쪽으로는 창문이 있고 왼쪽으로는 선반들이 즐비했다. 천장에 달린 몇 개의 등이 켜져 있었지만 맨 위층의 납골당 같은 이 보관소는 아주 어두웠다. 하지만 내가 생각하기에도 이곳은 완전한 무덤은 아니었다. 왜냐하면 이 동물들 중 몇 개는 다시 햇빛을 볼 것이고, 좀벌레가 먹거나 인기가 떨어진 동료들을 대신하게 될 것이다. 이곳은 반은 시체 보관소이고, 반은 연옥 같은 중간적인 방인 것이다. 그곳에서는 또한 모호한 냄새 즉, 수술실과 철물점 중간쯤 되는 냄새가 났다.

방 전체에 새가 가득했다. 선반마다 흰 살충제를 뒤집어쓴 새들뿐이다. 나는 세 번째 통로로 안내받았다. 나는 선반들 사이를 조심스럽게 비집고 들어가다가, 고개를 약간 기울여 위를 쳐다보았다. 아마존 앵무새들이 한 줄로 서 있었다. 원래의 쉰 마리 중에 세 마리만이 남아 있었다. 그들의 화려한 빛깔이 그들 위에 덮인 살충제 먼지로 희미하게 퇴색되어 있었다. 앵무새들은 나를 응시했다. 그것들은 약 올리는 듯한 표정, 날카로운 눈매, 비듬투성이 머리를 한 천박한 세 영감 같았다. 그것들은 조금 심술궂은 모습이었다 ― 나는 그 점을 인정해야 했다. 나도 일이 분 정도 그것들을 쳐다보다가 몸을 홱 틀어 나왔다.

어쩌면 플로베르의 앵무새는 이 세 마리 중 하나인지도 모른다.

역자 해설
픽션의 장르를 새로이 열며

1. 〈카멜레온〉 소설가

줄리언 반스(1946~)는 현대 영국 소설계를 주도하고 있는 중견 작가 중의 한 사람이다. 그의 나이 34세에 출판된 처녀작 『메트로랜드』(1980)를 시작으로 최근의 『아서와 조지』(2005)에 이르기까지 지난 25년간 장편 주류 소설만도 10편의 작품을 발표하는 등 왕성한 창작 활동을 하고 있다. 이 가운데에서 그의 세 번째 작품인 『플로베르의 앵무새』(1984)는 다섯 번째 작품 『10 1/2장으로 쓴 세계 역사』(1989)와 함께 이른바 포스트모더니즘의 전형으로 공인받은 작품이다.

1980년 소설가로 첫발을 내디딘 이후, 반스는 영국의 〈카멜레온 소설가〉로 불렸다.[1] 카멜레온은 파충류 가운데에서도 두 가지 독특한 특성을 지닌 동물이다. 하나는 두 개의 눈을 따로 돌려서 동시에 서로 다른 물체에 초점을 맞출 수 있는 능력이고, 또 하나는 필요에 따라 색깔을 바꾸는 능력이다. 색깔 바꾸기는 온도 변화 등의 환경 적응뿐만 아니라, 신

---

[1] Mira Stout, "Chameleon Novelist", *New York Times Magazine*, 22 November 1992, p. 29.

체 생리적 상태나 기분의 변화를 나타내기도 하고, 의사소통과 자기 방어의 수단이 되기도 한다. 반스의 두뇌는 본질적으로 두 눈을 번득이는 카멜레온의 통찰력을 보인다. 그의 번뜩이는 지성, 유머와 재치, 신구 문화에 대한 해박한 지식, 경구적인 추상화의 재능 등은 에세이스트로서 부족함이 없는 자질들이다. 그러나 포스트모더니즘의 유행과 소설의 경제적 매력은 그를 에세이스트로 머물게 하지는 않았다. 필요에 따라 색깔을 바꾸는 카멜레온의 지혜는 그로 하여금 에세이 같은 소설, 소설 같은 에세이라는 새로운 장르의 소설을 고안한 포스트모던 소설가로 자신의 색깔을 드러내게 하였고, 그 첫 결실이 바로 그의 출세작 『플로베르의 앵무새』이다.

그러나 반스가 포스트모던 소설가로서의 색깔만 드러내는 것은 아니다. 그의 두 눈은 포스트모더니즘의 주류 소설과 함께 전통적인 장르 소설에도 초점을 맞춘다. 반스는 포스트모던 작가답게 엘리트 문학과 대중문학, 고급문화와 저급 문화 간의 구분을 거부하고, 장르 간의 경계도 허문다. 절충주의를 선호하여 하나의 패러다임, 정해진 상정(想定)이나 결론에 매달리지 않고, 다양한 형식과 틀을 혼용한다. 절대와 보편을 거부하는 이런 속성은 아이러니, 패러디, 병치juxtaposition, 치환displacement, 콜라주collage, 여담digression 등 다양한 스타일의 혼용으로 이어진다.

프랑스의 귀스타브 플로베르(1821~1880)는 반스에게 〈같은 책을 결코 두 번 쓰지 않은 위대한 천재의 전형〉[2]으로서 그의 모델이었다. 그러나 반스를 〈같은 책을 결코 두 번 쓰지 않은〉 작가라고 할 수는 없다. 똑같은 탐정 더피Duffy가 계속 등장하고, 대체로 같은 플롯 구조를 지닌 전형적 추

---

2 Patrick NcGrath, "Julian Barnes", *Bomb 21*, Fall 1987, p. 22.

리 소설을 네 권이나 썼기 때문이다. 그 역시 이언 플레밍 이후 선풍적 인기를 끌기 시작해서 1960년대와 1970년대의 애거사 크리스티에서 절정에 달했던 추리 소설의 전통과 유혹에서 탈출하지 못했다. 그러나 이러한 장르 소설을 쓰는 것이 그의 색깔에 어울리지 않는다고 생각했는지 자신의 이름 대신 댄 캐버너Dan Kavanagh라는 필명을 사용함으로써, 자신의 색깔을 감추었으며, 1987년 이후 더 이상 쓰지 않았다. 작가로서의 그의 진가는 그의 주류 소설에서 발휘된다. 1980년 첫 소설 『메트로랜드』 이후 2005년 『아서와 조지』에 이르기까지, 그의 주류 소설들은 포스트모던 작품답게 유형화를 거부하고, 독자의 예상을 뛰어넘는 변화를 보인다. 〈같은 책을 결코 두 번 쓰지 않는〉 작가를 지향하는 소설가답게, 열 권의 주류 소설마다 서로 다른 색깔의 모습을 보인다.

미래의 카멜레온 반스는 2차 세계대전이 끝난 다음 해인 1946년 1월 19일 영국 중동부의 레스터에서 프랑스어 교사 부부의 아들로 태어났다. 그의 부모가 모두 프랑스어 교사였다는 사실은 그로 하여금 프랑스와 프랑스 문학에 대한 지속적이고 생산적인 관심을 갖게 하는 계기가 되었다. 1966~1967년 프랑스 렌의 가톨릭 학교에서 영어를 가르친 경험과, 중학교 시절부터 닦은 그의 프랑스어 실력 또한 그가 친(親)프랑스적인 작가로 성장한 동기가 되었다고 할 수 있다. 그럼에도 불구하고 그가 작가로 첫발을 내디디던 직접적인 계기는 1969년 『옥스퍼드 영어 사전』의 편집 부원으로 일하면서 시인 크레이그 레인Craig Raine을 만나고, 그를 통해 소설가 마틴 에이미스Martin Amis을 소개받은 것이었다. 1974년 반스는 변호사 시험에 합격한다. 하지만 개업은 하지 않고, 작가 수업을 계속 하면서 전업 작가로서의 색깔을 준비하였다. 반스는 〈모든 시험을 치렀지만, 나는 어떤 죄인을 변호하면서 할 말을 준비하는 데에서 얻는 즐거움보다 어느 지방 신문을 위해 네 편의 소설을 정리하는 일에서 더 많은 기쁨을 얻고 있다〉[3]고 문학 세계의 주변을 기웃거린 자신의 활동을 변호한다.

1973년 마틴 에이미스와의 교분으로 『타임스 리터러리 서플리먼트』의 서평, 『뉴 스테이츠먼』의 편집 일을 시작한 이후, 프리랜서로 『뉴 리뷰』의 칼럼, 『옵저버』의 텔레비전 평론 등의 활동으로 작가 수업을 마치고, 1980년 그의 첫 주류 소설 『메트로랜드』와 첫 장르 소설 『더피』가 출판된 이후 그의 활동은 현저하게 픽션 쪽으로 기울었다. 그러나 1990년 『뉴요커』의 런던 통신원으로 임명되고, 1995년 그동안 기고한 글을 모아 『런던에서 온 편지』로 출판하는 등 논픽션의 신문 잡지 일도 계속하였다. 그의 에세이는 조경에서 정치 그리고 우표 디자인에 대한 재치와 지성이 넘치는 논평 등 폭넓은 읽을거리를 제공하여 그의 작품 세계에 또 하나의 금자탑을 세웠다. 반스는 거의 언제나 픽션의 색깔로 자신의 정체성을 드러내지만, 또한 때에 따라, 그저 좋아서, 논픽션의 색깔로 변신하는 지혜, 픽션과 논픽션의 두 눈을 동시에 굴리는 카멜레온의 통찰력을 유감없이 발휘한다.

카멜레온의 통찰력과 지혜는 그의 사랑과 결혼에서도 발휘된다. 그의 두 눈은 유명한 저작권 대리인 팻 캐버너Pat Kavanagh에게 하나의 초점으로 모아졌고, 1979년 그녀를 아내로 맞이했다. 결혼 이듬해 비교적 늦은 34세에 처녀작을 발표했지만, 그 후 그가 보인 왕성한 창작력은 그의 사랑의

---

[3] Amanda Smith, "Julian Barnes", *Publishers Weekly 236*, 3 November 1989, p. 73.

도움과 무관하지 않은 것으로 보인다. 『메트로랜드』를 시작으로 대부분을 격년마다 한 권씩 낸 열 권의 주류 소설 대부분을 그의 아내 〈팻〉에게 봉헌한 것은 그의 창작과 아내의 사랑과의 상관관계를 시사한다. 『더피』를 비롯한 네 편의 추리 소설 역시 아내의 성을 빌린 〈댄 캐버너〉란 필명을 사용함으로써, 그녀의 우산 아래에서 자신을 보호하려는 카멜레온의 지혜를 여지없이 발휘한다.

줄리언 반스는 영국 문단의 카멜레온이다. 눈부신 에세이스트로서의 면모가 돋보이는 『런던에서 온 편지』(1995)와 최근의 수필집 『이것이 프랑스다』(2002)에서 보여 준 번뜩이는 지성과 아이러니, 유머와 재치, 풍자, 그리고 문화에 대한 해박한 지식은 실로 매력적이다. 열 권의 주류 소설들은 언어의 유희와 세련미에서 이탈리아의 이탈로 칼비노나 체코의 밀란 쿤데라를 연상시킨다. 전통에 도전하는 공통의 특질에도 불구하고, 그의 소설들은 하나의 용어로 규정하기 어려울 정도로 다양하다. 그의 소설은 때로는 〈메타 픽션〉, 때로는 〈매직 리얼리즘〉, 그리고 때로는 〈관념 소설〉로 불린다. 비평가들이 반스를 논하면서 흔히 지적하듯, 그의 작품은 번번이 독자의 예상을 빗나가는 새로운 것이기 때문에 예측을 불허한다.

반스는 프랑스 리얼리즘의 거장 플로베르와 마찬가지로 심리적 사실주의로 출발한다. 뜨거운 인간의 가슴과 변덕스러운 인간의 마음속에 항상 얽혀 있는 사랑, (불)충실, 질투, 이에 수반되는 동요, 불안, 고통을 추적한다. 사춘기의 갈등과 고통, 그리고 성인으로의 성장하기 까지를 그린 처녀작 『메트로랜드』, 아내의 과거까지도 소유하려는 어느 교수의 우습고도 끔찍한 사랑과 질투의 이야기를 그린 두 번째 소설

『나를 만나기 전 그녀는』은 앞에서 언급한 〈인간의 가슴과 인간의 열정에 있어서 변함없는 것〉들을 사실적으로 포착하려는 반스의 노력이 돋보이는 작품이다. 그의 세 번째 소설 『플로베르의 앵무새』는 사랑의 주제에 예술의 주제를 덧붙임과 동시에 형식의 혁신을 통해 포스트모던 소설의 전형적인 모습을 보인다. 퇴역 의사 제프리 브레이스웨이트가 쓰는 플로베르 전기의 형식을 취하고 있는 이 작품은 전기 같은 소설이라는 새로운 장르를 수립한다. 사랑과 예술에 있어서의 〈진실성〉의 주제가 이 전기 소설을 통합하는 모티프로 작용하고 있지만, 이를 전개시키는 형식은 픽션, 문학 비평, 풍자, 전기, 심지어는 중세의 동물 우화, 〈열차 파수꾼〉의 관찰과 시험지에 이르기까지 주관적이고, 불완전하고, 모순적인 각종 산문들을 멋대로 긁어모은 콜라주여서 독자로 하여금 그것이 전기라는 사실을 까맣게 잊게 한다. 또한 플로베르의 이야기 밑에는 내레이터 브레이스웨이트의 아내의 부정(不貞)과 죽음에 관한 이야기가 플로베르의 『보바리 부인』과 상호 텍스트적 망을 형성하며 전개된다. 이처럼 형식면 — 브리콜라주 *bricolage*, 언어적 자의식, 서사(敍事)의 허구성, 덮어쓰기 등 — 에서 포스트모던적인 메타 픽션의 특질을 완벽하게 갖춘 이 작품이 포스트모던 시대에 반스의 출세작이 된 것은 어쩌면 당연한 일일 것이다.

그러나 반스는 예측을 불허하고, 범주화를 거부하는 작가이다. 『플로베르의 앵무새』가 반스의 〈대약진〉이었고 또 그의 출세작이었기 때문에, 그의 다음 소설은 예컨대 〈빅토르 위고의 사냥개〉같은 것이 기대되었지만, 그와 전혀 다른 『태양을 바라보며』가 뒤를 이었다. 이 작품은 어려서부터 죽을 때까지의, 평범한 한 여성의 일대기이지만 이제까지 반스의 작품에는 없었던 서정과 신비가 담겨 있고, 그 신비의 비전은 2021년의 미래까지 관통한다. 1989년 반스는 그의 최고 야심작 『10 1/2장으로 쓴 세계 역사』를 발표한다. 개인의 역사를 다루는 『플로베르의 앵무새』와 달리 이 작품에서는 범위를 넓혀 세계 역사를 다룬다. 이것은 기존의 소설 형식을 무너뜨리고 새로운 장르의 소설을 발전시키려는 반스의 노력이 한 걸음 더 발전한 작품으로 평가된다. 『플로베르의 앵무새』와 마찬가지로 각각의 이야기가 서로 다르고 불연속적이어서, 〈소설〉이라기보다는 단편이나 에세이를 느슨하게 묶어 놓은 콜라주라는 인상을 주고, 똑같이 역사적 진리의 추구, 역사의 허구성, 과거 포착 — 회복 — 의 불능과 과거의 현재성에 대한 인정의 필요성을 강조한다. 그러나 역사의 부담에 대처하는 생명력을 지닌 유일한 방법으로 사랑을 처방함으로써 반즈는 한 걸음 발전한 포스트모더니즘의 행보를 보인다. 우리에게 존재하는 유일한 지속적 가치는 사랑이다. 문제는 뜨거운 사랑의 열정은 변덕스럽다는 것이다. 사랑의 보존 필요성과 예측할 수 없는 사랑의 변덕은 『내 말 좀 들어 봐』(1991)의 삼각관계에서 더욱 분명하게 반복된다.

그러나 다음 작품 『고슴도치』(1992)는 정치 소설 아닌 정치 소설로서 또다시 전 소설과는 판이하다. 여기에도 바탕에는 사랑의 주제가 깔려 있지만, 가상의 공산주의 국가수반에 대한 재판이라는 새로운 다큐멘터리 형식을 통해, 과거사 청산을 중심으로 자유와 질서, 진리, 정치적 목적과 수단 등의 복잡한 도덕적 문제들을 다룬다. 『고슴도치』 이후 주류 소설로는 6년 만에 출간한 『잉글랜드, 잉글랜드』(1998) 역시 과거의 재현 시도를 통해, 대영제국 붕괴 이후 영국의 정체성 논쟁에 대해 간접적 — 반어적이고 풍자적 — 인 대답을 한다. 그리고 2000년 반스는 『사랑, 그리고』에서 다시 『내 말 좀 들어봐』의 삼각관계로 돌아온다.

2005년 최신작 『아서와 조지』는 『플로베르의 앵무새』, 『잉글랜드, 잉글랜드』에 이어서 세 번째로 영국 최고의 소설 문학상 〈부커상〉 최종 후보 목록에 올랐던 작품으로 반스의 이전 작품들과는 또 다른 실화 소설이다. 영국인 최초로 프랑스의 메디치상을 받은 반스가 정작 영국의 부커상에서는 최종 탈락 3회를 기록한 것은 어떤 의미가 있는가? 소설가 반스의 어떤 한계를 시사하는가? 아니면 문학상의 아이러니를 일깨워 주는 하나의 사건인가? 어쨌든 그의 최신작 『아서와 조지』는 과거가 어떻게 예술이 되는가를 새롭게 증명하는 또 하나의 새로운 소설로 관심을 끈다. 아서는 의사로 출발해서 유명한 추리 소설가 — 아서 코넌 도일 — 가 되고, 지방 변호사 조지는 엄청난 오심으로 7년형을 선고받고 중노동을 한다. 20세기가 시작되면서 작가 아서가 직접 탐정이 되어 조지의 무죄를 증명해 낸 이 이야기는 실화로 당시 연일 신문의 헤드라인을 장식한 사건이었다. 잊혀진 백 년 전의 사건을 치밀한 조사와 생생한 상상력으로 재현시킨 이 작품은 〈우리가 믿고 있는 것, 우리가 알고 있는 것, 그리고 우리가 증명할 수 있는 것 사이의 괴리〉를 파헤친다. 이 작품에서 『플로베르의 앵무새』, 『10 1/2장으로 쓴 세계 역사』, 『고슴도치』 등에서 반복되는 일련의 주제들 — 역사의 진정성(眞正性), 진리, 그리고 과거 포착의 가능성 등 해결되지 않고 있는 문제들 — 을 진지하게, 집요하게, 또한 흔히 유머러스하게 천착하는 반스의 작가적 도덕성을 또다시 새롭게 보인다. 여기에 〈댄 캐버너〉로 색깔을 바꿔 쓴 네 권의 추리 소설로 체질화한 서스펜스가 쫓어 있는 것은 그의 주류 소설에 재미를 더하는 또 다른 색깔을 제공한다.

거의 격년마다 한 권씩 규칙적으로 나오는 그의 소설들을 제외하면 반스의 일생에 대하여 알려진 것은 그리 많지 않고, 눈부시지도 않다. 다른 동료 작가들에 비해 인터뷰에도 다소 인색하고 자신의 사생활은 대중에게 출입금지의 영역이다. 1990년대 초 부부간의 불화가 뉴스거리가 되기도 했지만, 팻 캐버너와의 결혼은 여전히 유지되고 있다. 그러나 자녀는 없다. 그의 문학적 친구이자 경쟁자인 마틴 에이미스와는 저작권 문제로 균열이 생겼다고 알려졌지만, 분쟁의 내막은 알려져 있지 않다. 분명한 것은 반스가 마틴 에이미스, 이안 맥완Ian McEwan, 살만 루슈디Salman Rushdie 등 포스트모던 시대의 뛰어난 영국 소설가 그룹의 한 사람으로 영국의 소설계를 주도하고 있는 작가로 여전히 왕성한 활동을 하고 있다는 것이다.

2. 소설로서의 전기

『플로베르의 앵무새』는 반스 자신이 어느 인터뷰에서 〈그것은 나를 세상에 진수시킨 책이기 때문에〉 그에 대해 〈엄청난 애정〉을 느끼고 있다고 말했듯이 반스의 출세작이고, 제프리 페이버 기념상, 메디치상, 구텐베르크 에세이상을 수상하는 등 국제적인 평가를 받은 작품이다. 이른바 메타 픽션의 대표작으로 포스트모더니즘 작가들의 발상과 기법을 고스란히 반영하는 걸작으로 자리 매김한 지 오래이다. 예술은 인생을 반영하고, 역으로 예술은 인생을 형성한다. 예술과 인생의 오묘한 관계를 파고드는 이 작품은 반스 특유의 감각과 재치, 독창성이 돋보이는 작품이다. 우리나라에서도 〈한국의 젊은 지성 117인이 권하는 스무 살이 되기 전에 꼭 읽어야 할 책〉의 하나로 선정된 것은 결코 우연이 아니다.

우선 이 소설은 포스트모더니즘적인 작품에 익숙하지 않은 독자들을 당황케 한다. 전통적인 소설과 너무 다르기 때문에 이 작품이 과연 소설에 속하는지부터 생각해 보지 않으면 안 된다. 〈구텐베르크〉에세이상을 받은 사실부터가 이 작품이 에세이에 가까운 소설임을 시사한다. 사실 『플로베르의 앵무새』는 전통적인 소설이라고 간주하기에는 너무나 파격적이고 실험적인 내용과 기법으로 구성되어 있다. 일관적인 스토리의 전개를 기대하고 덤벼드는 독자에게는 소설의 구성 자체가 커다란 충격이 아닐 수 없다. 이 소설은 전통적인 소설과는 판이하게 픽션, 문학 비평 그리고 전기를 뒤섞어서 그 경계선이 뚜렷하지 않은 새로운 영역의 소설이다.

『플로베르의 앵무새』는 19세기 프랑스 소설가 귀스타브 플로베르에 대한 영국의 퇴역 의사 제프리 브레이스웨이트의 집념에 가까운 탐색의 이야기이다. 이 작품이 이전의 두 작품과 크게 다른 것 중의 하나는 『메트로랜드』는 제한적 관점의 1인칭 소설이고, 『나를 만나기 전 그녀는』은 전지적 관점의 3인칭 소설인데 반하여, 이 소설은 두 관점이 혼용되어 있다는 점이다. 게다가 이 소설의 내레이터 브레이스웨이트의 목소리는 전혀 전지적이지 않다. 그의 아내가 다소 불가사의하게 사망하고 나서, 브레이스웨이트는 그와 그의 아내의 이야기가 이미 플로베르의 『보바리 부인』으로 쓰였음을 발견한다. 『보바리 부인』의 샤를 보바리처럼, 제프리 브레이스웨이트도 의사이고, 둘 다 일부일처주의지만, 간음하는 여성과 결혼했다. 더욱이 브레이스웨이트의 아내 역시, 소설

속의 보바리 부인처럼, 자살한다. 아내의 애정 편력과 자살의 미스터리를 풀 수 있는 열쇠가 『보바리 부인』을 창조한 플로베르에게 있다고 브레이스웨이트는 믿는다. 그는 플로베르 탐색의 일환으로 플로베르와 관련된 유적 또는 유물을 찾아 프랑스를 방문한다. 프랑스 북서부의 노르망디 지역에 있는 플로베르의 고향 루앙 시를 5일간 방문하는 것이 이 소설의 기본 줄기를 형성하고 있다. 브레이스웨이트는 이 소설의 등장인물이면서 동시에 내레이터이다. 그러나 내레이터 브레이스웨이트는 『보바리 부인』의 이야기와 유사한 자신과 그의 아내의 이야기를 삽입과 암시의 형식으로 이야기하면서, 정작 플로베르의 이야기는 별로 하지 않는다. 이야기 대신 연보, 전기, 자서전, 동물 우화, 철학적 대화, 평론, 어록, 〈열차 파수꾼〉의 안내, 심지어는 시험지 등 플로베르와 직간접으로 관련된 각종 정보를 제시하는 것으로 끝난다. 최종적 판단을 독자에게 맡기는 자신 없는 내레이터, 주저하는 내레이터이다. 전지적 내레이터의 전통과는 거리가 멀다.

 이 소설의 제목이 시사하듯 브레이스웨이트의 주요 목적은, 플로베르가 그의 작품 『순박한 마음』에서 여자 주인공 펠리시테가 소중히 여겼던 애완동물 앵무새의 이야기를 쓰면서 영감을 얻기 위해 그의 책상 위에 놓고 있었다는 박제 앵무새를 확인하는 것이다. 앵무새의 확인은 플로베르의 과거를 이해할 수 있는 코드의 상징으로 가치가 있다. 반스는 플로베르를 좇는 주인공 브레이스웨이트를 통해 인생과 예술과의 관계, 전기적 진리의 모호성, 결혼과 사랑의 의미, 나아가서는 과거의 포착 가능성, 그리고 진보의 문제 등 폭넓은 주제를 다룬다. 『플로베르의 앵무새』를 읽는 사람은 누구나 소설가 플로베르에 대한 개인적 정보는 물론, 픽션의 구성 그리고 예술과 인생의 복잡한 얽힘에 대하여 많은 것을 알게 될 것이다. 하지만 가장 중요한 것은 이와 함께, 〈나〉 역시 새로운 장르의 소설을 읽는다는 매우 독특한 즐거움을 맛보게 된다는 것이다. 사실 영국 작가이면서도 프랑스와 프랑스 문화를 더 좋아하는 반스는 그의 페넬로페Penelope, 플로베르에 대하여 알고 싶고, 또 말하고 싶은 것이 많았던 것 같다. 그러나 그는 단순한 전기 또는 문학 비평의 테두리를 벗어나서 픽션과 전기의 장벽을 헐고 양자를 결합시킴으로써 목적을 달성하고자 한다. 그는 이 일을 이 소설의 허구적 등장인물이며 내레이터인 브레이스웨이트에게 맡긴다.

3. 과거는 포착할 수 없다

이 소설의 순수한 허구적 인물은 브레이스웨이트와 그의 아내 엘렌뿐이다. 나머지 인물들은 플로베르와 그의 가족, 친구 그리고 플로베르 작품에 등장하는 인물과 동물들이다. 이 소설에서 플로베르의 전기가 아니고 소설이라고 볼 수 있는 순수한 스토리는 제13장 「순수한 이야기」뿐이다. 여기서 브레이스웨이트는 최근에 사망한 그의 아내의 부정(不貞)을 폭로한다. 플로베르의 작품 『보바리 부인』의 여주인공 에마 보바리처럼 엘렌도 혼외정사를 갖는다. 에마는 〈결혼 생활의 진부함〉에서 탈출하기 위한 〈가장 인습적인 방법〉으로 간통을 택했지만 엘렌의 경우는 〈그저 쉽게 충동적으로〉 그렇게 했다는 차이점이 있다. 〈우리는 행복했다. 우리는 불행했다. 우리는 충분히 행복했다〉라는 브레이스웨이트의 자조적인 말이 증명하듯 〈완전한 결합이란 희귀하다〉. 충동적인 자살의 유혹을 거부하지 못한 엘렌은 어느 날 갑자기 호흡 보조 장치에 의존하는 신세가 되고, 그런 그녀의 상태는 절망적이었다. 의사 브레이스웨이트는 그녀의 호흡 보조 장치의 스위치를 끈다. 이제 모든 것이 끝난 후에 브레이스웨이트는 결혼과 사랑 그리고 진리는 무엇이며, 과거는 해명되고 포착될 수 있는 것인지 의구심을 갖는다.

이런 때에 루앙을 방문한 그는 플로베르가 『순박한 마음』을 쓸 때 빌려다가 책상 위에 놓고 영감을 받았다고 주장하는 박제 앵무새가 두 마리 있다는 수수께끼에 부딪히게 된다. 브레이스웨이트는 플로베르의 진짜 앵무새 — 룰루의 모델 — 로 쓰인 것이 둘 중 어느 것인지 확인하기로 결심한다. 보다 쉬운 문제에 대한 해답을 찾을 수 있다면 보다 복잡한 문제도 해결할 수 있을 것이라는 심리적 필요가 브레이스웨이트를 더욱 집요하게 만든 동기가 된 듯하다. 그러나 앵무새의 진위 여부 같은 간단한 수수께끼도 결국 해결되지 않는다.

어떤 스토리가 있고, 인물이 소개되고, 명확한 시작과 끝이 있는 소설을 기대하는 독자에게 이 소설은 기괴하기 짝이 없다. 전통적인 플롯에 가깝다고 할 수 있는 것은 앵무새에 얽힌 신비와 브레이스웨이트의 결혼 이야기뿐이다. 전자는 사실에 입각한 스토리이고, 후자는 완전한 픽션이지만 이것들은 모두 부차적인 스토리일 뿐이고, 이 소설의 대부분을 차지하고 있는 것은 플로베르의 인생에 대한 전기적 정보와 그의 문학에 대한 비평적 에세이이다. 때문에 『플로베르의 앵무새』는 반박할 수 없는 역사적 사실에 기초하고 있으면서도 지극히 상상적이고 기괴한 작품이 된다. 플로베르의 생활, 편지, 소설론 그리고 주요 작품에 대한 브레이스웨이트의 지식은 독자에게 플로베르에 대한 많은 정보를 제공한다. 또 브레이스웨이트는 문학 비평가, 전기 작가 그리고 미개한 독자들로부터의 부당한 공격에 대항하여 플로베르를 변호하기도 한다. 그러나 그는 결코 플로베르를 미화시키거나 신화적 인물로 부각시키지 않고 그의 인간적 약점까지도 서슴지 않고 제시한다. 플로베르에 대한 초상은 독자에 따라 서로 다르게 그려질 것이다.

『플로베르의 앵무새』는 매우 문학적인 소설로서 문학 비평이나 문학적 상상력에 관심 있는 독자라면 좋은 문학 수업이 될 것이다. 이 소설을 성실하게 읽어 가다 보면 마치 현장 실습을 받는 것 같은 느낌을 받게 된다. 문학 비평과 관련된 가장 뛰어난 장은 제6장 「에마 보바리의 눈」이다. 여기서 브레이스웨이트는 플로베르 평론가 에니드 스타키의 평을 인용함으로써 비평가들에 대한 그의 증오를 정당화한다. 스타키는 플로베르가 『보바리 부인』에서 에마 보바리의 눈 색깔을 서로 다른 세 곳에서 각기 다른 색깔로 묘사했다는 점을 들어 외적 사실에 충실하지 못한 작가라고 비판한다. 그러나 브레이스웨이트는 에마의 모델이었던 실제 여자의 눈은 기분이나 불빛에 따라 색깔을 달리한다는 사실을 플로베르의 친구 뒤 캉의 증언을 통해 증명함으로써 반박한다. 그는 스타키의 비판이 지나치게 까다롭고 글자에 얽매인 분석에 의존하고 있음을 보여 줌으로써 20세기의 분석적 비평의 문제점을 제기하고 있는 것이다.

문학 비평에 대해 비판적이면서도, 제3장 「발견한 사람이 임자다」에서 브레이스웨이트는 플로베르와 그의 영국인 애인 줄리엣 허버트 간의 희귀한 편지를 입수하여 문학 평론가로서의 명성을 얻어 보려는 열망을 드러내는 아이러니를 보여 주기도 한다. 그런가 하면 제2장 「연보」에는 전통적인 전기에서 볼 수 있는 통상적인 연보에 곁들여서 죽음, 질병 그리고 개인적 비극 등 부정적인 사건들만을 제시하는 연보, 그다음엔 플로베르의 편지에서 인용한 메타포들만으로 구성된 연보 등 기존의 전기에 대한 패러디도 있다.

『플로베르의 앵무새』는 과거는 본질적으로 포착할 수 없는 것이라는 브레이스웨이트의 주장에 초점이 맞추어져 있다. 〈기름으로 범벅이 된 돼지 새끼〉처럼 과거는 잡으려면 빠져나가고, 잡으려고 덤벼드는 사람만 우스꽝스러운 꼴이 되고 만다는 것이 앵무새의 확인 노력, 플로베르의 전기에 대한 패러디, 브레이스웨이트 자신의 결혼 생활 등을 통해 다다르는 지혜이다.

플로베르의 인생과 문학을 포착하고 이해하려는 브레이스웨이트의 노력은 플로베르에 대한 여러 가지 단서들과 정보를 제공해 주고 있지만, 하나의 명확한 답으로 모아지기에는 서로 모순되고 상충되는 것이 너무 많고, 또 정보 자체의 경계선이 애매해 픽션과 사실을 구별하기가 어렵다. 제4장 「플로베르의 동물 열전」은 플로베르의 작품에 나오는 여러 동물에 대한 플로베르의 언급을 나열하면서, 플로베르 자신을 〈곰〉으로 소개한다. 플로베르는 정말로 곰과 닮은 점이 있는가? 『순박한 마음』에 등장하는 앵무새도 플로베르의 작품에 나오는 여러 새들 가운데 하나에 불과하지만 진품인지조차도 확인되지 않는 앵무새의 의미에 대한 해석은 여러 가지이다. 허구에 바탕을 둔 해석은 결국 허구가 아닐까?

제8장 「열차 파수꾼의 가이드」는 철도에 대한 플로베르의 반응과 태도를 상세히 묘사함으로써 도덕적 진보 없는 과학적 진보가 무슨 소용이 있는지, 인간은 과연 발전하고 있는

것인지에 대한 플로베르의 의구심을 독자와 함께 나누게 하지만, 플로베르 역시 기차의 혜택을 본 사람 중의 하나라는 역사의 아이러니도 함께 보여 준다.

제11장 「루이즈 콜레의 이야기」에서는 8년간 플로베르의 애인이었던 콜레의 시각에서 본 플로베르의 광적인 사랑이 신랄하게 묘사된다. 이 장에서 보여 주는 플로베르와 콜레와의 관계는 플로베르 자신이 말하는 내용과는 상당한 거리가 있다. 같은 사건이라도 서로 다른 입장과 시각에 따라 서로 다른 의미와 해석이 나오는 것이다. 과거의 포착은 필요한 자료를 수집하는 사람이 자신의 목적에 부합되게 엮어 짠 〈그물〉의 그물눈 크기에 따라 빠져나가는 것과 잡히는 것이 서로 다르다. 잡힌 것마저도 해석하는 사람의 취향과 의도에 따라 선택되고 각색되는 것이라면 어차피 그렇게 재구성된 과거는 허구일 수밖에 없다.

제10장 「기소」에서의 플로베르 옹호, 제9장 「플로베르 외전」에서의 플로베르가 포기한 작품에 대한 추적 등, 플로베르의 인생과 예술에 대한 브레이스웨이트의 관심은 단순한 호기심의 차원을 넘어서 하나의 집념이 되고 있다. 그러나 아무리 여러 각도에서 플로베르를 조명해 보려 해도, 그런 여러 앵글들이 하나의 전체적 앵글로 모아질 수 없다는 것을 잘 알고 있는 브레이스웨이트는 제12장 「브레이스웨이트의 통념 사전」, 제13장 「시험지」에서 보듯 가능한 자료와 함께 생각해 볼 문제들을 독자에게 제공하고 독자와 함께 플로베르 초상을 그려 보려고 노력한다. 작가의 전지(全知)적 능력에 의문을 제기하고, 전후 문맥이 잘 짜여진 전통적인 소설에 반기를 들고 있는 것이다. 아무리 전후의 개연성이 있어 보이는 작품이라 하더라도, 그것을 구성하고 있는 재료 자체가

취향이나 의도에 맞게 선택된 것이고 또 해석된 것이라면, 어떤 스토리도 그 신빙성을 보장할 수 없는 것이다. 이런 의미에서 『플로베르의 앵무새』에서 드러난 스토리 구성의 허약성은 바로 전지전능한 작가의 기능을 포기한 데서 온 당연한 결과라고 이해할 수 있을 것이다.

『플로베르의 앵무새』는 매우 독창적인 소설이다. 작가의 개성은 중요하지 않다는 플로베르의 주장과 플로베르의 인생과 예술을 포착하고 이해하려는 브레이스웨이트의 집요한 노력 사이의 긴장 속에서 독자는 플로베르에 대한 많은 유익한 정보를 얻게 되지만 그럼에도 불구하고 여전히 플로베르의 완전한 초상화를 그릴 수 없다. 제15장 「그리고 앵무새……」에서 앵무새의 수수께끼는 논란이 되고 있는 두 마리뿐만 아니라 자연사 박물관에 지금까지 남아 있는 또 다른 앵무새를 포함한 세 마리 가운데 하나일지도 모른다는 더욱 복잡한 수수께끼로 끝나고 만다.

과거를 포착하려는 인간의 욕망과 노력이 얼마나 헛된 것인지 확인케 하는 대목이다. 그러나 앵무새의 확인 과정에서 우리는 플로베르에 대한 많은 정보와 지식을 얻은 것이 사실이다. 더 나아가 과거는 되찾을 수 없는 것이고 따라서 과거를 완전히 포착하려는 노력은 헛된 일이라는 사실을 확인함으로써 우리가 그만큼 현명해졌다는, 충분한 보상을 받은 것이라고 자위할 수 있다. 또한 이 작품은 그 자체로 소설에 대한 소설, 전기에 대한 패러디, 인생과 예술에 대한 에세이 등 다양한 형식을 도입해서 소설의 영역을 새롭게 넓힌 실험적 작품이라는 의의를 가진다.

신재실

줄리언 반스 연보

1946년 출생 1월 19일 잉글랜드 중동부의 레스터Leicester에서 태어남. 부모가 모두 프랑스어 교사였음.

1956년 10세 가족과 함께 런던 북서부 교외의 노스우드Northwood로 이사.

1957~1964년 11~18세 노스우드에서 런던 메트로폴리탄 지하철을 타고 런던 시립 학교로 통학. 이것이 그의 첫 소설 『메트로랜드*Metroland*』의 배경이 됨.

1964~1968년 18~22세 옥스퍼드, 마그달렌 칼리지에서 현대 언어 전공, 우등생으로 졸업.

1966~1967년 20~21세 대학 재학 중 프랑스 렌의 가톨릭 학교에서 영어를 가르침. 평생 프랑스를 좋아하는 계기가 됨.

1969~1972년 23~26세 『옥스퍼드 영어 사전*Oxford English Dictionary*』 편집위원으로 3년간 근무. 이 일을 하면서 시인 크레이그 레인Craig Raine을 만났고, 소설가 마틴 에이미스Martin Amis를 소개 받음.

1968~1974년 22~28세 법률 공부. 74년 변호사 시험에 합격했으나 개업하지 않고, 계속해서 사전, 잡지의 편집 등 문학 주변의 일을 하면서 문학 수업을 함.

1973년 27세 『타임스 리터러리 서플리먼트*Times Literary Supplement*』의 편집인이었던 마틴 에이미스와의 교분으로 동지에 서평을 쓰기 시작.

1975년 29세 『뉴 리뷰*New Review*』의 칼럼을 쓰기 시작.

1977년 31세 에이미스 밑에서 『뉴 스테이츠먼*New Statesman*』의 문학 담당 부편집인이 됨.

1979년 33세 저작권 대리인 팻 캐버너Pat Kavanagh와 결혼.

1979~1986년 33~40세 『뉴 스테이츠먼』과 『옵저버*Observer*』지의 텔레비전 평론을 쓰는가 하면, 가명으로 『태틀러*Tatler*』지에도 식당 칼럼을 쓰는 등 프리랜서로 바쁜 나날을 보냄. 이후로도 『뉴욕 리뷰 오브 북스*The New York Review of Books*』 등 여러 정기 간행물에 평론을 썼으며, 1990년(44세)부터 1995년까지 『뉴요커*The New Yorker*』의 런던 통신원으로 있었음.

1980년 34세 첫 번째 장편소설 『메트로랜드』 출판. 댄 캐버너Dan Kavanagh란 필명으로 추리 소설 『더피*Duffy*』 출판.

1981년 35세 『메트로랜드』로 서머싯 몸상(영국) 수상. 필명 댄 캐버너로 추리 소설 『야바위 도시*Fiddle City*』 출판.

1982년 36세 장편소설 『나를 만나기 전 그녀는*Before She Met Me*』 출판.

1984년 38세 장편소설 『플로베르의 앵무새*Flaubert's Parrot*』 출판. 부커상 최종 후보 목록에 오름. 이 소설의 성공으로 프리랜서의 일을 그만둘 수 있었으나, 그저 좋아서 신문 잡지 일을 계속함.

1985년 39세 『플로베르의 앵무새』로 제프리 페이버 기념상(영국)을 받음. 필명 댄 캐버너로 추리 소설 『짓밟기*Putting the Boot In*』 출판.

1986년 40세 장편소설 『태양을 바라보며*Staring at the Sun*』 출판. 『플로베르의 앵무새』로 메디치상(프랑스)과 미국 문예 아카데미 E. M. 포스터상(미국) 수상.

1987년 41세 필명 댄 캐버너로 추리 소설 『몰락의 길*Going to the Dogs*』

출판. 『플로베르의 앵무새』로 구텐베르크상(독일) 수상. 『태양을 바라보며』가 「뉴욕 타임스」의 〈올해의 책〉으로 선정됨.

1988년 42세 슈발리에 문예 훈장(프랑스) 수상. 그린차네 카부르상(이탈리아) 수상.

1989년 43세 장편소설 『10 1/2장으로 쓴 세계 역사*A History of the World in 10 1/2 Chapters*』 출판. 「뉴욕 타임스」의 〈올해의 책〉으로 선정됨.

1991년 45세 장편소설 『내 말 좀 들어봐*Talking It Over*』 출판.

1992년 46세 장편소설 『고슴도치*The Porcupine*』 출판. 『내 말 좀 들어봐』로 페미나상(프랑스) 수상.

1993년 47세 독일 FVS 재단의 셰익스피어상 수상.

1995년 49세 『런던에서 온 편지*Letters from London*』(『뉴요커』 런던 통신원으로 기고한 글 모음집) 출판. 오피시에 문예 훈장(프랑스) 수상.

1996년 50세 단편집 『해협을 건너서*Cross Channel*』 출판. 『내 말 좀 들어봐』가 여류 감독 마리옹 베르노(프랑스)에 의해 〈사랑, 그리고*Love etc.*〉라는 제목으로 영화화됨.

1997년 51세 『메트로랜드』가 필립 사빌(미국) 감독에 의해 영화화됨.

1998년 52세 장편소설 『잉글랜드, 잉글랜드*England, England*』 출판. 두 번째로 부커상 후보에 오름.

2000년 54세 장편소설 『사랑, 그리고*Love, etc.*』 출판.

2002년 56세 에세이집 『이것이 프랑스다*Something to Declare*』 출판.

2004년 58세 오스트리아 국가 대상 수상. 코망되르 문예 훈장(프랑스) 수상.

2005년 59세 단편집 『레몬 테이블*The Lemon Table*』 출판. 장편소설 『아서와 조지*Arthur and George*』 출판. 세 번째로 부커상 후보 최종 명단에 오름.

2008년 62세 단편집 『이스트 윈드 *East Wind*』 출판. 자서전 『겁낼 일은 아무것도 없다 *Nothing to be frightened of*』 출판.

2011년 65세 장편소설 『예감은 틀리지 않는다 *The Sense of an Ending*』로 부커상 수상. 데이비드 코언상 수상.

2012년 66세 소설 및 에세이집 『창문 너머 *Through the Window*』 출판.

2013년 67세 회고록 『사랑은 그렇게 끝나지 않는다 *Levels of Life*』 출판.

2015년 69세 에세이집 『한쪽 눈을 뜨고 있기: 예술에 대한 에세이들 *Keeping an Eye Open: Essays on Art*』 출판.

2016년 70세 장편소설 『시간의 잡음 *The Noise of Time*』 출판.

열린책들 세계문학 056 플로베르의 앵무새

옮긴이 신재실 1941년 충남 부여에서 출생하여 한국외국어대학교 영어과를 졸업하고 동 대학원에서 문학석사와 박사학위를 취득하였다. 인하대학교 문과대학장을 역임했으며, 현재 한국현대영미시학회 회장으로 있다. 지은 책으로는 『영미문학개론』, 『프로스트와 뉴잉글랜드: 실존과 종교』, 『영국 소설의 흐름』, 『로버트 프로스트의 자연시: 그 일탈의 미학』이 있으며, 옮긴 책으로는 줄리언 반스의 『10 1/2장으로 쓴 세계 역사』, 『태양을 바라보며』, 『내 말 좀 들어봐』, 『고슴도치』, 『메트로랜드』, 『레몬 테이블』, 니코스 카잔차키스의 『붓다』 등이 있다.

지은이 줄리언 반스 **옮긴이** 신재실 **발행인** 홍예빈·홍유진
발행처 주식회사 열린책들 **주소** 경기도 파주시 문발로 253 파주출판도시
전화 031-955-4000 **팩스** 031-955-4004 **홈페이지** www.openbooks.co.kr
Copyright (C) 주식회사 열린책들, 2005, 2009, *Printed in Korea.*
ISBN 978-89-329-0973-8 04840 **ISBN** 978-89-329-1499-2 (세트)
발행일 2005년 8월 15일 초판 1쇄 2006년 2월 25일 보급판 1쇄 2007년 3월 5일 보급판 2쇄 2009년 11월 30일 세계문학판 1쇄 2022년 1월 15일 세계문학판 10쇄

이 도서의 국립중앙도서관 출판예정도서목록(CIP)은 서지정보유통지원시스템 홈페이지(http://seoji.nl.go.kr)와 국가자료공동목록시스템(http://www.nl.go.kr/kolisnet)에서 이용하실 수 있습니다.(CIP제어번호:CIP2009003378)

열린책들 세계문학
Open Books World Literature

001 **죄와 벌** 표도르 도스또예프스끼 장편소설 | 홍대화 옮김 | 전2권 | 각 408, 512면

003 **최초의 인간** 알베르 카뮈 장편소설 | 김화영 옮김 | 392면

004 **소설** 제임스 미치너 장편소설 | 윤희기 옮김 | 전2권 | 각 280, 368면

006 **개를 데리고 다니는 부인** 안똔 체호프 소설선집 | 오종우 옮김 | 368면

007 **우주 만화** 이탈로 칼비노 단편집 | 김운찬 옮김 | 416면

008 **댈러웨이 부인** 버지니아 울프 장편소설 | 최애리 옮김 | 296면

009 **어머니** 막심 고리끼 장편소설 | 최윤락 옮김 | 544면

010 **변신** 프란츠 카프카 중단편집 | 홍성광 옮김 | 464면

011 **전도서에 바치는 장미** 로저 젤라즈니 중단편집 | 김상훈 옮김 | 432면

012 **대위의 딸** 알렉산드르 뿌쉬낀 장편소설 | 석영중 옮김 | 240면

013 **바다의 침묵** 베르코르 소설선집 | 이상해 옮김 | 256면

014 **원수들, 사랑 이야기** 아이작 싱어 장편소설 | 김진준 옮김 | 320면

015 **백치** 표도르 도스또예프스끼 장편소설 | 김근식 옮김 | 전2권 | 각 504, 528면

017 **1984년** 조지 오웰 장편소설 | 박경서 옮김 | 392면

019 **이상한 나라의 앨리스** 루이스 캐럴 환상동화 | 머빈 피크 그림 | 최용준 옮김 | 336면

020 **베네치아에서의 죽음** 토마스 만 중단편집 | 홍성광 옮김 | 432면

021 **그리스인 조르바** 니코스 카잔차키스 장편소설 | 이윤기 옮김 | 488면

022 **벚꽃 동산** 안똔 체호프 희곡선집 | 오종우 옮김 | 336면

023 **연애 소설 읽는 노인** 루이스 세풀베다 장편소설 | 정창 옮김 | 192면

024 **젊은 사자들** 어윈 쇼 장편소설 | 정영문 옮김 | 전2권 | 각 416, 408면

026 **젊은 베르테르의 슬픔** 요한 볼프강 폰 괴테 장편소설 | 김인순 옮김 | 240면

027 **시라노** 에드몽 로스탕 희곡 | 이상해 옮김 | 256면

028 **전망 좋은 방** E. M. 포스터 장편소설 | 고정아 옮김 | 352면

029 **까라마조프 씨네 형제들** 표도르 도스또예프스끼 장편소설 | 이대우 옮김 | 전3권 | 각 496, 496, 460면

032 **프랑스 중위의 여자** 존 파울즈 장편소설 | 김석희 옮김 | 전2권 | 각 344면

034 **소립자** 미셸 우엘벡 장편소설 | 이세욱 옮김 | 448면

035 **영혼의 자서전** 니코스 카잔차키스 자서전 | 안정효 옮김 | 전2권 | 각 352, 408면

037 **우리들** 예브게니 자먀찐 장편소설 | 석영중 옮김 | 320면

038 **뉴욕 3부작** 폴 오스터 장편소설 | 황보석 옮김 | 480면

039 **닥터 지바고** 보리스 빠스쩨르나끄 장편소설 | 박형규 옮김 | 전2권 | 각 400, 512면

041 **고리오 영감** 오노레 드 발자크 장편소설 | 임희근 옮김 | 456면

042 **뿌리** 알렉스 헤일리 장편소설 | 안정효 옮김 | 전2권 | 각 400, 448면

044 **백년보다 긴 하루** 친기즈 아이뜨마또프 장편소설 | 황보석 옮김 | 560면

045 **최후의 세계** 크리스토프 란스마이어 장편소설 | 장희권 옮김 | 264면

046 **추운 나라에서 돌아온 스파이** 존 르카레 장편소설 | 김석희 옮김 | 368면

047 **산도칸 ― 몸프라쳄의 호랑이** 에밀리오 살가리 장편소설 | 유향란 옮김 | 428면

048 **기적의 시대** 보리슬라프 페키치 장편소설 | 이윤기 옮김 | 560면

049 **그리고 죽음** 짐 크레이스 장편소설 | 김석희 옮김 | 224면

050 **세설** 다니자키 준이치로 장편소설 | 송태욱 옮김 | 전2권 | 각 480면

052 **세상이 끝날 때까지 아직 10억 년** 스뜨루가츠끼 형제 장편소설 | 석영중 옮김 | 224면

053 **동물 농장** 조지 오웰 장편소설 | 박경서 옮김 | 208면

054 **캉디드 혹은 낙관주의** 볼테르 장편소설 | 이봉지 옮김 | 232면

055 **도적 떼** 프리드리히 폰 실러 희곡 | 김인순 옮김 | 264면

056 **플로베르의 앵무새** 줄리언 반스 장편소설 | 신재실 옮김 | 320면

057 **악령** 표도르 도스또예프스끼 장편소설 | 박혜경 옮김 | 전3권 | 각 328, 408, 528면

060 **의심스러운 싸움** 존 스타인벡 장편소설 | 윤희기 옮김 | 340면

061 **몽유병자들** 헤르만 브로흐 장편소설 | 김경연 옮김 | 전2권 | 각 568, 544면

063 **몰타의 매** 대실 해밋 장편소설 | 고정일 옮김 | 304면

064 **마야꼬프스끼 선집** 블라지미르 마야꼬프스끼 선집 | 석영중 옮김 | 384면

065 **드라큘라** 브램 스토커 장편소설 | 이세욱 옮김 | 전2권 | 각 340, 344면

067 **서부 전선 이상 없다** 에리히 마리아 레마르크 장편소설 | 홍성광 옮김 | 336면

068 **적과 흑** 스탕달 장편소설 | 임미경 옮김 | 전2권 | 각 432, 368면

070 **지상에서 영원으로** 제임스 존스 장편소설 | 이종인 옮김 | 전3권 | 각 396, 380, 496면

073 **파우스트** 요한 볼프강 폰 괴테 희곡 | 김인순 옮김 | 568면

074 **쾌걸 조로** 존스턴 매컬리 장편소설 | 김훈 옮김 | 316면

075 **거장과 마르가리따** 미하일 불가꼬프 장편소설 | 홍대화 옮김 | 전2권 | 각 364, 328면

077 **순수의 시대** 이디스 워튼 장편소설 | 고정아 옮김 | 448면

078 **검의 대가** 아르투로 페레스 레베르테 장편소설 | 김수진 옮김 | 384면

079 **예브게니 오네긴** 알렉산드르 뿌쉬낀 운문소설 | 석영중 옮김 | 328면

080 **장미의 이름** 움베르토 에코 장편소설 | 이윤기 옮김 | 전2권 | 각 440, 448면

082 **향수** 파트리크 쥐스킨트 장편소설 | 강명순 옮김 | 384면

083 **여자를 안다는 것** 아모스 오즈 장편소설 | 최창모 옮김 | 280면

084 **나는 고양이로소이다** 나쓰메 소세키 장편소설 | 김난주 옮김 | 544면

085 **웃는 남자** 빅토르 위고 장편소설 | 이형식 옮김 | 전2권 | 각 472, 496면

087 **아웃 오브 아프리카** 카렌 블릭센 장편소설 | 민승남 옮김 | 480면

088 **무엇을 할 것인가** 니꼴라이 체르니셰프스끼 장편소설 | 서정록 옮김 | 전2권 | 각 360, 404면

090 **도나 플로르와 그녀의 두 남편** 조르지 아마두 장편소설 | 오숙은 옮김 | 전2권 | 각 408, 308면

092 **미사고의 숲** 로버트 홀드스톡 장편소설 | 김상훈 옮김 | 424면

093 **신곡** 단테 알리기에리 장편서사시 | 김운찬 옮김 | 전3권 | 각 292, 296, 328면

096 **교수** 샬럿 브론테 장편소설 | 배미영 옮김 | 368면

097 **노름꾼** 표도르 도스또예프스끼 장편소설 | 이재필 옮김 | 320면

098 **하워즈 엔드** E. M. 포스터 장편소설 | 고정아 옮김 | 512면

099 **최후의 유혹** 니코스 카잔차키스 장편소설 | 안정효 옮김 | 전2권 | 각 408면

101 **키리냐가** 마이크 레스닉 장편소설 | 최용준 옮김 | 464면

102 **바스커빌가의 개** 아서 코넌 도일 장편소설 | 조영학 옮김 | 264면

103 **버마 시절** 조지 오웰 장편소설 | 박경서 옮김 | 408면

104 **10 1/2장으로 쓴 세계 역사** 줄리언 반스 장편소설 | 신재실 옮김 | 464면

105 **죽음의 집의 기록** 표도르 도스또예프스끼 장편소설 | 이덕형 옮김 | 528면

106 **소유** 앤토니어 수전 바이어트 장편소설 | 윤희기 옮김 | 전2권 | 각 440, 488면

108 **미성년** 표도르 도스또예프스끼 장편소설 | 이상룡 옮김 | 전2권 | 각 512, 544면

110 **성 앙투안느의 유혹** 귀스타브 플로베르 희곡소설 | 김용은 옮김 | 584면

111 **밤으로의 긴 여로** 유진 오닐 희곡 | 강유나 옮김 | 240면

112 **마법사** 존 파울즈 장편소설 | 정영문 옮김 | 전2권 | 각 512, 552면

114 **스쩨빤치꼬보 마을 사람들** 표도르 도스또예프스끼 장편소설 | 변현태 옮김 | 416면

115 **플랑드르 거장의 그림** 아르투로 페레스 레베르테 장편소설 | 정창 옮김 | 512면

116 **분신** 표도르 도스또예프스끼 장편소설 | 석영중 옮김 | 288면

117 **가난한 사람들** 표도르 도스또예프스끼 장편소설 | 석영중 옮김 | 256면

118 **인형의 집** 헨리크 입센 희곡 | 김창화 옮김 | 272면

119 **영원한 남편** 표도르 도스또예프스끼 장편소설 | 정명자 외 옮김 | 448면

120 **알코올** 기욤 아폴리네르 시집 | 황현산 옮김 | 352면

121 **지하로부터의 수기** 표도르 도스또예프스끼 장편소설 | 계동준 옮김 | 256면

122 **어느 작가의 오후** 페터 한트케 중편소설 | 홍성광 옮김 | 160면

123 **아저씨의 꿈** 표도르 도스또예프스끼 장편소설 | 박종소 옮김 | 312면

124 **네또츠까 네즈바노바** 표도르 도스또예프스끼 장편소설 | 박재만 옮김 | 316면

125 **곤두박질** 마이클 프레인 장편소설 | 최용준 옮김 | 528면

126 **백야 외** 표도르 도스또예프스끼 소설선집 | 석영중 외 옮김 | 408면

127 **살라미나의 병사들** 하비에르 세르카스 장편소설 | 김창민 옮김 | 304면

128 **뻬쩨르부르그 연대기 외** 표도르 도스또예프스끼 소설선집 | 이항재 옮김 | 296면

129 **상처받은 사람들** 표도르 도스또예프스끼 장편소설 | 윤우섭 옮김 | 전2권 | 각 296, 392면

131 **악어 외** 표도르 도스또예프스끼 소설선집 | 박혜경 외 옮김 | 312면

132 **허클베리 핀의 모험** 마크 트웨인 장편소설 | 윤교찬 옮김 | 416면

133 **부활** 레프 똘스또이 장편소설 | 이대우 옮김 | 전2권 | 각 308, 416면

135 **보물섬** 로버트 루이스 스티븐슨 장편소설 | 머빈 피크 그림 | 최용준 옮김 | 360면

136 **천일야화** 앙투안 갈랑 엮음 | 임호경 옮김 | 전6권 | 각 336, 328, 372, 392, 344, 320면

142 **아버지와 아들** 이반 뚜르게네프 장편소설 | 이상원 옮김 | 328면

143 **오만과 편견** 제인 오스틴 장편소설 | 원유경 옮김 | 480면

144 **천로 역정** 존 버니언 우화소설 | 이동일 옮김 | 432면

145 **대주교에게 죽음이 오다** 윌라 캐더 장편소설 | 윤명옥 옮김 | 352면

146 **권력과 영광** 그레이엄 그린 장편소설 | 김연수 옮김 | 384면

147 **80일간의 세계 일주** 쥘 베른 장편소설 | 고정아 옮김 | 352면

148 **바람과 함께 사라지다** 마거릿 미첼 장편소설 | 안정효 옮김 | 전3권 | 각 616, 640, 640면

151 **기탄잘리** 라빈드라나트 타고르 시집 | 장경렬 옮김 | 224면

152 **도리언 그레이의 초상** 오스카 와일드 장편소설 | 윤희기 옮김 | 384면

153 **레우코와의 대화** 체사레 파베세 희곡소설 | 김운찬 옮김 | 280면

154 **햄릿** 윌리엄 셰익스피어 희곡 | 박우수 옮김 | 256면

155 **맥베스** 윌리엄 셰익스피어 희곡 | 권오숙 옮김 | 176면

156 **아들과 연인** 데이비드 허버트 로런스 장편소설 | 최희섭 옮김 | 전2권 | 각 464, 432면

158 **그리고 아무 말도 하지 않았다** 하인리히 뵐 장편소설 | 홍성광 옮김 | 272면

159 **미덕의 불운** 싸드 장편소설 | 이형식 옮김 | 248면

160 **프랑켄슈타인** 메리 W. 셸리 장편소설 | 오숙은 옮김 | 320면

161 **위대한 개츠비** 프랜시스 스콧 피츠제럴드 장편소설 | 한애경 옮김 | 280면

162 **아Q정전** 루쉰 중단편집 | 김태성 옮김 | 320면

163 **로빈슨 크루소** 대니얼 디포 장편소설 | 류경희 옮김 | 456면

164 **타임머신** 허버트 조지 웰스 소설선집 | 김석희 옮김 | 304면

165 **제인 에어** 샬럿 브론테 장편소설 | 이미선 옮김 | 전2권 | 각 392, 384면
167 **풀잎** 월트 휘트먼 시집 | 허현숙 옮김 | 280면
168 **표류자들의 집** 기예르모 로살레스 장편소설 | 최유정 옮김 | 216면
169 **배빗** 싱클레어 루이스 장편소설 | 이종인 옮김 | 520면
170 **이토록 긴 편지** 마리아마 바 장편소설 | 백선희 옮김 | 192면
171 **느릅나무 아래 욕망** 유진 오닐 희곡 | 손동호 옮김 | 168면
172 **이방인** 알베르 카뮈 장편소설 | 김예령 옮김 | 208면
173 **미라마르** 나기브 마푸즈 장편소설 | 허진 옮김 | 288면
174 **지킬 박사와 하이드 씨** 로버트 루이스 스티븐슨 소설선집 | 조영학 옮김 | 320면
175 **루진** 이반 뚜르게네프 장편소설 | 이항재 옮김 | 264면
176 **피그말리온** 조지 버나드 쇼 희곡 | 김소임 옮김 | 256면
177 **목로주점** 에밀 졸라 장편소설 | 유기환 옮김 | 전2권 | 각 336면
179 **엠마** 제인 오스틴 장편소설 | 이미애 옮김 | 전2권 | 각 336, 360면
181 **비숍 살인 사건** S.S. 밴 다인 장편소설 | 최인자 옮김 | 464면
182 **우신예찬** 에라스무스 풍자문 | 김남우 옮김 | 296면
183 **하자르 사전** 밀로라드 파비치 장편소설 | 신현철 옮김 | 488면
184 **테스** 토머스 하디 장편소설 | 김문숙 옮김 | 전2권 | 각 392, 336면
186 **투명 인간** 허버트 조지 웰스 장편소설 | 김석희 옮김 | 288면
187 **93년** 빅토르 위고 장편소설 | 이형식 옮김 | 전2권 | 각 288, 360면
189 **젊은 예술가의 초상** 제임스 조이스 장편소설 | 성은애 옮김 | 384면
190 **소네트집** 윌리엄 셰익스피어 연작시집 | 박우수 옮김 | 200면
191 **메뚜기의 날** 너새니얼 웨스트 장편소설 | 김진준 옮김 | 280면
192 **나사의 회전** 헨리 제임스 중편소설 | 이승은 옮김 | 256면
193 **오셀로** 윌리엄 셰익스피어 희곡 | 권오숙 옮김 | 216면
194 **소송** 프란츠 카프카 장편소설 | 김재혁 옮김 | 376면
195 **나의 안토니아** 윌라 캐더 장편소설 | 전경자 옮김 | 368면
196 **자성록** 마르쿠스 아우렐리우스 명상록 | 박민수 옮김 | 240면
197 **오레스테이아** 아이스킬로스 비극 | 두행숙 옮김 | 336면
198 **노인과 바다** 어니스트 헤밍웨이 소설선집 | 이종인 옮김 | 320면
199 **무기여 잘 있거라** 어니스트 헤밍웨이 장편소설 | 이종인 옮김 | 464면
200 **서푼짜리 오페라** 베르톨트 브레히트 희곡선집 | 이은희 옮김 | 320면
201 **리어 왕** 윌리엄 셰익스피어 희곡 | 박우수 옮김 | 224면